जो घर फूँके आपना...

जो घर फूँके आपना…

(हास्य-व्यंग्य उपन्यास)

अरुणेंद्र नाथ वर्मा

Vidya Vikas ACADEMY

विद्या विकास एकेडेमी

प्रकाशक : **विद्या विकास एकेडेमी**
3637 नेताजी सुभाष मार्ग दरियागंज, नई दिल्ली–110002
 • संस्करण : 2021 • मूल्य : चार सौ रुपए
मुद्रक : नरुला प्रिंटर्स, दिल्ली ISBN 978-93-84343-55-2

JO GHAR PHOONKE AAPNA...
satire by Arunendra Nath Verma ₹ 400.00
Published by **VIDYA VIKAS ACADEMY**
3637 Netaji Subhash Marg, Darya Ganj New Delhi-110002

समकालीन अपठनीयता की दुनिया में एक बेहद पठनीय किताब

किसी उपन्यास की पांडुलिपि को आप उसी आनंद के साथ दो-दो बार पढ़ जाएँ तो उस उपन्यास की पठनीयता असंदिग्ध कहलाएगी। अरुणेंद्रनाथ वर्माजी के उपन्यास को पढ़ते हुए मैं इसी अनुभव से गुजरा।

'लफ्ज' के संपादक तुफैल चतुर्वेदी ने मुझे इस उपन्यास की पांडुलिपि दी थी। इसकी भूमिका लिखने का आग्रह था। भूमिका, फ्लैप मैटर वगैरह लिखने के मामले में मैं किंचित संकोची, परंतु काफी हद तक, कमीना टाइप का इनसान हूँ। मुझसे ठकुरसुहाती या आशीर्वाद की मुद्रा में भूमिका लिखते नहीं बनती। यही बात मैंने तुफैल से, बाद में वर्माजी से भी कही। 'किताब की झूठी तारीफ नहीं करूँगा', 'पढ़कर ही भूमिका लिखूँगा' और 'यदि किताब खराब लगी तो बिल्कुल नहीं लिखूँगा', ये तीनों बातें दोनों को मैंने बता दीं। ये बातें लेखकीय ईमानदारी के तहत बेहद जरूरी हैं, पर अपने हिंदी साहित्य जगत् में इसे घटियापन समझा जाता है। बहरहाल, चौथी बात यह भी जोड़ी कि इस काम में देर भी लगेगी। कमाल! मेरी चिंता की बात यह निकली कि वे चारों शर्तों पर तैयार थे। मैंने एकाध माह में किताब पढ़ भी ली। लिखनेवाला भी था कि कतिपय अपरिहार्य कारणों से तब इसे नहीं लिख पाया। न लिख पाओ तो कारण अपरिहार्य ही होते हैं। यही कहना पड़ता है। फिर चार माह से ज्यादा गुजर गए। मैंने सोचा था कि वर्माजी अभी तक यह तय कर चुके होंगे कि भाड़ में जाने दो ज्ञान चतुर्वेदी को, अपन किसी प्रोफेशनल भूमिका लेखक से यह कार्य करा लेते हैं, पर वे शराफत से मेरी भूमिका की प्रतीक्षा में थे। वर्माजी की यही शराफत डरानेवाली है। वे अनंत प्रतीक्षा करने को तैयार थे। इनकी प्रतीक्षा मुझे शर्मिंदा करनेवाली चीज थी। मुझे भूमिका लिखने के लिए बैठना

पड़ा, पर भूमिका लिखने बैठा तो चार माह के अंतराल में पहले पढ़े हुए उपन्यास के डिटेल्स ही नहीं याद आए। तो मैं एक दिन पूरी पांडुलिपि को फिर पढ़ने बैठा। मजे की बात यह रही कि दूसरी बार इसे पढ़ना और ज्यादा दिलचस्प अनुभव रहा। इसी कारण से, तभी मैंने शुरू की पंक्तियों में निवेदन किया कि इस उपन्यास की पठनीयता असंदिग्ध है। बेहद दिलचस्प संस्करणात्मक उपन्यास है यह।

मैंने समझने की कोशिश की कि यह उपन्यास अपने पाठक को इतना बाँधता क्यों है। पाठक शुरू करेगा तो एकदम नए अनुभव संसार में प्रवेश कर जाएगा। वर्माजी कभी वायुसेना में विंग कमांडर की नौकरी से रिटायर हुए हैं। वे इस संस्करणात्मक उपन्यास में भारतीय फ़ौजियों, विशेषकर वायुसेना के अनोखे जीवन की एकदम अनसुनी, अनछुई कथाएँ बुनते हैं। ये कथाएँ कई संदर्भों में वायुसेना के जीवन के बेहद मनोरंजक चित्र सामने रखती हैं, क्योंकि सारी कथाओं को शादी की समस्या के कॉमन सूत्र में पिरोया गया है। फ़ौजी नौजवान को कोई भी अपनी लड़की या बहन नहीं देना चाहता है, क्योंकि इस उपन्यास का नायक एक नायिका की तलाश में कहाँ, कैसे भटकता है, मूल सूत्र तो यही है। सरसरे तौर पर शुरू में यही लगता है, पर ऐसा है नहीं।

इस एक सूत्र के बहाने वर्माजी एक बेहद दिलचस्प दुनिया से पाठकों का परिचय कराते हैं, जिसमें आकाश में हजारों फीट ऊपर राष्ट्रपति वी.वी. गिरि के वीवीआईपी जहाज को उड़ाने के दौरान तूफान में फँसने का रोचक प्रसंग है, रूस में ऑफिशियल विदेशी टूर के दौरान खूबसूरत दुभाषिया लड़की के साथ छेड़छाड़ भरी गलतफहमी का किस्सा है, वार्षिक छुट्टियों में गाजीपुर अपने गाँव जाने पर गाँववालों द्वारा यह भोली परंतु हरामीपने वाली पूछताछ भी है कि यदि ऊपर जहाज उड़ाते समय अकेले पायलट को कभी जोर से पेशाब लग जाए तो पायलट क्या करता होगा?

बीसों चरित्र, पचासों किस्सों की रंग-बिरंगी मीनाकारी है सब तरफ। हास्य, विट, व्यंग्य, किस्सागोई, अनजान दुनिया के किस्से, सबकुछ एक जगह मिल जाते हैं, तब ऐसी किताब बन पाती है।

अरुणेंद्र की भाषा की रवानगी, चुटीली वाक्य रचनाएँ, विट का खूबसूरत प्रयोग, सहज हास्य का सतत तेवर, पाठक से सीधे संवाद करते हुए अपनी कथा कहने का कौशल आपको आश्चर्यचकित कर देता है। यह शायद ऐसा इसलिए है कि अच्छे लेखन का उनका अपना पुराना अनुभव है। यह अवश्य है कि बीच में कई दशकों तक उन्होंने लेखन से कोई नाता नहीं रखा, परंतु कभी धर्मयुग, कल्पना,

नई कहानियाँ आदि अपने समय की बेहद महत्त्वपूर्ण, बेहद सम्मानित पत्रिकाओं में वे कहानियाँ, संस्मरण वगैरह लिखते रहे हैं। पुराने चावल हैं। खुशबू आजतक वैसी ही कायम है। पूरे उपन्यास में ही जगह-जगह यह खुशबू व्याप्त है। हास्य व्यंग्य पैदा करने का उनका अपना ही अंदाज है। इसमें बेबाकी भी है और व्यंग्य के सौंदर्यशास्त्र की गंभीर समझ भी। वे व्यंग्य और हास्य की बड़ी महीन पकड़ रखते हैं। कहानी लिखने का उनका अपना पुराना अनुभव उनके कथात्मक व्यंग्य को खासा रोचक बनाए चलता है। किस्सागोई की विलुप्त होती जा रही कला के कथा संसार में वे एक अच्छे किस्सागो के रूप में प्रकट होकर बड़ी आशाएँ जगाते हैं।

तो क्या कमियाँ नहीं हैं इस उपन्यास में? होंगी, हर किताब में होती हैं। निकाली तो जा ही सकती हैं, निकालनेवाले प्रोफशनल विघ्नसंतोषी निकालेंगे भी। प्रश्न उठ सकते हैं कि क्या किस्सों को संपादित करके अनावश्यक विस्तार से बचा जा सकता था? मेरा मानना है कि यह भी बात को कहने का अपना ढंग हो सकता है, यदि आप अनावश्यक विस्तार में भी आवश्यक रोचकता बरकरार रख सकें। वह यहाँ खूब है। यही बात पर्याप्त है, यही आवश्यक भी। पठनीय किताबों का बड़ा अकाल है। आजकल पुरस्कृत किताबें जिस तेजी से अपठनीय निकल रही हैं, उनके बीच यह एक सीधे-सादे ढंग से लिखी गई अच्छी हास्य की किताब साबित हुई। मेरे लिए यही एक बड़े सुकून की बात है।

—ज्ञान चतुर्वेदी

हास्य की डिफेंस

व्यंग्य लिखना बहुत मुश्किल काम है, यह बात शायद अब तक 797979783 बार या इससे ज्यादा बार कही जा चुकी है। हास्य लिखना उससे भी ज्यादा मुश्किल काम है, यह बात पहले लिखी गई बात से भी ज्यादा कही जा चुकी है। पर इसे समझा नहीं गया है। हास्य रचना और पढ़े-लिखे तरीके से हास्य रचना ब्रह्मांड के मुश्किलतम कामों में से एक है। डिफेंस के मसलों पर, रक्षा मामलों पर कोई हास्य रचना नामुमकिन किस्म का मुश्किल काम है। अरुणेंद्र नाथ वर्मा वह काम कर गए हैं अपने उपन्यास—जो घर फूँके आपना'' में।

डिफेंस में भी खासतौर पर वायु सेना से जुड़े महीन मसले इसमें पूरी गंभीरता से हास्य के विषय बनाए गए हैं। ऐसा इसलिए संभव हो पाया कि खुद अरुणेंद्र वर्मा वायु सेना के हिस्सा रहे हैं। कोई आम पाठक या सामान्य जन तो वायु सेना के वे पहलू देख-समझ ही नहीं सकता, जो अरुणेंद्र वर्मा ने देखे-दिखाए हैं।

उपन्यास रूस घुमाता है, अरुणेंद्र वर्मा हिंदी-पंजाबी-रूस के माध्यम से अपनी बात यों कहते हैं—

रूस आकर पिछले चार दिनों में मैंने अपने रूसी भाषा ज्ञान को रगड़-रगड़ कर चमकाया था। मेरे टूटे-फूटे वाक्यों में रवानगी आ रही थी। बीच-बीच में गलत शब्द बोलकर उनकी जगह सुझाए हुए नए शब्दों को 'तोचना-तोचना' (इसका भावार्थ हिंदी में होता है-हाँ, हाँ, वही-वही) कहते हुए सीख लेने में मैं पारंगत हो रहा था। कपूर ने मुझे इस शब्द का प्रयोग करते हुए सुना, तो बहुत मासूमियत से पूछा—रूसी भाषा में क्या भैंचो को तोचना बोलते हैं।

सत्तर के दशक में आई हिट फिल्म आराधना में हीरो राजेश खन्ना एयर फोर्स के पायलट थे, तब एयर फोर्सवालों की महत्ता उस दौर की सुंदर लड़कियों में कैसे किस तरह से बढ़ी, इसका रोचक जिक्र इस किताब में है। मेरी राय में वायु सेना

में काम करनेवाले हर बंदे और बंदी के लिए यह पुस्तक अनिवार्य कर दी जानी चाहिए, वे इस किताब को उसकी पूरी गहराई में महसूस कर लेंगे।

अरुणेंद्र वर्मा मस्त लिखते हैं, वायु सेना पर इतना रोचक लिखा जा सकता है, यह इस किताब को पढ़ने के बाद ही पता लगता है। तनावपूर्ण जिंदगी में हास्य एक रक्षात्मक आवरण डिफेंस के तौर पर काम करता है, पर डिफेंस में हास्य तलाश लेना विकट हुनर काम का है। अरुणेंद्र वर्मा को ढेर सी शुभकामनाएँ।

24 दिसंबर, 2014 **—आलोक पुराणिक**

दो शब्द

जीवन विचित्र विसंगतियों से भरा होता है। प्रथम पुरुष में पूरा का पूरा उपन्यास लिख डालने के बाद दो शब्द और लिखने की इस इच्छा को ही देखिए। पर प्रायः बाहर जो दिखता है, अंदर वैसा नहीं होता। इस उपन्यास का नायक आपको मैं लग सकता हूँ, पर हूँ नहीं। यह कहानी मेरी नहीं है। यह कहानी है भारतीय सेनाओं की, विशेषकर उनके हवाबाजों की, जिनके बलिदान, त्याग और तपस्या को बखानते गंभीर आख्यान तो बहुत पढ़ने को मिलते हैं, लेकिन जिनके जीवन के गुदगुदानेवाले प्रसंगों में झाँकने का सामान्य पाठक को कभी अवसर नहीं मिलता।

मेरे प्रिय, बल्कि आराध्य व्यंग्यकारों की सूची लंबी है। इस विधा के आज के बेताज बादशाह ज्ञान चतुर्वेदी से लेकर श्रीलाल शुक्ल, हरिशंकर परसाई, शरद जोशी, रवींद्र नाथ त्यागी से लेकर आलोक पुराणिक और सूर्यबालाजी तक के हास्य व्यंग्य का मैं दीवाना पाठक हूँ। लेकिन इन सभी द्वारा समाज के हर वर्ग की खबर लेने के साथ-साथ उन्हें गुदगुदाते देखकर एक अपूर्ण कामना बची रह जाती थी—काश! हम फ़ौजियों के जीवन पर आधारित कोई गुदगुदाने वाली रचना भी वे देते। इसी प्रतीक्षा में जीवन के सात दशक बिता दिए, फिर भी मनोकामना पूरी नहीं हुई। अंत में उस दीये की याद आई, जिसने गुरुदेव रवींद्र नाथ ठाकुर के शब्दों में डूबते हुए सूरज को सांत्वना दी थी कि घबराओ मत, मैं हूँ न; जितना बन पड़ेगा उजियाला फैलाऊँगा। एक और शायर के शब्द याद आए, कासिद के बयाँ का ऐ अमजद, क्यूँकर हो असर उनके दिल पर। जिस दर्द से तुम खुद कहते हो, उस दर्दे बयाँ से कौन कहे। बस उठा डाली कलम और बैठ गया

यह उपन्यास लिखने के लिए। लिखने के बाद मन में विश्वास है—इसको पढ़ते हुए आप हँसेंगे जरूर और जोर जोर से हँसेंगे। यह शुद्ध हास्य है या व्यंग्य या नौरत्न की सब्जी, यह बाल की खाल निकालने वाला काम बड़े-बड़े लिक्खाड़ों पर छोड़ता हूँ। आप फ़ौजियों के जीवन में खुलनेवाली इस खिडकी से अंदर झाँकें, बहुत कुछ अनदेखा पहली बार देखकर आह्लादित हों और उपन्यास के अंत में बेमन से इस खिड़की से हटें तो मुझे और कुछ नहीं चाहिए। कहने को तो खिड़की की जगह मैं वातायन भी कह सकता था, लेकिन तब फ़ौजियों के शरीर से आनेवाली पसीने की गंध को पारिजात की सुगंध कहना पड़ता। वैसी भाषा इस उपन्यास को जीवंत नहीं रहने देती, जो मेरा अभीष्ट है, मेरी प्राथमिकता है।

मेरे बुढ़ापे की यह संतान आपको प्यारी लगे तो बहुत अच्छा, न लगे तो नीचे दिए हुए लोगों का पता मुझसे माँगकर उनसे स्वयं निपट लीजिएगा। इन्हीं लोगों ने बजजवा और रंगरेजवा की तरह मुझे यह दुस्साहस करने को उकसाया है। मेरे मित्र तुफैल चतुर्वेदी, 'लफ्ज' पत्रिका के यशस्वी संपादक, जिन्होंने मेरी एक कहानी को यह कहकर लौटाया कि इसमें तो उपन्यास की संभावना दिखती है; लिख डालिए और भेजिए—'लफ्ज' में धारावाहिक छापूँगा। मेरी अग्रजा माधुरी सक्सेना और मंजरी सिन्हा, जो मुझे लगातार उकसाती रहीं कि मैं उस पेड़ पर सचमुच चढ़ जाऊँ, जिस पर तुफैलजी चढ़ा रहे थे। बेटा हर्ष, जिसकी राय में हास्य का खजाना पीजी वुडहाउस के हाथों बहुत साल पहले लुट कर खाली हो चुका था, जिसने अपनी राय और सुझाव देने का आग्रह करने पर पहले कुछ अध्यायों की पांडुलिपि को नाक-भौं सिकोड़कर पढ़ा और बाद में अगले अध्यायों को उतावलेपन से माँग-माँगकर पढ़ा। पत्नी मणि को भी थोड़ा दोष दे सकते हैं। यदि वे अपनी प्रारंभिक जिद पर अड़ी रहतीं कि मैं यह बेवकूफी न करूँ तो शायद मैं हथियार डाल देता।

और अंत में याद कर लूँ अपने सबसे प्रिय व्यंग्यकार ज्ञान चतुर्वेदीजी को। उनसे मेरा व्यक्तिगत परिचय था नहीं। वे हृदयरोग विशेषज्ञ हैं, मैं दिल का मरीज नहीं हूँ, न ही बी.एच.ई.एल. का कर्मचारी। अपनी घोर व्यस्तता के बीच समय निकालकर वे मेरे उपन्यास के लिए नुस्खा लिखें। इसके लिए मेरे पास कोई जोरदार तर्क नहीं था। पर मिन्नतों के बाद जब वे मान गए तो अंततः मेरी झोली में दस का नोट डालने के बजाय अपने गले से उतारकर नौलखा हार

डाल दिया। आजतक उनका एक बार ही दर्शन हुआ है, वह भी इस पुस्तक की भूमिका लिख देने के बाद। मैं अभिभूत हूँ।

—अरुणेंद्र नाथ वर्मा

डी-295, सेक्टर 47,
नोएडा-201301
मोबाइल : 9811631141, 9818376333
arungraphicsverma@gmail.com

1

उन्नीस सौ बासठ में भारत पर चीनी आक्रमण के लिए भारतीय सेनाएँ कतई तैयार नहीं थीं। चीनी थलसेना ने भारतीय थलसेना पर एक-एक पर तीन-तीन की तर्ज पर 'मानवीय लहरों' के रूप में जबं धावा बोला और वह भी हिमालय की दुर्गम ढलानों से नीचे उतरने की सहूलियत के साथ-साथ। फिर तो भारतीय सेना का तबला धीन-धीन करके बजना ही था। चीनियों की स्वचालित बंदूकों का सामना भारतीय सिपाही द्वितीय विश्वयुद्ध वाली थ्री नोट थ्री बंदूकों से कर रहे थे। न उनके पास पैरों में पहनने के लिए फर-लाइनिंग वाले बूट थे, न हाथों में गरम दस्ताने। उस राष्ट्रीय त्रासदी के दुखदायी बहुआयामी परिणामों में से एक ऐसा भी था, जिस पर सैन्य इतिहासकारों की नजर अभी तक नहीं पड़ी है।

किसी ने यह सोचा भी नहीं था कि चीन के साथ उस युद्ध में हार का खमियाजा आनेवाली कई पीढ़ियों तक सेना के जवानों को भुगतना पड़ेगा। ब्रिटिश जेलों में सालों के अथक परिश्रम से जिस 'भारत की ख़ोज' पंडित नेहरू ने की थी, उसके सम्मान पर चीन से हार का इतना बड़ा धक्का वे झेल नहीं पाए। युद्ध के चंद महीनों बाद ही वे हृदय घात से जाते रहे। नेहरूजी तो विधुर थे। उनके जाने से किसी के दांपत्य जीवन पर क्या प्रभाव पड़ना था? भले बाद में इतिहासकारों ने इस कारण माउंटबेटन परिवार पर लगनेवाले आघात का जिक्र किया हो। पर यह आघात वास्तविक था या काल्पनिक, इस पर शोध अभी भी पूरा नहीं हुआ है। रक्षामंत्री कृष्ण मेनन ब्याह-शादी की इल्लतों से दूर थे। सुना है वे स्वच्छंद उड़ानें भरते थे, अतः सिवाय रक्षामंत्री पद से हटाए जाने के उनका भी कुछ विशेष नहीं बिगड़ा। असली गाज गिरी इस पिरामिड के सबसे निचले पायदानों पर टिके बेचारे फ़ौजी जवानों और अधिकारियों जिनकी शादियाँ होनी बंद हो गईं। पूरी तरह से बंद तो खैर इस देश में आज तक सती प्रथा, गांधीवाद और राजनैतिक ईमानदारी

भी नहीं हो पाई है। हम लोग हर काम में कोई-न-कोई कमी छोड़ ही देते हैं। अत: फ़ौजियों की शादी पर भी पूर्ण विराम तो नहीं लग पाया, किंतु उनकी शादियाँ बहुत दुष्कर हो गईं। (अगर चुनाव से पहले दिखाया गया मुखौटा चुनाव के बाद पूरी तरह बदला जा सकता है तो मुझे भी बंद शब्द को बदलकर दुष्कर लिखने का अधिकार तो है ही।) तो भारत-चीन युद्ध का सबसे बड़ा दुष्परिणाम यह हुआ कि उसके बाद फ़ौजी कबीरदास लुकाठी हाथ में लिए गुहार लगाते ही रहे, पर अपना घर फूँककर उनके साथ आने के निमंत्रण में जरा भी दम नहीं रह गया।

चीनी आक्रमण के बाद इस देश की विवाह योग्य कन्याएँ, उनके माता-पिता और अभिभावक सब बहुत होशियार और चौकन्ने हो गए। संभव है लड़कियाँ स्वयं अभी भी पूरी तरह चौकन्नी न हुई हों, पर माँ-बाप की मरजी के खिलाफ विद्रोह करनेवाली वीरांगनाएँ इस देश में कितनी पैदा हो सकती हैं, जिसने 1857 से लेकर आज तक केवल एक अदद झाँसी की रानी, एक इंदिरा गांधी और मात्र एक-एक अदद ममता, जयललिता और मायावती पैदा की हैं। जहाँ तक लिव इन अर्थात् सहजीवन की मुँह में पानी लानेवाली स्वर्णिम परंपरा का प्रश्न है, उसका उस जमाने में कहीं दूर-दूर तक अता-पता भी नहीं था। यदि होता भी तो हिमालय की बर्फीली चोटियों पर या राजस्थान और कच्छ की तपती रेत में और पूर्वोत्तर की घने वनों से आच्छादित वादियों में मादा स्नो लेपर्ड, ऊँटनी या मादा भालू, गैंडे तो दिख जाते, पर किसी भाग्यशाली फ़ौजी के साथ लिव इन संबंध बनाने को आतुर किसी कन्या के दर्शन कहाँ से होते? यह समझिए कि चीनी सेना ने भारतीय सेना का वंध्याकरण तो नहीं किया पर फ़ौजियों की भी शादी होती है या होनी चाहिए, इस प्रथा तो क्या, इस विचार को भी बंद होने के कगार पर छोड़कर वह वापस चीन की सीमा में चली गई। टैक्स डिडक्शन ऐट सोर्स जैसी सूझ-बूझ दिखाते हुए चीनियों ने भारतीय सेना के ही नहीं, बल्कि उनकी आनेवाली पीढ़ियों के रास्ते में भी बारूदी सुरंगें बिछा दीं।

धड़ल्ले से नकल चल रही हो, तभी अचानक सचल निरीक्षकों का उड़न दस्ता किसी परीक्षा कक्ष में छापा मारकर सारी परचियाँ-फर्रे जब्त कर ले और जिस पतलून पर गणित और केमिस्ट्री के फॉर्मूलों से लेकर मुगल वंश के सम्राटों की वंशावली तक अति महीन अक्षरों में लिखने का काम किया गया हो, उसे भी उतरवाकर साथ लेकर चलता बने, ऐसा ही छापा फ़ौजियों की शादी के बाजार में चीनी आक्रमण ने मारा। इस आक्रमण के बाद विवाह योग्य कन्याओं के बाप-

भाइयों की समझ में आ गया कि कन्या किसी फ़ौजी को सौंपी तो उसके विधवा होने के बाद उन्हें अपनी जिंदगी भी उसे विधवा पेंशन दिलाने के लिए की गई भाग-दौड़ में होम करनी पड़ेगी। बहुत बदकिस्मत हुई तो उस दुखियारी का पति मरने से पहले कोई असाधारण शौर्य दिखा जाएगा, जिसके परिणामस्वरूप उसे एक मरणोपरांत मिलानेवाला शौर्य पदक थमा दिया जाएगा और साथ में होगा किसी रिहायशी प्लॉट, पेट्रोल पंप या गैस एजेंसी के अलॉटमेंट का आश्वासन। फिर करेला नीम पर चढ़ जाएगा। उस पेट्रोल पंप या प्लॉट के चक्कर में पहले तो उस विधवा की अपनी जिंदगी एक दफ्तर से दूसरे दफ्तर में भाग-भाग कर हराम हो जाएगी। फिर पाँच-सात सालों में बहुतेरी एड़ियाँ रगड़ने के बाद वह प्लॉट या पंप या एजेंसी ह़ासिल भी हो गई तो उसके देवर-जेठ-ससुर आदि ससुरालियों में और उसके बाप-भाई आदि मायके वालों के बीच चील्ह झपट्टे का खेल छिड़ जाएगा कि देखें उस नियामत को कौन पहले हथिया लेता है। दिवंगत एक युद्ध लड़ेगा तो युद्ध के बाद उसकी विधवा से संबंधित दो-दो परिवार एक लंबी लड़ाई लड़ेंगे। ऐसे तमाशे देखने के बाद कौन बुद्धिमान अपनी बेटी किसी फ़ौजी से ब्याहना चाहता?

चीन के आक्रमण के पहले फ़ौजी अफसरों के क्या सुनहरे दिन थे? 1947 में स्वतंत्रता प्राप्ति के बाद ही भारतीय सेना को कश्मीर में 1948 में पाकिस्तानी सेना से निपटना पड़ा था, जिसके सैनिक कबाइलियों के वेश में वैसे ही घाटी में कूद पड़े थे, जैसे बाबा रामदेव महिला वेश बनाकर रामलीला मैदान के मंच से नीचे सोती हुई भीड़ में। पर कश्मीर में युद्ध विराम होने के बाद एक लंबा अंतराल था 1962 तक का। इन बीच के वर्षों को भारतीय सेनाओं की मौज-मस्ती का स्वर्णिम युग कहा जा सकता है। इन चौदह वर्षों में फ़ौजी अफसरों ने छककर ऐश की। शंका उठ सकती है कि रामचंद्रजी के चौदह वर्षों तक वन में रहने को वनवास कहते हैं तो इन चौदह वर्षों को भारतीय सेनाओं का स्वर्गवास तो नहीं कहा जाएगा? कहें चाहे न कहें, पर सच यही है कि अंग्रेजों के चले जाने के पश्चात् उच्च पदों पर पदाधिकारियों का जो वैक्युअम बन गया था, वह सिविल और सेना सभी के अधिकारियों के लिए वैक्युअम नहीं वैकुंठ सिद्ध हुआ। प्रकृति शून्य को नहीं झेल पाती है। नागरिक शासन या सैन्य व्यवस्था कैसे झेल लेती? परिणामत: पाँच-सात साल की सेवा वाले अफसर कर्नल की रैंक से सुशोभित हो गए, पंद्रह-बीस वर्षों की सेवा वाले जो द्वितीय महायुद्ध के अंतिम चरण में 1944-45 में शॉर्ट सर्विस कमीशन प्राप्त लेफ्टिनेंट थे, वे 1960 आते-आते लेफ्टिनेंट जनरल के पद पर

आसीन हो गए।

देश की कमान जिन नेताओं ने नई-नई सँभाली थी, उन्हें अंग्रेजों की शासन व्यवस्था देखने-समझने का पर्याप्त अवसर मिला था, पर सेना के क्रियाकलाप से वे परिचित नहीं थे। अंग्रेजों के जमाने की पुलिस से भले ही उन्हें घृणा रही हो, पर सेना के लिए उनके मन में सम्मान भी था और असंपृक्तता भी। अंग्रेज अपनी विरासत में जो फ़ौजी संस्कृति छोड़ गए थे, उसमें देशभक्ति, अनुशासन, कर्तव्यपालन, बहादुरी व ईमानदारी का निश्चित रूप से बहुत उच्च स्थान था, पर साथ ही वे दे गए थे बूटों में आईने जैसी चमक पैदा करने के लिए बैटमैनों अर्थात् सहायकों की सुविधा। ऑफिसर्स मेस में संचित-सुरक्षित पारंपरिक धरोहरों के रूप में ट्रोफीज, शील्ड्स व कप और अंग्रेजी छुरी-काँटे, जिनकी चाँदी की चमक बनाए रखने के लिए मानवसंसाधन अर्थात् जवानों की कमी नहीं थी। खाने की टेबुल पर पाश्चात्य ढंग का खाना चमकती वर्दी पहने वेटर सधे हाथों से झुककर परोसते थे। ऑफिसर्स मेस के समारोहों, पार्टियों में आज की तरह के युगल नहीं दीखते थे, जो ऊ-ला-ला किस्म की फिल्मी धुनों की सी डी लगाकर यौगिक या जिमनास्टिकी मुद्राओं में अपने बदन को तोड़ते-मरोड़ते, ऐंठते-अकड़ते आपस में दो हाथ की दूरी बनाए रखकर जो कुछ कर रहे हों, उसे पाश्चात्य नृत्य बताएँ। उन दिनों इन पार्टियों में सैन्य बैंड की वाल्ट्ज या फॉक्सट्रोट की सुरीली रोमांचक धुनों पर एक-दूसरे के कंधों या कमर पर हाथ रखे हुए रोमांटिक किंतु शालीनता के प्रति सचेत मुद्राओं में झूमते-लहराते जोड़े नजर आते थे। टेरीकोट की वर्दियाँ नहीं चली थीं। खाकी या जैतूनी वर्दियों पर ऐसा कड़क कलफ लगाकर पलटन का धोबी लाता था कि गैरफ़ौजी यदि पहनने का प्रयत्न करे तो उसकी जाँघें छिल जाएँ। ऐसी कड़क वर्दी या घुड़सवारी के लिए घुटनों तक ऊँचाईवाले राइडिंग बूट्स पहनने की कठिन प्रक्रिया को रोज झेलने की बहादुरी दिखाने के कारण ही साहब को साहब बहादुर कहने का चलन आरंभ हुआ होगा। फिर भी इस कड़कपन के साथ-ही-साथ नफासत का यह आलम था कि नेफा के मोरचे को सँभालने के लिए भेजे गए जनरल साहब अपना कमोड हवाई जहाज से साथ लेकर गए थे।

नतीजा यह था कि फ़ौजी अफसरों की अपनी एक फर्क ही दुनिया थी। एक शानदार ग्लैमर-चकाचौंध से भरी दुनिया। कैंटोनमेंट या फ़ौजी छावनियाँ भीड़भाड़ भरे शहरी इलाकों से बाहर होती थीं, जहाँ साधारण नागरिक को जाने की कोई आवश्यकता नहीं पड़ती थी। ये छावनियाँ अपने रख-रखाव, साफ-सफाई के लिए

दर्शनीय होती थीं। होती भी क्यों नहीं। जवानों को पहला सबक यही मिलता था कि जिस किसी चीज को हिलते देखो, उसे सैल्यूट ठोंक दो, जो एक जगह पर टिकी दिखे, उसे पेंट कर दो फिर जो कुछ पेंट किया हो, उसके चारों तरफ सुर्खी और चूने से एक गोल घेरा बना दो तो सोने में सुहागा हो जाएगा।

इस ग्लैमर से भरी हुई दुनिया में बाहर से झाँकनेवाले को फ़ौजी अफसर का जो बिंब दिखाई पड़ता था, वह एक बहुत स्मार्ट वर्दी पहने, जीप में बैठे हुए, अभिवादन स्वीकार करते हुए हवा में सैल्यूटों को उछालते किसी छरहरे नौजवान का होता था या फिर शिकार के बाद शेर की लाश के पास एक हाथ से राइफल पकड़े हुए और दूसरे हाथ से अपनी हैंडलबार मूँछों को मरोड़कर ताव देते हुए जाँबाज का, या फिर फ़ौजी बैंड की धुन पर डांसफ्लोर पर किसी सुंदरी की नाजुक कमर थामे नाचते हुए सजीले जवान का होता था। शिकार, शराब, साकी और सैल्यूट से सजी हुई यह दुनिया एक बहुत सुंदर सी मूर्ति थी, जिसे चीनियों ने ऐसी बेरहमी से तोड़ा कि क्या बामियान की बुद्ध प्रतिमाओं को तालिबान ने तोड़ा होगा। इस मूर्तिभंजन में जो बची-खुची कमी थी, उसे पूरा कर दिया लता मंगेशकर की जादुई आवाज में गाई हुई इन दर्द भरी पंक्तियों ने "ऐ मेरे वतन के लोगों, जरा आँख में भर लो पानी, जो शहीद हुए हैं उनकी, जरा याद करो कुरबानी।"

कहते हैं इस गीत को सुनकर पंडित नेहरू की आँखों में आँसू छलछला उठे थे। पर उसके बाद यह भी हुआ कि आगे से किसी विवाह योग्य कन्या के लिए किसी फ़ौजी का प्रस्ताव आता था तो तुरंत उसका बाप वतन पर मर मिटनेवाले शहीदों की कुरबानी याद करके रोने लगता था। चीन के साथ युद्ध में जितने सैनिकों ने शहादत दी थी उस संख्या से सैकड़ों अधिक संख्या में उस पीढ़ी के फ़ौजियों के विवाह की संभावनाएँ अकेले इस गीत पर कुरबान हो गईं। संवेदनशील माता-पिताओं के कानों में इस गीत के स्वर पड़ते ही उनकी आँखों के सामने लद्दाख के बर्फीले बियाबानों के बीच भूख-प्यास से तड़पते, भयंकर ठंड में काँपते, अपनी पलटन से भटककर घर की राह तलाशते हुए फ़ौजियों की 'हकीकत' सामने आ जाती थी जो उस तिलमिला देनेवाली हार पर बनी एक अविस्मरणीय फिल्म थी। अगर वह नहीं तो फिर फ़ौजी कप्तान बने हुए देवानंद का चेहरा अपनी शानदार मूँछों को, जो 'हम दोनों' फिल्म के लिए उनके चिकने चेहरे पर चिपकाई गई थीं, मरोड़ते हुए, अपनी फिक्र के साथ असली फ़ौजियों की शादी की संभावनाओं को भी धुएँ में उड़ाते हुए दिखता था।

औसत से अधिक सिरफिरी कोई कन्या यदि इन सबके बावजूद किसी फ़ौजी से ब्याह करने की इच्छा प्रकट करती थी तो कहते हैं उसे छोटे से कमरे में बंद करके उसके सामने तत्कालीन सुषमा, शमा, फिल्मी कलियाँ, रंगभूमि सरीखी सुंदर-सुंदर फिल्मी पत्रिकाएँ रख दी जाती थीं, जिनमें हकीकत जैसी फिल्मों का पूरा-का-पूरा डायलॉग कलेजा हिला देनेवाले युद्ध के दारुण दृश्यों की तसवीरों के साथ छपा रहता था। कमरे के बाहर ''ऐ मेरे वतन के लोगों'' वाले गाने का अखंड पाठ किया जाता था। कठिन-से-कठिन मामलों में भी इस इलाज से सफलता मिलने में चौबीस घंटे भी नहीं लगते थे। कन्या कमरे के अंदर से दरवाजे पर अपने कोमल हाथों से लगातार प्रहार करते हुए जब चीखने लगती थी—बंद करो यह मनहूस गाना, नहीं करनी शादी मुझे किसी फ़ौजी के साथ, किसी दरिद्र के साथ, दीवालिए के साथ, यहाँ तक कि किसी हिंदी लेखक के साथ शादी करने को तैयार हूँ, पर फ़ौजी का नाम न लेना मेरे सामने। तो कमरे का दरवाजा खोल दिया जाता था। कन्या के माँ-बाप चैन की साँस लेते थे और भूत उतर जाने की खुशी में मिठाइयाँ बाँटते थे।

यदि कन्या किसी कॉन्वेंट स्कूल में पढ़कर अंग्रेजी भाषा और अमेरिकन ऐक्सेंट घुट्टी में पिए हुए होती थी तो बजाय फिल्मी कलियाँ और रंगभूमि आदि पत्रिकाएँ रखने के वार ऐंड पीस, ब्रिज ओन द रिवर क्वाई और द फाल ऑफ बर्लिन आदि उस जमाने की युद्धसंबंधी फिल्मों से संबंधित ज्वलनशील सामग्री इकट्ठा करके पीड़ित कन्या को उसका धुआँ देने से भी वांछित सफलता मिलती थी। चूँकि चीन के आक्रमण से संबंधित कोई भारतीय फिल्म अंग्रेजी में नहीं बनी थी, अतः द्वितीय विश्वयुद्ध पर बनी अंग्रेजी फिल्मों से ही काम चलाना पड़ता था, पर समझदार के लिए इशारा ही काफी होता है और ये अंग्रेजीदाँ कॉन्वेंटिया कन्याएँ तो पैदायशी समझदार होती थीं। वे फ़ौजी अफसरों से दोस्ती करने में परहेज नहीं करती थीं। उनके मैसों में डिनर डांस में शरीक हो लेती थीं, कभी-कभी उनके साथ पिक्चर भी देख लेती थीं, पर शादी वे तत्कालीन बॉक्स वाला अर्थात् बर्माशेल, आई सी आई, सीबा आदि विदेशी कंपनियों में कार्यरत या टी-एस्टेट्स और कॉफी-एस्टेट्स में लगे हुए लड़कों से ही करती थीं। वैसे भी इनके रोमांस करने की प्रक्रिया एक तात्कालिक व्यवस्था ही होती थी, तब तक के लिए जब तक इनके पाइप या सिगार पीनेवाले डैड या फ्रेंच परफ्यूम में रची-बसी मॉम इनके लिए आई.ए.एस., आई.एफ.एस. या बोक्सवाला लड़का ढूँढ़ न निकालें। अतः इस वर्ग की कन्याओं को अंग्रेजी फिल्मों का धुआँ देनेवाले इलाज की आवश्यकता कम ही पड़ती थी।

विवाह के बाज़ार में फ़ौजियों की जो दुर्दशा चीनी सेना कर गई थी, उसे और भी बुलंदियों पर पहुँचाया पाकिस्तानियों ने। अक्तूबर 1962 के चीनी हमले की तीसरी सालगिरह मनाई जा सके, इसके पहले ही अर्थात् 1965 में पाकिस्तान ने जो राग अलापा, उसके बोल थे आ बैल मुझे मार। वैसे पाकिस्तान का इस बार भारतीय सेनाओं ने शुक्रिया अदा किया कि उसकी मेहरबानी से चीन से मार खाने की भड़ास निकल गई। युद्ध इस बार भी लंबा नहीं खिंचा, पर फ़ौजियों को मजे से अपना जौहर दिखाने का अवसर मिल गया। पाकिस्तान से कुछ क्षेत्रों में तो काँटे की लड़ाई रही, पर अधिकांश क्षेत्रों में भारतीय सेनाओं ने पाकिस्तानी टैकों का कब्रिस्तान खड़ा कर दिया। पुराने पापों के प्रायश्चित के लिए गंगा नहाने का प्रावधान है। फ़ौजियों को लाहौर जाकर मत्था टेकने से तो भारत सरकार ने रोक दिया पर इछोगिल कैनाल में डुबकी लगाकर उन्होंने अपने पुराने पाप धो डाले।

बेचारे भोले-भाले फ़ौजी जीत की खुशी में यह समझ भी नहीं पाए कि उनकी गोटी जो शादी के बाजार में 1962 से ही पिटी हुई थी, तीन साल के अंदर ही इस दूसरे अल्पकालिक लेकिन घमासान युद्ध से बिल्कुल ही घिस-पिट जाएगी। हुआ यह कि चीनियों ने तो केवल थलसेना के ही जवानों और अफसरों का बाज़ार ठंडा किया था। इस बार वायुसेना और नौसेना भी चपेट में आ गईं। पहले जो कन्याएँ किसी नेवी या एयरफोर्स के अफसर को दिल दे बैठती थीं, वे अपनी रोती-कलपती मम्मी को यह कहकर समझा लेती थीं कि तुम्हें तो कुछ पता ही नहीं है। वे तो एयर फोर्स (या नेवी) में हैं, जिनके अफसर तो केवल अफसरी करते हैं। लड़ाई थोड़ी लड़ते हैं, पर वही कन्याएँ अब खुद भी सयानी हो गईं। जानबूझकर मक्खी कौन निगले? अब तो पता चल गया कि मुई लड़ाई जमीन पर ही नहीं, आसमान में भी होती है और समंदर में भी। कौन इस जरा सी स्मार्टनेस और कसरती बदन के चक्कर में अपनी जान का बवाल पाले। यह थी तसवीर उस समय के शादी के बाजार की, जिसमें कदाचित फ़ौजी अफसर की बोली तभी लगती, जब एक फ़ौजी अफसर के साथ दो आई.आई.टी., आई.आई.एम. वाले मुफ्त मिलें।

मैं उस पीढ़ी के अफसरों में था, जिनके देखते-देखते क्या-से-क्या हो गया। हमें कमीशन तो मिला सन् 1962 और 1965 की लड़ाइयों के बाद, पर एन.डी.ए. (राष्ट्रीय प्रतिरक्षा अकादेमी) में हम भरती हुए थे चीनी आक्रमण से पहले वाले स्वर्णिम युग में, यानी 1961 में। हमारी आँखों में वही जीप पर सवार, आँखों पर रेबैन का धूप का चश्मा लगाए, हवा में तैरकर आते सैल्यूटों को दाहिने हाथ से

वापस उन्हीं हवाओं में लौटाते हुए और बाएँ हाथ से अपनी गर्ल फ्रेंड को सँभालते हुए फ़ौजी अफसर की तसवीर डोल रही होती। नेवी में जानेवाले कैडेटों को आईने में सफेद निकर और सफेद आधी बाँह की शर्ट पहने अपनी रंगरूटी शक्ल नहीं दिखाई पड़ती। उसके बदले दीखता सेरिमोनियल ड्रेस में अर्थात् बंद गले का सफेद शार्क स्किन का कोट, वैसी ही चमचमाती टिनोपाली सफेद पैंट पहने, सीने पर झिलमिलाते हुए तमगे लगाए और बगल में टीपू सुलतान मार्का तलवार लटकाए एक खूबसूरत जवाँमर्द, जिसकी शकल उसके हीरो कमांडर नानावती के जैसी होती थी। इससे भी ज्यादा फड़कता हुआ मूड हुआ तो उस तसवीर में यह जवाँमर्द अपनी सर्विस रिवाल्वर से उस सिविलियन विलेन को भूनता हुआ नजर आता था, जिसने विदेशी क्रूज से लाई हुई उसकी सती-साध्वी मेम को बुरी नजर डालकर बरगला दिया था। एयरफोर्स के कैडेटों का तो कहना ही क्या। उन्हीं दिनों एन.डी.ए., खडकवासला में राज कपूर की 'संगम' फिल्म की शूटिंग हुई थी। फिल्म में स्क्वाड्रन लीडर बने राजकपूर को एक छोटे से टू सीटर हवाई जहाज को डाइव मारकर हिरनी की तरह कुलाँचें भरती हुई वैजयंतीमाला के एकदम कानों के पास से निकालना था। उस सीन में उन्हें दिनभर एन.डी.ए. के हवाई अड्डे पर बोल राधा बोल, संगम होगा कि नहीं, जैसे मासूम प्रश्न के उत्तर में वैजयंतीमाला नहीं, नहीं, नहीं चीखती हुई दिखाई पड़ी थीं। पर रात को उन कैडेटों के सपनों में वैजयंतीमाला से यही प्रश्न राजकपूर की जगह उनका हमशक्ल हीरो पूछता था तो शर्म से लाल गालों की सुर्खी अपनी कजरारी लटों से ढँकते हुए वे हौले से मुसकराकर कहतीं हाँ-हाँ-हाँ।

मजे की बात यह कि सिर्फ कैडेटों या नौजवान अफसरों की आँखों और अक्ल पर रूमानियत का यह परदा नहीं पड़ा हुआ था। बाहर से झाँकनेवालों की नजरें भी उसी रूमानियत के परदे में फँसकर रह जाती थीं। इसका प्रत्यक्ष प्रमाण यह था कि उन दिनों एन.डी.ए. या आई.एम.ए. (इंडियन मिलिटरी अकादेमी) में आनेवाले नौजवानों का एक बड़ा हिस्सा देश के चुनिंदा पब्लिक स्कूलों से आता था। दून स्कूल, सिंधिया स्कूल, मेयो कॉलेज अजमेर, राजकुमार कॉलेज राजकोट, सेंट पॉल दार्जिलिंग, सेंट कोलंबस, मॉडर्न स्कूल दिल्ली से लेकर छैल और कपूरथला से लेकर बैंगलोर व झूमरी तलैया तक फैले हुए सैनिक स्कूलों से सीनियर कैंब्रिज या हायर सेकेंडरी पास करके उनकी एक बड़ी संख्या फ़ौज की तरफ रुख करती थी। शायद इसके पीछे यह कारण भी था कि देशी स्कूलों के तेज

छात्रों की तुलना में गणित, विज्ञान आदि बोर विषयों में अपनी कमजोरी को वे बॉक्सिंग, क्रिकेट, टेनिस या स्क्वाश जैसे खेलों में अपनी प्रवीणता से और फर्राटेदार अंग्रेजी में स्लैंग्स और गालियाँ बकने में अपनी महारत से आसानी से ढँक लेते थे। इन क्षेत्रों में मुकाबला होता भी कैसे? स्क्वाश, बॉक्सिंग, गोल्फ जैसे अभिजात खेलों के तो दर्शन भी साधारण स्कूलों से आनेवाले लड़कों को नहीं हुए होते थे। अंग्रेजी गालियाँ और स्लैंग्स उन्हें पता ही नहीं होते थे। ये तो बाद में पता चलता था कि जिन संबोधनों से उन्हें बुलाया जाता था, उनके शाब्दिक अर्थ क्या-क्या थे। एन.डी.ए. के मेरे साथियों में पटियाला के युवराज अमरिंदर सिंह से लेकर अनेक जनरलों, एयर मार्शलों, राजदूतों व हाई कमिश्नरों के बेटे थे। हाँ राजनेताओं के पुत्रों का प्रतिनिधित्व पंजाब के तत्कालीन राज्यपाल भीमसेन सच्चर के पुत्र विजय सच्चर अकेले कर रहे थे।

अब तो हजारों में एक भी नेता का पुत्र फ़ौज की तरफ रुख नहीं करता है। हाँ, सुदूर भविष्य में देश के होनहार नेता बननेवाले सुरेश कलमाडी अवश्य मेरे बैच के थे। वैसे यह राज खोलने के लिए मैं अपने बैच के साथियों का क्षमाप्रार्थी हूँ। बहरहाल इरादा नेमड्रॉपिंग का नहीं, केवल नौजवानों की सोच में बदलाव दरशाने का है कि जिस वर्ग का प्रतिनिधित्व तब अनेकों फ़ौजी करते थे, उस वर्ग के नौजवान अब यदि फ़ौज में आना चाहें तो उन्हीं के दोस्त उन्हें सिरफिरा समझते हैं। खानदानी चुनाव क्षेत्र को गुड़ाई-सिंचाई करके जिस का पिता उपजाऊ बनाकर रखे या फिर आगे पढ़ाई करने के लिए विदेश भेजकर मार्ग प्रशस्त रखे, ऐसा नौजवान यदि फ़ौजी नौकरी करके जीवन बरबाद करना चाहे तो उसे स्वप्नद्रष्टा मूर्ख ही तो कहा जाएगा। यदि मेरी बात में शक हो तो सैनिक स्कूल में पढ़ाई करके भी बरास्ता विदेशी विश्वविद्यालय मुख्यमंत्री की गद्दी तक पहुँचनेवाले अखिलेश यादवजी से पूछ कर देख लीजिए।

1948 से 1962 तक के चौदह स्वर्णिम वर्षों का शीशा 1965 के भारत-पाक युद्ध से चटक तो गया ही था। उसके बाद 1971 तक की केवल छह वर्षों की अवधि बहुत छोटी सी थी। अत: तब तक कन्याओं और उनके अभिभावकों के मन में कोई संदेह रह भी गया हो तो 1971 के भारत-पाक युद्ध ने उनके मन के हर कोने को झाड़ू लगाकर पूरी तरह से साफ कर दिया। इस युद्ध में शहीद होनेवाले अफसरों का जवानों की अपेक्षा अनुपात बहुत अधिक था। अब सोचिए कि यदि एक भारतीय शहीद के पीछे सिर्फ पाँच विवाह योग्य कन्याओं ने या उनके अभिभावकों

ने कसम खाई कि उनकी शादी के लिए किसी फ़ौजी के चक्कर में नहीं पड़ेंगे तो पाकिस्तान में क्या होना चाहिए था, जहाँ एक साथ अट्ठानवे हजार सैनिकों ने भारतीय सेना के आगे जीवित छोड़ देने की भिक्षा माँगते हुए ढाका में आत्मसमर्पण किया था। पर आपका कयास बिल्कुल गलत निकलेगा। पाकिस्तानी फ़ौजी ज्यादा समझदार हैं। अपने देश के राजनीतिक नेताओं को ऐसा फिट करके रखते हैं कि उनके जी क्यू (ग्लेमर कोटिएंट) पर युद्ध में हारने पर भी कोई खरोंच नहीं पड़ती है। तभी तो उनकी आँखों में सुरमे की तरह छिपाकर रखे गए ओसामा बिन लादेन को अमेरिकी चोर चुरा ले गए, पर भाइयों की मूँछ की, सॉरी, दाढ़ी की ऐंठ में कोई फर्क नहीं पड़ा। सच्चे अर्थों में सेना का 'स्वर्गवास' कहीं है तो पाकिस्तान में है।

बहरहाल, त्सुनामी के बाद भी तबाह हुए क्षेत्रों में जीवन धीरे-धीरे फिर अंकुरित होकर हरियाने लगता है। अत: फ़ौजी कुँवारों के दिन भी धीरे-धीरे करके फिरने लगे। एक काफी लंबा अंतराल रहा 1971 के बाद कारगिल में 1998 की त्सुनामी आने तक। एक पूरी पीढ़ी 1971 के युद्ध के बाद पैदा होकर जवान हो गई, जिसकी कुँवारी कन्याओं ने युद्ध में शहीद होते फ़ौजियों को और सुहाग की चूड़ियाँ फोड़ते हुए उनकी विधवाओं को नहीं देखा। पर इस पीढ़ी के साथ एक नए प्रकार का कष्ट पैदा हो गया। हुआ यह कि इसी दौरान इंडिया शाइनिंग हो गया। कॉर्पोरेट सेक्टर के वेतनमान कारगिल के पर्वतों के पार मार करनेवाली तोपों की ऊँची ट्रेजेक्टरी वाले गोलों से भी ऊँची उड़ान भरने लगे। बस एक राहत मिल सकी कार्पोरेट सेक्टर की इस बदनामी से कि उसकी बहुदेशीय कंपनियाँ एक आदमी को दो के बराबर वेतन देती हैं, पर उससे काम लेती हैं तीन-चार आदमियों का। सबसे उपजाऊ आई टी सेक्टर के चाँद जैसे चेहरे पर इस बदनामी का दाग लगा हुआ था कि उसमें नववधू सूनी सेजिया पर करवटें बदल-बदल कर लता मंगेशकर के विरह-वेदना रस टपकाते गीतों को अकेले गा-गाकर अपना सुरीला गला बैठा लेती है और अनाड़ी पिया कंप्यूटर के सामने बैठकर अपने विदेशी आकाओं से स्पाईक का कॉन्फ्रेंस कॉल लगाकर नैन मटक्का खेलने में व्यस्त रहते हैं। इसी के साथ फ़ौजियों को एक राहत सरकार की तरफ से मिली। अधिकांश फ़ौजी ठिकानों पर उन्हें परिवार के बिना बैरकों में जो रातें काटनी पड़ती थीं, उन रातों के अकेलेपन में पारिवारिक आवासों के बनने से चोट पड़ी। नॉन फैमिली स्टेशंस अर्थात् जबरन ब्रह्मचारी क्षेत्रों की संख्या में काफी कमी आई। इसी के साथ परदेसी पिया राग अलापनेवाली फ़ौजी विरहिणी पत्नियों को गले में खिचखिच से थोड़ी राहत मिली।

इस प्रकार फ़ौज को सत्ताईस सालों (1971 से 1998) तक का एक बड़ा लंबा अंतराल मिल गया, शांति के दौर का। एक बार फिर से विवाह योग्य कन्याओं को फ़ौजियों के कंधों पर जड़े सितारों में थोड़ी चमक दिखने लगी, पर प्रायः देखा जाता है कि अमेरिकन आर्थिक सहायता की तरह से भगवान् भी एक हाथ से कुछ देता है तो दूसरा हाथ फटाफट कुछ वापस लेने के लिए बढ़ा देता है। तो इसके पहले कि यह शांतिपर्व फ़ौजियों के कंधों के सितारों को पूरी तरह से कन्याओं की आँखों की चमक में बदल पाता, फ़ौज ने स्वयं लड़कियों को कमीशन देने का आत्मघाती कदम उठा लिया।

जब लड़कियाँ स्वयं कमीशंड अफसर बनने लगीं तो बहुतेरी अच्छी-भली, स्मार्ट लड़कियों ने अपने रंगीन सपनों में सजीले-गठीले फ़ौजी जवानों को सीने पर बहादुरी के लिए मिले मेडल्स चमकाते हुए अपने सामने 'नाइट इन आर्मर' वाली मुद्रा में जमीन पर घुटने टेक कर हथेली में अपना दिल पेश करते देखना बंद कर दिया। वे अब सपनों में स्वयं को फ़ौजी वर्दी पहनकर गणतंत्र दिवस की परेड में उन्हीं सजीले जवानों की टुकड़ी के मुखिया के रूप में मार्च करते हुए और अपने सर्वोच्च कमांडर अर्थात् राष्ट्रपति की जगह साड़ी के पल्लू से सिर ढँककर खड़ी हुई उस दादी-नानी जैसी दीखनेवाली महिला को अपनी नंगी तलवार झुका कर किए हुए सैल्यूट का जवाब स्वयं सैल्यूट से देते हुए देखने लगीं। जो सपना अपने कुँवारे बदन को किसी फ़ौजी अफसर की बलिष्ठ बाँहों में कसमसाते हुए दिखाने की बजाय स्वयं को बायोनेट लगी राइफल हाथों में पकड़कर उन्हीं पुरुष शत्रुओं की तरफ चार्ज करते हुए दिखाए, उस सपने से क्या आशा की जाए कि वह अपने प्रतिद्वंद्वी फ़ौजी अफसर की बाँहों में आत्मसमर्पण की सोच को सींचेगा।

शांति के दिनों में फ़ौजी अफसर की एक बहुत भारी और कठिन जिम्मेदारी होती है अपने अधीनस्थों को व्यस्त रखने की। तमाम अनाप-शनाप कार्यों को बेहद आवश्यक बताते हुए अपने मातहतों को हर समय जोते रखना भी एक बड़ी आवश्यकता होती है, ताकि उनके खाली दिमाग शैतान का डेरा न बनने पाएँ। वैसे इसके पीछे एक गंभीर और वास्तविक मजबूरी भी होती है, जिसके चलते फ़ौजियों को शांति के दिनों में भी काफी व्यस्त रखा जाता है। युद्ध संचालन के कौशल में लगातार होते हुए परिवर्तनों को समझना जरूरी होता है। नए-नए हवाई जहाजों, तोपों, टैंकों, पनडुब्बियों और विमानवाहक जहाजों के सशस्त्र सेनाओं में लिये जाने की निरंतर चलती प्रक्रिया के कारण उनके रख-रखाव और संचालन का प्रशिक्षण

लेने की अनिवार्य आवश्यकता शांतिपर्व में उत्पात मचाए रखती है। परिणामत: आधे फ़ौजी अफसर शांति के दिनों में कोई-न-कोई कोर्स करते रहते हैं। अब कुछ बालाएँ स्वयं फ़ौजी वर्दी पहनने के बावजूद गलती से भूले भटके किसी फ़ौजी की बाँहों में आत्मसमर्पण का मीठा सपना देख भी लेतीं तो नींद खुलने पर उनके सामने यह प्रश्न मुँह बाए खड़ा होता कि जब वे स्वयं भी कोई कोर्स करती रहेंगी और उनका फ़ौजी पति कहीं और कोई दूसरा कोर्स करता रहेगा तो फिर वह वाला कोर्स करने का अवसर कब मिलेगा, जिसके खटमीट्ठे सपने उन्हें मैट्रिक तक पहुँचते-पहुँचते ही आने लगे थे।

फिर भी सारी कठिनाइयों के बीच 71 से 78 तक के लंबे शांति के दौर में थलसेना-जलसेना के अफसरों की शादी के बाजार का सूचकांक थोड़ा-बहुत तो ऊपर चढ़ा ही। शादी के मामले में उनकी पूछ कुछ बढ़ने का कारण शायद यह भी था कि युद्ध के बाद विधवाओं के नाम घोषित रिहायशी प्लॉट, या गैस एजेंसी या पेट्रोल पंप चार-पाँच साल तक चप्पलें फटकारते हुए, दफ्तर-दफ्तर घूमकर, चाय-पानी आदि का प्रबंध करने के बाद अंत में मिल ही जाते थे। जो विधवाएँ देवरों-जेठों-ससुरों से अपनी अस्मत और गैस एजेंसी या पेट्रोल पंप बचा पाती थीं, वे 'बेचारी' लगनी बंद हो जाती थीं। समझदार लड़कियों को एक नई सोच मिली कि एक बेचारा फ़ौजी यदि जाते-जाते भी पेट्रोल पंप या गैस एजेंसी दिलवा गया तो बाद में कई सूरमा गैर-फ़ौजी अपने अपने जीवन दाँव पर लगाकर स्वयंवर के मैदान में कूद पड़ेंगे, उनकी शेष जिंदगी की नय्या खेने के लिए।

पर यह सौभाग्य मुख्यत: थलसेना के ही हिस्से में आ पाया। यद्यपि 71 के युद्ध में मुख्यत: और 98 के कारगिल युद्ध में लगभग शत-प्रतिशत उसी के जवान और अफसर शहीद हुए थे, पर उसके बाद शांति का मौसम ही चल रहा था, अत: थलसेना वालों की शादी के बाजार में फिर कुछ सुगबुगाहट आ रही थी, पर वायुसेना का भाग्य बुरा निकला। उसके ऊपर अब एक ऐसे दुश्मन ने हमला बोल दिया, जिससे वह आज दसियों साल से लगातार पिटती चली आ रही है। कोई बचाव, कोई समाधान नहीं दिखता है। वायुसेना अफसरों की शादी का बाजार ऐसी मंदी का शिकार हुआ है कि उसके सामने रियल एस्टेट का बुलबुला फूटने के बाद अमेरिकन वित्त संस्थाओं का दिवालियापन भी मात है। महमूद गजनवी ने तो भारत पर केवल सत्रह बार हमला किया था और उसमें भी वह सोलह बार पिट कर भागा था, पर इस दुश्मन की प्यास सत्रह बार नहीं, सत्तर बार हमला करके

भी नहीं बुझी है। जिस सवार पर वह आक्रमण करता है, वह स्वयं बच भी जाए तो उसका घोड़ा जरूर दम तोड़ देता है। इस बेहद खतरनाक दुश्मन की प्रसिद्धि उड़नेवाले ताबूत (फ्लाइंग कौफिन) के नाम से फैली हुई है, पर यह उसका प्यार से पुकारने का नाम है। असली नाम है—MIG-21 (मिग-21)। मृत्यु का तोहफा देने के अलावा अकेले मिग—21 ने जितने वायुसेना अधिकारियों की शादियाँ रोकी हैं, शायद लूप, कॉपर टी व माला डी, तीनों ने मिलकर उतने बच्चों को जन्म लेने से नहीं रोका होगा। भारत के किसी भी कोने में कोई लड़की किसी पड़ोसी लड़के के साथ भागने का प्लान बनाती हुई पकड़ी जाए तो उसका जालिम बाप उसकी शादी मिग-21 पाइलट के साथ करने की धमकी देकर उसे रोक सकता है, पर कठिनाई यह है कि मिग-21 का नाम लेते ही भय के मारे उन कन्याओं के पिता/अभिभावक स्वयं ही काँपने लगते हैं।

बद अच्छा, बदनाम बुरा। सारे वायुसेना अधिकारी पाइलट नहीं होते हैं। जो होते हैं, वे सब लड़ाकू विमान के पाइलट नहीं होते। जो फाइटर पाइलट होते हैं, वे सभी मिग-21 नहीं उड़ाते। पर किसी के पीछे जंगल में तेजी से सरकता हुआ साँप आ रहा हो तो उससे यह आशा करना व्यर्थ होगा कि वह रुक कर ध्यान से जाँचेगा कि वह गेहूँअन, करैत या कोबरा है या फिर साधारण चूहे खानेवाला साँप। फिर कितने लोगों को साँपों की किस्मों की पहचान होती है ? पर जिसने तय कर रखा हो कि मिग-21 पाइलट से अपनी पुत्री या बहन को दो हाथ दूर ही रखना है, वह सुरक्षा की दृष्टि से पूरी वायुसेना की कौम से ही दूर भागे, इसमें ताज्जुब क्या। थे न एक सज्जन, जिनकी पत्नी ने सख्त हिदायत दे रखी थी कि दोस्तों के चक्कर में आकर शराब को वे हाथ भी न लगाएँ। उन्हें कोई शराब ऑफर करता था तो कहते थे कि माफ करिएगा, एक तो मैं शराब नहीं पीता, दूसरे मंगलवार को (या जो भी दिन हो) शराब नहीं पीता, और तीसरी बात यह है कि मैंने पहले से ही ज्यादा पी रखी है। इसी तर्ज पर यदि कोई मिग-21 का पाइलट या उसका कोई सगा-संबंधी किसी लड़की के पिता से मिलने का समय भी माँगे तो उत्तर मिलता था कि देखिए, एक तो मेरी कोई बेटी नहीं है, दूसरे वह अभी शादी नहीं करना चाहती, तीसरी बात यह है कि वह कल ही एक सॉफ्टवेयर इंजीनियर के साथ भाग गई। कन्याओं के पिता यह समझने की जरूरत ही नहीं समझते थे कि लड़का मिग-21 उड़ाता है या कुछ और मसलन पतंग वगैरह। उसका वायुसेना में होना ही अपने आपमें एक बड़ी बुराई थी। मैंने एक परिचित को समझाना चाहा

था कि वे जिस लड़के को नकार रहे थे, वह एयर फोर्स में टेक्नीशियन है, पाइलट नहीं। पर वे बोले कि बुरी सोहबत में रहेगा तो इसकी क्या गारंटी है कि कल को मिग-21 नहीं उड़ाने लगेगा।

एक और सज्जन अपनी कन्या का विवाह एयर फोर्स में एकाउंट्स ब्रांच के अफसर से करने से कन्नी काट रहे थे। मैंने उन्हें समझाना चाहा कि एकाउंट्स ब्रांच का अधिकारी उड़ाना तो दूर जहाज की कॉकपिट में झाँकने भी नहीं जाता, बल्कि उसके सामने तो मिग-21 के पाइलट अपनी पोस्टिंग आदि से संबंधित भत्तों का बिल रखकर भुगतान के लिए रिरियाते हुए खड़े रहते हैं, पर वे निकले पक्का इरादा और दूरदृष्टि वाले। बोले कि अच्छा यह बताओ, शांति के दिनों में तो मिग-21 दुश्मन के क्षेत्र में नहीं उड़ता है न?

मैंने सहमति में जोर से सिर हिलाया तो वे बोले कि फिर तो अपने ही एयरफोर्स बेस के ऊपर आसमान में उड़ानें भरता होगा।

मुझे दुबारा सहमति में सिर हिलाना पड़ा तो उत्साहित होकर बोले कि तो फिर क्या जमीन पर क्रैश होने से पहले मिग-21 देखेगा कि वह धरती पर खड़े किसी टेक्निकल या एकाउंट्स अफसर पर तो नहीं गिर रहा है? सुना है कि पाइलट को तो फिर भी विमान से कूद कर जान बचाने के लिए इजेक्शन सीट होती है, जो विमान से परे होकर कम-से-कम पैराशूट की सुरक्षा तो मुहय्या करती है। पैराशूट फिर भी कई बार पाइलट विमान के अंदर कैद होकर उसके साथ ही क्रैश कर जाता है। तो फिर उसी बेस पर नियुक्त ग्राउंड ड्यूटी अफसर किसी गिरते हुए फाइटर विमान के नीचे दबकर क्यों नहीं मर सकता है?

मुझे इस बेहूदे तर्क के सामने अवाक् रह जाने का विचार नहीं सुहाया। बहस को जारी रखते हुए मैंने कहा कि अरे एक लड़की का बलात्कार हो जाए तो क्या सारी लड़कियों को घर में कैद करके रखने लगते हैं।

वे तपाक् से बोले कि ऑफ कोर्स! समझदारी इसी में है। मैंने तो अपनी बेटी से कह रखा है कि बहुत बहादुरी दिखाने का मन कर रहा है तो शौक से दिल्ली जू में जाकर शेर की मूँछें उखाड़ ला, पर खबरदार गुड़गाँव की एमजी रोड की तरफ कभी रुख भी किया।

मैं खुशकिस्मत था। व्यक्तिगत रूप से मिग-21 के हमले से बचा हुआ था, क्योंकि मैं उन अगले वक्तों का हूँ, जब मिग-21 विमान नए-नए आए थे। उसके कल-पुरजे नए-नए थे। अतः इन विमानों के दुर्घनाग्रस्त होने के आँकड़े

इतने भयंकर नहीं थे। आज के दिन तो सारे क्रैश हुए मिगों के सलामत बच गए कल-पुरजों को इकट्ठा करके दुबारा इस्तेमाल कर लिये जाने को छोड़ और कोई चारा भी नहीं है। क्या पता इस तरीके में और प्रगति हुई हो। शायद दो-तीन क्रैश हुए मिग-21 विमानों के अस्थि पंजर जोड़-जोड़कर एक नया मिग-21 अब तैयार कर लिया जाता हो। वैसे इस प्रकार की तकनीकी की महान् संभावनाएँ दीखती हैं। आगे चलकर शायद हिमालय की बर्फीली चोटियों पर नियुक्त फ़ौजियों की मांस खाने के बाद चबाकर फेंकी हुई हड्डियों को दुबारा जोड़कर नए बकरे बना पाने की री-साइकिलिंग विद्या से फौज में खाने की आपूर्ति में बहुत सहायता मिल सके। मिग-21 के रिप्लेसमेंट आने की प्रतीक्षा में दो तीन दशक निकल चुके हैं। शायद अभी तक उनकी खरीद में कमीशन कितना बनेगा, तय नहीं हो पाया है। एक और संभावना है। अभी तक ऐसे फैसलों के चक्कर में रक्षा मंत्रालय के इतने सारे वरिष्ठ अधिकारियों के खिलाफ सी बी आई की जाँच चल रही है कि सी बी आई में अफसरों की घोर कमी हो रही होगी। इस कारण न जाने कितने अरबों रुपए खा जानेवाले नेताओं की जाँच रफा-दफा करके बंद कर दी गई होगी। अब इन सबके चलते कौन से नए लड़ाकू जहाज और प्रशिक्षण विमान खरीदे जाएँ, इसका जल्दी फैसला लेकर फँसनेवाला कौन बेवकूफ होगा? सबको अपना कार्यकाल पूरा करके चैन से सेवानिवृत्त जो होना है। मिग-21 का रिप्लेसमेंट जाए भाड़ में।

सन् 65 के युद्ध के बाद जब शादी के बाजार में फ़ौजियों के लिए घोर मंदी के दिन थे, तब हमारे बैच के अफसर मुश्किल से 21, 22 वर्ष के थे। विवाह का प्रश्न ही नहीं था। कहने को तो ये हमारे खेलने-खाने के दिन थे, पर स्थिति यह थी कि जो खेल हम खेलना चाहते थे, उसके लिए साथी मिलना दुष्कर कार्य था। शायद इसी वास्तविकता को छिपाने के लिए शादी देर से करने का फैशन था। 1960-70 के दशक में फ़ौजी अफसर 30-32 वर्ष से अधिक की आयु में ही विवाह करते थे। बाहर से देखने पर लगता था कि यह देरी अविवाहित नौजवानी का देर तक मजा उठा पाने के इरादे का नतीजा है, पर अंदर से कहानी कुछ और ही थी। भारतीय सेनाएँ ब्रिटिश सेना के ढाँचे में ढाली गई थीं। अनुशासन, कर्तव्यनिष्ठा आदि की ट्रेनिंग से लेकर फ़ौजी अफसरों का खानपान, राग-रंग, सांस्कृतिक और सामाजिक परंपराओं आदि सभी पर पाश्चात्य जीवन शैली की पक्की मुहर लगी हुई थी। उनका जीवन पश्चिमी रंग में सराबोर था। ऑफिसर्स मेस की पार्टियों में बाल-डांस और स्कॉच व्हिस्की उतने ही सहज ढंग से अपना ली गई थीं, जितनी

सहजता से बनारस (वाराणसी) में होली पर भाँग पीकर गुझिया खाने का रिवाज अपना लिया गया है।

धीरे-धीरे स्कॉच का स्थान भारत में निर्मित विदेशी मदिरा (सीधे शब्दों में देशी व्हिस्की) ने ले लिया था, पर इसके पीछे स्वदेशी का प्यार नहीं अपितु फ़ौजी अफसरों की लगातार हलकी हो रही जेबें थीं। पार्टियों में बाल-डांस की परंपरा को विवाहित अफसर अपनी पत्नियों के साथ फॉक्सट्रोट, वाल्ट्ज और सांबा करके निभा लेते थे। पर अविवाहित अफसर डांसफ्लोर से दूर किसी कोने में खड़े हाथ में व्हिस्की का ग्लास थामे भीड़ में भी अकेलेपन के एहसास का गम गलत करते हुए नजर आते थे। बाल डांस की विदेशी परंपरा का निर्वाह तो तभी ठीक से हो सकता था जब किसी अन्य व्यक्ति की पत्नी के साथ डांस करना भी सहज-स्वाभाविक सा लगे। पर जड़ें तो सबकी भारत की मिट्टी में ही थीं, अत: सहज रूप से केवल इतना हो पाता था कि दूसरे की पत्नी (जो प्राय: अपने से सीनियर अफसरों में से ही किसी की विवाहिता होती थी) की पैर की उँगलियों को अपने शूज के तले रौंदने के बाद जूनियर अफसर माथे का पसीना पोंछते हुए सॉरी मैडम कहते हुए भाग निकलते थे। फिर अपनी झेंप मिटाने का प्रयत्न करते हुए अपने समकक्ष अफसरों के पास जाकर रोमांस के आकाश में अपनी पताकाएँ फहराने के झूठे अलिफ लैलाई किस्से गढ़ते थे। अमेरिकन अफसरों ने अपने ऑफिसर्स मेस में नर्सिंग ऑफिसर्स को निमंत्रित करने की जो परंपरा बनाई थी, उसको ब्रिटिश परंपराओं में ढले स्टेटस के प्रति अत्यंत सचेत हम भारतीय अफसर हजम नहीं कर सकते थे। कॉन्वेंट स्कूलों की पढ़ी सुंदरियाँ फ़ौज के ग्लैमर से प्रभावित होकर सोच तो लेती थीं कि शादी भले किसी बोक्स वाले या आई.ए.एस. से करें पर रोमांस या पार्टियों में डांस करने के लिए आई ए एफ (वायुसेना) क्या बुरी है तो उनके खड़ूस बाप अड़ंगा डालने के नित नए बहाने खोज लेते। उनकी उनसे भी अधिक खड़ूस बीवियाँ अपनी बेटी को डांस करने देने के लिए जाने देने की बजाय खुद ही उनकी जगह डांस करने के लिए राजी होकर इन नवजवानों को छककर बोर कर लेती थीं। नतीजा यह कि दुनिया समझती यह कि वे खूब मजा कर रहे हैं, पर असलियत में फ़ौजी अफसर शादी तो दूर, लड़कियों को पास से देखने के लिए भी तरस जाते थे।

थलसेना की छावनियाँ शहर के अंदर नहीं, पर उनसे लगी हुई तो होती थीं, लेकिन एयरफोर्स, जिसके हवाई अड्डे शहर से बहुत दूर होते थे, के अफसरों और जवानों को नयनसुख भी नहीं नसीब हो पाता था। उस जमाने में लड़कियों को पटाने

का नुस्खा नंबर एक वह होता था, जिसमें लड़के-लड़की की मुलाकात साइकिलों की टक्कर से प्रारंभ होकर इसके बाद प्यार से उनकी नाजुक कलाई सहलाते हुए चोट तो नहीं लगी पूछने के क्रम में चलती थी। नकली गुंडे की लड़की के सामने पिटाई करने का नुस्खा दूसरे नंबर पर था। लड़की के छोटे भाई को पटाकर उसके हाथ प्रेमपाती भेजने का नुस्खा लचर होकर पिट गया था, पर छोटे भाई की जगह ताजी-ताजी जवान हुई छोटी बहन को फिट करनेवाला नुस्खा नंबर तीन के पायदान तक पहुँच रहा था। पर नुस्खे तीन हों या तेरह, आजमाने का मौका तो तब मिलता, जब हमारे हवाई बेस शहर के आस-पास कहीं होते। वस्तुस्थिति यह थी कि जहाँ हमारे बेस और हमारे मेस होते थे, वहाँ लड़की नाम के जंतु के दर्शन ही नहीं होते थे। मेघदूत के यक्ष की समस्या थी कि उसके और यक्षिणी के बीच एक लंबी दूरी थी, जिसे वह मेघ के हाथों संदेश भेजकर कम करने के प्रयत्न में जुटा रहता था। हम मेघों के ऊपर उड़ान लगानेवालों के लिए संदेश किसी और के हाथों भेजने की समस्या नहीं थी, पर कोई हो तब तो, उसे संदेश भेजें।

उन्हीं दिनों मेरी लखनऊ पोस्टिंग हुई। यूनिट में रिपोर्ट करने से पहले फिल्म चौदहवीं का चाँद के चुनिंदा सीन आँखों के सामने तैर गए थे, पर वहाँ पहुँचकर पता चला कि हमारा हवाई बेस था बक्शी का तालाब में, जो शहर से पच्चीस किलोमीटर दूर था। आज तो सारे शहरों की सड़कें शहर की सीमा से पच्चीस-तीस किलोमीटर पहले से ही ट्रैफिक जैम से कराहती हुई लगती हैं, पर तब की सुनसान सड़कों के कारण लखनऊ शहर वहाँ से काले कोसों दूर लगता था। उन दिनों जब बसंती बयार दशहरी आम के बगीचों में आम के बौरों से छीनी हुई खुशबू अपने आँचल में भरकर, कामदेव के चलाए हुए पुष्पों के तीर पर सवार होकर हमारे हवाई बेस तक पहुँचती थी तो हम उसकी मस्ती में नहाकर सुदूर लखनऊ शहर की ओर रुख करते। लेकिन हमें दर्शन हो पाते थे केवल उस डामर से तपी हुई सड़क के दोनों तरफ फैले हुए सफेदा और दशहरी आम के बगीचों में रखवाली-चौकीदारी के लिए कंधे पर लाठी रखे हुए, बीड़ी का कश लगाते खटिक बागबानों और चौकीदारों के। कन्या नाम से जानी जानेवाली किसी वस्तु के दर्शन वहाँ दुर्लभ थे। शाम को शहर पहुँचते-पहुँचते हमें इतनी देर हो जाती थी कि आई टी कॉलेज और लखनऊ विश्वविद्यालय के कैलाश छात्रावास में रहनेवाली सुंदरियाँ रात के लिए अपनी वार्डेन द्वारा अपने-अपने दड़बों में कैद कर दी जाती थीं। डे-स्कोलर कन्याओं को वैसे ही लखनऊ में सूरज डूबने के पहले घर पहुँच जाने की सख्त हिदायत होती

थी। वह भी तब, जब वे अपने घर-मोहल्ले के बाहर अपनी भाभियों-चाचियों के बिना देखी ही नहीं जाती थीं। अगर उनके बिना दिखीं तो इस बात की गारंटी थी कि एस्कोर्ट ड्यूटी पर लगा हुआ उनका भाई इस शर्मनाक ड्यूटी से सकुचाया हुआ उनसे लगभग पंद्रह कदम की दूरी पर उनसे एकदम असंपृक्त, असंबद्ध भाव अपने चेहरे पर लेकर चल रहा होगा। उनकी इस चालाकी के जाल में फँसकर मेरे एक-दो दोस्त अपनी पिटाई करवाने से मुश्किल से बचे थे। दो-एक और गिने-चुने दोस्त, जो हाथ-पाँव तुड़वाने का खतरा मोल लेकर किसी कन्या के साथ अपनी गोटी बैठा भी पाए तो उन्हें शिकायत बनी रहती थी कि लखनऊ की लड़कियाँ तो जालिम इतनी धीरे-धीरे पेंग बढ़ाती हैं कि रविवार को उनके साथ मैटिनी शो देख पाने तक की मंजिल हासिल करने से पहले ही अगली पोस्टिंग हो जाएगी। आखिर एक बेस पर हमारी नियुक्ति अधिक-से-अधिक ढाई-तीन साल तक की ही तो होती थी। इस तरह से जिस लखनऊ से हम लक-नाऊ की आशा कर रहे थे, वह लक-नेवर निकला। मेरी लखनऊ नियुक्ति के भी ढाई साल खाक छानते ही गुजर गए। हममें से किसी की किस्मत ऐसी नहीं निकली कि कह सके कि उसके लिए आई टी कॉलेज में कोई 'आई थी' या अपने संग लोरेटो की किसी छात्रा को शान से दिखा कर कह सकता 'लो देखो'। बाकी लखनऊ की कन्या पाठशालाओं से हमको वैसे ही कोई लगाव नहीं था; क्योंकि उनकी भारतीय नारी की छवि वाली कन्याओं से हम छड़े फ़ौजियों को भाव मिलने की कोई आशा नहीं थी।

लखनऊ के बाद मेरी अगली नियुक्ति हुई गौहाटीमें। वहाँ वायुसेना का बेस था बोर्झार हवाई अड्डे पर। यहाँ शहर से दूरी बक्शी का तालाब के मुकाबले पच्चीस किलोमीटर से बढ़कर तीस हो गई। एयरफोर्स अफसरों के पास उन दिनों कारें तो होती नहीं थीं सिवाय स्क्वाड्रन कमांडर और फ्लाइट कमांडर को मिलनेवाली सरकारी गाड़ियों के। रॉयल एनफील्ड बुलेट और जावा मोटरसाइकिलें लगभग सारे अफसरों की पसंद की सवारी थीं। गौहाटी में, जो तब गुवाहाटी नहीं हुआ था, साल में छह महीने होनेवाली बारिश में रेनकोट पहनकर तीस किलोमीटर दूर शहर जाना इतना कष्टदायक होता था कि सारा रोमांस जुकाम में बह जाता, जो बचता, वह छींकों के रास्ते उड़ ज़ाता। बरसात के छह-सात महीनों में हर साल सड़क बह जाती थी। उसके बाद अगली बरसात आने तक फिर से सड़क की मरम्मत होने की प्रक्रिया जारी रहती थी। रात का अँधेरा वहाँ शाम के चार बजे से ही घिरने लगता था। ऐसी जगह में हम लोग दोपहर के खाने के थोड़ी देर बाद ही फुटबॉल या

क्रिकेट खेलकर जल्द घिर आनेवाली रात की प्रतीक्षा करते थे। रात होते ही ब्रिज या रमी की टेबुलों पर हम जम जाते। वहाँ पैसों का दाँव लगाने की सख्त पाबंदी होने के बावजूद (या शायद इसके कारण ही, क्योंकि उस उम्र में वही सब करने का सबसे अधिक मन करता है जिसे करने की मनाही हो) इतनी ऊँची स्टेक्स पर खेल होता कि कुछ अफसरों की मोटरसाइकिलें बिक गईं। उनके लिए शहर जाना अब वैसे भी संभव नहीं हो पाता था। इस सीधी-सादी मजबूरी से वे और भी ऊँची स्टेक्स पर रमी खेलने में जुट जाते थे। लड़कियों से रोमांस लड़ाने के चक्कर में उस थकाऊ पानी-बूँदी में पहले तो गौहाटी तक की दौड़ लगाओ और फिर उनकी खातिरदारी करने, घुमाने-खिलाने के चक्रव्यूह में फँसकर मोटरसाइकिल बेचने की नौबत तक पहुँचो। इस घुमावदार तरीके की अपेक्षा मोटरसाइकिलें बिकवाने के लिए सीधे-सीधे ऊँची स्टेक्स पर रमी, पपलू खेलने का तरीका अधिक आसान और लोकप्रिय था।

हाँ, गौहाटीसे चार घंटे मोटरसाइकिल चलाकर यदि सप्ताहांत में शिलोंग जाने का कष्ट किया जाए तो रोमांस का स्कोप कहीं बेहतर था। शिलोंग की खासी लड़कियाँ जितनी सुंदर और स्मार्ट होती थीं, उतना ही अपने व्यवहार में खुलापन लिये हुए और दोस्ती करने में प्रगतिशील थीं। पर यहाँ कबाब में हड्डी थे स्थानीय खासी लड़के, जिनकी एयरफोर्स और आर्मी के अफसरों के साथ जबरदस्त प्रतिद्वंद्विता थी। फ़ौजी अफसर खासी लड़कियों को पिक्चर दिखाने, शिलोंग झील में साथ बैठकर बोटिंग करने और शिलोंग क्लब में शानदार डिनर खिलाने में उन बेचारे गरीब लड़कों से बाजी मार ले जाते थे। फिर खासी नौजवान शिलोंग क्लब के बाहर या शिलोंग झील के किनारे खड़ी उनकी मोटर साइकिलों के टायर की हवा निकालते। उसके बाद शाम को ही उतर आनेवाली रात के अँधेरे में पंक्चर रिपेयर की दुकान ढूँढ़ते फ़ौजियों को घेर कर ठुकाई पिटाई के गुरिल्ला युद्ध में वे भारी पड़ते। दुर्भाग्य से या शायद सौभाग्य से, मुझे शनिवार रविवार को शिलोंग जाने का चस्का ठीक से नहीं पड़ सका। इसके पहले ही कुछ खासी नौजवानों ने हमारे बैच के एक अफसर की सूखी पिटाई करने से पूरा संतोष न पाकर उसकी बगल में छुरा भी घोंप दिया। नतीजा यह हुआ कि पूर्वी वायुसेना कमान मुख्यालय ने हम बोर्झार वालों को शिलोंग जाने पर पूर्ण प्रतिबंध लगा दिया। शिलोंग लेक के हर खूबसूरत मोड़ और अँधेरे कोनों में हाथों में हाथ लिये रोमांटिक जोड़ों की जगह हाथों में वाकी-टॉकी लिये एयरफोर्स पुलिस के जवान अपनी जीपों में दिखने लगे।

गौहाटी अर्थात् बोर्झार में नियुक्त एयरफोर्स अफसरों पर उन्हीं दिनों अचानक भगवान् को रहम आ गया। हममें से एक, फ्लाइट लेफ्टिनेंट विजय ने बारिश में भीगने की परवाह न करते हुए बोर्झार से गौहाटी के बीच सैकड़ों हजारों चक्कर लगाने के पश्चात् अंत में एक बहुत ही सुंदर, बड़ी ही प्यारी सी, असमिया लड़की का दिल जीतने में कामयाबी हासिल कर ली। मोहब्बत इस हद तक बढ़ी कि अपने पंजाबी माँ-बाप की घोर अनिच्छा को दरकिनार करते हुए उससे कोर्ट में जाकर विवाह भी कर लिया। लड़की के पिता मिस्टर बरुआ एक बड़ी सी टी-एस्टेट के मालिक थे। लड़की गौहाटी के सबसे ख्यातिप्राप्त कॉन्वेंट स्कूल की पढ़ी हुई थी। फर्राटेदार अंग्रेजी बोलती थी और उससे भी ज्यादा फर्राटेदार ढंग से अंग्रेजी धुनों पर डांस करती थी। पर इन सारी खूबियों से बढ़कर उसमें यह खूबी थी कि उसके जितनी ही खूबसूरत, उतनी ही सलोनी उसकी दो बहनें भी थीं, उससे सिर्फ इतनी छोटी कि समझिए कि उनकी गाड़ी भी आउटर सिग्नल पर पहुँच चुकी थी। ऐसे में गौहाटी के सोते हुए ऑफिसर्स मेस में फिर से नई जवानी आनी ही थी और आई। फ्लाइट लेफ्टिनेंट विजय तो हमारी मेस की पार्टियों में सपत्नीक आते ही थे, अब पूरी स्क्वाड्रन के आग्रह के कारण अपनी सालियों को भी साथ लाने लगे और इन सालियों ने अपनी लोकप्रियता के झंडे गाड़ दिए। इस ईश्वरीय देन के साथ ही मेस में होनेवाली पार्टियों की संख्या बहुत बढ़ गई। नववर्ष दिवस, स्वतंत्रता दिवस, गणतंत्र दिवस, वायुसेना दिवस, स्क्वाड्रन एनीवर्सिरी जैसे दिवस साल में एक बार ही आते थे, पर साल में तीन सौ पैंसठ की बजाय मुश्किल से सौ डेढ़ सौ दिन होने लगे। शौकीन लोगों ने अपनी वर्षगाँठ सालाना की बजाय तिमाही मनानी शुरू कर दी। धीरे-धीरे इन कन्याओं के साथ उनकी सहपाठिनें और सहेलियाँ भी आने लग गईं। जल्दी ही लगने लगा कि वह दिन दूर नहीं जब गौहाटी शहर सैकड़ों नहीं तो कम-से-कम दर्जनों एयर फोर्स अफसरों की ससुराल के रूप में जाना जाएगा। सुदूर अतीत में कामरूप कामाख्या की ऐसी ख्याति रह चुकी थी कि वहाँ रहनेवाली रूपसियाँ परदेस से आनेवालों को वहाँ भेड़ा बनाकर रख लेती थीं। निश्चय ही ये भेड़ा बन जानेवाले भगवान् राम के पुष्पक विमान के चालक रहे होंगे। इस प्रकार सीधे-सीधे नहीं तो घूम-फिर कर यह सिद्ध हो जाता था कि प्राचीन भारत में एरोनौटिकल इंजीनियरिंग और विज्ञान बहुत विकसित था और गौहाटी उसका मुख्य केंद्र था। समय चक्र तो कभी रुकता नहीं। प्राचीन वैमानिक विज्ञान, पुष्पक विमान का युग ढल गया तो फ्लाइट लेफ्टिनेंट विजय किस खेत की

मूली थे। एक दिन उनका भी गौहाटी से स्थानांतरण हो गया सुदूर हिंडन। लेकिन असंख्य शत्रुओं के ऊपर विजय की कामना करनेवाला एयर फोर्स ऐसी छोटी-मोटी मुश्किलों से डरनेवाला नहीं था।

विजय दंपती के चले जाने के बाद अगली पार्टी में मिस्टर और मिसेज बरुआ को बहुत सम्मानपूर्वक आमंत्रित किया गया। वे आए भी। अधेड़ उम्र के बरुआ साहब हमारे सी.ओ. साहब के साथ स्कॉच की छोटी-छोटी चुस्कियाँ बहुत शालीनता से लेते रहे। मिसेज बरुआ सीनियर अधिकारियों की पत्नियों के साथ बैठकर मुसकुराती रहीं। अंग्रेजी वे नहीं के बराबर जानती थीं। हिंदी भी शायद उतनी ही। वे दोनों ज्यादा देर नहीं रुके। एक घंटे के बाद उन्होंने विनम्रता से क्षमा माँगते हुए जाने की इजाजत माँगी। डिनर न लेने के लिए अपने स्वास्थ्य का हवाला देकर दुबारा माफी माँगी और चले गए। लड़कियाँ साथ नहीं आई थीं। पार्टी अधमरी सी रही थी। बहुत जल्द भंग हो गई। मिस्टर बरुआ से पूछना तो किसी ने उचित नहीं समझा था, पर एक सीनियर अधिकारी की पत्नी के पूछने पर मिसेज बरुआ ने लड़कियों के साथ न आने का अति संक्षिप्त उत्तर दिया था, नॉट इनवाइटेड। बरुआ दंपती के जाने के थोड़ी देर बाद ही सी.ओ. साहब और टू.आई.सी. (सेकेंड इन कमांड) भी सपत्नीक चले गए।

उनके जाने के बाद ही उधर पार्टी भंग हुई और इधर एक धमाकेदार हंगामा शुरू हो गया। मेस सेक्रेटरी एक फ्लाइट लेफ्टिनेंट नटराजन थे। सारी शाम तीव्र विरह वेदना के सताए हुए कुँवारे अफसरों ने उन्हें घेर लिया, क्योंकि मेस सेक्रेटरी होने के नाते पार्टी के निमंत्रण भेजने की जिम्मेदारी उन्हीं की थी। नटराजन ने बड़ी सूझ-बूझवाला उत्तर देकर मुसीबत से निजात पानी चाही। बताया कि ऑफिसर्स मेस में नाबालिगों को निमंत्रित करना, वह भी लिखित निमंत्रण के साथ बुलाना, नियम विरुद्ध था। वैसे उन्होंने आशा की थी कि फिर भी सदा की तरह वे लड़कियाँ आएँगी ही। नटराजन के ऊपर क्रुद्ध सवालों की बौछार शुरू हो गई। किसी ने पूछा कि तुझे कैसे मालूम कि वे नाबालिग हैं ? किसी ने धमकाया कि वह जो पिछले शनिवार को तू उस खासी छोकरी के साथ शिलोंग में घूम रहा था, वह नियम विरुद्ध नहीं था, बड़ा आया कायदे-कानूनवाला! किसी और ने कहा कि लगता है तुझे उन छोकरियों ने लिफ्ट नहीं दी, तभी तू दूसरों का चांस भी खराब कर रहा है। अंत में सर्वसम्मति से यह तय पाया गया कि नटराजन को नौटीराजन होने की सजा मिलेगी। एक पखवारे के अंदर ही वह अपनी वर्षगाँठ मनाएगा। बर्थडे पार्टी

में सारे कुँवारे अफसर ही होंगे। बस सी ओ साहब को सपत्नीक बुलाया जाएगा। केवल बरुआ दंपती को कंपनी देने के लिए और इस पार्टी का खर्च अकेले नटराजन उठाएगा। जाते-जाते यार लोगों ने फिर से याद दिलाई कि इस बार भी उन कन्याओं को लिखित निमंत्रण देने से परहेज हो तो फर्क से फोन करके बरुआ साहब से आग्रह करके उन कन्याओं को बुलाना उसकी सबसे महत्त्वपूर्ण जिम्मेदारी होगी। नटराजन में इतनी हिम्मत नहीं थी कि वह सबको नाराज कर सके। न ही यह सच था कि कन्याएँ उसे लिफ्ट नहीं देती थीं।

तो फिर पंद्रह दिनों के अंदर ही फिर पार्टी हुई। बरुआ दंपती के अतिरिक्त दोनों कन्याओं के लिए दो फर्क-फर्क लिखित और व्यक्तिगत निमंत्रण पत्र भेजे गए। पार्टी के एक दिन पहले लोगों ने नटराजन को घेर लिया। चल, फोन करके रिमाइंडर दे दे कि इस बार बरुआ साहब लौंडियों को साथ लाना न भूलें। नटराजन ने फोन मिलाया। सब लोग तितर-बितर हो चुके थे, सिर्फ मैं वहाँ बैठा कुछ काम कर रहा था। फोन पर उसकी बातें सुनता रहा। नटराजन को बताया गया कि बरुआ साहब घर पर नहीं हैं तो उसने मिसेज बरुआ को फोन पर बुलवाया, पर एक दिक्कत हुई। मिसेज बरुआ ने फोन पर आते ही अपनी टूटी-फूटी हिंदी में कहा 'इनविटेशन का थैंक्यू। हम जोरूर आएगा।' नटराजन को शंका हुई कि फिर वही गलती न दुहराई जाए, पर हिंदी उसकी भी माशा अल्लाह थी। गर्मजोशी से बोला, 'थैंक्यू मैडम! आप आना और अपनी लौंडियाँ भी जरूर लाना।' मुझे इतना मौका ही नहीं मिला कि नटराजन को राष्ट्रभाषा का बलात्कार करने से समय रहते रोक लूँ। मेरे मुँह से बेसाख्ता निकला कि अबे, मरवाएगा क्या? पर तीर धनुष से छूट चुका था। शायद मिसेज बरुआ तक मेरी भी आवाज पहुँच गई हो और शायद मिसेज बरुआ को हिंदी की इतनी कम समझ नहीं थी, जितनी नटराजन को थी। जो भी हो, इस बार पार्टी में न बरुआ दंपती आए, न उनकी लावण्यमयी कन्याएँ। गौहाटी के ऑफिसर्स मेस में चार दिन से बिखरी हुई चाँदनी फिर अपनी जगह अँधेरी रात छोड़कर चली गई।

□

2

बरुआ दंपती ने गौहाटी के संभ्रांत समाज में वायुसेना के अफसरों की किन शब्दों में तारीफ की, यह तो नहीं मालूम, किंतु नटराजन के उस अभागे निमंत्रण के बाद गौहाटी के ऑफिसर्स मेस में मुर्दनी छा गई। वे नौजवान अफसर, जिन्होंने बरुआ कन्याओं और उनकी सहेलियों के साथ थोड़ी-बहुत पेंगें बढ़ाई थीं, लुटे-लुटे से दीखते थे। कइयों ने उनसे फोन पर संपर्क साधने का प्रयास भी किया, पर हर बार उत्तर मिलता था कि वे घर पर नहीं हैं। भारतीय दूरसंचार के आकाश से मोबाइलों की जो धुआँधार बारिश अब हो रही है, वह तब तक प्रारंभ नहीं हुई थी। कन्याएँ हर समय मोबाइल कान पर लगाए, ग्रीवा टेढ़ी किए, भरत-नाट्यम मुद्रा में अपने चाहनेवालों से बातें करने में व्यस्त नहीं रहती थीं। अंग्रेजी भाषा की टाँग तोड़कर, उसकी भस्म बनाकर उसे एस.एम.एस. की भाषा में परिवर्तित करनेवाला अद्भुत आविष्कार अभी तक नहीं हुआ था। अलौकिक आनंद देनेवाली एम.एम.एस. और व्हाट्स ऐप की रंगीन क्लिपों के दैविक वरदान से भी वे पूर्णत: अपरिचित थीं। मध्यवर्गीय घरों में फोन प्राय: उपलब्ध नहीं होते थे। होते भी थे तो उनपर युवा संतानों का, विशेषकर लड़कियों का, ज्यादा देर तक हँस-हँसकर बात करना उनके खड़ूस पिताओं को फिजूलखर्ची और उनकी शंकालु माताओं को बेहयाई लगती थी। उच्च-मध्यम वर्ग और उच्चवर्ग के घरों में टेलीफोन समृद्धि का शिकार था। ऐसे घरों में अधिकांशत: घरेलू नौकरों के जिम्मे घंटी बजने पर फोन उठाने का काम होता था। उन्हें हिदायत होती थी कि बेबी को फोन पर कोई बाबा बुलाए तो पहले मेम साहब को सूचित करें और लाल झंडी दिखाने पर बेबी को हवा भी न लगने दी जाए कि किसी का फोन आया था। दूरसंचार की कमजोरी के कारण युवाओं के जीवन में रोमांस का संचार भी नहीं हो पाता था।

गौहाटी में मेरी नियुक्ति के कुछ ही महीने बाद, वहाँ जो दो मौसम होते थे, उनमें से पहला, अर्थात् छह-सात महीने तक लगातार बरसात से सड़कों को बहा ले जानेवाला मौसम समाप्त हो गया। उसकी जगह दूसरा वाला अर्थात् बही हुई सड़कों को ढूँढ़कर लाने और उन्हें बड़े-बड़े गड्ढों में फिट करनेवाला मौसम आ गया। उसके साथ ही आया दुर्गा पूजा का मौसम। गौहाटी में दुर्गा पूजा अत्यंत उमंग, उल्लास और श्रद्धा के साथ मनाई जाती है, यह हमारे लिए बड़ा सुखद समाचार निकला। गौहाटी शहर में जगह-जगह पर पूजा के सुंदर पंडाल स्थापित होने लगे। पंडालों में माँ दुर्गा की मूर्तियाँ स्थापित होने लगीं और रंगारंग सांस्कृतिक कार्यक्रमों से गौहाटी की संध्याएँ नृत्य-संगीतमय होने लगीं। पहले तो मात्र कौतूहल से मेरे कुछ दोस्त पूजा के अनुष्ठान देखने गए, पर जब उन्होंने लौटकर पूजा पंडालों में आयोजित सांस्कृतिक कार्यक्रमों में आनेवाली और भाग लेनेवाली असमिया सुंदरियों का नखशिख वर्णन चटखारे ले-लेकर किया तो अचानक हमारे साथियों में माँ दुर्गा की भक्ति का जबरदस्त ज्वार उठा।

इस भक्ति ज्वार में डूबते-उतराते लोगों में से जिन-जिन की मोटरसाइकिलें रमी और पपलू की बाढ़ में बहकर बिकने से बची हुई थीं, उन्होंने फिर से अपनी बुलेट और जावा मोटरसाइकिलों पर गौहाटी जाकर पूजा पंडालों में श्रद्धा सुमन चढ़ाने का अभियान प्रारंभ कर दिया। लेकिन इन गरीबों को जल्दी समझ में आ गया कि भारतीय वायु सेना का मोटो नभः स्पृषम दीप्तम अर्थात् नभ को छूकर प्रदीप्त कर दो, गौहाटी को मद्देनजर रखकर चुना गया था। आशय स्पष्ट था कि नभ में उड़ना हो तो शौक से उड़ लो, पर सड़कों से दूर रहो। वे धराशायी करती हैं। यदि तुम इन पर सावधानी से लँगड़ी चाल से पैदल कूदते हुए चलने की बजाय मोटरसाइकिल चलाओगे तो तुम और तुम्हारी मोटरसाइकिल दोनों को सरे शाम बिखरे अँधेरे को भगाकर धरा को प्रदीप्त करने के पावन कार्य में जुटना होगा। नभ का स्पर्श करने का अवसर ही नहीं मिलेगा। असम की खूँख्वार सड़कों पर मोटर बाइक चलाने पर पहियों की रिम से लेकर अपने घुटनों, पिंडलियों और कुहनियों तक किसी की या सबकी आहुति तो देनी ही पड़ेगी। यही हुआ। खासी नौजवानों की तरह असमिया नवयुवकों को वायुसेना के नौजवान अफसरों से दो-दो हाथ करने की नौबत ही नहीं आई। बेचारे वायुसेना के अफसरों ने सड़कों के हवनकुंड में उपरोक्त सामग्री की आहुति दी और प्रसाद के रूप में अपनी घुटनों पर फटी हुई पैंटें और कुहनियों पर चिथड़ा हुई कमीजें पाकर अपनी साधना की इतिश्री समझी। पूजा का मौसम आकर चला गया, पर मनोवांछित वरदान किसी को नहीं मिल पाया।

इधर बेचारा नटराजन शायद अपना गम दूर करने के लिए मेस सेक्रेटरी की हैसियत से ऑफिसर्स मेस का सुधार करने में दिलोजान से जुट गया। कभी मेस के रसोइयों को डाँटते हुए बताता कि उत्तर भारतीय दाल और दक्षिण भारतीय साम्भर में सिर्फ नाम का ही नहीं; स्वाद का भी अंतर होना चाहिए, चिकेन-मसाला और कढ़ाई चिकेन के स्वाद में कम-से-कम इतना अंतर तो होना चाहिए जितना हेलीकॉप्टर और डकोटा विमान में होता है। मेस के रसोइए जिस वायुसेना की दुनिया में रहते थे, उसमें इससे अच्छा उदाहरण देकर उन्हें समझाया नहीं जा सकता था, पर वे नटराजन को अपनी बात समझा सकने में असमर्थ रहते थे। वायुसेना के भारत भर में फैले हुए मेसों में यही तो एक विशेषता थी कि हर मेस के खाने में एक जैसा स्वाद होता था। इस उपलब्धि को ऐसी ऊँचाइयों पर पहुँचाया जा चुका था कि सामिष हो या आमिष, हर व्यंजन का स्वाद भी एक जैसा ही लगता था। हाँ कुछ व्यंजन ऐसे भी थे जो भारत के किस हिस्से की पाककला का परिचायक हैं, 'कोई पूछे तो बताए न बने'। दिन में तो नहीं, पर रात में डाइनिंग हॉल में जाने से पहले हम लोग बार में मत्था टेकने के बाद ही खाने के लिए आगे बढ़ते थे, ताकि उसके प्रभाव से सुखे-दुखे समें कृत्वा करते हुए, हर प्रकार के भोजन को समभाव से एक योगी की तरह से ग्रहण किया जा सके। पर वही रसोइए विशेष अवसरों पर अर्थात् पार्टियों में अपना समाजवादी तरीका त्याग करके बहुत अच्छा खाना दे पाते थे। वैसे इसके एक नहीं, दो कारण थे। पहला यह कि ऐसे अवसरों पर स्टेशन कमांडर और स्क्वाड्रन कमांडर आदि वरिष्ठ अधिकारी, जो अपने परिवारों के साथ बाहर रहते थे, मेस में आते थे।

अच्छा-बुरा अपने आप में कुछ नहीं होता है, सबकुछ केवल तुलनात्मक होता है। अपनी पत्नियों की पाककला से छुटकारा दिलानेवाले उस एक दिन उन्हें मेस का खाना स्वादिष्ट लगता होगा। अविवाहित नौजवान अफसर पार्टी आदि अवसरों पर बार का लाभ बार-बार उठाने के बाद खाने के स्वाद का मूल्यांकन करनेवाली अपनी बार नीची कर लेते थे। दूसरा और असली कारण यह भी हो सकता था कि फ़ौज की पुरानी परिपाटी के अनुसार ऐसी पार्टियों के बाद सी ओ साहब मुख्य रसोइए को शाबाशी देते थे, उससे हाथ मिलाते थे और उसकी टीम के लिए ट्रिपल-एक्स रम की कुछ बोतलों का उपहार देते थे। इस रस्म में खाने के स्वाद की कोई अहमियत नहीं थी। यह मानकर चलने की परंपरा थी कि भोजन बहुत स्वादिष्ट बना था। उसी तरह जैसे शोक सभाओं में दिवंगत को श्रद्धांजलि

अर्पित करते हुए मान कर चलना होता है कि उसके जैसी महान् आत्माएँ कई युगों में एक बार जन्म लेती हैं, भले ही लोगों के मन में यह सवाल हो कि ऐसे लोगों को भगवान् जन्म देता ही क्यों है। नटराजन इतना मूर्ख नहीं था कि उसे मेस के रसोइयों के हाथ का स्वाद सचमुच बदल देने की आशा हो। यह तो वह केवल इस उम्मीद से करता था कि उससे नाराज साथी अफसर उसकी मेहनत और लगन को देखते हुए उसे पुरानी दुर्घटनाओं के लिए माफ कर देंगे। मेस के रसोइए ही उसके कठिन परिश्रम के शिकार नहीं थे। उनसे निपटकर वेटरों को फटकारने का नंबर आता था। फिर अंत में नटराजन के मन के अंदर कई परतों में छिपा रहस्य फ्रायड की याद दिलाता हुआ उजागर हो जाता था, जब वह बार में आबदार को ललकारते हुए कहता था कि वे व्हिस्की गिलासों को इतना चमकाएँ कि उनमें असमिया सुंदरियों की आँखों जैसी चमक पैदा हो जाए।

पर एक दिन जब लोगों ने उसे मेस लॉन के किनारे हाथ में गोल घुमानेवाला फीता लिये कुछ नाप-जोख करते देखा तो सबका माथा ठनका। अटकलें लगनी शुरू हुईं। किसी ने कहा, शायद वहाँ स्विमिंग पूल बने, किसी ने टेनिस कोर्ट का अंदाज लगाया। नटराजन से पूछा गया तो उसने बड़े रहस्यात्मक ढंग से मुसकराते हुए कहा कि तुम लोग अपना-अपना निष्कर्ष निकालने के लिए मुफ्त हो। उसका आशय फ्री से था। यार लोगों ने उसे दो-चार गालियाँ देते हुए समझाया कि हम लोग अपने निष्कर्ष निकालने के लिए स्वतंत्र तो थे पर मुफ्त नहीं। मुफ्त में तो हम लोग उसकी हिंदी के चक्कर में शहीद हुए थे, पर कुछ लोगों ने हिंदी सीखने की उसकी प्रतिबद्धता की तारीफ की तो खुश हो गया। बोला कि स्टेशन कमांडर साहब ने कहा है कि मेस में कवर्ड बैडमिंटन कोर्ट बनाने के लिए सैंक्शन मिल गया है, पर बनने में कई महीने लग जाएँगे। अत: तब तक तात्कालिक व्यवस्था के रूप में एक खुला अर्थात् ओपन-एयर बैडमिंटन कोर्ट जल्दी-से-जल्दी बन जाए। हम सबको थोड़ा आश्चर्य हुआ। स्टेशन कमांडर साहब टेनिस का तो शौक रखते थे, पर बैडमिंटन में उन्होंने कभी दिलचस्पी नहीं दिखाई थी। वे रिटायरमेंट के पास पहुँच रहे थे। गौहाटी में वे और उनकी पत्नी रहते थे। उनके बच्चे जो किशोर वय के होंगे, दिल्ली में पढ़ रहे थे। यह हमने सुना था, पर उन्हें स्वयं आए हुए कुछ ही महीने हुए थे। उनके बच्चे कितने हैं, क्या कर रहे हैं, यह हम लोग नहीं जानते थे, पर कोर्ट के जल्दी-से-जल्दी बनानेवाली बात पर ध्यान दिया गया तो समझ में आया कि दिल्ली के कॉलेजों में जो शीतकालीन छुट्टियाँ होती हैं, उन्हीं के प्रारंभ

होने से पहले कोर्ट तैयार कराने में इतनी मुस्तैदी दिखाई जा रही है।

नटराजन की मुश्कें फिर कसी गईं तो आखिर में उसने उगल दिया कि स्टेशन कमांडर साहब की दो बेटियाँ वास्तव में इन छुट्टियों में आनेवाली थीं। उन्होंने नटराजन से मशविरा किया था कि उनके मनोरंजन के लिए क्या प्रबंध करना उचित होगा, तो उसी ने बैडमिंटन कोर्ट शीघ्रातिशीघ्र बनवाने का सुझाव दिया था। पिछली पोस्टिंग पर नटराजन के साथ रहे कुछ दोस्तों ने जब खुलासा किया कि वह वहाँ का बैडमिंटन चैंपियन रह चुका था तो सारे कुँवारे अफसर जल-भुनकर खाक हो गए। गौहाटी में चूँकि इनडोर बैडमिंटन कोर्ट था नहीं और प्राय: होनेवाली बारिश में खुले में खेलने में किसी को दिलचस्पी थी नहीं, अत: नटराजन या किसी अन्य की इस खेल में निपुणता से कोई परिचित नहीं था। अब जब नटराजन ने पासा फेंक ही दिया था तो छिपे रुस्तम की शिनाख्त तो बैडमिंटन कोर्ट बन जाने के बाद ही हो सकती थी।

उसी शाम यूनिट कैंटीन से लगभग एक दर्जन अफसर भुनभुनाते हुए यह निराशाजनक खबर लेकर आए कि वहाँ यूनिक्स मेक का सबसे अच्छा माना जानेवाला जो अकेला बैडमिंटन रैकेट था, उसे नटराजन ने दो दिन पहले खरीद लिया था। और रैकेट मँगाए गए हैं, पर नया स्टॉक आने में पंद्रह-बीस दिन लग जाएँगे। इसके बाद एक अघोषित रेस शुरू हो गई—गौहाटी शहर जाकर बढ़िया रैकेट खरीदकर लाने की। अगली संध्या को जहाँ बैडमिंटन कोर्ट बनाने का कार्य चल रहा था, वहाँ कई सारे लोग नए-नए रैकेटों को हवा में महाभारत के योद्धाओं जैसे, गदा की मानिंद भाँजते हुए दिखाई पड़े। साथ ही वे नटराजन से झगड़ा भी करते जा रहे थे कि वह कोर्ट जल्दी-से-जल्दी बनवाए, ताकि वे भी प्रैक्टिस करके उसे हराने योग्य बन सकें। गौहाटी की गिनी चुनी खेल-कूद के सामान की दुकानों में अच्छे क्वालिटी के रैकेट दो चार लोगों को ही मिल पाए थे। बाकी लोग जिन्हें साधारण रैकेट ही मिल पाए थे भुनभुनाते, गुर्राते हुए घूम रहे थे कि यह एक बहुत अनुचित षड्यंत्र रचा गया था, जिसका खामियाजा नटराजन को भुगतना पड़ेगा।

बहरहाल अगले ही दिन युद्ध स्तर पर काम करके कोर्ट तैयार हो गया। नेट के खंभों पर पाँच-पाँच सौ वाट के बल्ब लग गए और पाँच बजे ही घिर आनेवाली रात के अँधेरे में उनके प्रकाश से कोर्ट जगमगा उठा। चमकती हुई सफेद टी-शर्ट और निकर पहने कोर्ट के बाहर खड़े खिलाड़ी बेसब्री से अपनी बारी आने तक कोर्ट के अंदर खेल रहे लोगों को धमकाने में लग गए कि खेल जल्दी खत्म करें।

इस सब गहमागहमी के बीच नटराजन जंगली मुरगे की तरह अपना सीना फुलाए, अपने बेहतरीन खेल का प्रदर्शन करके, अन्य सबकी आशाओं पर बालटी भर-भर कर पानी फेरता रहा। उस शाम खेल रात के दस बजे तक चलता रहा, जब तक कि मेस में रात्रि के भोजन बंद हो जाने का समय नहीं हो गया। कुछ लोगों ने सीनियर वेटर और कुक लोगों को रिश्वत का प्रलोभन देकर देर रात तक डिनर देने के लिए रोकना चाहा तो उन्हें उनकी अनपेक्षित हिचकिचाहट देखकर आश्चर्य हुआ। जब बाद में पता चला कि मेस सेक्रेटरी साहब (अर्थात् नटराजन) का आदेश था कि मेस में भोजन कक्ष समय की कड़क पाबंदी के साथ बंद किया जाए तो वे जलकर भुना बैंगन बन गए। जहाँ तक इन खिलाड़ियों के खेल के स्तर का सवाल था, उनमें से कई ऐसे भी थे, जिन्हें देखकर लगता था कि बैडमिंटन का रैकेट उन्होंने जीवन में पहली बार पकड़ा था। उनमें उमंग तो बहुत थी, कई दबंग भी लग रहे थे, पर खेलने के ढंग का अभाव अधिकांश के खेल में स्पष्ट था। फिर भी नटराजन के अतिरिक्त दो-तीन और अच्छे खिलाड़ी निकल आए। साफ हो गया कि स्वयंवर इकतरफा नहीं जाएगा। उस शाम खेल समाप्त होने पर इन तीन-चार की नजरें एक-दूसरे को तौलती हुई मूक चुनौती दे रही थीं कि कल देखना बच्चू। अगले चार दिनों तक कोर्ट में रोज धूम-धड़ाके के साथ जमकर बैडमिंटन खेला गया। पता नहीं साइना नेहवाल इतनी मेहनत और लगन के साथ ओलंपिक खेलों के लिए अपनी तैयारी करती है या नहीं, जितनी ये तीन चार खिलाड़ी प्रदर्शित कर रहे थे।

इन तीन-चार दिनों में अधिकांश लोगों की समझ में आ गया कि इतनी जल्दी खेल सीखना और यदि सीख भी लिया तो अच्छा खेलना उनके बस की बात नहीं थी। वे अचानक खिलाड़ी से दार्शनिक बन गए। इन दार्शनिकों ने जीवन के कुछ अनमोल सत्य ढूँढ़ निकाले, जिनको क्रमवार इस तरह रखा जा सकता है—

1. घोड़े की पिछाड़ी और बड़े अफसर की अगाड़ी से बचना चाहिए। जो लोग बड़े साहब की बेटियों के चक्कर में बैडमिंटन पर जान दे रहे हैं, वे जरूर बड़े साहब की दुलत्ती खाकर धूल चाटेंगे।
2. कमांडर की लड़की से चक्कर चल भी गया तो जीवन भर जोरू का गुलाम बने रहना पड़ेगा। बीवी कभी नाराज हुई तो कॅरियर बरबाद करके रख देगी।
3. ऐसे में चालू रोमांस नहीं, बल्कि शादी करनी पड़ेगी। फिर बड़े साहब के रिटायर होते ही जो बाकी के लोग खार खाए बैठे होंगे, वे चैन से

जीने न देंगे।

4. बैडमिंटन भी कोई खेल में खेल है ? लड़कियाँ तो बॉक्सिंग, क्रिकेट, फुटबॉल सरीखे मर्दाने खेलों के खिलाड़ियों पर मरती हैं।
5. यह साला नटराजन बड़ा बदमाश है। इससे तो बाद में निपट लेंगे।

बाकी के चार बिंदुओं पर मतभेद हो सकता था, पर इस आखिरी बिंदु पर सब एकमत थे।

ऐसे पहुँचे हुए उदात्त, आध्यात्मिक वातावरण में एक दिन नटराजन बहुत खुश नजर आया। पहले तो टालता रहा, पर कई बार पूछने के बाद अंत में मंद-मंद मुसकराता हुआ बोला कि स्टेशन कमांडर साहब की बेटियाँ आज दिल्ली से आ गईं। कल शाम से वे बैडमिंटन खेलने आएँगी। स्टेशन कमांडर साहब से तो बड़ा इनडोर कोर्ट बन जाने पर उद्घाटन कराया जाएगा। इस खुले कोर्ट का उद्घाटन उन कन्याओं से कराएँगे। सारे कुँवारे अफसरों के दिल की धड़कनें बेतहाशा तेज हो गईं। जो अच्छे खिलाड़ी साबित हुए थे, उन्हें लगने लगा कि टी शर्ट के नीचे उनके सीने में दिल नहीं धड़क रहा है, बल्कि गौहाटी के हट्टे-कट्टे मेंढक छलाँगें लगा रहे हैं। अगली संध्या को बैडमिंटन कोर्ट पर खिलाड़ियों और दर्शनार्थियों (अर्थात् बाकी के सारे अफसरों की) भीड़ लग गई। नियत समय पर कमांडर साहब की कार आती दिखी तो सबके मन फाइटर जेट की तरह एरोबेटिक्स करने लग गए। गाड़ी पर स्टेशन कमांडर का झंडा नहीं लगा था। दूर से अंदर बैठी दो लड़कियों की झलक जैसे ही दिखी, हवाओं में खुशी की लहर दौड़ गई। कार आकर पोर्च में रुकी। नटराजन ने गर्मजोशी से आगे बढ़कर कार का दरवाजा खोला।

कार से मीठे स्वर में गुड ईवनिंग अंकल बोलती हुई दो बच्चियाँ निकलीं। बड़ी लगभग बारह साल की, छोटी लगभग दस साल की। बड़ी अपनी आँखों पर बड़ा सा चश्मा लगाए अपना बड़ा होना सार्थक कर रही थी। छोटी खरगोश के जैसी प्यारी लग रही थी अपने ऊपर वाले जबड़े के खरगोश की तरह आगे निकले हुए दो दाँतों के कारण, जिनकी बढ़त रोकने के लिए लोहे के तारों के ब्रेसेज दाँतों में फिट किए हुए थे।

युद्ध के समय हवाई हमले की सूचना देनेवाले साइरन की आवाज पर खंदकों में कूदकर आश्रय लेनेवाली ड्रिल जितनी तेजी से संपन्न होनी चाहिए, उससे भी अधिक तेजी से सारे खिलाड़ी और दर्शक वहाँ से अंतर्ध्यान हो गए। रह गया केवल नटराजन, जो अगले घंटे भर तक उन बच्चियों के साथ पायजामे की तरह

बैडमिंटन खेलता रहा। पायजामे की तरह से मेरा तात्पर्य यह है कि जैसे पायजामा ऊपर से एकवचन और नीचे से बहुवचन होता है, वैसे ही एक कोर्ट में नटराजन अकेले खड़ा होकर और दूसरी तरफ वे दोनों बच्चियाँ भाग-भाग कर खेलती रहीं। उधर रमी की टेबुल पर आज पत्ते रोज से भी जल्दी बँट गए। दाँव पर उस दिन रुपयों की जगह नए-नए बैडमिंटन रैकेट लगाए गए, नए होने के बावजूद अपनी आधी कीमत पर। घंटे भर बाद उन बच्चियों को विदा करके नटराजन खिसियानी मुसकराहट लिये वापस आया तो सबने हवा में बैडमिंटन रैकेटों को उछालकर उसका स्वागत किया। अगले पंद्रह दिनों तक नटराजन की रोज मशक्कत कराके वे बच्चियाँ वापस चली गईं। उसके बाद बहुत जल्दी ही खुले आसमान के तले बने उस कोर्ट में जंगली झाड़-झंखाड़ उग आए।

इसके बाद आया नया साल। मेस में पार्टी के साथ उसका स्वागत हुआ। पर वह पहले जैसी बात कहाँ? फिर दो-तीन महीनों के बाद बीहू का उत्सव आ गया। असम का फाल्गुनी उत्सव। धान की फसल पकने के उल्लास का उत्सव। केदार नाथ अग्रवाल की बेहद खूबसूरत कविता बसंती हवा के बोलों पर इठलाकर झूमने-नाचने का उत्सव। बीहू नृत्य में गोल-गोल घेरों में दोनों हाथ पीठ के पीछे बाँधकर अत्यंत कमनीय और उत्तेजनात्मक ढंग से अपने कंधे उचकाते हुए, बाँसुरी की धुन और ढोल की थाप पर थिरकनेवाली नवयुवतियों के आह्लाद का उत्सव। किंतु जिन थिरकते-मदमाते नृत्यों को देखने की हम आस लगाए बैठे थे, वे शायद केवल गणतंत्र दिवस पर आयोजित लोक नृत्य समारोहों में या उस पर बने वृत्त चित्रों में ही दीखते हैं। असम की राजधानी में शायद किसी सभागार में किसी मंत्री का अभिनंदन करने के लिए बीहू नृत्य होता हो, पर हम जो अपने हवाई बेस के इर्द-गिर्द फैले गाँवों और बस्तियों में वह नृत्य देखने की आस लगाए बैठे थे, केवल कल्पना ही करते रह गए। बीहू के दिन उन गाँवों में नित्य की अपेक्षा केवल एक अंतर दिखा। वहाँ के निर्धन किसान उस दिन रोज से कुछ अधिक कच्ची सुपारी चबाकर थूकते हुए और देशी शराब का रोज से अधिक सेवन करके नारियल व सुपारी के हवा में लहराते हुए पेड़ों के नीचे पसरकर सोते हुए मिले। वसंत आया और आकर चला गया। अबके भी दिन बहार के यूँ ही गुजर गए।

फिर गरमी की ऋतु आ गई। फ़ौज का सबसे बड़ा पर्क या सुविधा वार्षिक अवकाश है। वैसे तो पूरे साठ दिन के वार्षिक अवकाश का प्रावधान है, पर जो अफसर अपनी यूनिट के आधार-स्तंभ होते हैं, उन्हें पूरी छुट्टी कभी नहीं मिल

पाती है। प्रायः सी.ओ. की निगाहों में किसी अफसर का कितना महत्त्व है, इसका अंदाज इस बात से लगाया जा सकता है कि उसे कितनी कम छुट्टी मिलती है। इसीलिए मुझे पूरे दो महीने की छुट्टी पाकर थोड़ी सी शर्म और बहुत सी खुशी हुई। वार्षिक अवकाश लेकर मैं अपने घर गाज़ीपुर आ गया।

जेठ–बैसाख की तपती दोपहरी में जिन सड़कों पर कभी झाड़ू नहीं लगती, उनकी धूल के बवंडरों से आच्छादित आकाश वाले उस छोटे से शहर में दिन–दिन भर और कभी–कभी रात–रात भर गायब रहनेवाली विद्युत् आपूर्ति के मौसम में वार्षिक अवकाश पर जाने की मेरी कुछ मजबूरियाँ थीं। पहली तो यह कि मेरे बड़े भाई, जो उन दिनों हैदराबाद में थे और दोनों बड़ी बहनें, जो क्रमशः मुंबई और पटना में थीं, अपने बच्चों के विद्यालयों में होनेवाले ग्रीष्मावकाश में ही गाज़ीपुर आने का समय निकाल पाती थीं। पहले तो भाई साहब और जीजाजी कुछ दिन बिताकर वापस चले जाते थे और मेरे भांजे–भतीजियाँ बाकी का पूरा ग्रीष्मावकाश अपनी माताओं के साथ गाजीपुर में ही बिताते थे। पर अब ज़बकि वे चौथी पाँचवीं जैसी ऊँची कक्षाओं में पहुँच गए थे तो भविष्य में इंजीनियर या डॉक्टर बनाने के उद्देश्य से उन्हें अभी से आई.आई.टी. व संयुक्त मेडिकल कॉलेजों की प्रवेश परीक्षाओं के लिए कोचिंग क्लासेज में भरती करा दिया गया था। मैं कोई अतिशयोक्ति नहीं कर रहा हूँ। मेरी भाभी तो पहले बच्चे के गर्भ में आने के साथ ही अभिमन्यु की कथा से प्रेरित होकर ब्रिलिएंट ट्युटोरियल या अग्रवाल क्लासेज (उन दिनों ये दो ही शीर्ष पर थे) में कोचिंग के लिए स्वयं जाने की योजना बना रही थीं कि गर्भ में सोते भ्रूण को अभी से उनके रक्त में घुल–मिलकर उनकी नाभिनाल के द्वारा विज्ञान और गणित के जूस का पथ्य मिल सके। आकाश पर अभी आकाश इंस्टीच्यूट का धूमकेतु नहीं चमका था। कोटा के शहर के लिए हर अखिल भारतीय प्रतियोगिता में सुनिश्चित कोटा नहीं अलॉट हुआ था कि वह ऐसी प्रतियोगिताओं की राजधानी के रूप में जाना जाए। इसके अतिरिक्त गली–गली में खद्योत की तरह जंह–तंह करत प्रकास वाले कोचिंग इंस्टीच्यूट अभी तक नहीं उग पाए थे। हाँ तो भाभी की बात हो रही थी, जो गर्भधारण करने के बाद स्वयं कोचिंग क्लासेज में भरती होना चाह रही थीं। पर उन्हें धीरज रखने के लिए कहा गया। समझाया गया कि जन्म होने से पहले ही बच्चे का प्रवेश केवल देश के सबसे ख्यातिप्राप्त पब्लिक स्कूलों में ही हो सकता है। चूँकि हमारे परिवार के अधिकांश लोग ईमानदारी की बीमारी के सताए हुए बेहद गरीब क्लास वन अर्थात् प्रथम श्रेणी के सरकारी अधिकारी

थे, इसलिए उन स्कूलों में होनेवाले बच्चे का दाखिला नहीं करा सके, जहाँ एक बार घुस लिये तो देश के प्रधानमंत्री पद तक पहुँचने या कम-से-कम प्रधानमंत्री के सहपाठी मित्र होने की संभावनाएँ बहुत बढ़ जाती थीं। मेरे भाई साहब कुछ दे-दिलाकर भी किसी नामी कोचिंग इंस्टीच्यूट में मेरी तीसरे दरजे में पढ़नेवाली भतीजी को आई.आई.टी. की कोचिंग में दाखिला नहीं दिला सके। उनको सलाह दी गई कि अभी एक साल और प्रतीक्षा कर लें। अंतरिम व्यवस्था के रूप में उस बच्ची को ग्रीष्मावकाश में संगीत, नृत्य, पेंटिंग, स्केटिंग, तैराकी, टेनिस और अंग्रेजी संभाषण की कोचिंग क्लासेज में भरती करा दिया गया था। अंग्रेजी संभाषण की कोचिंग कक्षाओं में उसका दाखिला पहले से ही अंग्रेजी माध्यम स्कूल में पढ़ने और स्वयं अंग्रेजी बोलने में सक्षम भाभी और भाई साहब का उसे डाँट-मार कर केवल अंग्रेजी में बात करने के लिए बाध्य करने के बावजूद इसलिए कराया गया, क्योंकि भाभी के अनुसार परिवार में सब लोगों का अंग्रेजी का उच्चारण बहुत विकृत था। उन्हें शिकायत थी कि सबकी समझ में आ जाता था कि बिटिया क्या कह रही है। भाभी को अंग्रेजी अर्थात् हॉलीवुडिया फिल्मों में आधा संभाषण अब तक समझ में नहीं आ पाता था। उनकी हार्दिक इच्छा थी कि उनके बच्चे भी होंठ भींचकर नाक से स्वर निकालते हुए ऐसे ही बात करें और जहाँ तक संभव हो, एक-दूसरे को अरे चुन्नू या मुन्नू न कहकर 'हे ड्यूड' या 'लिसेन गाइज एन गैल्स' कहकर संबोधित किया करें। इसके अतिरिक्त भाभी उसे पत्रकारिता, यानी जर्नलिज्म का डिप्लोमा भी दिलवाना चाहती थीं, पर बताया गया कि उसके लिए भी वह अभी छोटी थी। पत्रकार बनकर पुलिसवालों और नेताओं के किराए पर लिये हुए गुंडों से पिटने के लिए शारीरिक बल की कसौटी पर वह अभी खरी नहीं उतर सकती थी। कुछ दिन दंड-बैठक लगाकर, व्यायाम करके सेहत बनाए, फिर अगले वर्ष देखेंगे। हाँ तब तक चाहे तो तरला दलाल की कुकरी क्लासेज में दाखिला ले ले, पर भाभी ने कहा कि लड़का होता तो उसे दाखिला दिलवा देतीं। लड़की को खाना बनाने की कला सिखाने से सब लोग उसे पिछड़े वर्ग की समझेंगे। फिर आगे चलकर शादी-ब्याह के बाद यह सब करने के लिए पति तो होगा ही। खैर, मैं थोड़ा बहक गया। केवल यह बताना था कि ये सभी लोग ग्रीष्मावकाश में ही आ पाते थे और वह भी केवल आठ-दस दिनों के लिए।

गरमी के दिनों में वार्षिक छुट्टी लेने का दूसरा कारण मेरा खरबूजे, तरबूजे और आम के प्रति प्रेम था। गंगातट पर बिछे रेतीले खेतों में गाजीपुर में खरबूजे-

तरबूजे बहुत मीठे और बहुतायत से होते थे। मशहूर बनारसी लँगड़ा आम गाजीपुर में उतना ही मीठा, स्वादिष्ट और पतली गुठली और पतले छिलके का होता है, जितना बनारस में, पर गाजीपुर में विदेशों में भेजने की सुविधा लगभग नहीं के बराबर होने के कारण बढ़िया लँगड़ा बहुतायत से मिलता है। बनारस में तो बाहर भेजने की सब सुविधाएँ हैं, अत: वहाँ का लँगड़ा आम सुदूर विदेशों तक भेजा जाता है। फिर दीये तले अँधेरा के प्रमाण के रूप में बहुत कम और घटिया श्रेणी का छँटा हुआ माल ही वहाँ मिलता है। इसके बावजूद बढ़िया लँगड़ा बनारसी मशहूर है, गाजीपुरी नहीं। बनारसवालों का बस चलता तो गाजीपुरी आम को दो टाँगों वाला कह कर उसका मजाक उड़ाते, लँगड़ा नहीं कहते।

पर केवल आम के सहारे पूरा दो महीने का अवकाश शायद आम के प्रख्यात शौकीन चचा गालिब भी नहीं बिता पाते। उन्हें भी मुँह में आम की मिठास का स्वाद बदलने के लिए शराब के घूँट बीच-बीच में लेने की जरूरत पड़ती थी। फिर मैं किस खेत की मूली था। गाजीपुर में मेरे बचपन के साथी, सहपाठी नहीं रह गए थे। सभी नौकरी-धंधे के चक्कर में दूर-दूर बिखर गए थे। इसलिए इस बार छुट्टियों में भाई-बहन और उनके बच्चे आठ-दस दिन ददिहाल, ननिहाल में धूम मचाकर वापस चले गए तो मुझे अकेलापन बहुत सालने लगा। माँ अपने हाथों से स्वादिष्ट बनाकर खिलाने के चक्कर में रसोई में घुसी रहती थीं। पिताजी जो डॉक्टर थे, मेरे साथ सुबह नाश्ते पर समय बिताकर अपने क्लिनिक चले जाते। मैं बैठकर उपन्यास, कहानी, पत्र-पत्रिकाएँ पढ़ते पढ़ते थक जाता। आम-खरबूजे समय काटने में सहायक तो थे नहीं। मैं मिर्जा गालिब हूँ नहीं कि आम के सहारे सारी दोपहरी और शराब और शायरी के सहारे सारी शामें काट लेता।

बस एक सहारा था गंगा के घाटों का, जहाँ संध्या समय घूमने में बहुत मजा आता था। सुबह-सुबह जाता तो और ज्यादा मजा आता पर मैं उस बदनामी से डरता था, जो सुबह सुबह घाटों की सीढ़ियों पर बैठकर प्राकृतिक और मानवीय सौंदर्य निहारनेवालों की उस छोटे से शहर में हो जाती थी। पिताजी के क्लिनिक जाने के बाद अर्थात् नौ-दस बजे सुबह गरमी के दिनों में गंगा के घाटों पर उनके स्थायी निवासी अर्थात् पंडे, भिखारी और आवारा कुत्ते भी नहीं दीखते थे तो मैं वहाँ जाकर क्या करता। अत: मैं गाजीपुर के धूल भरे बाजार में अकेला घूमने के लिए निकल पड़ता। रास्ते में कुछ परिचित बुजुर्ग लोग जो सेवानिवृत्त थे, घर पर बैठकर पत्नी से झगड़ने और डाँट खाने की यातना से बचने के लिए सड़कों पर

मेरी तरह से भटकते मिल जाते। मैं नमस्ते करता तो वे बड़ी गर्मजोशी से मिलते, फिर साथ चिपक जाते। वायुसैनिकों और वायुसेना से संबंधित पचासों सवालों की झड़ी लगा देते। विभिन्न लोगों से पूछे गए इन प्रश्नों को यदि सबसे अधिक बार पूछे गए प्रश्नों के क्रम में अर्थात् लोकप्रियता के हिसाब से बताऊँ तो वे और उनके उत्तर इस प्रकार के होते थे—

प्रश्न—बेटा, तुम्हारे फाइटर जहाज में कितने लोग एक साथ बैठते हैं?

उत्तर—अंकल, सिर्फ एक होता है, हाँ ट्रेनर जहाज में दो होते हैं।

प्रश्न—क्या केवल कॉकपिट होती है या बैठने के लिए कोई और जगह भी होती है ऐसे जहाज में?

उत्तर—नहीं, केवल कॉकपिट होती है।

प्रश्न—तो फिर पाइलट को लघुशंका या दीर्घशंका लगती है तो क्या करता है?

उत्तर—शंका कैसी भी हो, रोकनी पड़ती है। फिर फाइटर जेट्स की उड़ानें बहुत लंबी भी नहीं होती हैं।

प्रश्न—फिर भी लग तो सकती है। यदि न रोक पाए तो?

उत्तर—तो फिर वापस आकर लैंड कर जाते हैं और जी भरकर छोटी-बड़ी सब शंकाएँ मिटाते हैं।

प्रश्न—पर तुरंत लैंड करने की सुविधा न हुई तो?

उत्तर—फिर वही होता है जो आप मुझसे कहलवाना चाहते हैं!

प्रश्न—नहीं, नहीं, मैं तो यह जानना चाहता था कि यदि युद्ध में दुश्मन के जहाज का सामना करते हुए ऐसा हुआ तो?

उत्तर—यदि बाई चांस दुश्मन भी ऐसी ही स्थिति में हुआ तो दोनों जहाज फिर मिलेंगे, कह कर वापस आ जाते हैं।

इसके बाद मैं भी फिर मिलेंगे, कहकर भाग निकलता था। पीछे से वे बुजुर्गवार आवाज लगाते रह जाते थे नहीं, यदि—

लोकप्रियता के पायदानों पर दूसरे नंबर के प्रश्न और उनके उत्तर इस प्रकार के होते थे।

प्रश्न—फाइटर उड़ाते समय यदि इंजन फेल हो जाए तो?

उत्तर—अधिकतर जहाज दो इंजन वाले होते हैं। दो में से एक इंजन फेल भी हो जाए तो विमान एक इंजन पर भी उड़ लेते हैं।

प्रश्न—यदि एक इंजन वाला जहाज हुआ या दोनों इंजन फेल हो गए तो?

उत्तर—इमरजेंसी लैंडिंग के लिए जगह तलाशते हैं।

प्रश्न—यदि उपयुक्त जगह न मिली तो?

उत्तर—फिर इजेक्शन सीट से कूद पड़ते हैं। उसका पैराशूट खुलकर बचा लेता है।

प्रश्न—यदि पैराशूट न खुला तो?

मैं चिढ़कर कहता 'फिर वही होता है जो आप मुझसे कहलवाना चाहते हैं।' इसके बाद मैं पैर पटकता हुआ वहाँ से दफा हो जाता था।

विचित्र बात यह थी कि प्राय: सारे प्रश्नार्थियों का कौतूहल फाइटर विमानों पर ही केंद्रित होता था। एक दिन पान की दुकान पर एक परिचित पानवाले ने और वहीं खड़े रिक्शेवाले ने भी जब सारे सवाल फाइटर जेट्स के बारे में ही पूछे तो मैंने उनसे कहा—वायुसेना में ट्रांसपोर्ट अर्थात् माल और सवारी ले जानेवाले जहाज भी होते हैं। तुम लोगों के सारे सवाल लड़ाकू जहाज के बारे में ही क्यों होते हैं? रिक्शेवाले ने अपनी पैबंद लगी बनियाइन में उँगलियाँ घुसेड़कर पीठ पर खुजली करते हुए कहा, 'अरे सवारी वाले जहाज में तो कब्बो जाकर देख लेंगे, पर बम बरसानेवाला जहाज? बाप-रे-बाप! ओकरा बारे में के बताई। का हो जनेसर हम ठीक कह रहा हूँ न?' पानवाले ने पान के पत्ते पर चूना लगाते हुए हाँ-में-हाँ मिलाई। बोला—

'और का घुरहू, ऊ तो हम लोग कब्बो देख लेंगे, न हुआ तो सायद कब्बो चढ़े को भी मिल जाए, पर भैया फाइटर के बारे में तो बस आपे बता सकत हो न?

इस बार मेरी चुप हो जाने की बारी थी। इन दोनों के तेवर से लग रहा था कि अभी जाकर एयर इंडिया की लंदन जानेवाली फ्लाइट नहीं तो कम-से-कम बनारस जाकर दिल्ली तक तो इंडियन एयर लाइंस के जहाज से घूम ही आएँगे।

बहरहाल, प्राय: उन्हीं पूछे जानेवाले सवालों से तंग आकर एक ओर तो मैं सोचने लगा कि बाकी की बची हुई छुट्टी सरेंडर कर दूँ, दूसरी ओर मेरे छोटे से शहर में यह बात जंगल की आग की तरह फैल गई कि वायुसेना के विमानों में जब पाइलट को लघुशंका या दीर्घशंका लगती है तो वह उड़ते हुए जहाज से कूद पड़ता है। अफसोस कि प्राय: कूदने के बाद उसका पैराशूट भी नहीं खुलता है। अंत में हजारों फीट ऊपर से नीचे जमीन पर गिरकर उसका शरीर वह काम करता है जो प्रसिद्ध गायिका नूरजहाँ के गीत में दिल करता है अर्थात् एक पाइलट के टुकड़े

हजार हुए, कोई यहाँ गिरा, कोई वहाँ गिरा। मजे की बात यह कि जो भी यह बताता था, वह सौगंध खाकर कहने को तैयार मिलता कि यह बात उसके ताऊजी ने स्वयं मेरे मुँह से सुनी है। राही मासूम रजा ने जब शिकायत की थी कि 'उस शोख ने मुझी को सुनाई मेरी गजल' तो उन्हें अपनी गजल इस तरह से तोड़-मरोड़कर नहीं पेश की गई होगी, वरना उनका मन भी बजाय शायरी करने के मेरी तरह कुश्ती लड़ने का करने लगता।

जब रास्तों पर ऐसे वाहियात सवाल पूछनेवाले खूँखार जानवरों की तरह घूम रहे हों तो उन धूल भरी सड़कों पर गरमी के दिनों में कोई कितना टहल सकता था। तभी एक दिन ध्यान आया कि मेरे घर से कुछ ही दूर बाजार में एक टाइपिंग स्कूल है। मैं 1970 की बात कर रहा हूँ। तब तक कंप्यूटर और प्रिंटर नहीं आए थे। स्कूल कहलाने वाली उस दुकान में लगभग दस-बारह टाइपराइटर मेजों पर लगे हुए थे। उनके सामने बैठे लड़के हिंदी और अंग्रेजी टाइपिंग का अभ्यास करते रहते थे। मुझे इतने सारे टाइपराइटरों की समवेत स्वर में पिट-पिट बहुत मजेदार लगती थी। वायुसेना अधिकारियों को साल में दो-तीन बार रायफल, रिवॉल्वर और स्टेनगन चलाने का अभ्यास करने का अवसर मिलता था। मुझे एक साथ इतने ढेर सारे टाइपराइटर चलते हुए स्टेन या लाइट मशीनगन की र-ट-टट ध्वनि की याद दिलाते थे। मेरी छुट्टी में अभी भी चालीस दिन और बचते थे। एक दिन मन में आया कि इस बीच क्यों न टाइपराइटिंग सीख लूँ। रोज एकाध घंटे का समय कट जाएगा। दुकान के मालिक पिताजी के अच्छे परिचित थे। उन्होंने सहर्ष अपनी दुकान में स्वागत किया। मैंने फीस के बारे में पूछा तो बोले कि अरे, आपसे क्या फीस लूँगा, घर की बात है। मैंने बहुत आग्रह किया तो बोले कि आप सीखना शुरू कर दीजिए, फीस की बाद में देख लेंगे। मैंने ध्यान नहीं दिया कि हमारी बात वहाँ के दो-चार प्रशिक्षार्थी लड़के भी सुन रहे थे। मैंने टाइपराइटिंग का प्रशिक्षण उसी दिन से शुरू कर दिया।

एक तेज-तर्रार लोमड़ी को आलसी कुत्ते पर कुदाते हुए अर्थात् A quick brown fox jumps over the lazy dog वाली इबारत जिसमें अंग्रेजी वर्णमाला के छब्बीसों अक्षर आ जाते हैं, टाइप करते हुए मुझे एक सप्ताह भी नहीं हुआ था। टाइपिंग योग्यता केवल इतनी हुई थी कि तेज-तर्रार लोमड़ी बजाय कुत्ते पर कूदने के प्रायः स्वयं मुँह के बल गिर पड़ती थी। तभी एक दिन वहाँ एक प्रशिक्षार्थी बहुत परेशानहाल दिखा। अन्य लड़कों से अपनी समस्या बयान करते हुए बोला कि मुझे

एक नौकरी के आवेदन-पत्र के साथ हाईस्कूल सर्टिफिकेट की प्रति आज ही भेजनी है, जो किसी गजेटेड ऑफिसर द्वारा प्रमाणित हो। मेरे क्षेत्र के विधायक नैनीताल गए हुए हैं। एक और परिचित अधिकारी थे, वे लखनऊ गए हुए हैं। समझ में नहीं आ रहा है कि क्या करूँ। क्या तुम लोग किसी को जानते हो, जो इसे प्रमाणित कर सके? सभी प्रशिक्षणार्थी चुपचाप बैठे रहे। प्राय: सभी निर्धन आय वर्ग के थे, जो हाई स्कूल या इंटर पास करके टाइपराइटिंग सीख कर क्लर्की पाने का सपना पूरा करना चाहते थे। उनमें कौन था, जो कह सकता कि चलो मेरे साथ, मेरे मित्र या संबंधी राजपत्रित अधिकारी हैं, उनसे करा देता हूँ। कुछ देर तक टाइपराइटरों की पिट-पिट बंद रही जैसे विधानसभाओं में या संसद में लगातार हंगामे के बीच भूले-भटके से एकाध शांति के क्षण आ जाते हैं। सभी उसकी मदद करना चाहते थे। ऐसी परेशानियाँ उन सबके सामने आती थीं। मुझसे चुप न रहते बना। बोल पड़ा कि लाओ मैं कर देता हूँ, वह लड़का बहुत नाराज हो गया। बोला 'अरे, मैं पहले से ही बहुत परेशान हूँ, क्यूँ बेवक्त का मजाक कर रहे हो? इसमें गजेटेड अफसर का हस्ताक्षर चाहिए।' मैंने संजीदगी से कहा

'भाई, मैं कमीशंड ऑफिसर हूँ अर्थात् वायुसेना का राजपत्रित अधिकारी।'

वह चिढ़ गया। बड़े तिरस्कार और व्यंग्य के साथ बोला 'क्यों नहीं, तुम तो यहाँ के कलेक्टर साहब हो, तभी यहाँ बैठकर टाइपराइटर पर तबला बजा रहे हो।'

दो-एक और लड़के उसका साथ देते हुए बोले, 'बड़ा आया गजेटेड अफसर कहीं का। कलेक्टर साहब की जेब में यहाँ की फीस देने के तो पैसे नहीं हैं। उस दिन सर ने दया करके एडमिशन दे दिया, कहा था अच्छा सीखना शुरू कर दो, पैसे बाद में दे देना।' अब मेरे गुस्सा होने की बारी थी। टाइपिंग स्कूल के मालिक, जो परिचित थे, उस समय थे नहीं, अत: प्रमाणित करने की मेरी योग्यता कौन प्रमाणित करता। मैं भिन्ना कर तेज-तर्रार लोमड़ी को हवा में लटकता हुआ छोड़कर वहाँ से उठकर वापस घर आ गया।

घर पहुँचने पर देखा कि हमारा घरेलू नौकर लक्ष्मण बड़ी बेसब्री से मेरी प्रतीक्षा कर रहा था। आते ही बोला, 'अरे भैया, आप कहाँ चले गए थे। यहाँ दो साहब लोग बड़ी सी कार में बैठकर आए थे, उनमें से एक साहब यहीं के थे। बाबूजी को पूछ रहे थे, पर वे क्लिनिक में भी नहीं हैं, कहीं बाहर गए हैं, माताजी भी मंदिर गई हुई थीं। मैंने ड्राइंग रूम में बैठा दिया था कि माताजी आती होंगी। कुछ देर रुके, फिर अचानक उठ कर चले गए।'

मैंने पूछा, 'अचानक क्यों चले गए? तुमसे कोई और बात नहीं हुई?'

लक्ष्मण इस बार कुछ सकुचाते हुए बोला, 'हुई तो थी, आप ही के बारे में पूछ रहे थे।'

मेरी उत्सुकता बढ़ी। 'क्या पूछ रहे थे?' लक्ष्मण कुछ अनिश्चय की स्थिति में लगा। फिर बोल पड़ा, 'जी आपको पूछा तो मैंने बताया कि भय्या रोज टाइपिंग सीखने जाते हैं, वहीं गए होंगे, तो वे दोनों आपस में बहस करने लगे।'

मेरा धैर्य समाप्त हो रहा था। उकताकर पूछा, 'अरे बहस किस बात पर होने लगी, साफ क्यों नहीं बोलता?'

लक्ष्मण बोला, 'वे जो बाहर वाले थे, उन्होंने यहाँ वाले साहब से पूछा कि यह टाइपिंग का क्या चक्कर है, आप तो कह रहे थे कि लड़का एयर फोर्स में अफसर है? तो दूसरे साहब बोले कि मैंने गलत थोड़े ही बताया था। हाँ इस बार बात हुई तो कह रहा था कि फ़ौजी पायलट को पेशाब लगने पर हवाई जहाज से कूदना पड़ता है। कई बार पैराशूट नहीं भी खुलता है। लगता है एयर फोर्स छोड़कर भाग आया है। महीने भर से घर में बैठा है। टाइपिंग सीख रहा होगा कि कोई और नौकरी लग जाए।'

मैंने सर ठोंक लिया। वाह री किस्मत! मेरे जीवन का पहला विवाह प्रस्ताव स्वयं कार में बैठकर मेरे घर आया और उस पर टाइपिंग की तेज-तर्रार भूरी लोमड़ी टूट पड़ी। गुस्से में आकर मैंने टाइपिंग सीखना बंद कर दिया। न खुदा ही मिला, न विसाले सनम। सीख लिया होता तो यह लंबा आख्यान लिखने के लिए यूँ कलम न घिस रहा होता।

मेरी छुट्टी समाप्त होने को आई, पर वापस आने के दो-चार दिन पहले मेरी अभिलाषाओं पर एक उलटवार एक दूसरी कन्या के पिता ने कर दिया। टाइपिंग स्कूल के मेरे सहपाठी किसी लड़के से मेरे बारे में सुनकर पिताजी के पास पहुँचे थे। पिताजी से बोले, 'डॉक्टर साहब, सुना है आपका बेटा टाइपिंग सीख रहा है।'

पिताजी ने हामी भरी तो बोले, 'फिर तो पढ़ाई पूरी कर चुका होगा। टाइपिंग सीख ले तो मेरे भाई चीनी मिल में हेड क्लर्क हैं, वे नौकरी लगवा देंगे। सुना है आपका बेटा छह फुटा सुदर्शन जवान है। मेरी बेटी बड़ी सुंदर है। अभी इंटर पास किया है।' वे उसकी पूरी तारीफ कर पाते कि पिताजी ने बात बीच में काटकर कहा, 'मेरा बेटा क्लर्की की तलाश में नहीं है। वह एयर फोर्स में फ्लाइंग ब्रांच का अफसर है।'

उन सज्जन ने बात बीच में ही काट दी। उठ खड़े हुए और बोले, 'माफ कीजिएगा, मुझे पता चला कि टाइपिंग सीख रहा है तो सोचा यहीं किसी चीनी

मिल में या बैंक में नौकरी लग जाती तो अच्छा था। अच्छा अब आज्ञा दीजिए, मुझे अपनी बेटी को काले पानी नहीं भेजना है।'

मेरे आत्मसम्मान को इस बार कोई विशेष धक्का नहीं लगा। विवाह के बाजार में फ़ौजी अफसरों की औकात अब तक मालूम हो चुकी थी, पर माँ और पिताजी को बड़ी निराशा हुई। छब्बीस साल का होने के बावजूद सबसे छोटी संतान होने के कारण मैं अभी तक उनकी नजरों में बच्चा ही था या वे सोच रहे होंगे कि मेरे बड़े भाई साहब की तरह मेरे लिए भी विवाह प्रस्तावों की बौछार होने लग जाएगी, पर इन अनुभवों के बाद उन्हें भी मेरे विवाह की चिंता सताने लगी।

छुट्टी से वापस लौटने के दो दिन पहले पिताजी ने मुझसे पूछा कि क्या मेरी अपनी पसंद की कोई लड़की है या मेरे विवाह के लिए वे लोग लड़की देखें। मैंने पहले प्रश्न का उत्तर सच-सच दिया, क्योंकि लड़की नाम का कोई जीव मेरे क्षितिज पर दूर-दूर तक नहीं था, पर दूसरे प्रश्न के उत्तर में सच बोलने से झिझक गया। अंदर से तो मन में लड्डू फूटे कि मेरे किए तो कुछ हो नहीं रहा है, चलो इन्हीं को कुछ करने दो। पर इतने स्पष्ट रूप से अपने माँ-बाप के सामने अपने विवाह के लिए उत्सुकता दिखाने का चलन उन दिनों था नहीं। तब सिर्फ हिंदी फिल्मों का हीरो अपने बाप से कहता था कि फलाँ लड़की से मेरी तुरंत शादी कर दो, नहीं तो बाप के पद से मैं तुम्हें तुरंत बर्खास्त करता हूँ। पर मेरे संकोच के पीछे की हकीकत कुछ और थी। बात यह थी कि मेरे सपनों में लड़कियाँ आती थीं जींस और टॉप पहने हुए, जो पेंसिल हील्स या स्टीलेट्टो पहनकर खटाखट चलती थीं और मेरे साथ चिपक कर सटासट बाल डांस करती थीं। मेरे एन.डी.ए. के पब्लिक स्कूलोंवाले साथियों ने मेरे बदन से फूटती गाजीपुर की सोंधी मिट्टी की सुगंध धो डाली थी। मुझे सपनों में उन लड़कियों के कुँवारे बदन से फ्रेंच परफ्यूम की सुगंध आती थी, जो शायद मेरे कमरे में छिड़की हुई मच्छर भगाऊ फ्लिट को सूँघते-सूँघते सो जाने का प्रभाव होता था। पर माँ और पिताजी की गाजीपुर की दुनिया की लड़कियाँ यदि स्टीलेट्टो या पेंसिल हील पहनतीं तो दो कदम चलकर लड़खड़ाकर गिर पड़तीं और फ़िर अपनी टाइट शलवार-कमीज के कारण फर्श से उठ भी नहीं पातीं। माँ-पिताजी के ऊपर यह जिम्मेदारी छोड़ने पर पूरी संभावना थी कि उनकी खोजी हुई लड़की मेरे सपनों की रानी की नौकरानी लगती, भले सुशील और गुणवंती कितनी ही हो। अत: पिताजी के प्रश्न के दूसरे भाग के उत्तर में मैंने संकेत दे दिया कि वे क्यों परेशान होंगे, मेरे बड़े भाई साहब या जीजाजी

देख लेंगे। और पिताजी ने कहा कि यह काम भाई साहब की बजाय जीजाजी को ही सौंपा जाएगा।

जीजाजी भारतीय पुरातत्त्व सर्वेक्षण में अधिकारी थे, अत: विशेष कार्य व्यस्तता के सताए हुए नहीं थे। भारत की जड़ें खोद देने के लिए सरकार के पी.डब्ल्यू.डी., टेलीफोन और नहर विभाग आदि ही काफी थे। पुरातत्त्व विभाग के पास कहीं नई खुदाई करने के लिए कोई बजट नहीं था। जो कुछ वस्तुएँ अंग्रेज शासक जमीन से खोदकर विभाग के संग्रहालयों में रख गए थे, उन्हीं को सुरक्षित रख पाना ही विभाग की सबसे बड़ी जिम्मेदारी थी। एकाध बार तो ऐसा भी हुआ था कि दो-तीन हजार साल पहले की टेराकोटा (पकाई मिट्टी) की चिलम, जो नालंदा और कौशांबी आदि की खुदाई में मिली थीं और अब विभाग के संग्रहालयों में सुरक्षित थीं, उन्हें किसी नशेड़ी कर्मचारी ने गांजे का सुट्टा लगाने के लिए चुपके से इस्तेमाल कर लिया था। किसी और ने मोहनजोदड़ो और हड़प्पाकालीन पकी मिट्टी के खिलौनों को अपने रोते हुए बच्चों को चुपाने के लिए बहुत मुफीद पाया था।

जमीन के नीचे सैकड़ों टन सोना छिपे होने की घोषणा करनेवाले किसी स्वप्नद्रष्टा साधु महात्मा का आविर्भाव तब तक नहीं हुआ था, जो पुरातत्त्व विभाग के लिए कोई काम दिलवा देता। अत: जीजाजी के पास पूरी फुरसत थी कि वे नालंदा, बोधगया जैसी सुनसान जगहों में अपने कार्यालय में बैठकर मेरी शादी के लिए पत्र व्यवहार में उस सरकारी स्टेशनरी का कुछ प्रयोग तो कर डालें, जो बिना प्रयोग में आए, रखे-रखे स्वयं ऐतिहासिक नमूना बन जाती। संयोगवश मेरे भाई साहब भी इतिहास के विद्वान् और म्यूजियोलॉजी (संग्रहालय शास्त्र) के पी-एच. डी. थे। भारत के सर्वाधिक प्रख्यात संग्रहालयों में से एक के उप निदेशक थे। संग्रहालय का पुराना भवन उसमें संग्रहीत अजीबोगरीब और बहुमूल्य कलात्मक वस्तुओं के लिए बहुत छोटा पड़ चुका था और उसकी जगह एक भव्य नए भवन का निर्माण चल रहा था। भाई साहब आए दिन अपने संग्रहालय में आनेवाले देश-विदेश की जानी-मानी हस्तियों के स्वागत के प्रबंध में इतना व्यस्त रहते थे कि अब तक कला और म्यूजियोलॉजी दोनों ही के बारे में उन्हें सब पढ़ा-लिखा भूल जाना चाहिए था। उस पर से उस प्रख्यात संग्रहालय के निर्माणाधीन भव्य भवन में निदेशक के कार्यालय कक्ष को उपनिदेशक के कार्यालय कक्ष से छह गुना बड़ा होने की बजाय केवल दो या ढाई गुना बड़ा होना चाहिए। इस गहन समस्या को लेकर उनकी अपने बॉस से तनातनी चल रही थी। ऐसे में मेरे विवाह को लेकर उनके

ऊपर और बोझ लादना उचित नहीं होता। अत: जीजाजी को ही यह जिम्मेदारी देना ठीक जान पड़ा। योजना यह बनी कि जीजाजी हिंदुस्तान टाइम्स में वैवाहिक विज्ञापन दे दें। यह उस जमाने में इस बीमारी की रामबाण औषधि माना जाता था। प्रारंभिक पत्राचार के बाद सारी पत्रावली व तसवीरें वे मेरे पास भेज देंगे और मैं अपनी पसंद की लड़की चुन पाऊँगा। पिताजी ने योजनानुसार जीजाजी के ऊपर यह महान् दायित्व लाद दिया।

छुट्टी समाप्त होने पर मैं वापस अपनी वायुसेना की दुनिया में आ गया, पर जीजाजी की मेहनत कोई विशेष रंग नहीं लाई। विज्ञापन दिया गया था कि छह फुटे, छब्बीस वर्षीय, सुदर्शन, एयर फोर्स में फ्लाइंग ब्रांच में कार्यरत, चार अंकों में वेतन पानेवाले (चार अंक 1970 के!) अफसर के लिए उपयुक्त कन्या चाहिए। (तब कुँवारी कन्या कहना अभद्रता मानी जाती थी। लोग अपने भोलेपन में यह मान कर चलते थे कि कन्या विवाह योग्य है तो कुँवारी ही होगी।) जात-पाँत-दहेज की कोई माँग नहीं। उन दिनों विज्ञापन में केवल बॉक्स नंबर दिया जाता था, यह छुपाने के लिए कि लड़के या लड़की को और कोई पूछनेवाला नहीं है। नाम-पता, फोन नंबर आदि गुप्त रहते थे। अतिरिक्त नकचढ़े लड़के वाले यह भी स्पष्ट करते थे कि विज्ञापन केवल बेहतर चुनाव के लिए दिया गया है अर्थात् अन्यथा तो लड़कियों के झुंड-के-झुंड टूटे पड़ रहे हैं। जात-पाँत के बंधन से मुक्त होने पर भी, या शायद उसी के कारण, मेरेवाले विज्ञापन के उत्तर में आशा से बहुत कम पत्र आए थे। जो आए, उन सभी में लड़के की जन्मकुंडली की माँग की गई थी, ताकि इस फ़ौजी लड़के के आयुष्मान होने के संबंध में ठीक से गणना की जा सके। जो भी हो, एक महीने के बाद विज्ञापन दोबारा दिया गया। पर इस बार 'वायुसेना में फ्लाइंग ब्रांच में कार्यरत' शब्द दबा दिए गए। इस बार बहुत से पत्र आए, पर लड़का आखिर करता क्या है, इस बात को बहुत देर तक गुप्त नहीं रखा जा सकता था। राज जैसे ही खोला गया अधिकांश चिड़ियाँ फुर्र! जिन बची-खुची लड़कियों से पत्राचार बढ़ पाया था, उनमें से चार-पाँच के पत्र मय फोटोग्राफ को जीजाजी ने मेरे पास अग्रेषित कर दिए। मुझे विशेष मजा तो नहीं आया, पर जीजाजी के आरंभिक उत्साह पर ठंडा पानी पड़ चुका था, इसलिए उन्होंने समझाया कि ये चार-पाँच लड़कियाँ अच्छे परिवारों की थीं, सुशिक्षित थीं, स्मार्ट भी थीं। मुझे उनको देख तो लेना ही चाहिए। कई बार प्रत्यक्ष मुलाकात बहुत से छिपे हुए गुण-दोष सामने ला देती है। फिर आज की तरह उन दिनों लड़कियाँ देखना इतनी बुरी बात नहीं समझी जाती

थी। अत: मैंने उनमें से एक को देखने के लिए हामी भर दी। यह स्पष्ट कर दूँ कि चार-पाँच में से केवल एक को देखने का निर्णय इसलिए लिया था कि कई लड़कियों को देखूँगा तो जिन्हें देखने के बाद मना करूँगा, उनके कोमल मन को ठेस लगेगी और आत्मसम्मान आहत होगा। लड़की मैं केवल तभी देखना चाहता था जब उसके पक्ष में मन लगभग पूरी तरह बन चुका हो और देखना मात्र अंतिम औपचारिकता हो। फिर वह भी चाहे तो अपने वीटो का अधिकार स्वछंद रूप से इस्तेमाल कर सके। यह भी सोचा कि अगर एक बार भी लड़की देखना गलत है तो बेचारे फ़ौजियों का ब्याह होगा कैसे, जब वे अपने घर-परिवार से बहुत दूर नियुक्त हों और लड़की पूर्व परिचित न हो।

इस प्रकार लड़की देखने का निर्णय तो ले लिया गया, पर इसे व्यावहारिक जामा पहनाना कठिन था। लंबी वार्षिक छुट्टी से लौटकर फिर जल्दी छुट्टी माँगना दुष्कर था। बस एक सुविधा थी—यह लड़की दिल्ली में थी। मुझे गौहाटी से दिल्ली की उड़ान भरने का अवसर महीने में कम-से-कम एक बार मिल जाता था। अत: मैंने जीजाजी को और उन्होंने लड़कीवालों को सूचित कर दिया कि एकाध महीने में मैं दिल्ली जाऊँगा। पंद्रह दिनों के बाद ही जीजाजी का ट्रंक कॉल आया कि लड़की वाले इस कार्य को जल्दी निपटाना चाहते हैं, पर मैं कोई निश्चित तिथि देने में असमर्थ था। हमारी फ्लाइंग ट्रिप अचानक ही बनती थी, अत: यह दिक्कत भी थी कि प्रोग्राम जब भी बनेगा मेरा अकेले का ही बनेगा। घर से माँ या पिताजी या भाई-बहनों का साथ जाने का कार्यक्रम नहीं बन पाएगा, पर इस लड़की के बारे में उन सबकी राय अनुकूल थी। बात बस मेरे देखने और हामी भरने पर टिकी थी।

दिल्ली जाने के जिस अवसर की मैं अधीरता से प्रतीक्षा कर रहा था, लगभग एक महीने के बाद आया। जैसा कि सामान्य था, प्रोग्राम केवल एक दिन पहले निश्चित हुआ। इतना समय भी नहीं मिल पाया कि मैं कम-से-कम लड़कीवालों को फोन करके पूर्व सूचना दे दूँ, पर दिल्ली में दो दिन रुकना था। सोचा जाकर अगले दिन का प्रोग्राम बना कर फोन कर दूँगा। हमारे डकोटा विमान में पायलट को, पायलट और नेवीगेटर का तीन सदस्यीय एयर क्र्यू होता था। मेरे दो अन्य सहयोगियों में से एक, फ्लाइट लेफ्टिनेंट चौहान से मेरी बहुत घनिष्ठता थी। वे मुझसे दो साल सीनियर थे। शरमाते-शरमाते मैंने उनसे आग्रह किया कि इस कठिन घड़ी में मेरा साथ दें। वे खुशी से मान गए, साथ चलने को भी और इस अभियान को गुप्त रखने को भी।

दिल्ली पहुँचकर चौहान ने मेरी तरफ से लड़की के पिता से फोन पर बात की। मुझे स्वयं बात करने में संकोच हो रहा था। उन्होंने अगली शाम चाय पर आने का निमंत्रण दे दिया और डिफेंस कॉलोनी में अपने घर का रास्ता समझा दिया। अगली शाम तक चौहान मेरी टाँग खींचते तो रहे, पर शाम को जब पालम एयर फोर्स मेस से डिफेंस कॉलोनी जाने के लिए हम टैक्सी में बैठे तो उन्होंने बड़ी धीर गंभीर मुखमुद्रा बना ली। बड़े भाई का किरदार उन्होंने इतनी जिम्मेदारी के साथ निभाया कि डिफेंस कॉलोनी में टैक्सी रुकने के पहले एक बार अपने हाथ से मेरी टाई की गाँठ ठीक की और मेरे कॉलर से एक अदृश्य धूल का कण भी झाड़ा। कॉलबेल के उत्तर में लड़की के पिता ने स्वयं बाहर आकर स्वागत किया। हम लोग सुरुचिपूर्ण सजावट वाले ड्राइंग रूम में बैठ गए।

बड़ा शांत सा वातावरण था। मैं जो बहुत बकवादी हूँ, चौहान की हिदायत के अनुसार बहुत शालीन बना चुपचाप बैठा रहा। चौहान स्वयं भी मितभाषी हैं, लड़की के पिता उनसे भी कम बोलनेवाले निकले। वार्त्तालाप कुछ इस प्रकार चला—

पिता—यहाँ पहुँचने में दिक्कत तो नहीं हुई?

चौहान—नहीं नहीं, आसानी से पहुँच गए।

पिता—हें-हें-हें!

चौहान—हें-हें-हें!

एक मिनट की सामूहिक चुप्पी के बाद,

पिता—आप लोग कल ही आए?

चौहान—हें-हें-हें, कल ही आए।

पिता—हें-हें-हें, अच्छा कल ही आए।

इस बार दो मिनट की चुप्पी। फिर—

पिता—मैंने तो पंद्रह दिन पहले रिक्वेस्ट की थी कि अरुणजी जल्दी आ जाएँ।

चौहान—हें-हें—हें। चाहते तो थे, हो नहीं पाया।

मैं—(पहली बार मुँह खोलते हुए) हें हें-हें। चाहता तो था, हो नहीं पाया।

पिता—जी, कई बार मजबूरी होती है।

चौहान और मैं (एक साथ)—जी, कई बार मजबूरी होती है।

पिता—हें-हें-हें!

चौहान, मैं और पिता (एक साथ) हें-हें-हें-हें-हें-हें!

इस तरह पाँच मिनट में पंद्रह बार हें-हें-हें हुई कि पीछे का परदा हिला।

मैं और चौहान तनकर बैठ गए, पर प्रकट हुईं लड़की की माताजी। हाथ में चाय की ट्रे लिये हुए। सौम्य, शालीन महिला थीं। चेहरे पर मंद-मंद मुसकराहट थी। मैं सोच रहा था वह आएगी तो उसकी मुसकराहट भी इतनी ही प्यारी होगी या वह गंभीर मुद्रा बनाए रखेगी।

माताजी का हमने उठकर अभिवादन किया। उन्होंने ट्रे मेज पर रख दी। बोलीं—यहाँ पहुँचने में दिक्कत तो नहीं हुई?

चौहान—नहीं, आसानी से पहुँच गए।

माताजी—हें-हें-हें!

चौहान, मैं और पिताजी (एक साथ)—हें-हें-हें!

एक मिनट की सामूहिक चुप्पी के बाद।

माताजी—आप लोग कल ही आए?

चौहान—हें-हं-हें, कल ही आए।

माताजी--हें-हें-हें, अच्छा कल ही आए।

चौहान, मैं और पिताजी (एक साथ)—हें-हें-हें-हें!

मैं नहीं चाहता कि आप लोग इस पृष्ठ को इसी समय फाड़कर फेंक दें, अत: बाकी का वार्त्तालाप पूरा नहीं लिखूँगा। बस यूँ समझ लीजिए कि हें-हें हें का क्रम हम चारों, यानी चौहान, मैंने, पिताजी और माताजी ने समवेत स्वर में हें-हें-हें, कई बार मजबूरी होती है, कहकर समाप्त किया।

इस बीच चौहान और मुझे दोनों को याद आई कि रीमा, लड़की का नाम यही था, अभी तक नहीं पधारी थी। हें-हें-हें के दौरों से हम दोनों त्रस्त हो रहे थे, पर हिम्मत करके चौहान ने पूछा—हें-हें-हें, रीमाजी नहीं दिख रही हैं?

पिताजी और माताजी, दोनों ने इस बार एक साथ बड़ा लंबा वाक्य बोला। जुगलबंदी ऐसी बढ़िया थी कि लगा कि इस वाक्य को बोलने की कई-कई बार रिहर्सल की हो।

पिताजी व माताजी (एक साथ)—उसकी तो पिछले सप्ताह अचानक शादी हो गई।

इस बार माताजी ने बाकी का डायलॉग पिताजी के हवाले कर दिया और वे बिना हिनहिनाए बोलते रहे। 'जी वो ऐसा हुआ कि मैंने तो पंद्रह दिन पहले रिक्वेस्ट की थी, पर अरुणजी जल्दी आए ही नहीं। इस बीच एक एन आर आई लड़का अमेरिका से आया हुआ था। उन्हें रीमा इतनी पसंद आई कि एक सप्ताह

के अंदर चट मँगनी पट ब्याह करके वे उसे ले गए। परसों ही वह अमेरिका गई।'

चौहान और मैं—हें-हें-हें, जी कई बार मजबूरी होती है।

पिताजी व माताजी—हें-हें-हें, जी कई बार मजबूरी होती है।

हम सब—हें-हें-हें!

चौहान ने पूछा कि कल रात जब हमने फोन पर बात की थी, तभी बता देते तो पिताजी बोले कि जी, आप लोग इतनी दूर से आए थे, सोचा मिल तो लें। शादी के लड्डू भी खिला देंगे और कष्ट के लिए माफी भी माँग लेंगे। हें-हें-हें!

मैं और चौहान हें हें हें करते हुए बाहर आ गए। हमारे बैठने के बाद जैसे ही टैक्सी आगे बढ़ी, चौहान हँस-हँसकर लोट-पोट हो गया। मेरी आवाज की नकल बनाते हुए बोला 'हें-हें-हें जी, चाहते तो थे, हो नहीं पाया।' पहले तो मैं क्षण भर के लिए खिसियाया सा बैठा रहा फिर पता नहीं क्या हुआ; मैं भी हँसते-हँसते दुहरा हो गया। हँसी रुकी तो पेट थामकर मैं भी बोला 'हें-हें-हें, जी कई बार मजबूरी होती है।'

वापस गौहाटी पहुँचकर मैं दो-चार दिन घबराया सा रहा, मारे डर के कि कहीं चौहान अन्य दोस्तों के सामने पर्दाफाश न कर दे। एक बार तो सपने में देखा कि वह मुझे ब्लैकमेल कर रहा है, पर वह शरीफ इनसान निकला। जीजाजी को मैंने सूचित कर दिया था कि दिल्ली में क्या हुआ। इतनी देर करने के लिए उन्होंने मेरी लानत-मलामत की तो मैंने झल्लाकर कह दिया कि मुझे शादी की कोई जल्दी नहीं है। गौहाटी में रहते हुए यह सब करना आसान नहीं था। वहाँ से पोस्टिंग होगी तो देखेंगे। पता नहीं कुछ लोग कान के इतने कच्चे क्यों होते हैं कि जो सुना; उसी पर विश्वास कर लिया। जीजाजी को ऐसी क्या पड़ी थी कि जो कुछ कहूँ; उस पर तुरंत यकीन कर लें, पर उन्होंने किया और दास्ताने शादी में लंबा विराम आ गया।

यहाँ थोड़ा विषय परिवर्तन आवश्यक है। एयर फोर्स के वैमानिकों के पेशेवर जीवन (प्रोफेशनल लाइफ) के विषय में कुछ बताने के लिए। परिवहन विमान उड़ानेवाले पायलटों और नेवीगेटरों की हर साल लिखित व मौखिक परीक्षा के अतिरिक्त फ्लाइंग की प्रैक्टिकल परीक्षा होती है। योग्यतानुसार उन्हें चार श्रेणियों में वर्गीकृत किया जाता है। बी श्रेणी वाले विशिष्ट व्यक्तियों की उड़ान भर सकते हैं। ए श्रेणी वाले अतिविशिष्ट व्यक्तियों की जैसे राष्ट्रपति, प्रधानमंत्री आदि की उड़ानें भर सकते हैं। सी श्रेणी वाले साधारण सवारियों जैसे फ़ौजी जवानों आदि को और डी श्रेणी वाले केवल मालवाहक विमान उड़ाते हैं। अतिविशिष्ट व्यक्तियों

अर्थात् राष्ट्रपति, उपराष्ट्रपति, प्रधानमंत्री आदि की उड़ानें भरने के लिए दिल्ली में एक विशेष यूनिट है। इसमें नियुक्ति पर केवल उन्हीं एयरक्र्यू को भेजा जाता है, जिन्होंने सेवा के पहले दो-तीन साल में ही बी श्रेणी पा ली है और शीघ्र ही ए श्रेणी पाने की संभावना प्रदर्शित करते हैं। इस विशेष यूनिट में यदि तैनाती हो गई तो समझिए प्रोफेशनल योग्यता की हॉलमार्क की मुहर लग गई।

राजकुमारी विद्योत्तमा ने अपने मूर्ख और उजड्ड पति की भर्त्सना की तो उसने महाकवि कालिदास बनकर अभिज्ञान-शाकुंतलम और मेघदूत आदि अद्‌भुत कृतियों की रचना की। सलमान खान को ऐश्वर्या ने नकारा तो वे काले हिरन और फुटपाथ पर सोते लोगों का शिकार करने निकल पड़े। मेरी नियति में किसी रूपसी द्वारा प्रताड़ित होना भी नहीं लिखा था। उनके पिता व अभिभावक आउटर सिग्नल पर ही लाल झंडी दिखाकर मेरी गाड़ी रोक देते थे। एक सज्जन जो मार्केटिंग के विशेषज्ञ थे, कहते सुने गए थे कि कौन कहता है सेल्समैन को बेइज्जती सहनी पड़ती है। मुझे लोगों ने मिलने से मना किया है, एकाध ने मिलने के बाद गेट आउट कहा है, एक ने तो दरबान को बुलाकर धक्के मारकर बाहर निकालने को कहा, पर बेइज्जती कभी किसी ने नहीं की। पर मेरी खाल इतनी मोटी नहीं थी। जब मुझे कन्याओं के पिताओं-अभिभावकों से नकारे जाने में कुछ-कुछ अपमान जैसा महसूस हुआ तो मैंने कालिदास, तुलसीदास, सलमानदास आदि की स्वर्णिम परंपरा का निर्वाह करते हुए वैमानिक परीक्षा परिषद् (एयर क्र्यू एक्सामिनिंग बोर्ड) से टक्कर लेकर उन्हें अपनी प्रोफेशनल योग्यता दिखाने का निर्णय ले लिया। तीन-चार महीनों तक जम कर पढ़ाई करने व नेवीगेशन में अपनी कार्यकुशलता में चमक लाने की मेहनत के बाद मुझे एयरक्र्यू एक्सामिनिंग बोर्ड से बी श्रेणी मिल गई और ए श्रेणी लेने की तैयारी करने का संकेत भी। अगले तीन-चार महीनों के अंदर ही दिल्ली की वी.आई.पी. स्क्वाड्रन में मेरी नियुक्ति भी हो गई।

दिल्ली पोस्टिंग का अर्थ था और व्यस्त हो जाना। अभी तक मैं डकोटा विमान पर नियुक्त था। अब एच एस 748 और टी यू 124 जेट विमानों पर कनवर्शन ट्रेनिंग प्रारंभ हो गई। फिर इन विमानों पर ए श्रेणी पाने के लिए प्रोफेशनल पढ़ाई और ट्रेनिंग उड़ानों के प्रति पूरी तरह समर्पित होना पड़ा। ब्याह के चक्कर में पड़ने का समय ही नहीं था। अत: माँ-पिताजी व बहनों के आग्रह पर मैं हमेशा कहता कि अगले साल देखूँगा, पर जीजाजी ने भी कालिदास, तुलसीदास आदि वाला हठधर्मी मार्ग पकड़ लिया। ठान ली कि मेरी शादी करवाए बिना मानेंगे नहीं। दिल्ली से जीजाजी

से फोन पर बातें करना बहुत सुगम हो गया था। मैंने विस्तार में उनको वस्तुस्थिति समझाई। जीजाजी ने कहा कि मेरे लिए दिल्ली में रहकर शादी के लिए लड़कियों को देखना सुलभ था। अधिक देर करने पर लद्दाख, अंडमान-निकोबार आदि की पोस्टिंग आ गई तो ? छह-सात महीनों में मेरी ट्रेनिंग समाप्त हो गई। सारी परीक्षाएँ भी हो गईं और जीजाजी ने फिर से वैवाहिक विज्ञापन देने और उत्तरों को मेरे पास अग्रेषित करने की प्रक्रिया शुरू कर दी।

इस बार जीजाजी ने मुझे पहले ही समझा दिया कि अपनी पसंद की बार मुझे कुछ नीची कर देनी चाहिए, वरना अधिकांश प्रस्ताव इस ऊँची बार से टकराकर नीचे गिरेंगे और धूलधूसरित हो जाएँगे। दूसरी हिदायत थी कि इस बार किसी लड़की को देखने का तय हो तो मैं बिल्कुल देर न लगाऊँ। इस बार तो सुदूर असम से आने की असुविधा भी नहीं थी।

तो फिर प्रस्ताव आए। लड़कियों की तसवीरें आईं। अब तक सुंदर लगने और मुझे पसंद आने के लिए उनका सिर्फ लड़की होना ही पर्याप्त हो चुका था, यानी हर फोटो ही बड़ी प्यारी लगती थी, पर शादी तो किसी एक से ही हो सकती थी। अत: चुनाव के लिए अपने दो-एक मित्रों की मदद लेनी पड़ गई। लेकिन पहले जिस दोस्त से मदद माँगी, उससे बहुत जल्दी लड़ाई हो गई! कमबख्त हर फोटो को उठाकर इतनी देर तक निहारता कि मुझे जलन होने लगती थी। मैं एतराज करता तो वह कहता कि अबे, अभी तो ठीक से देख लेने दे। शादी कर लेगा तो फिर इतने प्यार से थोड़े ही देख पाऊँगा। मैं इस जवाब से झल्लाता तो मनाते हुए कहता कि यार, ध्यान से देख रहा हूँ। पहली पसंद तो तेरी ही होगी। दूसरे-तीसरे नंबर वालियों को बाद में मैं ट्राई कर लूँगा। मुझे दिनदहाड़े दु:स्वप्न आने लगे। लगा कि ऐसा ही चला तो लड़की देखने जाऊँगा तो उसके ड्राइंग रूम में यह पहले से ही बैठा हुआ मिलेगा। मेरे आने पर नाक पर उँगली रखकर कहेगा 'ट्रिल्ली-ली-ली! मैं पहले ही आ गया।' और मैं हें-हें करता रह जाऊँगा। मारे डर के इस सज्जन से अगली खेप में आई तसवीरें मैंने छिपा लीं। एक-दूसरे दोस्त से जो बत्तीस वर्षीय थे, मदद माँगी। सोचा ये सोबर होंगे, पर वे धुर वामपंथी निकले। जितनी शिद्दत से मुझे हर फोटो प्यारी लगती थी, उतनी ही शिद्दत से उन्हें हर फोटो बेकार लगती थी। मुझे लगा कि वे केवल ऐसी किसी फोटो को पास करेंगे, जिसमें तैंतीस प्रतिशत के अनुपात से मधुबाला, शर्मिला टैगोर और सायरा बानू तीनों छिपी हों। फिर ध्यान आया कि इन तीनों का योग तो निन्न्यानवे प्रतिशत ही होगा, सौवें प्रतिशत की कमी

से वे उसे भी बेकार घोषित कर देंगे। उनसे कोई रचनात्मक सुझाव तो मिला नहीं, पर बत्तीस वर्षों तक उनके कुँवारे बने रहने का कारण समझ में आ गया। तब का वक्त फर्क था। गे नामक प्राणी को कानूनी अधिकार नहीं मिले थे, वरना उनसे पूछता कि उनके साथ भी वही बात तो नहीं है।

अंत में मैं इतना कन्फ्यूज्ड हो गया कि पहले वाले दोस्त ने जिन तीन तसवीरों को सबसे देर तक घूरा था और दूसरे वाले ने जिन तीनों को सबसे बेकार बताया था; उन्हें छाँट कर फर्क रख लिया। सोचा एक गत्ते के डिब्बे में इन छहों को रखकर आँखें बंद करके लकी ड्रा कर लेता हूँ। फिर सोचा तो लगा कि यह तो घोर अरोमांटिक तरीका होगा। लोग तो प्यार में अंधे हो जाते हैं, मैं बिना प्यार किए अंधा क्यों हो जाऊँ। क्यों न इन पोस्टकार्ड साइज तसवीरों को हवा में उछाल दूँ। जो तसवीर बूमरैंग की तरह उलटा घूमकर मेरे पास वापस आ जाएगी, वही मेरे सपनों की रानी होगी। यह तरीका रोमांटिक भी लगा और प्रतीकात्मक भी। दूर फेंकने पर भी जिसकी तसवीर लौटकर वापस आ जाए, उसके समर्पित होने का इससे अच्छा शुभ संकेत क्या हो सकता था?

इस इरादे को अंजाम देने के लिए उस शाम जब मेरे दोस्त अन्यत्र व्यस्त थे और मैं अकेला था, ऑफिसर्स मेस के अपने कमरे के सामने छोटे से लॉन के किनारे बैठ गया। वे चुनी हुई छह तसवीरें निकालीं और उन्हें कुछ मोड़कर, हाथ घुमाकर हवा में फेंकने लगा कि हवा में तैरते हुए बूमरैंग की तरह पीछे मुड़कर आ जाएँ। लेकिन जल्दी ही समझ में आ गया कि बिना किसी ऑस्ट्रेलियाई आदिम जाति के व्यक्ति से सीखे यह संभव नहीं होगा। यह भी प्रतीकात्मक ही था कि जब सारा जीवन किसी सुंदरी ने मुझे पीछे मुड़कर नहीं देखा तो उनकी तसवीरें पीछे मुड़कर मेरे पास भला क्यों आने लगीं। छहों तसवीरों को बूमरैंग बनाने में असफल रहा तो मन मसोस कर उन्हें उठा लाया। फिर ध्यान आया कि कुछ तसवीरें तो हवा में तैरती हुईं दूर तक निकल गई थीं और कुछ दो-चार कदम पर ही गश खाकर गिर पड़ी थीं। सोचा यह भी प्रतीकात्मक है। जो तसवीर दूर भाग गई; वह मेरे लिए नहीं है। जो मेरे सबसे पास पछाड़ खाकर गिर पड़ी वही मेरे जीवन में भी आना चाहती होगी। यह तरीका बहुत मौलिक नहीं था। बचपन में मेरे स्कूल के एक टीचर की ख्याति थी कि हाईस्कूल परीक्षा की बहुत सारी कॉपियों के बंडल आ जाने पर वे पास-फेल का निर्णय जमीन पर लक्ष्मण रेखा खींचकर उत्तर पुस्तिकाओं को उसके पार फेंक कर करते थे। जो उत्तरपुस्तिकाएँ लक्ष्मण रेखा पार कर गईं,

वे भव बाधा तर गईं, बाकी फेल। बहरहाल मैंने अपने क्रियाकलाप पर ध्यान दिया तो याद आया कि बूमरैंग वाले प्रयोग में मैंने जो तसवीरें फेंकी थीं, उनमें देखा ही नहीं कि कौन सी मेरे सबसे पास गिरी थी। कोई बात नहीं। यह तो फिर से किया जा सकता था। सो किया। एक फोटो तो इतनी दूर जाकर गिरी कि मानो ओलंपिक खेलों में किसी एथलीट ने फेंकी हो, पर दो सुंदरियाँ मेरे कदमों के पास ही औंधे मुँह पड़ी हुई थीं। मैंने इसे बाईगेमी अर्थात् दोनों से ब्याह करने का ईश्वरी आदेश मानने से इनकार कर दिया। तय किया कि इन दोनों के बीच निर्णयात्मक मुकाबला एक बार फिर कर लूँगा। जो एकदम से मेरे कदमों में गिर पड़ेगी, वही होगी मेरी हर बात माननेवाली, मुझे प्यार करनेवाली, मेरी अनारकली।

इस अंतिम मुकाबले को अंजाम देने से पहले आवश्यक था कि दूर-दूर गिरी हुई तसवीरें इकट्ठा कर लूँ। मैं सबसे दूर गई हुई तसवीर की तरफ जा ही रहा था कि तभी लॉन के किनारे के पीपल के पेड़ से एक बंदर उतरा और पास गिरी हुई दोनों तसवीरों को फुरती से उठाकर पलक झपकते ही एक ऊँची डाल पर चढ़कर बैठ गया। मैं दूसरी तसवीरों की चिंता छोड़कर बंदर को धमकाने के लिए इर्द-गिर्द किसी पत्थर की तलाश करने लगा। तभी साथ के कमरे में रहनेवाला एक दोस्त आ धमका। मुझे पत्थर उठाते हुए देखकर आश्चर्य से बोला, 'यह तू क्या कर रहा है भाई?'

मैंने टालते हुए कहा, 'देख नहीं रहा है पत्थर इकट्ठे कर रहा हूँ।'

तभी उसकी नजर इधर-उधर बिखरी हुई तसवीरों पर पड़ी। अब वह पूरी तरह से हैरत में आ गया। बोला, 'यार मजनू को लोग दीवाना समझ कर पत्थर मारते थे। तू तो गजब का मजनू निकला, जो लैला की तसवीरों पर पत्थर मार रहा है।'

मैंने कहा, 'ये लैला की नहीं, फर्क-फर्क लड़कियों की तसवीरें हैं।'

'अच्छा! तू तो बड़ा छुपा रुस्तम निकला।' उसने सच्चे आश्चर्य के साथ कहा। 'हमारे सामने तो हर वक्त प्रिंसिपल ऑफ फ्लाइट और एयर नेवीगेशन की किताबें पढ़ता रहता है। इतनी सारी लैलाएँ कहाँ से ले आया?'

मुझे समझ में नहीं आ रहा था कि क्या करूँ। कहीं पूरी कहानी सुनाने लगा तो इसी बीच वह शैतान बंदर सारी तसवीरों के चीथड़े न कर दे। अत: डाल पर बैठे बंदर की ओर इंगित करके कहा कि वह बंदर जो तसवीरें उठा ले गया है; पहले उन्हें वापस छीनने में मदद कर, फिर सब किस्सा बाद में बताऊँगा।

उसने पूछा कि वे भी लड़कियों की ही तसवीरें हैं? मैंने हामी भरी तो बोला,

'फिर बिल्कुल चिंता मत कर। बंदर तो हनुमानजी के सिपाही होते हैं। आदि-ब्रह्मचारी का सैनिक लड़कियों की तसवीरों का क्या करेगा? धीरज रखकर बैठ। खुद ही फेंक देगा।'

मैंने बेसब्री से कहा, 'नहीं फेंकी तो?' वह बोला, 'अरे यार, वे सुंदरियाँ हैं, बेताल थोड़ी हैं कि पेड़ पर चढ़कर उलटी लटकी रहेंगी। न ही शिव मंदिर का घंटा है कि पीपल पर लटककर बजता रहेगा। फिर पत्थर-वत्थर मारने से यह भी संभव है कि कैच लेकर फिर उसी पत्थर से मारकर हमारी खोपड़ी फोड़ दे। साला रोज इसी पेड़ पर बैठकर पीछे मैदान में क्रिकेट का खेल देखता रहता है।'

मैं गुस्से में आकर पत्थर दोस्त के सिर पर दे मारनेवाला था कि अचानक उसकी भविष्यवाणी सच निकल आई। बंदर ने दोनों तसवीरों को उलट-पुलट कर देखा। दोनों पसंद नहीं आईं तो उन्हें नीचे फेंक दिया और खाँव-खाँव करता हुआ हमें डराने की मुद्रा में पीपल की डाल को हुमच-हुमच कर हिलाने लगा। मैंने लपक कर दोनों तसवीरें उठाईं। अपने दोस्त से दूर वाली तसवीरें उठाकर लाने को कहा और बड़े प्यार से अपनी किस्मत का परीक्षाफल देखने में लग गया। दो में से एक तसवीर तो उस दुष्ट बंदर ने नोच कर फाड़ डाली थी। दूसरी एकदम साबुत थी। बड़े प्यार से मुसकराते हुए मेरी तरफ देख रही थी।

यह लड़की इलाहाबाद की थी। पिता ऊँची पोस्ट पर थे। मेरी जाति की थी अर्थात् माँ व पिताजी की स्वाभाविक पसंद। यद्यपि व्यक्तिगत रूप से जाति से मुझे कुछ लेना-देना नहीं था। मेरी ओर से आनन-फानन में फैसला हो गया। यही तो है वह, पर उसे और उसके घरवालों को तो एक मौका देना ही था कि मुझे देख सकें, भले मैं उसे देखने की कवायद न करना चाहूँ। अब इलाहाबाद का चक्कर लगाना आवश्यक था। तुरंत! इससे पहले कि वहाँ भी चट मँगनी पट ब्याह का विशेषज्ञ कोई एन.आर.आई. आ धमके। संगम पर गंगा-यमुना के मिलन के पहले ही धाराएँ सूख न जाएँ।

□

3

और फिर इलाहाबाद जाकर लड़की देखने की तैयारियाँ शुरू हो गईं। कायदे से तो मेरी कहानी की पिछाड़ी को देखते हुए उसकी अगाड़ी यही होनी चाहिए थी, पर ऐसा हुआ नहीं। बात यह थी कि लड़की इलाहाबाद विश्वविद्यालय में एम.ए. की छात्रा थी। उसकी फाइनल परीक्षा अभी महीनों दूर थी। लड़कीवाले तेज लोग लगते थे। मुझे लगाए-बझाए भी रखना चाहते थे और साथ ही ये भी कहते थे कि कोई जल्दी नहीं है, कभी भी फुरसत से देखना-दिखाना हो जाएगा। विवाह फाइनल परीक्षा के बाद ही करेंगे (चाहे जिससे करें?)पर मेरे जीजाजी जिनके सिर पर सारे पत्र-व्यवहार वगैरह का बोझ था, पुरानी कहानी नहीं दुहराना चाहते थे कि मैं ढील देता रहूँ और यह लड़की भी किसी एन.आर.आई. के साथ फुर्र हो जाए। लड़की वालों ने आश्वासन तो दिया था कि उनका चट मँगनी पट ब्याह करके लड़की को अमेरिका जानेवाले जहाज में बैठा देने का कोई इरादा नहीं था, पर जीजाजी को और कभी-कभी मुझे भी यह डर सताता था कि मेरे आशियाने पर ही कहीं बिजली दुबारा न गिरे। फिर भी इस बार लड़कीवालों को अपने ठाट-बाट से मैं चित्त कर देना चाहता था। जाने को तो मैं इलाहाबाद किसी शनिवार को चलकर, रविवार वहाँ बिताकर सोमवार की सुबह वापस ड्यूटी पर आ सकता था, बिना हर्र फिटकरी खर्च किए अर्थात् बिना एक दिन की भी छुट्टी लिये, पर चूँकि बहुत जल्दी नहीं थी; सोचा क्यों न जाऊँ तो जरा ठसके से जाऊँ। दामाद बनने की प्रक्रिया सरकारी दामाद बनकर पूरी की जाए तो बात कुछ और होगी।

मैं न तो नेता या मंत्री हूँ, न ही राष्ट्रमंडल खेलों का संयोजक। अत: सरकारी दामाद बनने से मेरा तात्पर्य हवालात या जेल जाने से नहीं था। आज की तरह ही उन दिनों भी इसका अर्थ होता था सरकारी (अर्थात् जनता के) पैसों पर ठाठ करना। वायुसेना के अफसरों का छोटा सा पर्क था ट्रांसपोर्ट (परिवहन) वाले विमानों

में अनधिकृत यात्रा। छुट्टियों में, विशेषकर आकस्मिक अवकाश में, घर जाने के लिए यह बड़े काम की सुविधा थी। प्रशिक्षण के लिए वैसे भी हमारे विमान यहाँ से वहाँ उड़ते ही रहते थे, अतः वास्तव में सरकारी धन का इसमें कोई दुरुपयोग होता नहीं था। हम फ़ौजियों का ठाट 'कैश' नहीं, बस 'काइंड' तक ही सीमित था। वैसे जमाना बड़ी तेजी से प्रगति कर गया है। आजकल के माली केवल फूल नहीं, पूरे का पूरा गुलशन ही बेच डालते हैं। जो देश का खनिज उत्पादन देखता है, वह कोयले, लोहे के अयस्क वगैरह की पूरी-की-पूरी खानें खा जाता है। कहता होगा कि जब इसका नाम ही खान है तो मेरे खाने ही के लिए बनी होगी। भगवान् न करे, ऐसा दिन भी आ जाए जब वायुसेना वाले इनके पदचिह्नों पर चल कर देश का आसमान बेच डालें। खैर, उस समय अपनी आकांक्षा इतने तक सीमित थी कि सरकारी दामाद बनकर जाऊँ लड़की देखने। इससे ज्यादा फ़ौजी अफसर की महत्त्वाकांक्षा होती भी क्या?

आज की तरह ही उन दिनों भी विवाह योग्य कन्याओं के घरवाले किसी लड़के के विषय में छानबीन करते हुए पहला प्रश्न यही पूछते थे कि उसकी ऊपर की आमदनी कितनी है? बिचारे फ़ौजी अफसर इस प्रश्न के उत्तर में (कम-से-कम उन दिनों) चुप रह जाते थे। मेरे एक दबंग स्वभाव के दोस्त ने, जो पायलट था, इस प्रश्न के उत्तर में चिढ़कर कहा था कि अजी हमारी तो पूरी-की-पूरी कमाई ही ऊपर की होती है। आशय था कि विमानचालक आसमान में अपने जौहर दिखाने की ही तनख्वाह लेता है, पर प्रश्न पूछनेवाले समझदार थे। उन्हें पता था कि सिविल एयरलाइंस के पायलट को पूर्वनिश्चित, सुरक्षित वायुमार्गों पर ऐशो आराम के साथ अपना लक्जरी लाइनर उड़ाने के लिए जो वेतन और भत्ता मिलता है, उसका पासंग बराबर भी वायुसेना के पाइलट को नहीं मिलता है, जबकि उसे युद्धकालीन परिस्थितियों में दुश्मन के आकाश पर जान की बाजी लगानी होती है। युद्ध हो या शांति, आवश्यक कल-पुरजों की भयंकर कमी के बावजूद बीसों साल पुराने विमानों को उड़ाने के खतरनाक खेल को हँसते-हँसते खेलना होता है। और हाँ, बोनस के रूप में मिलनेवाली हवाई सुंदरियों की सेवा सुश्रुषा के तो ये गरीब सपने भी नहीं देख पाते हैं। अतः मेरे दोस्त द्वारा ऊपर की कमाई कहने का अर्थ इन सज्जन ने यह लगाया कि फ़ौजी पायलट की असली कमाई तो ऊपर जाने के बाद ही हो सकती है। जीते जी तो कुछ होने से रहा। सहानुभूतिपूर्वक बोले कि चलिए, आजकल तो जीवन बीमा वाले काफी कुछ दे देते हैं, अपने नहीं तो कम-से-कम

पीछे छूटनेवालों के काम आ जाता है।

तो फ़ौजी अफसरों को अपनी चकाचौंध दिखाने के अवसर कम मिलते थे। पर मेरी यूनिट अर्थात् वायुसेना की वी.आई.पी. स्क्वाड्रन, जिसके जिम्मे राष्ट्रपति, प्रधानमंत्री आदि अति विशिष्ट व्यक्तियों की उड़ान भरने का काम था, इस मामले में सौभाग्यशाली थी। 'बना है शह का मुसाहिब, फिरे है इतराता, वरना इस शहर में गालिब की आबरू क्या है,' की तर्ज पर हमें भी इतराने का अवसर मिल जाता था। जब बड़े साहब का चपरासी बनने में इतना मादक सुख होता है तो राष्ट्रपति, उपराष्ट्रपति, प्रधानमंत्री का पायलट बनने का नशा क्यों कर कम होता। जहाँ भी जाते स्थानीय प्रशासन हमारी सुख-सुविधा का पूरा ध्यान रखता। प्राय: कई विशिष्ट व्यक्तियों के दल में उनके महिमामंडल से प्रवाहित होती ऐशो-आराम की बहती गंगा में हाथ धोने के लिए उनके साथ केवल उनके निजी सचिवालय के उच्चाधिकारी ही नहीं, बल्कि उनका पूरा-का-पूरा निजी कुनबा आ जाता। तत्कालीन राष्ट्रपति श्री वी.वी. गिरी के साथ तो उनके पुत्र, पुत्री, जामाता, पुत्रवधुएँ, पौत्र, पौत्रियों आदि की भीड़ आ जाती थी। इधर सुना, देश की पहली महिला राष्ट्रपति भी अपनी नारी सुलभ ममता अपने प्रिय रिश्तेदारों के ऊपर ऐसे ही मुक्तहस्त से लुटाती थीं, विशेषकर विदेश यात्राओं में। कई केंद्रीय मंत्रियों के साथ पिछलग्गुओं और चमचों की इतनी भीड़ हो जाती थी कि सुरक्षा नियम यदि मुहलत देते तो हमारा विमान खड़ी सवारियाँ भी ले जाता। पायलट विमान के भरने की प्रतीक्षा में ऊँघता रहता और को-पायलट जोर-जोर से हाँक लगाता, चेन्नई-चेन्नई। दो सवारियाँ बचती हैं जल्दी चढ़ो, जल्दी चढ़ो। पर ऐसी स्थिति में हम चालक दल के सदस्य घाटे में नहीं रहते थे। जहाँ जाना होता, वहाँ सरकारी विशिष्ट अतिथिगृह और सर्किट हाउस इत्यादि इन साथ में आनेवाले मुफ्तखोरों से भर जाते, फिर स्थानीय प्रशासन हमें ठहराने का प्रबंध शहर के सबसे अच्छे सितारा होटलों में करता था। हम भी जहाँ जाते, वहाँ के दर्शनीय स्थानों को देखते और सैर-सपाटे का आनंद लेते थे। हमारी अति विशिष्ट सवारियाँ देश के कोने-कोने में जाती रहती थीं, अत: हर बड़े शहर में जहाँ हवाई अड्डे हों, जाने का अवसर मिलता रहता था।

इलाहाबाद जाकर लड़की देखने के लिए मुझे यही उचित लगा कि किसी विशिष्ट व्यक्ति की वहाँ की उड़ान की प्रतीक्षा करूँ। कारण दो थे। पहला यह कि विशिष्ट व्यक्ति के महिमामंडल की चकाचौंध में हमारी भी गरिमा बढ़ जाती थी। आखिर दूल्हे के साथ आए बराती भी अपनी मूँछें ऊपर रखते हैं। दूसरा कारण और

भी महत्त्वपूर्ण था। इलाहाबाद में सवारी के नाम पर केवल साइकिल-रिक्शा या टैंपो मिलते थे। टैक्सी यदि शहर में एकाध थी भी तो थोड़ी दूर या थोड़ी देर के लिए नहीं मिलती थी। अब भावी ससुराल में लड़की देखने के लिए रिक्शे में रिरियाते हुए क्या जाता। टेम्पो में जाना तो और भी गलत होता था। उनमें सवारियों को ऐसे ठूँसा जाता था कि स्टेशन से चौक के बीच में कहीं उतरना हो तो ज्यादा सुलभ होता कि चौक पहुँच कर वापस गंतव्य जाने के लिए रिक्शा ले लिया जाए। कपड़ों को उतारकर कच्छा-बनियान गैंग के सदस्य की तरह चलना और अच्छा होता, क्योंकि उतरने के बाद कपड़े ऐसे लगते थे जैसे हांडी से अभी-अभी निकालकर पहने गए हों। विशिष्ट उड़ान पर जाने से एक तो पहले ही धाक जम जाएगी कि लड़का राष्ट्रपति या प्रधानमंत्री का जहाज उड़ा कर लाया है। फिर शान से सरकारी सफेद एंबेसडर में बैठकर उसके घर जाने की बात ही कुछ और होगी।

पार्थसारथी कृष्ण द्वारा हाँके जानेवाले अर्जुन के रथ की, या सूरज के सात घोड़ों वाले रथ की जो गौरवमयी गरिमा हमारे पौराणिक आख्यानों में वर्णित है, उससे कहीं अधिक महिमामंडित परंपरा हमारे देश में दशकों से श्वेत एंबेसडर कार की रही है। हिंदुस्तान मोटर्स ने समय से यह कार बना ली होती तो सांताक्लास क्या, स्वयं भगवान् राम ने वनवास जाते हुए ऊपर लाल बत्ती चमकाती हुई श्वेत एंबेसडर कार का प्रयोग अयोध्या नगर की सीमा तक जाने के लिए किया होता। छोटे-मोटे स्थानीय नेता भले अपनी मर्सीडीज या बी.एम.डब्ल्यू. कार का प्रयोग आम आदमी की सेवा में लगे रहने के लिए करते हों, पर जिस महान् नेता के पीछे स्विस बैंकों में जमा अरबों की संपत्ति का संबल हो, वह सफेद एंबेसडर छोड़कर अन्य किसी गाड़ी में बैठने को कभी राजी नहीं होता। हाँ कभी-कभी मजबूरी में सफेद एंबेसडर त्यागकर हेलीकॉप्टर से जाना पड़ जाता है जब पहुँचने की विशेष जल्दी हो जैसे कर्ज न चुका पा रहे किसी किसान के आत्महत्या कर लेने के अवसर पर या किसी दलित महिला के गैंगरेप हो जाने के अवसर पर फटाफट आयोजित फोटो सेशन के लिए पहुँचने की जल्दी। उनके इस श्वेत रथ के ऊपर चमकती लाल बत्ती गोरे-गोरे मुखड़े पे काले-काले तिल को मात करती है। इसीलिए उस श्वेत हंस पर सवारी करने का अवसर मिलने पर हमें विशेष आनंद आता था। जिनके हिय में श्रीराम बसे तिन और का नाम लिये न लिये, जिनके द्वारे श्रीगंगा बहें, तिन कूप का नीर पिए न पिए—वाला भजन गुनगुनाते हुए मैंने तय किया कि जब सफेद एंबेसडर में बैठकर भावी ससुराल में

जाना सुनिश्चित हो जाएगा, तभी लड़की देखने का पुण्यकार्य करूँगा। तत्कालीन उपराष्ट्रपति श्री जी.एस. पाठक प्राय: इलाहाबाद के चक्कर लगाते थे, वहीं के निवासी थे। सोचा धीरज रखकर बैठूँ तो उनके साथ जाने का अवसर जल्दी मिल जाएगा। उपराष्ट्रपति का विमान उड़ाकर जाऊँ और फिर सफेद एंबेसडर में बैठकर लड़की के घर पधारूँ, इससे ज्यादा धाँसू सीनारियो कालिदास ने दुष्यंत का अपने रथ में सवार होकर कंद्व ऋषि के आश्रम में पधारनेवाले शॉट के लिए भी नहीं लिखा होगा। लड़की और उसके माँ-बाप, सबके ऊपर धमाकेदार असर होगा। छोटी सी दिक्कत यह थी कि विशिष्ट व्यक्तियों की उड़ान के कार्यक्रम अचानक बनते थे, अत: धीरज रखकर बैठ गया।

इसी बीच एक उड़ान पर अचानक बंबई (तब तक मुंबई नहीं कहलाता था) गया तो लगा कि यह मेरे सितारों की तरफ नारी जाति के सितारों के झुकाव का शुभ संकेत था, जो तब तक कभी नहीं मिला था। विषयांतर तो होगा, पर वह किस्सा भी सुना ही डालूँ। वापस आकर इलाहाबाद तो चलना ही है।

हमारी वी.आई.पी. स्क्वाड्रन में HS 748 और TU 124 जेट विमान थे, जो वायुसेना की किसी अन्य यूनिट में नहीं थे, अत: हमारी स्क्वाड्रन में नियुक्ति होने पर इन विमानों पर पहले प्रशिक्षण पूरा करके दक्ष घोषित होने के बाद विशिष्ट उड़ानों को सँभालने का अवसर मिलता था। प्रशिक्षण उड़ानों का प्रबंध ईंधन बचाने के लिए इस प्रकार होता था कि किसी वी.आई.पी. को मान लीजिए बंबई तक जाना है तो दिल्ली से बंबई तक दक्ष चालक विमान उड़ाते थे और वापस बंबई से दिल्ली आनेवाले चरण में प्रशिक्षार्थी। एक दिन आदेश मिला कि तत्कालीन रक्षामंत्री बाबू जगजीवन राम को पटना से बंबई ले जाना है। दिल्ली से पटना तक और बंबई से दिल्ली तक के खाली चरणों में प्रशिक्षार्थी चालक दल विमान उड़ाएगा और पटना से बंबई तक की उड़ान दक्ष चालकदल करेगा। खाली चरणों में उड़ान भरनेवालों में मैं भी था। पटना पहुँचकर पता चला कि बाबूजी फिल्मफेयर अवार्ड समारोह के मुख्य अतिथि के रूप में निमंत्रित थे। फिल्मफेयर अवार्ड तब भी नामचीन फिल्मी हस्तियों और सितारों से जगमगाता एक भव्य आयोजन होता था। विभिन्न पुरस्कारों के वितरण के अतिरिक्त मशहूर फिल्मी कलाकारों द्वारा प्रस्तुत रंगारंग कार्यक्रम इस समारोह की जान होता था।

हम नौजवान अफसरों की बाँछें खिल गईं। स्वाभाविक था कि उस कार्यक्रम के लिए हमें निमंत्रण मिलेगा। हमारे ठहरने का प्रबंध महाराष्ट्र सरकार के मालाबार

हिल स्थित विशिष्ट अतिथि गृह में था, जहाँ से समारोह स्थल बिड़ला मातुश्री सभागार जाने के लिए सफेद एंबेसडर भी मिलेगी। पर एक समस्या थी। दक्ष और प्रशिक्षार्थी चालकों को मिलाकर हमारी संख्या छह थी, जबकि सामान्यत: पायलट, कोपायलट और नेविगेटर कुल तीन सदस्य होते थे। बाबूजी के निजी सचिव से हमने अपनी चिंता व्यक्त की तो वे हँसकर बोले कि हम आपको छह नहीं, आठ निमंत्रण-पत्र दे देंगे। बंबई पहुँचकर उन्होंने वास्तव में हममें से सबसे वरिष्ठ स्क्वाड्रन लीडर राठोर के हाथ में आठ निमंत्रण-पत्र पकड़ा दिए। साथ ही बाकायदा क्षमा माँगी कि आठों निमंत्रण एक श्रेणी के नहीं दे पाए। आठ में से तीन निमंत्रण लाल रंग के लिफाफों में थे और शेष पाँच हरे रंग के लिफाफों में। स्पष्ट था कि जो कम थे अर्थात् लाल वाले निमंत्रण विशिष्ट व्यक्तियों के लिए थे, अत: राठोर साहब ने वे तीन सीनियर लोगों के लिए रखकर शेष पाँच हमें थमा दिए। हमने कहा कि अतिरिक्त पासों का क्या करेंगे तो कंधे उचकाते हुए, उदारता और बेफिक्री से बोले कि अरे रख लो। किसी को दे देना यार। फिल्मफेयर अवार्ड के पास हैं। जिसको दोगे, तुम्हारे गुण गाएगा। मैंने सधन्यवाद पास रख लिये। अतिथिगृह पहुँचे तो केवल इतना समय बचा था कि वर्दी उतारकर सामान्य कपड़े पहनें और तुरंत भागें। बिड़ला मातुश्री सभागार में सीटें पौने सात तक ग्रहण करनी थीं, मुख्य अतिथि सात बजे आने को थे।

भाग-दौड़कर हम चल तो पड़े, पर समारोह स्थल के एक किलोमीटर पहले से फिल्मी कलाकारों और सितारों को देखने को आतुर भीड़ ने सड़कों पर घमासान मचा रखा था। हमारी सफेद एंबेसडर की तरफ भीड़ का रेला आता, शीशों के अंदर झाँकता और पुलिस द्वारा पीछे धकेल दिया जाता। उन फिल्मी सितारों के आशिकों की भीड़ से गुजरते हुए हम आपस में बात कर रहे थे कि अपना अतिरिक्त पास इनमें से किसी को दे देते तो उसका जन्म सफल हो जाता। हमारी बातें सुनीं हमारे ड्राइवर ने, जो सफेद चमकती वर्दी पहनकर, काली पीक कैप लगाए रक्षामंत्री के पायलट के ड्राइवर होने के गौरव में लक्का कबूतर की तरह गरदन फुलाए बैठा था। बड़ी विनम्रता से आवाज में शहद घोलते हुए बोला कि सर जी, अतिरिक्त पास अपुन को मिल सकता है क्या? मैंने माले मुफ्त को बाँटनेवाली शाही मुद्रा बना ली। शहजादा सलीम अनारकली का खत लानेवाली बाँदी को गले से मोतियों का हार उतारकर दे रहे हों, उसी अदा से उसके हाथ में एक की बजाय दो पास रख दिए। मेरी शाही मुसकान ने बाकी का संदेश बिना शब्दों के बयान कर दिया कि ले

बेटा, एक नहीं दो पास ले, तू भी क्या याद करेगा कि किसी बड़े आदमी से पाला पड़ा था। वह बेचारा दो-दो पास एक साथ पाकर अभिभूत हो गया। बोला 'थैंक्यू सार! मैं दूसरा पास अपुन के फ्रेंड को देंगा, जो दूसरा साब लोग का गाड़ी लाया है। उधरीच मिलेंगा। आप लोग अंदर जाने का, अपुन गाड़ी पार्किंग में लगाकर अब्बी-का-अब्बी आएँगा।'

सभागार तक तो सफेद एंबेसडर पर होनेवाली पुलिस की कृपादृष्टि से पहुँच गए पर अपना हरे रंग का पास हाथ में थामे हम साधारण श्रेणी के गेट की तरफ जाने लगे तो आश्चर्य हुआ कि हमें सबसे आगे वाले गेट की तरफ भेज दिया गया, जहाँ केवल अतिविशिष्ट व्यक्तियों के लिए सुरक्षित की पट्टी लगी हुई थी। इसके बाद एक बेहद खूबसूरत अशर हमें अपने साथ सबसे सामने से दूसरी पंक्ति में ले गई। वैसे तो वह अतीव सुंदरी यदि हमें जहन्नुम की तरफ भी अपने साथ ले जाती तो हम पुलकित मन जाते, पर सोने पर सुहागा तब लगा, जब सामने की पंक्ति में सुरक्षित कुछ खाली सीटों के आजू-बाजू बैठे हुए सितारों में हमने जिन सितारों को पहचाना, वे दिलीप कुमार, साईरा बानू, नूतन और वैजयंतीमाला आदि थे। मुझे और मेरे दो साथियों को जिस पंक्ति में बैठाया गया, उसमें बैठने के लिए मुझे सीट का सहारा लेकर बैठना पड़ा। न लेता तो शायद गश खाकर गिर पड़ता, क्योंकि साथ की सीट पर बैठी हसीना ने आकाश से गिरती हुई बिजली जैसी जिस मुसकराहट से मेरी तरफ देखा, उसने मुझे उस जमाने के जबरदस्त नृत्यगीत 'ये है रेशमी जुल्फों का अँधेरा, न घबराइए' पर थिरकती, लाखों दिलों की धड़कनों को रोक देनेवाली, हेलेन की याद दिला दी। सीट पर बैठकर, जब गश खाकर गिर पड़ने का खतरा कम हुआ, तो मैंने फिर कनखियों से उसकी ओर देखा, पर इस बार धराशायी होने की संभावना और बढ़ गई, क्योंकि वह सचमुच हेलेन ही थी।

कार्यक्रम आरंभ होने का समय हो रहा था। पीछे की सीटें खचाखच भर गई थीं। पहली और दूसरी मंजिल की दोनों बालकनियों में भरी हुई सीटों के आजू-बाजू कई लोग खड़े नजर आ रहे थे। शायद जितने पास दिए गए थे, उनसे ज्यादा दर्शक आ गए थे। मैं दीन-दुनिया से ऊपर उठा हुआ बगल में बैठी हेलेन को कनखियों से देखे जा रहा था। हमारे तीनों सीनियर साथी कहीं दिखे नहीं तो अंदाजा लगाया कि भीड़ के चक्कर में रास्ते में कहीं फँस गए होंगे। मुख्य अतिथि आने ही वाले थे कि हमारी एंबेसडर के सारथी महोदय अपने साथी के साथ आकर हमारे पासवाली सीटों पर बैठ गए। वर्दी का कोट, टाई व पीक कैप उन्होंने उतार दिए थे। अपनी

श्वेत शर्ट और पतलून में सहमे-सकुचाए से सम्मानित अतिथियों के बीच वे अभी बैठे ही थे कि उनकी बगल में एक रूपवती अशर ने धर्मेंद्र और हेमा मालिनी को लाकर बैठा दिया। जल्दी ही कार्यक्रम आरंभ हो गया।

फिल्मफेयर पुरस्कार समारोह कैसा रहा, यह आप कम-से-कम मुझसे और हमारे ड्राइवर साहब से, जो हेमा मालिनी की बगल में बैठे थे, न पूछिएगा। तालियों की गड़गड़ाहट के साथ जब सब लोग उठकर खड़े हो गए, तब जाकर हमें पता चला कि कार्यक्रम समाप्त हो गया। हमारे अतिथि गृह वापस लौटने के काफी देर बाद हमारे तीनों सीनियर साथी लौटकर आए। बहुत खराब मूड में थे। मैंने डरते-डरते पूछा कि क्या हुआ सर ? आप लोग आए नहीं ! तो राठौर साहब के साथ अन्य दोनों ने भी झल्लाकर गुर्राते हुए कहा कि हरामजादों ने दूसरी मंजिल की बालकनी का टिकट दिया था। वहाँ से तो कुछ दिख भी नहीं रहा था। कल अरोरा से पूछूँगा कि यह क्या मजाक है। और तुम लोग तो बेचारे, लगता है घुस भी नहीं पाए। बताना तो नहीं चाहता था, पर बताना पड़ा कि जो पास संख्या में अधिक थे, वे वी.आई.पी. श्रेणी के थे।

वापस दिल्ली आने के बाद मुझे एक नई बीमारी लग गई। रात को सोते वक्त वह फोटो देखकर सोता, जिसके भाग्य में चयन के सिलसिले में पहले एक बंदर के हाथ में पड़ना लिखा था, इस खयाल से कि रात को उसके मीठे सपनों में खोया रहूँगा। पर न जाने कैसे, सपनों में कोई तसवीर उभरती तो बजाय शोभा के, यही उसका नाम था, वह तसवीर मेरी बगल में बैठी हेलेन की तसवीर में बदल जाती। फिर जब सपनों में ही सही, हेलेन को मैं अपने अंक में लेना चाहता तो अचानक उसकी जगह अपने सीने से लगे हुए उस बंदर को पाता, जो शोभा की फोटो लेकर पेड़ पर चढ़कर बैठ गया था।

हेलेन के चक्कर में कहीं वह कहानी अधूरी न रह जाए, जिसे इलाहाबाद जाकर पूरा होना था। वह भी एक अविस्मरणीय यात्रा थी। हुआ यह कि प्रतीक्षा करते-करते, एक दिन उपराष्ट्रपति पाठकजी का इलाहाबाद जाने का प्रोग्राम आ गया। अगले रविवार को उन्हें इलाहाबाद ले जाना था और सारा दिन वहाँ बिताकर शाम को दिल्ली लौट आना था। इससे ज्यादा सुविधाजनक प्रोग्राम और क्या होता ? रविवार का दिन लड़की वालों को भी सुविधाजनक लगता और जिस ठाठ-बाट से मैं उनके यहाँ जाना चाहता था, वह तो होता ही। फटाफट लड़की के पिताजी को मैंने फोन पर सूचित किया कि चार दिन बाद मैं उनके यहाँ पहुँच रहा हूँ। उन्होंने रेलवे

स्टेशन पर आकर अगवानी करने का प्रस्ताव रखा तो मैंने बड़ी शान से बताया कि मैं उपराष्ट्रपति का जहाज लेकर आ रहा हूँ। ठहरूँगा सर्किट हाउस में और सवारी की चिंता न करें, मेरे पास सरकारी कार होगी। रात में नौ बजे मेरी वापसी उड़ान थी, अतः शाम को पाँच से छह बजे तक उनके यहाँ मैं स्वयं पहुँच जाऊँगा। महीने भर से सिर्फ यही शान मारने के लिए आना रोक रखा था कि जाऊँगा तो ठसके से जाऊँगा, लेकिन उन्हें जब अपना प्रोग्राम बताया तो बहुत शालीनता से, अत्यंत संयत स्वर में, ताकि वे गर्व से सबको बता सकें कि लड़का इतना वेलप्लेस्ड होने के बावजूद कितना विनम्र और सरल है!

फोन मंगलवार को किया था। जाने में चार दिन बाकी थे। इन चार दिनों का सदुपयोग मैंने शोभा की तसवीर देर-देर तक निहारकर किया। शोभा की तसवीर के साथ की जो चार अन्य तसवीरें बूमरैंगी फिंकाई और बंदर-नुचवाई से बच गई थीं, यदि पास रही होतीं तो रोज उनकी दुकान सजाकर बैठता और सोचता कि किसी के होंठ रसीले लगते हैं, किसी की आँखें नशीली हैं, पर मुझे पसंद आनेवाली शोभा की बात कुछ और है। पर वह इतना बोर जमाना था कि शादी के प्रस्ताव के साथ प्राप्त होनेवाली फोटो तुरंत वापस कर दी जाती थी। इसमें देर होने पर उसके घरवाले पचास सवाल पूछते थे। आज वाली बात कहाँ जब फेसबुक आदि सोशल साइटों पर लड़कियाँ एक-से-एक प्यारी मुद्राओं में अपनी फोटो ऐसे चिपकाती हैं जैसे हमारे पड़ोसी अपने घर का सारा कूड़ा झाड़ू लगाने के बाद सड़क पर फेंक देते हैं।

पर अपने मन कछु और है, करता के कछु और। विशिष्ट व्यक्तियों के प्रोग्राम जितनी कम सूचना पर बनते थे, उससे भी कम सूचना पर बिगड़ या बदल जाते थे। इस बार स्वयं भारत के उपराष्ट्रपति ने मेरे विवाह में अड़ंगा लगाया। उनके जो भी कारण हों, शनिवार की सुबह, अर्थात् जानेवाले दिन से एक दिन पहले उनका प्रोग्राम कैंसिल हो गया। मैं विचित्र दुविधा में फँसा। शोभा के घरवाले तो प्रतीक्षारत थे ही, मेरे जीजाजी भी बेचारे बहुत दिनों से अपनी जिम्मेदारी निपटाने में तन्मयता से लगे हुए थे। मेरे हीले-हवाले, सुस्ती और ढीलेपन से वे तंग आ चुके थे। अब अगर एक दिन पहले उन्हें बताऊँ कि प्रोग्राम फिर बदल गया तो वे बमक पड़ेंगे। संभव है कि अपनी जिम्मेदारी से इस्तीफा दे दें और कहें अपना काम अब खुद ही देखो। मुझे हिम्मत नहीं हुई फिर टालने की। सोचा रेल से ही इलाहाबाद की यात्रा कर डालूँ। शनिवार की रात को दिल्ली स्टेशन से अपर इंडिया एक्सप्रेस पकड़कर सुबह इलाहाबाद पहुँच जाऊँगा, दिन में सर्किट हाउस में रुक कर शाम को लड़की

देख आऊँगा और रात की ट्रेन से दिल्ली वापस आ जाऊँगा। सबकुछ पूर्वनियोजित कार्यक्रमानुसार रहेगा। बस उपराष्ट्रपति को विमान में लाने की डींग नहीं हाँक पाऊँगा। रही बात श्वेत एंबेसडर की तो अब दिन भर के लिए टैक्सी ले लूँगा। फिर याद आया कि वहाँ अपना निजी घर होने के कारण उपराष्ट्रपति इलाहाबाद हर महीने जाते रहते थे। उनकी प्राइवेट विजिट की अखबारों में विशेष चर्चा नहीं होती थी अत: उनके विषय में कुछ कहूँगा नहीं, चुप रहकर शोभा के घरवालों को अनुमान लगाने दूँगा कि अश्वत्थामा हाथी था या आदमी।

अफसोस कि बिना रिजर्वेशन की रेल यात्रा कैसी होती है, इसका अनुमान मुझे नहीं था। यह उन दिनों की बात है, जब कैलकूलेटर को एक महान् विस्मयकारी आविष्कार समझा जाता था। कंप्यूटरीकृत रिजर्वेशन की तब तक परिकल्पना भी नहीं हुई थी, पर फ़ौजियों को एक सहूलियत थी। हर बड़े स्टेशन पर एक MCO (मूवमेंट कंट्रोल अफसर) होता था, जो फ़ौजियों को रेल आरक्षण दिलाने में मदद करता था। मैंने दिन में फोन पर एम.सी.ओ. कार्यालय से संपर्क करके एक प्रथम श्रेणी की बर्थ माँगी, पर उन्होंने असमर्थता जताई। फ़ौजी कोटे की सभी बर्थें भर चुकी थीं। प्रथम श्रेणी और स्लीपर क्लास दोनों की। सुझाव मिला कि ट्रेन के समय आकर संपर्क करूँ, कोई निरस्त बर्थ रही तो दे देंगे। गाड़ियाँ उन दिनों बहुत सारी नहीं थीं। अपने फ़ौजी स्वाभिमान के चलते सोच नहीं पाया कि भीड़ के डर से जीवन के इतने महत्त्वपूर्ण मिशन पर न जाऊँ। फिर भाग्य ने साथ दिया तो फ़ौजी कोटे की कोई बर्थ शायद कैंसिल होने के बाद मिल जाए। मैं ट्रेन के समय से एक घंटा पहले स्टेशन पहुँच गया। सीधे एम.सी.ओ. के दफ्तर में गया, पर कमबख्त मेरे फ़ौजी भाईबंद कोई प्रोग्राम बना लें तो उसे क्यों बदलने लगें? सारे-के-सारे आरक्षण वाले आ धमके। एम.सी.ओ. ने ट्रेन छूटने से आधा घंटे पहले टका सा जवाब दे दिया।

प्लेटफॉर्म पर गया तो होश उड़ गए। लगा कि हैमलिन के बाँसुरीवादक के बाँसुरी बजाने पर शहर के सारे चूहे जैसे अपने अपने बिलों से निकलकर उसके पीछे चल पड़े थे, वैसे ही इस प्लेटफॉर्म पर किसी अदृश्य बाँसुरीवादक की तान सुनकर सारा दिल्ली शहर उमड़ पड़ा था। मैंने बदहवासी में पूरे प्लेटफॉर्म के दो चक्कर लगाए, पर यह आलम था कि बिना आरक्षण वाले डिब्बों के पास फटकना भी मुश्किल था। हमारी उन दिनों की फ़ौजी ट्रेनिंग का दुष्परिणाम था कि उस 26 साल के अफसर के दिमाग में यह बात आई ही नहीं कि किसी टी.टी. आदि की

जेब गरम करके कुछ एडजस्टमेंट की जुगत बैठाए और अन्य कुछ नहीं तो किसी स्लीपर डिब्बे में ही घुस ले, जबकि जेब में प्रथम श्रेणी का फ़ौजी डी फार्म अर्थात् कन्सेशन वाला टिकट भी पड़ा था। बस यही सोच पाया कि अगर धक्का-मुक्की करके ही सब घुस रहे हैं तो अपनी एन.डी.ए. की ट्रेनिंग कब काम आएगी?

सामान के नाम पर मेरे पास केवल एक ब्रीफकेस था, अतः थोड़ा आश्चर्य हुआ जब दो कुलियों ने मेरे चेहरे पर आए पसीने को देखकर एक साथ पूछा कि साहबजी, गाड़ी में चढ़ा दें? मैंने चिढ़कर कहा कि अरे एक ब्रीफकेस तो है, क्या इसे चढ़ाओगे? उन्होंने मेरी मूर्खता पर तरस खाकर मुसकराते हुए बड़ी मिठास से कहा कि न जी, हम तो आपको चढ़ावे की कहवें हैं, सामान की नहीं। तभी तो दो मिलकर पूछ रहे हैं। इकल्ले तो हम भी आपको न चढ़ा पावेंगे। मुझे इस प्रस्ताव पर आश्चर्य तो हुआ पर जनरल कंपार्टमेंट में घुस लिया तो किसी तरह से यात्रा भी पूरी कर लूँगा, सोचकर हामी भर दी। मुझ अकेले को डिब्बे में चढ़ाने के जब उन्होंने पचास रुपए माँगे (ध्यान रहे यह 1970 की बात है) तो भी उज्र नहीं किया, पर पैसे उन्होंने एडवांस में माँगे तो मुझे नागवार गुजरा। मैंने नाक चढ़ा कर कहा कि तुम्हारे पचास रुपए लेकर भाग जाऊँगा क्या? तो मेरी अज्ञानता पर तरस खाते हुए एक बोला कि न जी भाग तो तुम पाओगे नहीं, पर अंदर पहुँच गए तो तुमसे पैसे लेने के लिए हम अंदर न आ पाएँगे। भीड़ को देखते हुए बात तर्कसंगत लगी, अतः रुपए मैंने दे दिए। अब कुश्ती लड़ने की तैयारी कर रहे हों, कुछ इस अंदाज से दोनों कुलियों ने अपने लाल कुरतों की बाँहें चढ़ाईं, फिर मेरी शर्ट की बाँहें भी चढ़वाईं फिर तृतीय श्रेणी के एक जनरल कंपार्टमेंट की दीवार से लग कर हम खड़े हो गए। तब उस श्रेणी के डिब्बों मे लोहे की सलाखें नहीं होती थीं। इन खिड़कियों का प्रयोग डिब्बे के अंदर घुसने के लिए और दरवाजों का प्रयोग बाहर निकलनेवाले रेले में अपनी चप्पलें, जूते पैरों से उतरवाने के लिए होता था। डिब्बे के अंदर लोग ठसाठस भरे हुए दिख रहे थे। मैं सोच ही रहा था कि इस चक्रव्यूह में कैसे प्रवेश दिलाएँगे मेरी फौज के ये सिपाही कि उन दोनों ने अगल-बगल खड़े होकर मेरी एक-एक जाँघ पकड़कर मुझे ऊपर उठा लिया। आदेश दिया अब सिर खिड़की में घुसाओ और दोनों हाथों को आगे करके सामने जो कुछ भी हो, उसे धक्का दो। हीला-हवाला करने का मौका नहीं था। उनके आदेशानुसार मैंने सिर अंदर घुसाकर खिड़की के सामने अंदर वाले लोगों को धकियाने के लिए जब हाथ आगे बढ़ाए तो अंदर वालों ने इतनी जोर से उलटा धक्का दिया कि मेरे सिर,

धड़, कमर, सबकुछ प्लेटफॉर्म पर खड़े कुलियों के चरणों में आकर नत हो गए।

इस बार मेरी फौज के दोनों बहादुरों को गुस्सा आ गया। मैं लगभग घिघियाते हुए उनसे प्रार्थना करने लगा कि वे मोरचा छोड़ दें, पर बात अब उनकी इज्जत की थी। मेरे अनाड़ीपन और अनप्रोफेशनलिज्म से क्षुब्ध होकर दोनों ने पहले तो डिब्बे के अंदरवालों के परिवार की महिला सदस्यों से अपने गुप्त संबंधों को जगजाहिर किया और फिर मुझसे बोलें कि देखें बहन… कैसे नहीं घुसने देते हैं! इस बार ऐसा करो कि पहले पैर अंदर डालना। सिर डालोगे तो चोट लग सकती है। मेरी सारी बहादुरी हवा हो रही थी। मैंने कहा कि अरे अंदरवाले चोट पैरों में भी तो मार सकते हैं, पर एक कुली ने मेरी बात एकदम अनसुनी कर दी और दूसरे ने जोर से डाँटते हुए कहा कि चुपचाप रहो और जैसा हम कहते हैं, वैसा करो। हम हराम की कमाई नहीं खाते हैं। जब पैसा लिया है तो जब तक चढ़ा नहीं लेते न हम जाएँगे, न यह साली गाड़ी। इसके पहले कि मैं कुछ और ना-नुकुर करता, उन दोनों ने मुझे अपने कंधों के ऊपर हवा में उठा लिया जैसे मुझे नहीं मेरी अर्थी उठा रखी हो और आदेश दिया कि अब एकदम लकड़ी की तरह से तन जाओ। उनकी आवाज एन.डी.ए. के मेरे ड्रिल सार्जेंट से भी ज्यादा कड़क थी। बरसों की मेरी फ़ौजी ट्रेनिंग का ही नतीजा था कि इनके कड़क आदेश पर मैंने वाकई शरीर लकड़ी की तरह कड़ा कर लिया और साँस रोक ली। कुलियों ने मुझे हवा में घुमाया और फिर खिड़की की तरफ मेरे दोनों पैर करके ऐसे धक्का दिया जैसे किसी किले के सुदृढ मुख्यद्वार को चालीस-पचास योद्धा सागवान के शहतीर की रेलमपेल से तोड़ने के लिए संघर्षरत हों। एतराज करने की स्थिति से मैं आगे पहुँच चुका था, अतः आँखें बंद कर लीं। अब दोनों पैरों से डिब्बे के अंदरवालों को जोरदार धक्का मारा तो मेरे पैर धड़ समेत अंदर आ गए, पर सिर अभी भी बाहर था। धड़ और पैरों वाले हिस्से को अंदरवाले बाहर धक्का दे रहे थे और इधर इन दो यमदूतों ने कसम खा रखी थी कि पचास रुपए हराम के नहीं लेंगे। अतः मेरे सिर को बाहर की ओर न निकलने देने के लिए उन्होंने अपने चौड़े सीनों से मेरे सर के पीछे दीवार सी बना ली। मैं बिलबिलाता हुआ डिब्बे के अंदरवालों और अपने कुलियों अर्थात् दोनों ओर से दया की भीख माँगने लगा कि अंदर या बाहर किसी ओर तो गिरूँ। कुलियों ने तो एक न सुनी, पर अंदर वालों को शायद डर लगा कि कहीं दफा 302 का केस न बन जाए और मेरी हत्या के जुर्म में सबके सब धरे जाएँ। अतः एक मनचले ने अंदर से आवाज दी कि अंदर आने दें तो सबको चाय-समोसे खिलाएगा? मैंने

कराहते हुए कहा कि जो कहोगे सो खिलाऊँगा, पर अंदर आने तो दो।

अचानक ऐसा लगा जैसे अली बाबा ने चालीस चोरों वाली गुफा से कहा हो खुल जा सिमसिम! अंदर का प्रतिरोध गायब हो गया और कुलियों ने मुझे पूरी तरह खिड़की के अंदर धकेल दिया। इसके बाद गुस्से से एक ने मेरा ब्रीफकेस सीटों के बीच फेंक दिया जहाँ मैं स्वयं आधा गिरा, आधा बैठा हुआ औंधा पड़ा था और हिकारत से मुझसे बोला कि जो ये लड्डू-समोसे की रिश्वत ही देनी थी तो हमारी बेइज्जती खराब करवाने की क्या जरूरत थी? मैं अपने घुटनों, टाँगों, कुहनियों को सहलाते हुए उठने की कोशिश कर रहा था कि उठकर उन्हें समझाऊँ कि क्यों ख्वाहमख्वाह किसी मुसाफिर को अंदर घुसाने को इज्जत का सवाल बनाते हो? क्या कभी सुखराम ने, एन.डी. तिवारी या लालू ने इज्जत की परवाह की? तभी गाड़ी को इंजन ने एक हलका सा धक्का दिया और गाड़ी धीरे-धीरे सरकते हुए प्लेटफॉर्म से चल पड़ी।

कुछ मिनटों में मैं किसी तरह उठ कर खड़ा हो गया। पहले एक अँगूठे के ऊपर, फिर दो मिनट के बाद पूरे एक पैर पर और फिर आधे घंटे के बाद दोनों पैरों पर खड़ा होने की जगह बनती गई। बैठने का प्रश्न नहीं था। माथे से पसीना पोंछ कर, अस्त-व्यस्त कपड़े ठीक करके जब सहयात्रियों पर नजर डाली तो देखा कि अधिकांश पूर्वी उत्तर प्रदेश और बिहार के लोग थे, दिल्ली में छोटी-मोटी नौकरियाँ करनेवाले। एकाध मिनट गहरी साँस लेने के बाद मैंने पूछा कि किसको धन्यवाद दूँ इस मेहरबानी के लिए, किसको समोसा खिलाऊँ? तो जोर से ठहाका लगाकर हँस पड़े सबके-सब। बोले कि छोड़ो, तुम्हारी तो पहले ही बहुत मरम्मत हो गई है। अच्छा यह बताओ कि इसी गाड़ी से जाने की ऐसी क्या मुसीबत थी? ससुराल जा रहे हो क्या? मैंने टालने की गरज से कह दिया यही समझो तो तीन-चार एक स्वर में बोले, अरे वाह! फिर तो समोसे जरूर खाएँगे। चलो अब अलीगढ़ में गाड़ी रुकेगी, वहीं ससुराल जाने की खुशी में दावत दे देना। मेरी टाँगों को तोड़ने के प्रयास करने के बाद अब मेरी टाँगों को खींचनेवाले इन लगभग समवयस्क लड़कों से धीरे-धीरे दोस्ती हो गई। परिणामस्वरूप थोड़ी देर में एक सीट पर शरीर के अधोभाग के एक छोटे से हिस्से को और उसके बाद उस पूरे क्षेत्र को बैठने की जगह मिल गई। अलीगढ़ पर उनकी आशा के विपरीत मैंने वास्तव में उन सबके लिए दस समोसे और दस चाय मँगाई तो खुश हो गए। लगातार हँसी-मजाक चलता रहा। मैं अपने एयर फोर्स अफसर होने की बात छुपा गया था। अपनी दयनीय दशा से एयर

फोर्स अफसरों की शान में बट्टा नहीं लगवाना चाहता था। सहयात्री लड़कों को मेरी ससुराल जानेवाली बात में मजा आ गया था। खोद-खोद कर ससुराल के बारे में पूछते रहे। एक ने पूछा कि अभी शादी हुए ज्यादा दिन न हुए होंगे? मैंने बात टालने की गरज से हामी में सिर हिला दिया। वह खुश होकर अपने बारे में बातें करने लगा, वरना मेरी काल्पनिक शादी के बारे में न मालूम कितने सवाल और पूछता। उसकी शादी को अभी एक साल हुआ था। चाँदनी चौक की एक कपड़े की दुकान में सेल्समैन की नौकरी इतनी सशक्त नहीं थी कि पत्नी को दिल्ली में साथ रख सकता। न रख सकने का उसे मलाल था, पर अपनी पत्नी पर उसे गर्व बहुत था। बताता रहा कि वह मैट्रिक पास थी, जबकि वह स्वयं मैट्रिक फेल था। अपनी मोती सी लिखावट में बड़े प्यारे पत्र लिखती। मुझसे अनुहार करते हुए बोला कि तुम तो काफी पढ़े-लिखे लगते हो। दो-चार अच्छे शेर बता दो तो मैं भी अपने खतों में उनका इस्तेमाल कर लूँगा। मैंने पूछा कि उसकी पत्नी को कैसे शेर पसंद थे। उसने बताया कि पिछले पत्र की शुरुआत उसने इस पंक्ति से की थी 'खूने जिगर से लिखता हूँ सियाही न समझना', इसके बाद वह अपने दाहिने हाथ की तर्जनी दाहिने कान में डाल कर जोर-जोर से खुजली करने लगा। मैंने एकाध क्षण प्रतीक्षा की, फिर पूछा कि क्या यह उँगली अंदर-ही-अंदर बाएँ कान तक पहुँचाने के बाद शेर की अगली लाइन सुनाओगे तो शरमा कर उसने उँगली कान से निकाल ली और झेंपता हुआ बोला कि असल में अगली लाइन बहुत मुश्किल सी थी, पत्र लिखते समय भी भूल गई थी, पर उसकी नवविवाहिता पत्नी, जो अपनी जवानी के उमंग भरे दिन ससुराल में अकेले कसमसाते हुए बिता रही थी, इस अधूरे शेर पर ही मर मिटी थी।

अब इन महोदय की फरमाइश थी कि या तो इस शेर को पूरा कर दूँ या कुछ ऐसे ही धमाकेदार शेर और बता दूँ, जिनका वह दस दिन की छुट्टी बिता कर वापस जाकर अगले पत्रों में इस्तेमाल कर सके। मैं उस ठसाठस भरे हुए डिब्बे में आधी सीट पर टँगा हुआ, कभी बाएँ वाले और कभी दाएँ वाले अधोभाग को बदल-बदल कर सीट पर टिकाए हुए रात किसी तरह गुजारने की कोशिश कर रहा था। शेरो-शायरी के नफासत भरे खयाल मुझसे उस समय कोसों दूर थे। बिचारे की कोई मदद नहीं कर पाया। डिब्बे में लोग अपने दाएँ-बाएँ बैठे यात्रियों पर रह-रहकर झटके के साथ झपकियाँ लेते हुए भहराने, फिर उनके द्वारा धकिया दिए जाने पर एकाध क्षण के लिए आँखें खोल कर इधर-उधर देखकर, जम्हाई लेकर, दुबारा

आँखें बंद करके, फिर से भहराने के अखंड कार्यक्रम में व्यस्त थे। पर इस बेचारे को बीवी की याद नहीं सोने दे रही थी और मुझे अपनी दुर्दशा से उत्पन्न खीझ। अपनी बेवकूफी पर गुस्सा आ रहा था। एक सप्ताह बाद कायदे से रिजर्वेशन कराके आ जाता तो कौन सी कयामत आ जाती। ऐसा इलाहाबाद में कौन घात लगाए बैठा था कि मुझे जरा सी देर हुई और वह लड़की ले उड़ता। सौभाग्य से इटावा में कई सारे लोग उतर गए। डिब्बे के अंदर कुंभ मेलेवाला आलम कुछ सुधर गया। कुछ घंटों में सुबह हो गई और जिस आग के दरिया में डूब के जाना था, उसका दूसरा किनारा नजर आने लगा। इलाहाबाद पहुँचने पर अपनी पीठ ठोंककर खुद से कहा, 'हिम्मते मर्दां, मददे खुदा।' स्टेशन पर उतरते ही एम.सी.ओ. से वापसी का रिजर्वेशन करा लिया। सर्किट हाउस में कई बार पहले भी ड्यूटी पर आकर ठहर चुका था, अत: कमरा तुरंत मिल गया। दिन भर मैं तानकर सोया। रात की थकान मिट गई।

चार दिन पहले फोन पर शोभा के पिता को अपने लिये कार भेजने को मना कर दिया था कि मेरे पास सरकारी कार होगी। बाद में उपराष्ट्रपति का प्रोग्राम कैंसिल होने की सूचना नहीं दी थी कि गलतफहमी बनी रहे तो इम्प्रेशन अच्छा पड़ेगा। अब क्या रिक्शे पर जाऊँ उसके घर? सर्किट हाउस के मैनेजर ने बताया कि एक प्राइवेट कार पूरे दिन के किराये पर मिल जाएगी। सोचा सरकारी सफेद एंबेसडर न सही, कार तो कार ही है। दिन भर का किराया दूँगा तो वसूल करने के लिए शाम को कन्या दर्शन के बाद संगम दर्शन कर लूँगा। फिर वहीं से स्टेशन चला जाऊँगा। शाम को कार समय से आ गई।

सिविल लाइंस के एक पुराने बँगले के पोर्टिको में पहुँचकर जब मैंने कॉलबेल बजाई तो शोभा के पिता और बड़े भाई लगनेवाले दो व्यक्ति साथ-साथ बाहर आए और बड़ी गर्मजोशी से मेरा स्वागत किया। शोभा के पिता का पहला वाक्य था कि उपराष्ट्रपतिजी तो ऐसे चुपचाप आए कि पता ही नहीं लगा। मैंने धीरे से कहा कि जी हाँ। बिना मेरे झूठ बोले अगर वे समझ रहे हों कि मैं उपराष्ट्रपति को लेकर आया हूँ तो हर्ज क्या है, आखिर प्रोग्राम तो यही था। तभी भाई साहब बोल पड़े कि अरे यह कार तो प्राइवेट है, कहाँ से मिल गई? पिताजी ने सवाल बीच में ही कैच कर लिया, बोले कि अरे भाई, जब राष्ट्रपति, उपराष्ट्रपति आते हैं तो सरकारी गाड़ियाँ कम पड़ जाती हैं। फिर लोकल एडमिनिस्ट्रेशन प्राइवेट गाड़ियाँ किराए पर ले लेता है। मेरी ओर देखकर इलाहाबाद के पिछड़ेपन पर थोड़ा लज्जित होते हुए बोले कि अब दिल्ली जैसा तो है नहीं। यहाँ टैक्सियाँ भी हैं ही कितनी, पर भाई

साहब अड़ियल थे। इतना समझाने के बाद भी मानने को तैयार नहीं हुए। कहीं से कोई गोपनीय दस्तावेज हाथ लग जाए तो उसे लेकर अपने टी.वी. चैनेल पर अर्नब गोस्वामी जिस तरह किसी मुसीबतजदा मंत्री की जड़ें खोद देने पर उतारू हो जाते हैं, कुछ उसी अंदाज में वे मेरे पीछे पड़ गए। बोले 'पर यह गाड़ी तो मेरे दोस्त त्रिपाठी की है। बहन की शादी पर पिछले कलक्टर ने माँगी थी तो आनाकानी करने लगा। बस कलेक्टर साहब ने उसके पचास-साठ हजार के बिल रोक दिए। उसके बाद से वह सरकारी काम के लिए गाड़ी देता नहीं है, आज यह सर्किट हाउस के हत्थे कहाँ से चढ़ गई?' गनीमत थी कि पिताजी को ऐसी बातें घर आए भावी/संभावित दामाद की शान के खिलाफ महसूस हुईं। सुपुत्र को समझाते हुए बोले 'अरे भाई, ये इतनी दूर से आए हैं। तुम इन्हें बैठने के लिए भी कहोगे या सर्किट हाउस की गाड़ियों का ब्योरा लेते रहोगे।' मुझे मन-ही-मन इन भाई साहब के क्रॉस-एक्जामिनेशन से दहशत सी हो रही थी। यह इनसान तो लड़की के भाई के रूप में साक्षात सी.ए.जी. (Comptroller and Auditor General) का अवतार लग रहा था। कहीं इस आफत के परकाले को यह न पता चल जाए कि उपराष्ट्रपति इलाहाबाद आए ही नहीं। मैंने मन को दिलासा दी कि कोई स्पष्ट झूठ तो अब तक मैंने बोला नहीं था। बहस तो पिताजी के कयास को लेकर हो रही थी और उन्होंने समय रहते विषय बदल दिया था।

बाप-बेटे दोनों मुझे लेकर ड्राइंग रूम में आ गए। इलाहाबाद के सिविल लाइंस के पुराने बँगलों का क्या कहना। ड्राइंग रूम इतना बड़ा था कि उसमें राहुल गांधी के सारे प्रशंसक एक साथ समा जाते। तीन बड़े-बड़े आरामदेह सोफासेट पड़े हुए थे। कोई मुख्यमंत्री बहन मायावती का कार्यालय तो था नहीं कि कुरसी पर वे स्वयं बैठें और प्रदेश के मुख्य सचिव से लेकर उनके दल के महामंत्री तक सब सामने फर्श पर आसीन हों या खड़े रहें। मैं पहले ही थोड़ा घबराया हुआ था अपने मिशन को लेकर। उसपर अकारण झूठ बोलने से उत्पन्न अपराध-बोध और भाई साहब की जिरह से उत्पन्न असुरक्षा की भावना! सोफे पर बैठा तो इतना तनाव था मन में कि शोभा के पिताजी को कहना पड़ा कि अरे आप आराम से तो बैठिए। ध्यान दिया तो देखा कि सोफे के अगले छोर पर मैं ऐसे बैठा था कि अगर नितिन गडकरी के जैसा कोई व्यक्ति जोर से फूँक भी मारता तो नीचे गिर पड़ता। बुजुर्गवार की अगली बात और भी समझदारी की लगी। बोले, 'हमने शोभा को यह नहीं बताया है कि आप उसे शादी के विचार से देखने आए हैं। पहले सब

लोग मन बना लें, फिर उसे बताएँगे। उसकी माँ अभी आ रही हैं। हमने अभी अपने नौकरों को भी यह ही कह रखा है कि आप हमारे एक दोस्त के बेटे हैं और यूँ ही मिलने आए हैं।'

मुझे बात पसंद आई। एरेंज्ड मैरेज में लड़की देखना-दिखाना एक अपरिहार्य आवश्यकता होती है, उसका ढोल क्या पीटना! अभी मैं उनके दृष्टिकोण और समझदारी की मन में सराहना कर ही रहा था कि एक ट्रे में पानी के गिलास रखे उनके नौकर ने ड्राइंगरूम में प्रवेश किया। शकल उसकी पहचानी सी लगी, पर याद नहीं आया कि कहाँ देखा था। मैं दिमाग पर जोर दे रहा था कि तभी वह तपाक् से बोल पड़ा, 'अरे भैया आप हो? चलो कौनों तरह पहुँच गए! ससुराल तो हुई आए होगे?'

शोभा के भाई साहब जो कुछ देर से चुप बैठे थे, एकदम से जागरूक हो गए। बोले 'रामदीन, तुम इनको कैसे जानते हो?'

वह शायद इस घर का काफी पुराना नौकर था। बड़े आराम से, अधिकारपूर्वक बोला, 'लो, और सुनो, अरे हमरिन साथ तो भैया आए हैं। इटावा में जब हम डिब्बे मा चढ़ें तो ओहमाँ पहिले से बैठे हुए थे। हम चढ़ें तो डिब्बा मा कुछ जगह हुई गई थी, पर और लोगन से सुना कि दिल्ली से चले के वखत ठस्सम-ठस भीड़ थी। सब कहित रहेन कि ई भैया बहुत बहादुर हैं। इन ही का बूता रहा कि कुलियन के सिर पर चढ़कर खिड़की से धँस लिये। और कोई होवत तो मुदा पहले ही मैदान छोड़ के भाग जात।'

पहले तो एक क्षण तक सन्नाटा गूँजता रहा उस बड़े से कमरे में, फिर बुजुर्गवार बोले, 'तेरा दिमाग तो···' वे कहनेवाले थे—'नहीं चल गया है' पर बात को भाई साहब ने बीच में ही लपक लिया। बड़े प्यार से रामदीन को पुचकारते हुए बोले, 'अच्छा ऐसा ?और क्या क्या कह रहे थे वे लोग?'

रामदीन खुश हो गया। बाबूजी के तेज स्वर से शायद कुछ ढीला पड़ता, पर भाई साहब के स्वर में अवश्य ही उसकी याद्दाश्त और चौकन्नेपन की तारीफ का अंदाज था। बोला, 'सब इनहीं की तारीफ करत रहेन। बतावत रहेन पहिले लड़-भिड़कर जगह छीन लिये, फिर सबका ससुराल जावे का खुसी में चाह—समोसा दिलवाएन।'

एडवोकेट जनरल के अंदाज में भाई साहब ने पूछा कि उन्हें कैसे पता कि इनकी शादी हो चुकी है? तो बड़े आत्मविश्वास से बोला, 'ई खुद ही सबको बताए

रहेन। न हुआ होत तो ऐसे ही सबको चाह—समोसा खिलवाए रहते?'

मुझे काटो तो खून नहीं था। उपराष्ट्रपति की उड़ान और सरकारी गाड़ी के विषय में पिताजी ने खुद ही अटकलें लगाई थीं। मैंने तो कोई झूठ नहीं बोला था, पर स्वयं को विवाहित बताने और ससुराल जानेवाली बात का क्या करूँ, जिसका बयान यह नालायक पेशेवर गवाह की तरह कर रहा था जैसे अभी-अभी मेरी बारात से लौटा हो। मेरा गला सूख रहा था। सिर में लग रहा था दर्जनों मधुमक्खियाँ घुस गई हों। जिस सोफे पर मैं पहले ही उचककर बैठा हुआ था, अगर उसके हत्थे को जोर से पकड़ न लिया होता तो नीचे गिर पड़ता। शोभा के पिताजी हक्के-बक्के होकर अपने बेटे की ओर देख रहे थे और बेटे की निगाहों में गजब की चमक थी। पिताजी से उसकी निगाहें चुपचाप कह रही थीं कि मुझे तो तभी शक हो गया था, जब यह त्रिपाठी की कार में आया, जिसे वह किसी सरकारी विभाग को दे नहीं सकता। रामदीन को लगा कि वह कुछ गलत कह गया है। ट्रे टेबल पर रखी और बोला कि माताजी अंदर बुलाए हैं चाह लाने को, अभी आवत है और वह चुपके से खिसक लिया।

विमानचालन की परीक्षा लेते हुए परीक्षकों ने दर्जनों बार मुझसे कहा होगा कि तुम्हारा एक नंबर का इंजन फेल हो गया है, दो नंबर में आग लग गई है, रेडियो कम्युनिकेशन युद्धकालीन स्थिति के कारण उपलब्ध नहीं है, कोपायलट घायल और बेहोश है। अब करो जो करना है। और सबकुछ बड़े धैर्य और शांतिपूर्वक सँभाल लेता था, तभी वी.आई.पी. स्क्वाड्रन में था। पर ऐसी विपत्ति में कभी नहीं फँसा था। डर लग रहा था कि दोनों बाप-बेटे कहीं मुझे पुलिस को न सौंप दें; एक नंबर का फ्रॉड बताकर जो लड़कियों के घरवालों को झूठी-झूठी बातें बताकर शादी के जाल में फँसाता है। ड्राइंगरूम में सुइपटक सन्नाटा छाया हुआ था। दोनों बाप-बेटे अनिश्चय की स्थिति में लग रहे थे कि मेरे साथ क्या सलूक करें। शोभा व उसकी माँ अभी तक इस नाटक को नहीं देख पाए थे। कुछ क्षणों के बाद पिताजी ने साथ वाले कमरे में जाते-जाते परदा उठाकर अपने बाएँ हाथ की तर्जनी को मोड़कर अपने बेटे को अपने पीछे आने का इशारा किया। पता नहीं पिस्तौल लाने जा रहे थे या पुलिस को फोन करने। उनके दूसरे कमरे में जाते ही मैं लपककर उठा, बाहर प्रतीक्षा करती हुई कार के ड्राइवर से काँपती आवाज में कहा कि सर्किट हाउस चलो और झटके से कार में घुस गया। गाड़ी चल दी तो डर लगा कि दोनों पीछे-पीछे कहीं सर्किट हाउस न आ जाएँ। फिर ध्यान आया कि मैं सर्किट हाउस से चेक

आउट करके आया था और ब्रीफकेस गाड़ी में ही पड़ा था कि शाम के कार्यक्रम के बाद संगम की सैर को निकल जाऊँगा और वहाँ से सीधे स्टेशन। अत: ड्राइवर से फिर कहा कि सर्किट हाउस नहीं, संगम चलो।

संगम पहुँचकर जब तक त्रिवेणी के ठंडे पानी में डुबकी नहीं मारी; मेरा सिर भन्नाता रहा। स्नान के बाद धीरे-धीरे परेशानी कुछ कम हुई।

□

4

त्रिवेणी के ठंडे पानी में डुबकी लगाने से जैसे-जैसे घबराहट कम होती गई पछतावा वैसे-वैसे बढ़ता गया। क्या जरूरत थी बेकार में इतना झूठ बोलने की ? मैंने अतीत में झाँका तो पाया कि जब भी कभी कोई छोटा सा झूठ भी बोला था, बुरा फँसा था। ऐसा ही कुछ दिन पहले लखनऊ में हुआ था, जहाँ एक थानेदार साहब मेरी और मेरे एक दोस्त की तलाश शायद अभी भी कर रहे हों। नहीं, कोई हत्या या डकैती का मामला नहीं था। बस एक छोटा सा झूठ बोला था मैंने।

लखनऊ के उन थानेदार साहब का किस्सा भी सुना देता हूँ। यही किस्सा किसी और को सुनाया था तो उन्होंने मुझसे पूछा था कि तुम स्वयं होश में तो थे या ज्यादा पी रखी थी ? आप भी यही सवाल न उठाएँ, इसलिए पहले एक गलतफहमी दूर करना आवश्यक है कि सभी फ़ौजी अफसर मदिरापान करते हैं। ऐसी धारणा बनाने के विषय में अंग्रेजी में कहावत है कि कुत्ते को कोई बुरा सा नाम देकर उसे सूली पर चढ़ा दो. (गिव द डॉग अ बैड नेम ऐंड हैंग हिम)। मजे की बात यह है कि यह धारणा बनी है फ़ौजियों की समाजसेवा की अभिलाषा के कारण। फ़ौजियों को सीएसडी (CSD) कैंटीन से शराब सस्ती मिलती है, क्योंकि उस पर एक्साइज शुल्क माफ होता है। फौज के बारे में एक साधारण नागरिक को और कुछ पता हो या न हो यह बात जरूर मालूम होती है। अतः फ़ौजियों को अपने सिविलियन दोस्तों, नाते-रिश्तेदारों आदि से लगातार फरमाइश आती रहती है कि उन्हें भी कैंटीन से कुछ शराब दिलवा दें। बेचारे फ़ौजी अपने नाते-रिश्तेदारों की कोई मदद नहीं कर पाते हैं। न नौकरी दिलवा पाते हैं, न जमीन या फ्लैट, न कॉलेज में एडमिशन, न ही परीक्षा में नकल। अतः अनायास अंकुरित होती हुई हीन भावना और मलाल को वे बेचारे कैंटीन से सस्ती शराब इत्यादि परिचितों को दिलवा कर कम कर लेते हैं। फ़ौजी को सीमित मात्रा में, कोटे के अनुसार, शराब कैंटीन से मिलती है जिसे

वह अपनी शान बनाए रखने के चक्कर में अपने सिविलियन परिचितों को दे देता है; ऊपर से यह धारणा बनवा लेता है कि फौजवाले बहुत पीते हैं। बात बिना पिए ही बहक गई। अभी मैं सिर्फ इतना कहना चाहता था कि सभी फ़ौजी शराब पिएँ, यह जरूरी नहीं। ऐसे ही हैं मेरे एक दोस्त मोहन सिन्हा। बेचारे बहुत भले, सीधे-सादे इनसान हैं। एयर फोर्स अफसर होते हुए भी उन्होंने शराब को कभी हाथ नहीं लगाया। यहाँ तक कि शुरू-शुरू में उनकी बुरी सोहबत में रहकर मैं भी कई साल टी-टोटलर रहा, वह तो कहिए बाद में सुधर गया।

मोहन सिन्हा का शराब के बारे में अज्ञान विलक्षण था। उनकी छोटी बहन की शादी लखनऊ में तय हुई। परिवार खाने-पीने का शौकीन था। शादी से पहले लड़का किसी काम से दिल्ली आया तो मोहन ने उसे और उसके एक दोस्त को दिन के खाने पर रविवार को अपने घर बुलाया। मुझसे पूछा कि ड्रिंक्स में क्या रखूँ। मैंने सलाह दी कि बियर रख लें, गरमी के दिनों में ठीक रहेगी। वे बोले कि तुम मुझसे ज्यादा समझते हो ये सब। तुम भी आ जाना। इंतजाम देख लेना।

रविवार को मैं मेहमानों के आने से पहले पहुँच गया तो उन्होंने मुझे बियर की एक बोतल थमा दी और पूछा यह लो, बियर का प्रबंध तो कर लिया है, इसके साथ सोडा मिलाते हैं या पानी ?

अपनी हँसी रोकते हुए जो कुछ मैं उन्हें समझा पाया, उससे वे मेरी काबिलीयत से बहुत प्रभावित हुए। तभी मुझे उन्होंने सूचित कर दिया कि बहन की शादी में, जो कुछ महीनों के बाद लखनऊ में होगी, मुझे आना होगा और वहाँ ड्रिंक्स का इंतजाम मुझको ही देखना होगा।

इस तरह से लखनऊ की उस शादी में जो दिसंबर की एक बहुत ठंडी शाम को हो रही थी, मुझे एक बड़ी सी बरात के बहुत सारे बरातियों की खातिर में ड्रिंक्स का प्रबंध सँभालना पड़ा। तीन आदमियों के लिए कितनी बियर चाहिए, यह तो मैंने मोहन को उस दिन दिल्ली में बहुत सही बताया था, पर उस शौकीन बरात के बरातियों के लिए, जिनमें लगभग पचास पीनेवाले थे, दस बहुत पीनेवाले थे और पाँच-छह पीने में विलक्षण प्रतिभा के धनी थे और इस फन में खेलरत्न अलंकरण के अधिकारी थे, कितनी शराब की जरूरत पड़ेगी, इसका अंदाज लगाने में मैं गच्चा खा गया। मोहन महीनों से अपने कोटे की शराब कैंटीन से ले-लेकर जमा करते आ रहे थे, पर आधे से अधिक बोतलें तो बरात में आई धुरंधर प्रतिभाओं ने विवाह स्थल पर स्वागत द्वार से सौ गज दूर अखिल भारतीय भाँगड़ा प्रतियोगिता

के अंतहीन समारोह जैसे अपने भयंकर भाँगड़े में ही खत्म कर दी। द्वारचार का समय सात बजे शाम का था, उस समय रात के नौ बज रहे थे और स्पष्ट था कि बरात द्वार से बची हुई सौ गज की वह दूरी पार करते-करते रात के ग्यारह-बारह तो बजाएगी ही, साथ ही जितनी शराब खप चुकी थी, उससे दुगुनी निपटा लेगी।

पीनेवालों की संख्या में भी लगातार वृद्धि हो रही थी। बल्कि मुझे तो शक था कि कुछ देर में ही शांत खड़ी हुई वह सफेद घोड़ी भी, जिस पर दूल्हा बैठकर ललचाई हुई निगाहों से पीते हुए बरातियों को देखकर अपनी न पी सकने की मजबूरी पर स्वयं को धिक्कार रहा था, जोर से हिनहिना कर एकाध बालटी व्हिस्की माँगेगी और दूल्हा छलाँग लगाकर नीचे उतर कर कहेगा कि शादी मेरी है, आखिर मैं ही क्यों पीछे रहूँ। बहरहाल यह स्पष्ट था कि जितनी शराब बचती थी, उससे दुगुनी और मँगानी पड़ेगी। सौभाग्य से रात के नौ बजे थे और दुकानें खुली हुई थीं, अतः व्हिस्की और मँगा ली गई, पर गहमागहमी में सोडा मँगाना रह गया। मैंने सोचा पानी से काम चला लूँगा, पर रात के पौने बारह बजे जब सात बजे शाम वाली द्वारचार की रसम प्रारंभ हुई और दूल्हे के जीजाजी ने सुना कि सोडा खत्म हो गया है तो पानी से व्हिस्की ले लेने के आग्रह को उन्होंने ऐसे मुँह बनाकर ठुकराया जैसे उन्हें चाँदी के थाल में भरा वह पानी लेने को कहा जा रहा हो जिससे अभी-अभी लड़की के पिता ने दूल्हे के पदप्रक्षालन की बेहूदी और शर्मनाक रसम पूरी की थी। मोहन ने मुझे बुलाकर कान में फुसफुसाकर कहा कि अब इस समय सिर्फ एक जगह सोडा मिलेगा, रेलवे स्टेशन के पास चारबाग या नाकाहिंडोला में पान की दुकानें शायद खुली हों। जल्दी से कार लेकर चले जाओ और सोडा ले आओ, वरना हमारी इज्जत महज सोडे के कारण, सोडे की बोतल से निकलते गैस के बुलबलों की तरह हवा में उड़ जाएगी।

और कोई चारा न था। मुझे चारबाग जाना पड़ा और फिर वहाँ से नाकाहिंडोला जहाँ सौभाग्य से एक पान की दुकान खुली मिल गई, जिसमें सोडा भी उपलब्ध था। मैंने एक क्रेट सोडा गाड़ी में रखवाया और उसका दाम छह रुपए (तब यही दाम था उसका) देने के लिए पर्स में झाँका तो उसमें केवल सौ-सौ रुपए के नोट दिखे। दुकानदार एक अठारह-बीस साल का लड़का था। टूटे पैसे उसके पास नहीं थे, पर उसने कहा कि बाकी के चौरानवे रुपए उसके पिताजी से दुकान पर अगले दिन सुबह मिल जाएँगे। और कोई विकल्प न होने से मैं राजी हो गया, पर जैसे ही हम आगे बढ़े मोहन के भाई ने, जो कंपनी देने के विचार से साथ में आया था,

कहा कि इसका क्या ठिकाना, कल हमें बाकी के चौरानवे रुपए मिलें कि न मिलें। बात मुझे जमी। कार थोड़ा पीछे करके दुकान के सामने की और उस लड़के से रुआब के साथ पूछा कि मुझे जानते हो?

उसने इनकार में सिर हिलाया तो मैंने जोरदार आवाज में पूछा, 'नाका हिंडोला थाने के थानेदार साहब को जानते हो?'

इस बार सर स्वीकृति में हिला तो मैंने कहा, 'मैं उनका जीजाजी हूँ, कल दिन में बाकी के रुपए लेने आऊँगा, ध्यान रखना।' फिर हम चल दिए। मोहन का भाई मेरी चतुराई और सूझ-बूझ का कायल हो गया।

अगले दिन नाश्ते के बाद मैं अकेला ही कार उठाकर अपने रुपए लेने नाकाहिंडोला गया। दुकान पर एक दूसरा आदमी था, रात वाले लड़के का पिता। मुझे देखकर बड़े आदर के साथ बोला, 'अरे हुजूर, आप काहे तकलीफ किए। हमें तो जब सुबह लड़के ने बताया तो हमने बहुत डाँटा कि साहब को क्यों तकलीफ दिया। हमने तो हुजूर के पैसे सुबह नौ बजे ही थानेदार साहब के पास पहुँचा दिए।'

मैं अवाक् था। फिर सँभलकर पूछा कि कुछ कहा भी उनसे? वह बोला, 'हाँ हुजूर बताया था कि रात आपके जीजाजी आए रहे। तो बोले, अच्छा सुबह आएँ तो साले को मेरे पास भेजना। हुजूर आप लोग दोनों एक-दूसरे के साले-बहनोई हैं क्या?' मैं चुप ही रहा।

ये थानेदार साहब तो खैर मेरे लिए नितांत अपिरिचित थे और अपरिचितों से गाली सुनने में कैसी शर्म? समस्या तो तब उठ खड़ी होती है, जब अपनों को कुछ गलत बोलने के बाद उनसे बेभाव की पड़े? जैसी कि मेरे दोस्त तरलोक सिंह को पड़ी थी अपने ही पिताजी से। तरलोक भी मेरी स्क्वाड्रन में फ्लाइट लेफ्टिनेंट था। उसके पिताजी ने कलकत्ते में तीस साल पहले टैक्सी चलाना शुरू किया था। धीरे-धीरे अपनी मेहनत के बल पर इन तीस सालों में वे तीस टैक्सियों के मालिक बन गए थे। इस कामयाबी के बाद उनकी दो अभिलाषाएँ और थीं। पहली जो पूरी हो चुकी थी, यह थी कि उन्होंने स्वयं तो टैक्सी चलाई, बेटा कम-से-कम हवाई जहाज उड़ाए। दूसरी अतृप्त अभिलाषा थी कि तरलोक की शादी जिसकी बेटी से हो, वह स्वयं कम-से-कम तीस ट्रकों का मालिक हो। लड़की के विषय में सोचने की जरूरत उनके विचार से न तो स्वयं उन्हें थी न ही तरलोक को। इसीलिए एक दिन जब उन्हें बेटे के लिए शादी का प्रस्ताव एक ऐसी लड़की के पिता से मिला, जो अमृतसर में उनतीस ट्रकों का मालिक था और तीसवाँ ट्रक खरीदनेवाला था

तो उन्होंने तय किया कि पहले अमृतसर जाकर एक बार अपनी आँखों से स्वयं देख आएँ कि ट्रक कैसे हैं, नए और अच्छे मेक के या सेकेंडहैंड? ट्रकें उन्हें ठीक लगीं तो बाद में तरलोक लड़की देख लेगा। तरलोक की सबसे बड़ी शिकायत यह थी कि पिताजी को ट्रक वे अच्छे लगते थे, जो लड़कियों जैसे सुंदर हों और लड़कियाँ वे पसंद आती थीं, जो ट्रक जैसी दमदार हों और घर-गृहस्थी का बोझा बिना धुआँ छोड़े उठा सकें।

बहरहाल, अमृतसर से एक दिन खबर आई कि वहाँ तीसवें ट्रक की डिलीवरी मिलनेवाली है तो पिताजी ने अचानक अमृतसर जाने का कार्यक्रम बना लिया। कलकत्ते से दिल्ली फोन मिलाना तो उन दिनों दो चार घंटों तक धीरज रखने से संभव हो जाता था, पर एयरफोर्स स्टेशन पालम का फोन भापाजी नहीं लगा पाए। तरलोक को वे अपने अचानक बने यात्रा कार्यक्रम की सूचना नहीं दे पाए, पर हावड़ा से अमृतसर जानेवाली मेल जब दिल्ली के पास से गुजर रही थी तो बेटे के प्यार ने जोर मारा और उन्होंने तय किया कि यात्रा बीच में तोड़कर पालम में बेटे से मिलते हुए जाएँ। दिल्ली पहुँचकर उन्होंने तरलोक को फोन करना चाहा कि वह स्टेशन पर ही आकर उनसे मिल जाए, ताकि वे आगे अमृतसर की यात्रा जारी रख सकें, पर स्टेशन के फोन बूथ से एयरफोर्स पालम का नंबर, फिर एयरफोर्स एक्सचेंज से हमारी स्क्वाड्रन का नंबर, फिर क्रूरूम जहाँ हम सब होते थे, का नंबर मिलवा कर अंत में अपने प्यारे बेटे से बात करना कलकत्ते की भीड़ भरी सड़कों पर टैक्सी चलाने से कहीं अधिक टेढ़ा काम निकला। अंत में नंबर मिल भी जाए तो दोनों पक्ष चैन से एक-दूसरे की बात स्पष्ट सुन पाएँ, यह उन दिनों लगभग असंभव था, विशेषकर जब बीच में दो मैनुअल एक्सचेंज हों। तरलोक के भापाजी का फोन आया तो तरलोक को भी कुछ स्पष्ट सुनाई नहीं दे रहा था। फोन पर आवाज बहुत क्षीण सी आ रही थी। उसके भापाजी बार-बार बताते रहे कि वे दिल्ली से बोल रहे हैं। तरलोक को मुश्किल से समझ में आया कि कोई दिल्ली से फोन कर रहा है। इसके बाद वह बार-बार पूछता रहा कि आप कौन बोल रहे हैं। धीरे-धीरे दोनों पक्षों की सहनशक्ति जवाब देने लगी। अंत में भापाजी ने चिढ़कर पूरे दम से चिल्लाकर कहा कि अरे मैं बोल रहा हूँ, तू अपने पेओं (बाप) को भी नहीं पहचानता? तरलोक थोड़ी देर पहले ही फ्लाइट कमांडर साहब से किसी गलती के लिए पड़ी झाड़ से खीझा बैठा था। पता नहीं किस सिरफिरे को इस समय मजाक करने की सूझी थी। पूरे जोर से चिल्लाकर उसने भी पलटवार किया कि अरे यार,

यहाँ तो सारे ही मेरे पेओ लगते हैं, तू कौन सा वाला है ?

फोन अचानक धड़ाम की आवाज से काटे जाने की आवाज आई और तरलोक ने चैन की साँस ली कि इस प्रैक्टिकल मजाकिए से मुक्ति मिली, पर दो घंटों के बाद ही गार्ड रूम से फोन आया कि खिचड़ी दाढ़ी वाले एक हृष्ट-पुष्ट सरदारजी फ्लाइट लेफ्टिनेंट तरलोक सिंह से मिलने आए हैं, बहुत गुस्से में लगते हैं और विजिटर्स रजिस्टर में आने के प्रयोजन के कॉलम में उन्होंने लिखा है, देखने के लिए कि मेरे बेटे के और कौन-कौन से बाप यहाँ मौजूद हैं।

तरलोक ने गार्ड रूम में जाकर किसी-न-किसी तरह अपने भापाजी को मना ही लिया, पर तब ही नहीं, आज भी, मुझे लगता है कि हर आदमी के घर पर भले एक बाप हों लेकिन जीवन के रणक्षेत्र में सबके कई बाप अवश्य होते हैं। तभी हर आए दिन जिंदगी की ठोकरें खाने के बाद वह बाप-रे-बाप चिल्लाता हुआ अंत में इन दूसरे बापों से तंग आकर बड़े वाले बाउजी अर्थात् परम पिता परमात्मा की शरण में जाकर त्राहि माम की गुहार लगाता है। वैसे कई बार थक कर माँ के आँचल की शीतल छाया भी याद आती है, पर पैतृक व्यवस्था वाले हमारे समाज में माँ की ममता की महत्ता मधुर और स्निग्ध होने के कारण है। परास्त होकर, पिटकर या ठगे जाकर, हम अंत में जब किसी के सामने हथियार डालते हैं तो अपनी खिसियाहट छिपाते हुए कहते हैं कि फलाना तो हमारा भी बाप निकला। यह कोई नहीं कहता कि फलानी तो हमारी भी अम्मा निकली। नारी से सबका एक रिश्ता आसानी से जुड़ता है। जब वह गरीब की जोरू होती है तो सबकी भाभी बन जाती है, पर बाप का रिश्ता उससे बनता है, जो कहीं-न-कहीं आपकी नस दबाने में सक्षम हो। लोग कहते हैं कि न जाने किस भेस में नारायण मिल जाएँ, पर वास्तव में उनको सतर्क इसलिए रहना पड़ता है कि न जाने किस वेश में बाप उन्हें मिल जाएँ। वक्त आने पर गधे को भी बाप बनाने में लोग संकोच नहीं करते, पर काम निकल जाने के बाद, बाप क्यों बनाया था, बता देने पर कभी-कभी सीधा-सादा गधा भी दुलत्ती झाड़ सकता है।

लोग बात-से-बात निकालते हैं और मैं हूँ कि बाप-से-बाप निकाल रहा हूँ, पर करूँ क्या ? गजल सम्राट् जगजीत सिंह गाकर चले गए कि बात निकलेगी तो फिर दूर तलक जाएगी। नौकरी में प्राय: देखने को मिलता है कि सर्विस में जिसका बाप निकलेगा, वह दूर तलक जाएगा। कहते हैं कि उत्तम खेती मध्यम बान, निकृष्ट चाकरी, भीख निदान। नौकरी को निकृष्ट मानने का कारण स्पष्ट है।

जो नौकरी करता है, उसके एक से अधिक बाप होते हैं। और जो कई बाप बना लेने का नुस्खा जानता है, वही नौकरी में सफलता की सीढ़ियाँ चढ़ता हुआ एक दिन सबका बाप बन जाता है। हाँ कभी-कभी कुछ सामाजिक मजबूरियों के कारण असली बाप को भी अपना बापपन छिपाना पड़ जाता है। ऐसे में यह स्थिति भी देखी गई है कि बेटा भरी अदालत में चीख-चीखकर कहे कि मान-न-मान मैं तेरी संतान और बाप साफ इनकार करते हुए कहे नारायण! नारायण! मुझे क्यों बीच में डालता है, तू भगवान् का दिया अर्थात् नारायणदत्त है।

बापों की इस चर्चा से याद आया कि वायु सेना में हम जूनियर अफसरों को सी.ओ. (कमान अधिकारी), फ्लाइट कमांडर इत्यादि अवतारों में बाप के दर्शन हो जाते थे, पर पालम के बेस पर नियुक्त वायुसेना की वी.आई.पी. स्क्वाड्रन में एक अदद अतिरिक्त बाप थे। उन्होंने न जाने किस भेष में बाप मिल जाएँ को सार्थक करते हुए वहाँ के टेलर मास्टरजी के रूप में अवतार लिया था। अति विशिष्ट व्यक्तियों की हवाई उड़ान भरनेवाली यूनिट में नियुक्ति होने पर भी हमें उसके विमानों को उड़ाने में अपनी दक्षता सिद्ध करने के बाद ही विशिष्ट उड़ान भरने का अवसर मिलता था, पर कड़क परीक्षकों से प्रमाणित होने के बाद भी एक अड़चन बची रह जाती थी। इस विशिष्ट स्क्वाड्रन में विमान चालकों को जो वर्दी मिलती थी, वह सिविल एयर लाइंस के पायलट की वर्दी की तरह श्वेत टेरी काटन की और सर्दियों के लिए नेवी ब्ल्यू रंग की टेरी वूल की होती थी। वायु सेना की अन्य यूनिटों के पायलट, जो फ्लाइंग ओवर-ऑल पहनते थे, उनसे यह कहीं अधिक स्मार्ट लगती थी। कारण यह था कि हमारी स्क्वाड्रन में यह पहननेवाले अफसर के नाप के अनुसार सिल कर मिलती थी, जबकि अन्य यूनिटों में प्रामाणिक साइज के ओवरऑल मिलते थे, जो प्राय: ढीले-ढाले लबादे जैसे लगते थे।

हमारे विशेष यूनिफॉर्म की महत्ता इसलिए भी थी कि उसको पहनकर विमान चालन करता हुआ अफसर वायुसेना के कुशलतम वैमानिकों में से एक है, इसका यह वर्दी मौन उद्घोष करती थी और उसे धारण करते ही हमारा सीना भी छप्पन इंची हो जाता था, पर भगवान् ने मजा खराब करने के लिए जैसे मिठाई के साथ मधुमेह, सिगरेट के साथ कैंसर, जनतंत्र के साथ भ्रष्टाचार, पत्नी के साथ सास और साली के साथ हम-जुल्फ अर्थात् साढ़ू की रचना की है, वैसे ही वी.आई. पी. स्क्वाड्रन की इस विशिष्ट वर्दी के साथ ही उसने एयर फोर्स स्टेशन पालम के टेलरिंग कांट्रेक्टर मास्टर श्यामप्रसादजी की भी रचना कर रखी थी, जिनके विषय

में यह किसी को ठीक से मालूम नहीं था कि भारतीय वायु सेना के अस्तित्व में आने से पहले ही से वे पालम के टेलर मास्टर थे या बाद में आए।

मास्टरजी का असली नाम भी कम लोगों को मालूम था। हम सबके लिए जगत्पिता की तरह वे जगत्मास्टरजी थे। बहरहाल इतना तो तय था कि हम नए-नए अफसरों के लिए मास्टरजी एयर क्रू एक्जामिनिंग बोर्ड, जो हमारी विमान चालन में कुशलता की परीक्षा लेता था, से कम महत्त्वपूर्ण नहीं थे। एक्जामिनिंग बोर्ड से ए श्रेणी का प्रमाण-पत्र प्राप्त करने के बाद भी पायलट किसी अति विशिष्ट सवारी को लेकर उड़ान तभी भर सकता था, जब मास्टरजी उसे विशिष्ट फ्लाइंग यूनिफॉर्म सिलकर दे दें। मास्टरजी इस बात को मजे में जानते थे और इसीलिए हमारी स्क्वाड्रन में नवनियुक्त अफसरों के लिए सी.ओ. और फ्लाइट कमांडर के अतिरिक्त तीसरे बाप का रोल वे बखूबी अदा करते थे। ज़ब तक हमारी नए विमान पर कन्वर्जन ट्रेनिंग चलती थी, मास्टरजी हमसे बात करने को भी तैयार नहीं होते थे। साफ कहते थे कि अभी-अभी आए हो, पहले सेटल तो हो लो। फिर जब विशिष्ट उड़ानों के लिए प्रमाणित होकर हम मास्टरजी के यहाँ दौड़ लगाना शुरू करते थे तो वे बताते थे कि अभी तो वायुसेनाध्यक्ष का सिरिमोनियल यूनिफॉर्म जो गणतंत्र दिवस परेड पर उन्हें पहनना है, सिलने में वे व्यस्त हैं, या फिर एयर ऑफिसर कमांडिंग इन चीफ, पश्चिमी वायुसेना कमान की बेटी की शादी के पहले जल्दी-से-जल्दी उनका सूट सिलकर देना है। एक बार मास्टरजी बहुत विनम्रता के मूड में थे तो बताया कि पालम के स्टेशन कमांडर, जो एयर कमोडोर (अर्थात् ब्रिगेडियर) रैंक के थे, की वर्दी सिलने में व्यस्त थे, पर ऐसा मैंने केवल किसी और से सुना था। स्वयं तो मैंने उन्हें इतने घटिया स्तर अर्थात् एयर मार्शल रैंक के नीचे उतरते उनके श्रीमुख से कभी न सुना। मजे की बात यह थी कि ये सारी समस्याएँ हम जूनियर अफसरों को भी बताते समय मास्टरजी बेहद विनम्रता से बात करते थे। एक वाक्य में वे इतनी बार सरजी कहते थे कि उनकी आयु को देखते हुए हमें संकोच होने लगता था। अपनी कलाकारी दिखाने के लिए कपड़ा ही उनका माध्यम था। इससे ही वे कभी किसी की जेब काटते थे, कभी किसी का गला। वर्दियाँ वे खाकी जीन या टेरीकॉट के कपड़े की सिलते थे, पर वास्तव में मखमल उनका प्रिय कपड़ा था। हमें फिट करने के लिए वे कभी जूतियों का प्रयोग करते थे तो अपने इसी प्रिय कपड़े अर्थात् मखमल में लपेटकर करते थे। विशिष्ट उड़ानें भरने के लिए आतुर हम विमान चालक अपने इन बाप के प्रसन्न हो जाने की बेचैनी से

प्रतीक्षा करते थे कि कब वे प्रसन्न हों, कब नया यूनिफॉर्म मिले। हमारे और भारत के राष्ट्रपति या प्रधानमंत्री के बीच मास्टरजी एक ऐसी महत्त्वपूर्ण कड़ी थे, जिससे निजात पाना संभव नहीं था।

पर कभी-कभी घूरे के दिन भी फिरते हैं। मास्टरजी ने मुझे भी अपनी आहत ईगो की मरहम-पट्टी करने का एक मौका दे दिया। अपनी स्क्वाड्रन में आए हुए जब दो साल हो गए थे और अपने दोनों नए यूनिफॉर्म सिलाकर मैं मास्टरजी के चंगुल से छूट चुका था, वे एक शाम ऑफिसर्स मेस के मेरे कमरे में पधारे। बहुत विनम्रता से अभिवादन करने के बाद उन्होंने मुझसे पूछा सरजी, एयर फोर्स रिकॉर्ड ऑफिस में आपके कोई दोस्त हैं क्या? इस सवाल से मैं फूला नहीं समाया। एयर फोर्स रिकॉर्ड ऑफिस वह मुख्य कार्यालय है, जहाँ से पूरी वायुसेना के जवानों (नॉन कमीशंड अधिकारियों और कार्मिकों) की नियुक्ति और स्थानांतरण से लेकर सेवानिवृत्ति तक सभी मानव संसाधन संबंधित कामकाज नियंत्रित होते हैं। मास्टरजी के प्रश्न से स्पष्ट था कि वे किसी वायुसैनिक के प्रमोशन या स्थानांतरण की सिफारिश लेकर आए थे और जाँच रहे थे कि मैं उनकी कितनी मदद करने को तैयार हूँ। मैं प्रसन्न हुआ कि आज ऊँट पहाड़ तले आ ही गया। चुटकी लेते हुए मैंने कहा कि मास्टर जी, आप का तो वायुसेनाध्यक्ष से रोज का मिलना-जुलना है, ए.ओ.सी. इन.सी. साहब की बिटिया की शादी आपने अभी-अभी निपटवाई है। मेरे जैसे साधारण फ्लाइट लेफ्टिनेंट के पास मदद लेने आप कैसे आ गए? मास्टरजी ने अपने प्रिय मखमल में लपेटकर जो जूती लगाई, उसकी चुभन आज तक के चार दशकों में भी मुझे नहीं भूली है। बड़ी निस्पृहता से बोले मास्टरजी 'सरजी, किसी बड़े अफसर की पोस्टिंग करानी होती तो मैं अब तक कभी चीफ साहब (वायुसेनाध्यक्ष) से कहकर करा लेता। अब सर किसी एयरमैन की पोस्टिंग कराने के लिए तो आप ही ठीक हैं।' मुझे उनके जुमले का कोई जवाब नहीं सूझा। बस हें-हें करके रह गया।

टेलर मास्टरजी का तो धंधा ही फिटिंग का था। लगे हाथ मुझे भी फिट कर गए, पर गनीमत थी कि फिटिंग अकेले में की, किसी के सामने नहीं। इतनी शराफत मुझे फ़ौजी अफसरों को विभिन्न सेवाएँ देनेवाले सभी लोगों में दिखती थी। कोयंबतूर में, जब मैं बाद में एयर फोर्स प्रशासनिक कॉलेज में नियुक्त था, वहाँ की एक महान् विभूति से परिचय हुआ था। इस कॉलेज में वायुसेना की हर ब्रांच के अफसर जूनियर कमांडर्स कोर्स नामक एक कोर्स करने के लिए आते थे। वैसे तो

कोर्स के लिए आनेवाले अफसर आठ से बारह साल की सेवा सीनियरिटी के होते थे, पर उनकी अफ़सरी और सीनियरिटी दोनों का दंभ वहाँ आते ही एक सज्जन दूर करते थे। इनका शुभनाम था, जांसन। कोर्स करनेवाले अफसर वहाँ दो महीनों के लिए आते थे, कोर्स करानेवाले लगभग तीन साल के लिए, पर जांसन महाशय उस संस्था की स्थायी पहचान थे। जैसे पालम में टेलर मास्टरजी का वर्चस्व दशकों से बना हुआ था, वैसे ही कोयंबतूर में इन सज्जन के रूप में इनके वंश की दूसरी पीढ़ी का राज चल रहा था। अपनी ख्याति उन्होंने भारतीय वायु सेना के प्राचीनतम नापित्वर अर्थात् बार्बर के रूप में फैला रखी थी। कोर्स करने के लिए अफसर देश की सुदूरतम वायुसेना इकाइयों से आते थे, अत: जांसन की ख्याति भी अखिल भारतीय स्तर की थी। इस दो महीने के कोर्स में हर अफसर की मुलाकात उनसे होती थी, पर ऐसे शेरदिल अफसर कम होते थे, जो जांसन से दूसरी मुलाकात करने का दम रखते। अधिकांश अपने दूसरे हेयरकट के लिए शहर की ओर रुख करते थे।

पहली मुलाकात में ही जांसन अपना वंश परिचय विस्तार में देते थे, जिसकी निकटतम कड़ी उनके पिताश्री लारेंस थे, जिन्होंने हैदराबाद डेक्कन में डेक्कन हार्स नामक यूनिट में सेवारत ब्रिटिश भारतीय सेना के सेकेंड लेफ्टिनेंट विंस्टन चर्चिल को हेयरकट दिया था। हाँ, वही सर विंस्टन चर्चिल, जिन्होंने द्वितीय विश्वयुद्ध में ब्रिटिश प्रधानमंत्री के रूप में अपना लोहा हिटलर और मुसोलिनी से मनवाया था। जांसन को इस बात पर बहुत गर्व था कि स्थल सेना की यह यूनिट अब अपने मौलिक स्वरूप कैवेलरी अर्थात् घुड़सवारों की टुकड़ी से बहुत आगे तरक्की कर चुकी थी और फिलहाल आर्मर्ड कोर की एक यूनिट के रूप में टैंकों से सुसज्जित थी। इस बात को वे कुछ इस तर्ज से कहते थे कि सुननेवाले को साफ शब्दों में कहे बिना ही यह विश्वास हो जाता था कि जांसन के पिताश्री लारेंस ने विंस्टन चर्चिल को भारतीयों के कौशल से इतना अधिक प्रभावित नहीं किया होता तो डेक्कन हार्स आज भी टैंकों की बजाय घोड़ों पर आरूढ़ होती। क्या पता, अगर सर विंस्टन अपने हेयरकट से असंतुष्ट हुए होते तो शायद डेक्कन हार्स से घोड़े छीनकर खच्चर या गधे पकड़ा दिए गए होते। यह जांसन का दुर्भाग्य था कि लगभग सभी अफसर हेयर कट के लिए इतना कम समय निकाल पाते थे कि उनकी वंशावली गाथा इस पिछली पीढ़ी के और पीछे नहीं जा पाती थी। यदि फुरसत से हेयरकट लेने की तमीज लोगों में होती तो उन्हें इस वंश के उन पुरखों का परिचय भी मिलता, जो ब्रिटेन से अमेरिका गए होंगे और जिन्होंने अब्राहम लिंकन की दाढ़ी की करीने से

काट–छाँट की होगी। पर ऐसा कोई मिलता न था जो हेयर कट समाप्त हो जाने के बाद सिर्फ उनकी वंशावली सुनने के लिए कुरसी पर बैठा रहता। जांसन की बातें जितनी लंबी होती थीं, उनका हेयरकट उतना ही छोटा होता था, समय और सिर पर बच जानेवाले बालों की लंबाई, दोनों के हिसाब से।

जांसन को इस बात का बड़ा अफसोस था कि स्वतंत्र भारत की सेनाओं में ऐसे अफसर आ गए हैं, जो फ़ौजी रंगरूट के बालों से ज्यादा लंबे बाल रखना चाहते हैं जबकि फ़ौजी अफसर की वास्तविक शान तो इसमें थी कि वह कितना चुस्त–दुरुस्त और छोटे हेयरकट वाला है। जांसन खानदानी फ़ौजी बार्बर थे, अतः उनके कट्टर उसूलों को फ़ौजी ही झेल सकते थे। इनमें पहला उसूल यह था कि जो व्यक्ति बाल कटाते हुए दर्पण में अपनी शकल देखना चाहता है, वह कुछ स्त्रैण प्रवृत्ति का होता है और ऐसा करना फ़ौजी अफसरों को शोभा नहीं देता है। तभी उनकी फ़ौजी बार्बरशॉप दर्पणविहीन थी। इसी अंदाज को कायम रखते हुए हेयरकट देने के बाद सिर की चंपी करनेवाले अपने बिरादरों को जांसन बड़ी हेय दृष्टि से देखते थे और मालिश–चंपी की फरमाइश करनेवाले अफसरों को फौज के नाम पर एक धब्बा समझते थे। उन्हें यह निहायत देशी किस्म का शौक लगता था, जबकि अपने खालिस हिंदुस्तानी रंगरूप के बावजूद मानसिक रूप से जांसन विशुद्ध अंग्रेज थे। इसलिए बातें भी वे उसी भाषा में करना चाहते थे, जिससे उनका आत्मीय लगाव था। दुर्भाग्यवश अंग्रेजी बोलने में उन्हें विशेष महारत हासिल नहीं हो पाई थी। आत्मपरिचय और पितापरिचय तो उन्होंने अंग्रेजी में बताने का अभ्यास कर रखा था और ऐसे कि जितनी देर में विंस्टन चर्चिल की चर्चा समाप्त हो, उतनी ही देर में हेयर कट भी समाप्त हो, अतः अधिकांश लोगों को गलतफहमी थी कि वे अंग्रेजी धाराप्रवाह बोलते हैं। अगर कभी टाइमिंग गलत हो गई और पैतृक परिचय समाप्त होने के बाद हेयरकट के दो एक मिनट बचे रह गए तो विषय बदलकर अपने जजमान के पैतृक स्थान और खानदान के विषय में वे तहकीकात शुरू कर देते थे।

मैं कोयंबतूर में तीन साल से भी अधिक नियुक्त रहा, अतः मुझे उनकी वंशावली इतनी बार सुननी पड़ी थी कि मुगल बादशाहों की वंशावली जो स्कूल में रटी थी, से भी बेहतर ढंग से मुझे जांसन की वंशावली याद है, पर मुझे इतिहास रटना और जांसन से हेयरकट लेना दोनों एक टक्कर की यंत्रणाएँ लगती थीं। चार बार सुना चुकने के बाद जब पाँचवीं बार उन्होंने विंस्टन चर्चिल से अपने खानदानी संबंधों का जिक्र किया तो तंग आकर मैंने उन्हें बताया कि यह मैं पहले भी उन्हीं

से सुन चुका हूँ। जांसन के चेहरे पर आए भाव तो मैं उनके सामने सिर झुकाकर बैठे होने के कारण पढ़ नहीं पाया, पर इसके बाद से मुझे देखकर उनके अभिवादन में गर्मजोशी कम हो गई। रही-सही कमी मेरे अगले कुकृत्यों ने पूरी कर दी। मैं कई बार शहर में जाकर किसी अच्छे सैलून में हेयरकट ले लेता था, जहाँ कटिंग के बाद देर तक चंपी का आनंद भी ले सकूँ। दिल में छुपा हुआ प्यार और मुँह में रखा हुआ पान जैसे जगजाहिर हो जाता है, हेयरकट भी जैसे ही लो तुरंत दिखता है। हेयरकट उनके अतिरिक्त किसी और से लिया, यह जांसन को पता चलेगा तो, उन्हें कष्ट होगा, यह मुझे मालूम था और इतने मासूम और वसूलों के पक्के आदमी को दुःख पहुँचाने में मुझे बहुत अपराध बोध होता था। पर हेयरकट न हुआ मीराबाई के कृष्णप्रेम जैसा कुछ हो गया। हर बार अब तो बात फैल गई जानत सब कोई हो जाता था। प्यार तो अकसर इकतरफा होता है, पर तिरस्कार हमेशा अपना प्रतिदान पा जाता है। जांसन को भी मेरा व्यवहार ठीक नहीं लगता था। अपने पिता की गाथा को आठ-दस बार सुनने में एतराज करने को वे अपने पिता का अपमान समझते थे। अफसोस कि अंत में अपने पिताजी के तिरस्कार का बदला उन्होंने मेरे पिताजी से निकाला।

हुआ यह कि मेरे बहुत आग्रह के बाद मेरे पिताजी और माँ कुछ दिन मेरे साथ बिताने के लिए कोयंबतूर आए। पिताजी डॉक्टर थे, निजी प्रैक्टिस से बड़ी मुश्किल से समय निकाल कर आ पाए थे। कोयंबटूर प्रवास के दौरान एक दिन उन्होंने हेयरकट लेने की इच्छा प्रकट की और मैंने जांसन के हाथों में पिताजी को सौंपने की गलती कर दी। पिताजी के सिर पर बहुत अच्छे घने रूपहले बाल थे, जो उनके ऊपर बहुत फबते थे। उन्हें मैंने सावधान तो कर दिया था कि उन्हें विंस्टन चर्चिल से जांसन के खानदानी संबंधों की चर्चा सुननी होगी, पर यह बताना भूल गया कि हेयरकट की पूरी प्रक्रिया दो तीन मिनटों में समाप्त हो जाएगी। ऊपर से दर्पण भी न होने के कारण हेयरकट इतनी जल्दी समाप्त हो गया है, ये वे भाँप न सके। चर्चिल प्रसंग और हेयरकट दोनों साथ समाप्त होने के बाद भी जब पिताजी ने कुरसी से उठने में कोई जल्दबाजी नहीं की तो जांसन ने पिताजी से अपना वार्त्तालाप जारी रखा। जो अंग्रेजी, तमिल और हिंदी के मिश्रराग में चलता रहा। जांसन ने आदत के मुताबिक पिताजी से पूछा कि वे क्या करते हैं और जब उन्होंने बताया कि वे डॉक्टर हैं तो इस पर बहुत संतोष भरी प्रतिक्रिया देते हुए जांसन ने सविस्तार विवेचना की कि कैसे नाई और डॉक्टर दोनों अमीर-गरीब, छोटे-बड़े

की चिंता किए बगैर सबकी सेवा करते हैं। कैसे दोनों के बिना मनुष्य का जीवन दूभर हो जाएगा। कैसे हर अच्छा डॉक्टर अपने बेटे को डॉक्टर और हर कुशल नाई अपने बेटे को अच्छा नाई बनाना चाहता है। इस सारी समीक्षा के अंत में जांसन ने निष्कर्ष में कहा कि सर, वेरी फ्यू नोबुल प्रोफेशन लाइक डॉक्टर ऐंड बार्बर।

फिर जांसन ने बेहद दुःख के साथ बताया कि इस गौरवमंडित खानदानी पेशे को ठुकराकर और पिता के दिल को गहरी ठेस लगाकर कैसे उनके बेटे ने पोलीटेक्निक से इलेक्ट्रीशियन का कोर्स करके अपनी दुकान लगा ली थी। एक दुखी पिता के दिल के दर्द को एक दूसरा दुखी पिता बिना बताए समझ सकता था। पिताजी ने तो मेरे एयर फोर्स में आने पर कोई आपत्ति नहीं की थी, पर जांसन ने पिताजी के शिकायत किए बगैर उनसे बेहद हमदर्दी दिखाई कि उनका बेटा बजाय डॉक्टर बनने के एयर फोर्स अफसर बनकर अपना जीवन बरबाद कर रहा था। पिताजी ने मुझे इस वार्त्तालाप की रिपोर्ट बहुत हँसते हुए दी थी कि जांसन मजेदार बातूनी आदमी था, पर जब घर पर उन्होंने शीशा देखा तो उनकी हँसी गायब हो गई। जांसन ने शायद जानकर ऐसा न किया हो, पर यह तो उसकी आदत में शुमार था कि जब तक उसकी जुबाँ चलती थी, तब तक उसके हाथों में कैंची भी चलती थी। अतः जब तक सारा वार्त्तालाप समाप्त हुआ, तब तक पिताजी के सिर पर थोड़ी देर पहले ही जो सुंदर घने रूपहले बाल थे, उनकी धूमिल सी परछाईं भर भी नहीं बची थी और वे थलसेना के ताजे-ताजे रंगरूट दीख रहे थे।

तुरंत प्रतिक्रिया तो मेरी यही थी कि मेरी नाकद्री का बदला जांसन ने मेरे पिताजी से निकाला था, पर राष्ट्रीय प्रतिरक्षा अकादमी (एन.डी.ए.) के दिनों की एक घटना याद आ गई तो लगा कि मुझे भी हँसकर इस घटना को लेना चाहिए, अन्यथा एन.डी.ए. के उस बार्बर ने मेरी और मेरे एक मित्र की एक हरकत की सूचना हमारे अधिकारियों को दी होती तो जाने कितनी सजा भुगतनी पड़ती।

राष्ट्रीय प्रतिरक्षा अकादमी अंतरराष्ट्रीय प्रसिद्धिप्राप्त संस्था थी (आज भी है)। विश्व के अनेक देशों से प्रशिक्षार्थी वहाँ आते थे। कुछ अफ्रीकी और एशियाई देशों जैसे नाइजीरिया, जांबिया, केन्या, मलेशिया, श्रीलंका आदि से प्रशिक्षार्थी तो हर बैच में आते थे। हम भारतीय प्रशिक्षार्थियों (कैडेटों)की अफ्रीकी देशों से आए कैडेटों से एक क्षेत्र में ईर्ष्या-मिश्रित प्रतिद्वंद्विता रहती थी। पढ़ने-लिखने में तो वे हमारे पास नहीं फटक पाते थे, पर खेलकूद एवं आउटडोर गतिविधियों में वे बहुत अच्छे होते थे, विशेषकर फुटबॉल, मुक्केबाजी और एथलेटिक्स में। उनसे ईर्ष्या होने का

एक बड़ा कारण यह भी था कि जहाँ अकादमी में पहुँचते ही हम भारतीय कैडेटों की जमकर रैगिंग होती थी, वहीं विदेशी कैडेटों की रैगिंग की सख्त मनाही थी। विदेशी कैडेटों की भीषण रैगिंग की बजाय बस मासूमियत से खिंचाई होती थी।

मैं जब प्रथम सेमेस्टर से दूसरे में पहुँचा अर्थात् हमसे अगला बैच हमें रैगिंग का पहला मौका देने के लिए अकादमी में आया तो उसमें कई कैडेट जांबिया से आए। उनमें सबसे हृष्ट-पुष्ट था, ओवे न्गुए। सत्रह-अठारह वर्ष की आयु में ही न्गुए दैत्याकार लगता था। मुक्केबाजी और फुटबॉल में उसका जवाब नहीं था। फुलबैक के स्थान से फुटबॉल को किक मारकर सीधे प्रतिद्वंद्वी टीम के गोलपोस्ट में पहुँचाने का दम रखनेवाला न्गुए बहुत खुशमिजाज था। विदेशी कैडेटों की रैगिंग पर मनाही के कारण हम ज्यादा-से-ज्यादा उनसे गाना सुनाने या नाचने के लिए कह पाते थे। इसे भी करने को उसने यदि मना कर दिया तो हम केवल खिसियाकर दिखाते कि यह तो बस एक मजाक था, पर न्गुए को एक बार भी बोलते तो वह अपनी भाषा के गीत बहुत शौक से सुनाता। नाचने को कह दो तो बेहद खुश होकर हमें अपने युद्धनृत्य (वारडांस) इतनी जोर से धमा-चौकड़ी करके दिखाता था कि धरती हिल जाए। अपने इन्हीं गुणों के कारण वह सीनियर कैडेटों के बीच सबसे अधिक लोकप्रिय हो गया था, जिसके चलते हम उसे प्यार से ओवे न्गुए की जगह ओये नंगे या ओये नंगुए कहने लगे थे।

हमारे सुझाव पर उसने अधिकारियों को छोड़कर अन्य किसी के भी पूछने पर अपने नाम का यह देशी संस्करण बताना शुरू कर दिया था। नाम पूछनेवाले की हँसने की प्रतिक्रिया उसे इतनी अच्छी लगने लगी कि उसके मन में हिंदी के प्रति सहज प्यार पनप गया। उसने ठीक से हिंदी भाषा सीखने की इच्छा प्रकट की और हम सब उसके हिंदी शिक्षक बन गए। एक-दो सप्ताह के अंदर ही ओये नंगे ने बहुत सारे हिंदी के शब्द सीख लिये। अपने हिंदी ज्ञान से उसने कैडेट्स मेस के वेटरों, अर्दलियों आदि को बहुत प्रभावित किया। उनसे छोटे-छोटे वाक्यों में वह अपने काम की सारी बातें कर पाने योग्य हो गया, पर एक दिन जब उसे हेयरकट लेना था तो उसे ध्यान आया कि बार्बर और हेयरकट दोनों ही शब्दों की हिंदी उसे नहीं मालूम थी। असली आश्चर्य उसे तब हुआ जब कई भारतीय कैडेट भी बार्बर शब्द की हिंदी नहीं बता पाए। ओये नंगुए 'बार्बर मुझे हेयरकट दे दो,' सीखकर संतुष्ट नहीं था, क्योंकि इस छोटे से वाक्य में आधे शब्द अंग्रेजी के थे। उसे पता था कि मेरी हिंदी अच्छी है, अत: वह मेरे पास पूछने के लिए आया कि हिंदी में

हेयरकट कैसे माँगे। दुर्भाग्य से मेरे साथ मेरा एक बहुत शैतान दोस्त यश बैठा था। उसने मेरे उत्तर देने से पहले ही नंगुए से कहा कि एकदम शुद्ध हिंदी में बोलना है तो बार्बर से जाकर बोलो कि भाई साहब, वहाँ के... काट दो। नंगुए प्रसन्न मन बार्बर शॉप की तरफ चल दिया। यश ने मुझसे कहा कि चल यार, तमाशा देखते हैं। मुझे डर लग रहा था कि अगर बार्बर ने अधिकारियों तक बात पहुँचाई तो हम परेशानी में फँस जाएँगे, पर यश ने मुझे कायर और डरपोक कहकर मजबूर कर दिया कि हम नंगुए के पीछे जाकर देखें कि उसका हिंदी प्रेम क्या रंग लाता है। तो हम दोनों नंगुए के पीछे चल पड़े और बार्बर शॉप की खिड़की से झाँककर तमाशा देखने लगे। नंगुए ने अपनी ट्रेडमार्क मुसकान बार्बर की ओर फेंककर जब उससे अपना नम्र निवेदन किया तो यश और मैं बार्बर के चेहरे पर विस्मय, गुस्सा और सबके पीछे हँसी के बदलते हुए रंग देख कर हँसी से लोट-पोट हो गए। बार्बर ने एक बार ऊपर से नीचे उसके छह फुटे मुक्केबाज शरीर को निहारा और फिर गुस्सा करने का इरादा बदलकर बड़ी विनम्रता से किसी तरह उसे अंग्रेजी में समझाने की कोशिश की कि जो काम नंगुए करने को कह रहा था, वह उसके बस का नहीं था। नंगुए ने अपनी बात दो-तीन बार शायद उच्चारण बदल-बदल कर कहने की कोशिश की कि बार्बर को समझ में आ जाए, पर उसके बाद चुपके से हम वहाँ से खिसक लिये। मामले ने ज्यादा तूल नहीं पकड़ा। स्पष्ट था कि बार्बर महोदय ने इसे नौजवान कैडेटों का खिलंदड़ीपन समझकर भुला दिया था।

वायुसेना में जब मैं गया, तब वह पूरी तरह अंग्रेजीदाँ थी। अगले दशकों में वहाँ हिंदी का प्रयोग और लोकप्रियता बहुत पनपते हुए दिखी, फिर भी बार्बर को बदलकर नाई, नापित या हज्जाम बनते नहीं देखा। यद्यपि बार्बर शब्द में जो बर्बरता झलकती थी उसे हेयरस्टाइलिस्ट और हेयरड्रेसर के संबोधन से कोमल बनाकर उस पर आधुनिकता का मुलम्मा चढ़ा दिया गया है, पर उस खानदानी साथ निभानेवाले नाई की बात उसमें कहाँ जो हमारे जन्म लेते ही पूरे गाँव, मोहल्ले में यह शुभ समाचार दे आता था। कभी सिर्फ मुँहजबानी, तो कभी कागज पर हल्दी, रोली, अक्षत छिड़ककर उल्लासमय निमंत्रण की पाती बनाकर। जन्म लेने के बाद उससे हुई पहली भेंट अर्थात् मुंडन संस्कार पर वह इतने प्यार से क्षौरक्रिया करता था कि दुधमुँहे बच्चे उसकी मजेदार बातों और मिठाई खिलाने के वादों में उलझकर रोना भूल जाते थे। जब अंत में दर्पण में अपनी शकल देखकर चीत्कार करते थे, उस समय अपने नन्हे जजमान को चुप कराने की उसे फुरसत कहाँ होती

थी। वह समय तो होता था शिशु के दादा, दादी, बुआ, ताऊ आदि से अधिकाधिक नेग वसूल करने का। विवाह-संस्कार में उसकी क्या शान रहती थी। दूर-दराज के परिवारों की अंदर की बात भी पता नहीं कैसे उसे मालूम हो जाती थी। विवाह के लिए उपयुक्त रिश्ते लाने, सुझाने में मेट्रीमोनियल कॉलम और मैरिज ब्यूरो का समय आने से पहले उसी का बोलबाला था।

इन अवसरों पर अपनी जीवनसंगिनी के साथ कदम-से-कदम मिलाकर चलने में नाई की जैसी प्रतिबद्धता रहती थी, वैसी पुरोहितों की नहीं होती थी। विवाह की अनेकों रस्मों में किसी-न-किसी रूप में अकेले नाई की नहीं, बल्कि नाई, दंपती की सेवाओं की आवश्यकता बनी रहती थी और हर संस्कार या रस्म पर नेग माँगने की उनकी अदाएँ भी देखने योग्य होती थीं। संपन्न घरों में नापितयुगल को नेग में क्या दिया जाएगा, इस पर भी गंभीरता से विचार होता था। विवाह-संस्कार में कुलपुरोहित का आतंक कुछ कम नहीं होता था। पंडितजी सात वचन बुलवाने और सात फेरे लगवाने में सात घंटे भी लगवा दें तो कोई उनका कुछ बिगाड़ नहीं सकता था। समझदार लोग इस आशंका से त्रस्त होकर पहले ही पंडितजी के साथ मोलभाव कर लेते थे। यह भी एक विचित्र सौदा था, जिसमें जितनी कम देर सेवा ली जाए, सेवाशुल्क उतना अधिक देना पड़ जाता था, पर पुरोहितजी को अकेले अपने दमखम पर जजमान की जेब में गहरे तक प्रवेश करना होता था। उनके साथ कंधे-से-कंधा भिड़ाकर पुरोहितानीजी को नहीं देखा जाता था।

फ़ौजियों के टोपीदार छोटे हेयरकट घोषित करते कि बार्बर की सेवा उन्हें इफरात में मिलती थी, पर बार्बर की जगह यदि नाई की सेवा मिलती तो उनके यहाँ विवाहप्रस्तावों का ऐसा सूखा न पड़ा रहता जैसा मैं बयान करता आया हूँ। कितना सुगम होता यदि यूनिसेक्स सैलून के हेयर स्टाइलिस्ट हमारे समय के रिश्ते लगवानेवाले नापित्वर की तरह यह जिम्मा अपने कंधों पर उठा लेते। फिर किसी लड़की विशेष तक किसी लड़के विशेष का या इसकी उलटी दिशा में प्रेमप्रवाह होता तो यह संदेश पहुँचा सकते कि फलाने या फलानी का चेहरा तुम्हारी प्रेमाग्नि में विदग्ध होकर इतना काला हो गया है कि अब उसके ऊपर फेयर ऐंड लवली/ फेयर ऐंड हैंडसम ने असर करना बंद कर दिया है। रीतिकालीन नायिका भँवरे और काग से संदेशा भिजवा लेती थी—पिय से कहेउ संदेसडा हे भँवरा हे काग, ता बिरहिन दुःख जर मुई तेहिक धुआँ हम लाग। पर पिछली पीढ़ी में नायिकाएँ क्या करती थीं, कैसे अपने संदेश भिजवाती थीं, वह सब सीखने-समझने का वक्त तो

हम फौजवाले देश की सीमाओं के वीरानों में रहकर और यदि शहरों में रहे भी तो जल्दी-जल्दी स्थानांतरण होने से गँवा देते। प्रेमपाती न ले जाते, कम-से-कम ब्याह के लायक सजीले जवान हैं हम, यह खबर ही ठीक से फैला सकते, इस लायक नाई भी फ़ौज में न मिले। मिले तो बार्बर! आज भी फ़ौज में बार्बर पहले की तरह बाल काटने भर का ही काम करता हो, पर फ़ौज में महिला अफसरों की आमद के कारण बार्बर शॉप अवश्य ही यूनिसेक्स सैलून में बदल गई होगी।

खैरियत थी कि वह बार्बर शॉप थी, यूनिसेक्स सैलून नहीं, जहाँ हमने नंगुए को हिंदी संभाषण सिखा कर भेजा था। इस भाषा और संभाषण की बात पर बता दूँ कि मैंने एन.डी.ए. में ही रूसी भाषा सीखी थी, लेकिन भाषा का किताबी ज्ञान और होता है; उसमें सहजता से बात करना कुछ और। अपने अधपके रूसी भाषा ज्ञान के कारण कैसे उस बहुत खूबसूरत, लावण्यमयी रूसी युवती को मैंने नाराज कर दिया, वह भी आपको बताने लायक है। पर उसे सुनने के लिए आपको मेरे साथ सोवियत रूस (1971 का शक्तिशाली यू.एस.एस.आर., आज की उसकी क्षीण परछाईं नहीं!) चलना होगा।

□

5

आपको अपने साथ रूस की यात्रा करने का निमंत्रण तो मैंने दे दिया, पर मेरी पीढ़ी के लिए विदेश यात्रा का क्या अर्थ था, कितना रोमांस और तिलिस्म था इस शब्द में, इसका अंदाज लगाना भी आज के परिवेश में आपके लिए मुश्किल होगा। संभव है आप अपनी सारी रातें विदेशियों के साथ उन्हीं की भाषा में, उन्हीं के क्षेत्र की एक्सेंट में बात करते हुए किसी कॉलसेंटर में बिताते हों और मानसिक रूप से विदेश में ही रहते हों। आपके कार्य से खुश होकर हर साल आपकी कंपनी आपको बैंकॉक और पटाया में कुछ रंगीन रातें बिताने के लिए भेज देती होगी। आप फख्र से बैंगलोर, हैदराबाद, गुड़गाँव या पुणे से हजार, दो हजार मील दूर रहते अपने घरवालों को बताते होंगे कि कंपनी अपने अनेकों कर्मचारियों में से केवल आपको चुनकर किसी ग्राहक संस्था का सॉफ्टवेयर सुधारने के लिए विदेश भेज रही है। इस काल्पनिक सॉफ्टवेयर और अपने वास्तविक हार्डवेयर की मरम्मत करके बैंकॉक से वापस लौटने पर ध्यान आता होगा कि मौज-मस्ती के चक्कर में अपने छोटे भाई, बहनों के लिए विदेश से उपहार खरीदने के लिए तो पैसे बचे नहीं। फिर आप दिल्ली के पालिका बाजार या बैंगलौर, हैदराबाद के ऐसे ही बाजारों से कोई चाइनीज ड्रेस मेटीरियल या खिलौने लेकर अपने घर सौगात के रूप में भेजते होंगे। उधर आपकी माँ सत्संग में आई हुई अपनी सहेलियों को गर्व के साथ बताती होगी कि कैसे अमेरिका, इंग्लैंड के रूठे हुए ग्राहकों के सॉफ्टवेयर को सुधारने के लिए आपकी कंपनी आप पर ही निर्भर है।

जिंदगी की गाड़ी में यदि आप इससे ऊँचे दरजे के डिब्बे में बैठकर सवारी कर रहे हैं तो शायद हेलसिंकी या कोपेनहेगन के कुहरे, बादल और हिमपात से सहमे हुए, उदास आकाश में खिलखिलाते हुए सूरज को देखने के लिए तरस रहे होंगे, जो सुदूर भारत में छूट गए हैं। इलेक्ट्रॉनिक मनीट्रांसफर से भारत में मोटे हो रहे अपने

बैंक बैलेंस का ध्यान आने पर क्षण भर के लिए कुछ तसल्ली मिलती होगी, पर विदेश यात्रा से आप कितनी ढेर सारी खुशियाँ समेट पा रहे हैं, यह सवाल स्वयं से पूछने पर आपके मन के ऊपर अवसाद की एक तह बाहर छाई धुंध की चादर की तरह बिछ जाती होगी। मन शायद अकुलाकर कहता होगा कि आ अब लौट चलें।

जिंदगी के हवाई सफर को अगर आप बिजनेस क्लास में बैठकर तय कर रहे हैं तो शायद अपने ही शहर के एयरपोर्ट के बिजनेस लाउंज में बैठकर एक फ्लाइट से उतर कर दूसरी फ्लाइट पकड़ने के अंतराल को अपने लैपटॉप या आई पैड पर नजरें टिकाए हुए बिताने में व्यस्त होंगे। संभव है कि अगली फ्लाइट तक इतने घंटों का अंतराल हो कि आप घर जाकर अमेरिका या जापान से लाया हुआ नवीनतम इलेक्ट्रॉनिक खिलौना अपने बेटे को सौंपते हुए उससे वादा कर सकें कि फिर कभी आप उसके साथ इस खिलौने से जरूर खेलेंगे, पर अभी आप बहुत थके हुए हैं। इसके बाद अपनी पत्नी को एक रस्मी चुंबन देकर आप उसे पेरिस एयरपोर्ट पर ड्यूटी-फ्री से खरीदी हुई महँगी परफ्यूम भेंट देंगे, जिसे वह अपनी ड्रेसिंग टेबल पर रखी हुई अन्य दर्जनों परफ्यूम्स की खूबसूरत शीशियों के साथ रख देगी। अपने जेटलैग से थके तन और कंपनी की चिंताओं से थके मन को लेकर जब आप बिस्तर पर निढाल होकर पड़ जाएँगे तो आपको दूसरी तरफ करवट लेकर सो लेने देकर उसे महसूस होगा कि इससे अधिक और कोई खुशी इस समय वह आपको नहीं दे सकती थी।

बहुत सुलभ हो गई विदेश यात्रा के अब यही मायने रह गए हैं, पर एक जमाना वह भी था कि विदेशयात्रा का सुख अलौकिक सा होता था। विदेशी मुद्रा के घोर अभाव वाले उन दिनों में विदेश यात्रा पर जाने के लिए सरकार ने इतने प्रतिबंध लगा रखे थे, जितने सुंदर लड़कियों पर उनके माँ-बाप अपने घर की बालकनी में खड़े होने पर भी नहीं लगाते थे। भारत में भले किसी के सिर पर लक्ष्मी का वरदहस्त हो, पर विदेश जाने के लिए निहायत समाजवादी तरीके से सभी को केवल आठ या दस डॉलर ले जाने की अनुमति थी। एक डॉलर तब नौ या दस रुपयों के बराबर था। अब इतनी बड़ी रकम में कोई क्या खाए, क्या पिए, क्या ले परदेस जाए? विदेश यात्रा का पूरा आनंद तो तभी था जब भारत सरकार स्वयं अपने खर्चे से भेजे। सरकारी नौकरियों में तनख्वाहें तो इस लायक नहीं होती थीं कि देश के सबसे प्रतिभाशाली और प्रखर छात्र आई.ए.एस. और अन्य केंद्रीय सेवाओं में आने के लिए संघ लोकसेवा आयोग की दहलीज पर लगातार अपना सिर पटककर फोड़ते रहें, पर एक बार इन नौकरियों में घुस लिये तो पौ बारह हो जाती

थी। भाग्य और प्रतिभा दोनों के धनी साहब लोग अन्य अनेकों तरह की उचित-अनुचित सुविधाओं पर कब्जा जमाने के साथ-साथ विदेश यात्रा की दौड़ में भी आगे रहते थे। सरकारी नौकरों के लिए दिल्ली में नियुक्ति मिलने पर विदेश यात्रा का जुगाड़ करना अपेक्षाकृत अधिक आसान होता था अत: दिल्ली वाले विदेश जाने के और अन्य राज्यों में नियुक्त अधिकारी दिल्ली आने के जुगाड़ में लगे रहते थे।

उच्च शिक्षा प्राप्त, प्रतिभा के धनी किंतु भाग्य के गरीब युवा इन परीक्षाओं में लहूलुहान होने के बाद किसी महाविद्यालय या विश्वविद्यालय में लेक्चरार की नौकरी ढूँढ़ लेते थे। फिर बाकी का जीवन ऊँची-ऊँची, दार्शनिक और राजनीतिक बहसों में एक-दूसरे का सिर फोड़ते-फुड़वाते हुए बिताते थे। इन्हें भी विदेशी विश्वविद्यालयों में एक्सचेंज प्रोग्राम आदि में जाकर अध्यापन करने का मौका कभी-कभी मिल जाता था। अत: एक सत्र में कुछ पढ़ा लेने के बाद हर सत्र में वही कुछ पढ़ाने से ऊबे हुए इस वर्ग के पास विदेश जाने के लिए गुटबंदी, जुगाड़बाजी और राजनीति करने के लिए पर्याप्त समय और ऊर्जा रहती थी।

विदेश यात्रा करने का जन्मसिद्ध अधिकार आज की तरह ही उन दिनों भी उस भाग्यशाली वर्ग के पास था, जो पढ़ाई-लिखाई की चिंता से बहुत जल्द मुक्त होकर राजनीति के अखाड़े में दंड पेलने में लग जाते थे। लोकसभा, विधानसभा, कहीं भी एक बार दाँव लग जाए तो तरह-तरह के शिष्ट मंडलों के सदस्य के रूप में दुनिया भर में घूमने के सारे दरवाजे खुल जाते थे। कोई लोकसभायी शिष्टमंडल न्यूयॉर्क जाकर गरीबी दूर करने के उपायों का अध्ययन करता था तो कोई ब्यूनस-आयर्स जाकर दक्षिण भारत में दक्षिण अमेरिकी ढंग से पशुपालन करना सीखने जाता था। मंत्रियों की बात छोड़ें, उनके संतरियों को भी किसी गूढ़ समस्या का अध्ययन करने के लिए विदेश भेजा जा सकता था।

हमारे जिले से जो सज्जन लोकसभा के सदस्य थे, उन्होंने चुनाव जीतने के पश्चात् गाँव में खेती करनेवाले अपने हलवाहे को भी पुश्तैनी स्वामिभक्ति के पुरस्कारस्वरूप किसानों के एक शिष्टमंडल के साथ खेती का आधुनिकीकरण समझने के लिए कनाडा भेजा था। लगातार दूसरी बार चुनाव जीतने के बाद उन्होंने अपने खानदानी धोबी भिक्खीराम को, जो पूर्वी उत्तर प्रदेश का धोबियों का पारंपरिक लोकनृत्य अच्छा करता था, गणतंत्र दिवस लोकनृत्य समारोह में भाग लेने के लिए दिल्ली भिजवाया था, वहाँ से उसे लोकनृत्य करनेवाले कलाकारों की एक सरकारी मंडली के साथ जमाइका जाने का अवसर भी उन्होंने दिलवाया। जमैका जाकर भिक्खी ने बहुत सा नया ज्ञान प्राप्त किया। परिणामस्वरूप उसने गाँव में महुए और

पुराने जूतों के अद्भुत मिश्रण से बनी कच्ची शराब खींचने के लिए अपनी कपड़े उबालनेवाली भट्टी के प्रयोग का पुराना तरीका त्याग दिया और उसी भट्टी से नई इंपोर्टेड टेक्नोलॉजी का प्रयोग करके गन्ने के रस से जमाईकन रम बनाने में अद्भुत सफलता पाई। दुर्भाग्यवश हमारी सांस्कृतिक परंपराओं में उसके योगदान पर इसका एक दुष्प्रभाव पड़ा। भिक्खीराम अपनी भट्ठी पर खींची हुई रम को पीने के बाद पारंपरिक लोकनृत्यों को छोड़कर रॉक एन रोल तथा सांबा नृत्य करने लगा। भूमंडलीकरण शब्द पहली बार सुना तो मुझे भिख्खी की रम चढ़ाकर रॉक एन रोल करने की ही याद आई थी। तीसरे लोकसभा चुनाव में हमारे सांसदजी की लोकप्रियता ने पुराने सारे रिकॉर्ड तोड़ दिए। इस जीत के पीछे भिक्खी की बनाई रम का वितरण और चुनाव सभाओं में आमंत्रित बड़े-बड़े नेताओं के आने तक पब्लिक को लुभाए रखने के लिए उसके धोबीनृत्य और रोक एन रोल के हाइब्रिड प्रदर्शन की महत्ता को स्वीकारते हुए आभारी सांसद महोदय ने एक बड़ा अनुग्रह उसपर किया। विधानसभा के चुनाव आने पर सांसद महोदय की सिफारिश पर चुनाव क्षेत्रों का नया खाका तैयार हुआ, भिक्खी के गाँव के आस-पास का क्षेत्र पिछड़ी जातियों के लिए सुरक्षित चुनाव क्षेत्र घोषित कर दिया गया और सांसद महोदय की पार्टी ने भिक्खी को अपना प्रत्याशी बनाया। स्वयं तो वह लोकप्रिय था ही, पर एक मजबूत पार्टी के प्रत्याशी के रूप में उसे अप्रत्याशित सफलता मिली। उसकी लोकप्रियता के चलते उसे मंत्रिपद भी मिलना ही था, पर उसके अनुभव के आधार पर जब उसे आबकारी विभाग सौंपा गया तो प्रदेश में मुख्यमंत्री की सूझबूझ की भी काफी धाक जमी। आबकारी मंत्री की ही तर्ज पर उन्होंने अधिकाधिक बार आपराधिक मामलों में जेल गए विधानसभा सदस्य को जेलमंत्री और सबसे अधिक बार स्कूली परीक्षाओं में फेल हुए सदस्य को शिक्षामंत्री बनाकर सिद्ध कर दिया था कि प्रतिभा के मूल्यांकन में देर हो सकती है, पर अँधेर नहीं। आबकारी मंत्री का पद सँभालने के बाद भिक्खीराम को शुरू में लगा था कि स्वयं अपनी भट्ठी पर काम जारी रखने की अपेक्षा दूसरों को इस पुण्यकार्य में प्रोत्साहन देना अधिक लाभदायक होगा, पर उनके बेटों ने दूरदर्शिता दिखाई और कहा कि जैसे बुढ़ापे में कमसिन पत्नी के पातिव्रत्य का कोई भरोसा नहीं, वैसे ही मंत्रिपद और विधानसभा सदस्यता की अवधि पूरे पाँच वर्ष होने की कोई गारंटी नहीं। बेहतर होगा कि जो धंधा परिवार में चुपके से चुराए हुए विदेशी ज्ञान की बैसाखी लगाकर प्रारंभ किया गया, उसे अब डंके की चोट पर खुल्लमखुल्ला जारी रखा जाए, बल्कि विदेश से तकनीकी सहयोग लेकर और बड़े पैमाने पर किया जाए, ताकि समृद्धि पीढ़ियों तक टिके।

पर वह समय था बड़ा विकट। सही ढंग से, कायदे कानून का पालन करते हुए किसी व्यापार उद्योग को बढ़ाने की कामना भी गुनाह समझी जाती थी। मठों, मंदिरों आदि के महंतों को और समाजवाद का दम भरनेवाले नेताओं को छोड़कर अन्य किसी की पैसे कमाने की इच्छा को घृणा की दृष्टि से देखा जाता था। उद्योगपतियों को समाज का दुश्मन माना जाता था और जो बेवकूफ उद्योगपति अपनी पूरी आमदनी घोषित कर देते थे, उनके ऊपर नब्बे प्रतिशत तक का आयकर लगाकर समझाया जाता था कि इस देश को उनके जैसे मूर्खों की जरूरत नहीं थी, पर बेचारे करते भी क्या? देश छोड़कर भागना चाहते तो बस वही आठ-दस डॉलर साथ ले जा पाते। स्विट्जरलैंड की स्वास्थ्यवर्धक आबोहवा में पनपनेवाले बैंक अकाउंट तब तक नेताओं को छोड़कर अन्य लोगों को सुलभ नहीं हुए थे।

बहरहाल, भिक्खी ने बेटों को समझाया कि फिलहाल समाजवाद की माला जपते हुए चुपचाप अपनी हाइब्रिड भट्ठी में दारू खींचे जाओ और बाजारभाव मंदा न होने पाए, इसलिए शराबबंदी को गुजरात से बाहर बाकी पूरे देश में भी लागू करने के अभियान में जोर-शोर से जुटे रहो। गांधीजी पूरे देश के थे। गुजरात में पैदा हुए तो इसका यह मतलब तो नहीं कि शराब की तस्करी का पूरा-पूरा लाभ अकेले गुजरात वाले ही उठाएँ। यदि सभी राज्यों में शराबबंदी लागू हो गई तो शराब की माँग इतनी बढ़ेगी कि वक्त आने पर उत्पादन वृद्धि और उसके लिए आधुनिकीकरण एक अनिवार्य आवश्यकता बन जाएगी। इस नेक सलाह को मानते हुए लायक बेटों ने 1991 तक गाँव में अपने धंधे को चुपचाप जारी रखा और जब सरकार की आर्थिक सोच ने अचानक सरकस के कलंदर की तरह उदारीकरण वाली कलाबाजी खाई तो देखते-ही-देखते उनके सपने साकार हो गए। भिक्खी डिस्टीलरीज की धोबी ब्रांड रम और गोल्डन-डंकी ब्रांड की ब्रांडी आज विदेशों में भेजी जा रही है। इस समृद्ध परिवार ने सीख लिया है कि जैसे लेखक बनने की अपेक्षा संपादक बनना कहीं अधिक लाभदायक और सुविधाजनक होता है, वैसे ही स्वयं मंत्रिपद स्वीकार करने की बजाय कई सारे मंत्रियों को अपनी जेब में रखने में अधिक समझदारी है।

आज की तरह ही उस जमाने में भी केवल मंत्रियों और उनके चमचों का ही विदेश यात्राओं पर कब्जा रहता हो, ऐसा बिल्कुल नहीं था। इस स्वादिष्ट हड्डी को विरोधी दलों के एक-से-एक बढ़कर भौंकने और गुर्रानेवाले नेताओं के मुँह में ठूँस दिया जाता था तो उनके मुँह से निकलती गुर्राहट फिल्टर होकर मीठी म्याऊँ-म्याऊँ में बदल जाती थी। फिर इसके लिए वे केवल सरकारी कृपा पर ही

नहीं निर्भर करते थे। साम्यवादी देशों में मास्को, हवाना (क्यूबा), बीजिंग आदि की सैर करके अपने मानसिक ज्ञान और शारीरिक सुख को बढ़ाने के अवसर उन्हें उन देशों की सरकारों से भी मिलते रहते थे। सोवियत रूस साम्राज्यवाद की निंदा करते-करते अगर हंगरी या चेकोस्लोवाकिया पर चढ़ बैठता था या तिएन्मियेन स्क्वायर में लाल चीन की धरती सरकारी दमन का विरोध करते युवाओं के रक्त से गहरे लाल रंग से रँग जाती थी तो ऐसे अवसरों पर भारतीय वामपंथियों को गलतफहमी न होने पाए, इस ध्येय से सोवियत लैंड शांति पुरस्कार या अन्य किसी ऐसे ही पुरस्कार से नवाजा जाकर उसे वहाँ जाकर लेने के लिए उन देशों से नेवता मिलता रहता था। विदेशी मुद्रा की कमी भला इन देशों में राजकीय मेहमान बन कर जानेवालों को क्या सताती! अकबर इलाहाबादी ने जब लिखा था कि रंज लीडर को बहुत हैं मगर आराम के साथ, कौम के गम में डिनर खाते हैं हुक्काम के साथ तो उन्होंने भी देख लिया था कि वामपंथी और दक्षिणपंथी, सत्तापक्ष और विपक्ष, दोनों के लीडरों के डिनर खाने के ढंग में कोई अंतर नहीं होता। कुछ लोगों का खयाल था कि असली मजा तो अमेरिका, इंग्लैंड घूमने में था। साम्यवादी देशों में वह बात कहाँ? पर यह महज उन बेचारों का अज्ञान था। रंगीनियाँ साम्यवादी झंडों के तले भी खूब उपलब्ध थीं।

इस तरह नेताओं, सरकारी अफसरों, शिक्षकों और कलाकारों का विदेश घूमने का डौल तो बनता ही रहता था। बचे बिचारे फ़ौजी, तो फ़ौजियों को उस माहौल में विदेशभ्रमण के मौके देने के लिए एक संस्था से भारी मदद मिली। इस संस्था का नाम है डिफेंस रिसर्च ऐंड डेवेलपमेंट ऑर्गेनाइजेशन (रक्षा अनुसंधान और विकास संगठन) संक्षेप में डी.आर.डी.ओ. 1962 के चीनी हमले के बाद देश की सशस्त्र सेनाओं के आधुनिकीकरण और विस्तार की जबरदस्त जरूरत महसूस की गई थी, बाद में 1965 और 1971 के भारत-पाक युद्धों से स्पष्ट हो गया कि देश की सेनाओं को नवीनतम तथा अधिक गुणवत्ता वाले अस्त्र, शस्त्र, टैंक, हवाईजहाज और पानी के जहाज एवं पनडुब्बियों की जो आवश्यकता है, उसे केवल विदेशों से या तो खरीदकर या भिक्षा के रूप में ही पाया जा सकता है। डी.आर.डी.ओ. की स्थापना के पीछे यह सोच थी कि शीघ्र ही सशस्त्र सेनाओं की सारी जरूरतों को देश के अंदर पूरा करने की क्षमता आ जाएगी, पर डी.आर.डी.ओ. के देश भर में फैले हुए संस्थानों ने पिछले चालीस सालों से मेन बैटल टैंक और एडवांस लाइट अटैक हैलीकॉप्टर आदि बनाने की लगातार चलती प्रक्रिया में बिना कोई सफलता पाए जुटे रहकर कछुए और घोंघे दोनों जंतुओं की चाल को अकेले जबरदस्त

ढंग से हराया है। पूत के पाँव पालने में ही दिख जाते हैं। इस संस्था ने भी बहुत जल्दी ही संकेत दे दिया था कि इससे कोई विशेष उम्मीद न रखी जाए। अत: भारत अपनी गाढ़ी कमाई इस संस्था के सुरसा जैसे खुले मुख में झोंकते जाने के साथ-साथ ही सारी दुनिया से उन्नत हथियार पाने के प्रयत्न भी करता रहा, लेकिन पाश्चात्य देशों से उन्नत युद्धसामग्री खरीदने के लिए हमारी जेब में पैसे कहाँ थे? ऐसे कठिन समय में सोवियत रूस से हमें भरपूर सहायता मिली। भारतीय वायु सेना में रूसी उपकरणों का लगभग एकाधिकार सा हो गया। रूस से मिले मिग लड़ाकू हवाईजहाज, आई एल-14, ए एन-12, टी यू-124 आदि परिवहन विमान, एम आई-4, एम आई-8 जैसे हेलीकॉप्टर व सैम-2, सैम-3 आदि भूमि से आकाश पर वार करनेवाले प्रक्षेपास्त्रों को हटा दिया जाता तो भारतीय वायुसेना आजकल की जीरो फिगर वाली सुंदरियों जैसी केवल कंकाल नजर आती। थलसेना और जलसेना में भी विदेशी, विशेषकर रूसी, उपकरणों की कमी नहीं थी।

नतीजा यह कि हम फ़ौजियों के लिए भारत मायका था तो रूस ससुराल बन गया। जो उपकरण रूस से आए, उनका प्रयोग और रख-रखाव सीखने के लिए भारतीय सेनाओं के बहुत सारे अफसरों को सोवियत रूस जाने का अवसर मिला। बाद में इन प्रशिक्षित टीमों ने भारत में ही आगे प्रशिक्षण देना शुरू कर दिया और अगली पीढ़ी के अफसरों के विदेश यात्रा के अबसरों का सफाया कर दिया। विदेशों से आयातित जिन हवाई जहाजों की एकाधिक पूरी-की-पूरी स्क्वाड्रन बनाई गईं, उनका पूरा रख-रखाव करने के संयंत्र भी भारत में लगाए गए। इस मामले में हम वी.आई.पी. स्क्वाड्रन वाले सौभाग्यशाली निकले। हमारी स्क्वाड्रन में कई ब्रिटिश टर्बो-प्रोप विमानों के अतिरिक्त रूस से मिले तीन टी यू-124 किस्म के जेट परिवहन विमान भी थे। केवल तीन विमानों के लिए संपूर्ण रख-रखाव के संयंत्र लगाना तीन कप चाय बनाने के लिए भैंस पालने के जैसा ही होता। नतीजतन हमारे टी यू विमानों का उनके मायके से संपर्क बराबर बना रहा। जैसे समझदार सास-ससुर जब तक बहू खाना बनाने, झाड़ू-पोंछा लगाने जैसे भारी काम गर्भवती होने के बावजूद कर पाती है, तब तक उसे अपने पास रखते हैं और बाद में अर्थात् नौवें महीने में उसके मायके भेज देते हैं कि प्रसव के पश्चात् दुबारा घर-गृहस्थी सँभालने के लायक होने तक वहीं उसके माँ-बाप उसकी सेवा-सुश्रुषा करें। वैसे ही हम टी यू 124 विमान का साधारण रखरखाव (फर्स्ट और सेकंड लाइन सर्विसिंग) तो कर लेते थे, पर थर्ड लाइन सर्विसिंग (ओवरहालिंग) के लिए उसे रूस ले जाते थे। विमान वहाँ ले जाकर हमें सर्विसिंग के बाद उसे उड़ाकर (एयर

टेस्ट करके) जाँचना, परखना होता था और पूरी तरह संतुष्ट हो जाने के बाद ही उसे वापस भारत लाना होता था।

वैसे तो हमारी यूनिट के जहाज विशिष्ट सवारियों को विदेशयात्रा पर भी ले जाते थे, पर विशिष्ट व्यक्तियों की उड़ान में प्रवास की अवधि बहुत कम होती थी। उनके साथ जाने पर उनके स्वागत में आयोजित सांस्कृतिक समारोहों आदि में जाने के अवसर हमें भी मिलते थे, यद्यपि अति विशिष्ट तौर के वे सांस्कृतिक आयोज़न, जिनमें भारत और मेजबान देश की आत्मा और शरीर दोनों का संपूर्ण मिलन हो सके, हमारे विशिष्ट व्यक्ति थोड़ा गोपनीय ढंग से करते थे, जिनमें हमारे सम्मिलित होने का प्रश्न ही नहीं उठता था। विशिष्ट व्यक्तियों के साथ विदेश यात्रा करना बस इतना मजेदार हो सकता था, जितना अपने पिताजी के साथ जाकर आइटम नंबरों से भरी हुई वयस्क फिल्म देखना। इसकी तुलना में अपनी स्क्वाड्रन के विमान को ओवरहालिंग के लिए रूस ले जाने का आनंद कॉलेज बंक करके अपने सहपाठियों के साथ उसी रंगीन फिल्म को देखने के आनंद जैसा होता था।

अपने जहाज को लेकर जाने पर रूस के अच्छे-खासे लंबे पड़ाव को रबर या किसी सरकारी परियोजना या चुनाव से पहले दिए गए झूठे आश्वासनों की तरह खींचकर और लंबा किया जा सकता था। प्रवास की अवधि बढ़ाते जाने का सस्ता, सुंदर और टिकाऊ तरीका यह था कि जब सर्विसिंग के पश्चात् हमें जहाज एयर टेस्ट के लिए सौंपा जाता था तो हम उसमें ढूँढ़-ढूँढ़कर इतनी छोटी-मोटी खराबियाँ निकालते थे, जितनी कम दहेज मिलने की आशंका होने पर भावी बहू में लड़के की साधारण समझदार माँ भी निकाल लेती है। इसका भी ध्यान रखना पड़ता था कि एक ही बार में सारी खामियाँ न बता दी जाएँ। हर उड़ान के बाद कुछ खामियाँ बताकर जहाज वापस सौंप दिया जाता था कि रूसी इंजीनियर फैक्टरी में उन्हें ठीक करें और अगले एयर टेस्ट के लिए फिर तीन-चार दिनों के बाद की तारीख मिले। खामियाँ निकालने में पायलट, कोपायलट, नेवीगेटर, फ्लाइट इंजिनियर आदि एयरक्रयू (aircrew) बारी-बारी से अपना जौहर ऐसे दिखाते थे जैसे सीता स्वयंवर में भाग लेनेवाले राजकुमार हों।

पहली बार जब यह गुरुमंत्र अपने सीनियर्स से मिला तो मैंने शंका प्रकट की कि रूसी इंजिनियर हमारी चाल समझ कर हमारे विषय में क्या सोचेंगे तो उत्तर मिला कि तू भी यार पूरा पोंगा पंडित है। अरे उन्हीं रूसियों से तो हमने ये नुस्खे सीखे हैं। उनकी कोई टीम हमारे यहाँ किसी तकनीकी समस्या के समाधान के लिए आती है तो पहले बता देती है कि उन्हें भेजा तो गया है तीन-चार दिनों

के लिए, पर वे भी भारत की खुली हवा में कुछ दिन और साँस लेना चाहेंगे। उन्हें हमारे पाँच सितारा होटलों में ठहरने का, स्विमिंग पूल के किनारे पसरकर धूप सेंकने का जो मौका मिलता है, वह उनके लिए बड़ी भारी नियामत है। यह समझ लें कि हमारा गणतंत्र और उनका समाजवाद, दोनों सरकारी माले मुफ्त को मजे से उड़ाने में उतना ही विश्वास करते हैं, जितना एक जमाने में नंबूदरी ब्राह्मण दलित महिलाओं के साथ मिलकर अस्पृश्यता की दीवारें तोड़ने में करते थे। दोनों तरफ है आग बराबर लगी हुई। उन्हें भी हमारी कजरारे नयनों वाली, काली जुल्फों वाली हिंदुस्तानी कन्याएँ उतनी ही सुंदर लगती हैं, जितनी हमें उनकी सुनहरे बालों वाली, नीली-भूरी आँखोंवाली सोवियत सुंदरियाँ। और हाँ! तेरी टीम अगर जहाज की ओवरहालिंग जल्दी कराके लाई तो कोई इनाम नहीं मिलनेवाला है, मगर यहाँ आकर जहाज में कोई कमी छूटी हुई मिली तो सब तेरी जान खाएँगे, तो फिर जा रहा है तो फुरसत से वापस आइयो।

रूस में हमारे ठहरने का प्रबंध पाँच सितारा होटलों में होता था और अलग से दैनिक भत्ता मिलता था, जो खाने के लिए पर्याप्त से अधिक होता था। प्रवास की अवधि पूर्वनिर्धारित अवधि से लंबी खींचने पर यह भत्ता हमें वहीं भारतीय दूतावास में नकद मिल जाता था, पर डटकर खाने में ही सारी विदेशी मुद्रा खर्च कर देते तो खरीदारी कहाँ से होती। इसका इलाज होता था, सस्ते से सस्ता जलपान करके। सोवियत पाँच सितारा होटलों की एक विशेषता यह थी कि उनमें हर फ्लोर पर एक सेल्फ-सर्विस कैफेटेरिया होता था, जिसमें जलपान और पेय उन्हीं मानक दरों पर मिलते थे, जिन पर फुटपाथ पर मिलते, किंतु शानदार स्टाइल में बढ़िया खाने के लिए होटल में दो-तीन शानदार, पर बहुत महँगे रेस्टोरेंट होते थे। हम सुबह का नाश्ता कैफेटेरिया में निपटाते और दिन का खाना वायुयान फैक्टरी की कैंटीन में। दिन भर कंजूसी बरतने के बाद रात तक भूख काफी लग जाती थी, पर विदेशी मुद्रा भी इतनी बचती थी कि हर शाम महँगे रेस्टोरेंट में जश्न मनाते हुए बिताई जा सके। ये सब नुस्खे स्क्वाड्रन के हमारे सीनियर्स जो कई बार सोवियत रूस हो आए थे, सिखाते थे। पर हमें वहाँ की दिनचर्या बताते हुए जब बात रेस्टोरेंट में गुजारी हुई, देर रात तक खिंच जानेवाली शाम के सीन तक पहुँचती थी तो उनके चेहरों पर यदि अविवाहित हुए तो एक शरारतभरी मुसकान आ जाती थी। यदि वे विवाहित हुए तो एक छोटी सी उदासी उनके चेहरे पर तैर जाती थी जैसे बरसाती धूप में हरी घास पर बादल के एक टुकड़े की परछाईं हो। फिर वे तुरंत सहज होकर कहते थे—छड़े लोगों के लिए अच्छी जगह है, जाओ मजे करके आना। असल में सीधी

सी बात यह थी कि रूस कभी साम्राज्यवादी शक्ति नहीं रहा था। उसकी विशाल सीमाओं के अंदर सफेद चमड़ी वाली यूरोपीय जातियों के अतिरिक्त कजाक, तारतार, ताजिकी, मंगोल, उजबेक आदि अनेक प्रजातियों और नस्लों के नागरिक बिना किसी भेदभाव के रहते थे। अतः भूरी और काली चमड़ी वाले भारतीयों और अफ्रीकियों के लिए उनके मन में किसी प्रकार का दुराग्रह नहीं था।

साम्यवादी व्यवस्था में तो वैसे भी ऐसी भावनाओं के लिए जगह नहीं थी, फिर भारत-रूस मैत्री उन दिनों पंडित नेहरू की विदेश नीति के फलस्वरूप कुलांचें भर रही थी, जिसे इंदिरा गांधी ने भारत-रूस सैन्य-संधि का स्वरूप देकर और मजबूत कर दिया था। मार्शल बुल्गानिन और ख्रुश्चेव को अपनी भारत यात्रा में अपार स्नेह मिल चुका था। भारतीय फिल्में रूस में बेहद लोकप्रिय हो रही थीं। अकेले राजकपूर और नर्गिस की फिल्मी जोड़ी ने रूसी जनता का दिल ऐसे जीत लिया था कि सोवियत रूस के शहरों में बच्चों से लेकर बुजुर्गों तक सभी को 'मेरा जूता है जापानी, यह पतलून इंग्लिस्तानी, सर पर लाल टोपी रूसी, फिर भी दिल है हिंदुस्तानी' गुनगुनाते हुए सुना जा सकता था। सोने पे सुहागा यह था कि मास्को के अतिरिक्त हमारा अधिकांश समय बेलोरूस प्रांत की राजधानी मिंस्क शहर में बीतता था, जहाँ टी यू 124 विमान का कारखाना था। मिंस्क पोलैंड की सीमा से लगा हुआ था। रूस के इस भाग को द्वितीय विश्वयुद्ध में जर्मन सेनाओं ने नेस्तनाबूद कर दिया था। मिंस्कवालों ने जर्मनों को मुँहतोड़ जवाब देने के लिए महायुद्ध में बारह साल से ऊपर और बयासी साल से नीचे के सभी नागरिकों को झोंक दिया था। विश्वयुद्ध के लगभग पच्चीस साल बाद अब उस जवान शहर में सबसे अधिक आयु के लोग तीस-पैंतीस साल के थे और शहर की जनसंख्या में स्त्रियों का अनुपात पुरुषों की अपेक्षा कई गुना था।

इस तरह के वर्णन सुनकर हमारा जवान खून क्यों न और गरम होता? पर यह भी पता था कि मिंस्क में सर्दियों में तापक्रम शून्य से बीस-तीस डिग्री पहुँचता है। रात शाम के चार बजते-बजते उतर आती है। सूरज दिन में बेमन से अपनी ड्यूटी करने के लिए ग्यारह बजे आकर रजिस्टर में हस्ताक्षर करके प्रायः सीट पर अपना कोट टाँगकर बदली और कुहरे के साथ गप्पें मारने चला जाता है और फिर शाम को चार बजे चुपके से सीट पर से अपना कोट उतारकर अगले दिन तक के लिए गायब हो जाता है। रूस में भी अन्य तमाम पाश्चात्य देशों की तरह सैनिकों का रात में होटल, सिनेमा और दुकानों में भी वर्दी पहनकर जाने का प्रचलन है, पर हमारे नियमों के अनुसार यह संभव नहीं था। वजह कुछ भी हो, भारतीय सेनाओं

का चलन यही है कि तुम्हारी वर्दी को देखकर जो सैल्यूट मारने को विवश हो, वर्दी उसी के सामने पहनो। जो स्वतंत्र भारत में तुम्हारी आर्थिक हैसियत और तद्जन्य सामाजिक स्थिति को समझता हो, उसके सामने अपने फ़ौजी होने का पर्दाफाश न ही करो तो अच्छा रहेगा। यही चलन हमें विदेश में भी सादे कपड़े पहनने को मजबूर करता था, यद्यपि वहाँ वर्दी की इज्जत देखकर मन करता था कि हम भी वर्दी में ही क्यों न घूमें, लेकिन मन चलाने से क्या होता।

वायुसेना को धन्यवाद कि कम-से-कम वर्दी हमारे पास गरम थी। कोट परका और ओवरकोट भी लेह जैसे हाई आल्टीच्यूड बेस में नियुक्ति होने या विदेशयात्रा के लिए मुफ्त में मिल जाते थे, पर हम जवान कुँवारे फ़ौजी अफसरों को इसकी चिंता कहीं अधिक थी कि भारतीयों से मैत्री करने को सदा आतुर उन मिंस्क और मास्को की कन्याओं के सामने, संग-साथ में कौन से सिविल गरम कपड़े पहनेंगे। इस बात की विशेष ताकीद हमारे फ्लाइट कमांडर साहब (सेकेंड इन कमांड) ने भी की। जाने से पंद्रह दिन पहले क्र्यू के पाँचों सदस्यों को आवश्यक सरकारी निर्देश देने के बाद अन्य सुझाव देते हुए उन्होंने कहा था कि रूस में ऑफ-ड्यूटी समय में पहनने के लिए हमें गरम ओवरकोट आदि का अपने व्यक्तिगत कपड़ों के साथ प्रबंध कर लेना चाहिए। फिर वे ठंडी साँस लेते हुए बोले थे कि अच्छी किस्म का गरम ओवर-कोट ढाई-तीन हजार से कम का क्या मिलेगा (यह 1972 की बात है) पर तुम पाँच में से चार तो अविवाहित हो, तुम्हें क्या? दिक्कत तो हम शादीशुदा लोगों को होती है, जिन्हें इन सबके अतिरिक्त वहाँ से बीवी के लिए गिफ्ट्स लेकर आने के लिए भी प्रबंध करना होता है।

उनकी बात में सबसे ज्यादा हमारे कोपायलट गुप्ता ने हाँ-में-हाँ मिलाते हुए एक साँस में दो बार येस सर! येस सर! कहा था। बात यह थी कि वह बिचारा शादीशुदा लोगों से भी अधिक कठिन आर्थिक परिस्थितियों से जूझ रहा था, क्योंकि उसकी मंगेतर दिल्ली में ही थी। शादी तो जब होगी, तब होगी, बिचारे की जेब मंगेतर के लिए गिफ्ट्स खरीदने, पिक्चर दिखाने, घुमाने, खिलाने में ही ढीली रहती थी।

हामी में गुप्ता की तेजी से ऊपर-नीचे हिलती हुई गरदन को देखकर टू आई सी साहब ठिठके, फिर जैसे कोई भूली हुई बात याद आ गई हो, बोले, 'और देखो, आजकल फुटपाथ पर विदेशों से चीथड़ों के तौर पर आए हुए गरम कपड़े खूब बिक रहे हैं, जिन्हें हमारे चपरासी इत्यादि खरीदते रहते हैं। तुम लोग ऑफिसर्स हो, आशा है अफसरों की हैसियत और छवि को ऐसे कपड़े खरीदकर धूमिल नहीं

करोगे।' गुप्ता ने इस बार गरदन को तीन बार बाएँ से दाहिने हिलाया और बोला, 'नो सर! नो सर! नो सर।' फिर हम लोगों ने सैल्यूट ठोंका और बाहर आ गए।

बाहर आते ही गुप्ता बोला कि सर ने यह बात तो सही कही, ऐसी गई-बीती तो वाकई हमारी हालत नहीं है कि सेकेंडहैंड कपड़े खरीदें। अच्छा सुन यार, मेरे चाचाजी के एक दोस्त जो बी.एच.यू. में संस्कृत के प्रोफेसर हैं, मास्को यूनिवर्सिटी के इंडोलॉजी विभाग द्वारा सम्मानित किए जाने के लिए रूस सरकार के अतिथि बनकर मास्को चार दिनों के लिए गए थे। कल ही लौटे हैं। दिल्ली में दो दिन रुक रहे हैं। जाने से पहले हम उनसे मिल लें तो शायद कुछ काम के सुझाव मिल जाएँ। चल आज शाम को चलते हैं।

तो फिर उस शाम हम लोग प्रोफेसर विद्यानिवास अवस्थीजी से मिलने गए। रास्ते में गुप्ता ने बताया कि प्रोफेसर साहब संस्कृत के पठन-पाठन और शोध-कार्य में इतना लीन रहते हैं कि दीन-दुनिया की उन्हें कोई खबर नहीं रहती। प्यार से चाचाजी उन्हें विद्याविनाश कहते हैं। कपड़े पहनने-ओढ़ने का उन्हें कोई शौक नहीं। गरमियों में कुरता-धोती पहनते हैं, सर्दियों में शॉल ओढ़ते हैं और बहुत सर्दी होने पर कंबल ही ओढ़कर घर से बाहर भी आ जाते हैं। उन्होंने गरम ओवरकोट पर ज्यादा पैसे नहीं खर्चे होंगे। चलो उनसे आइडिया लेते हैं। अफसोस कि वे दुबले और मझोले कद के हैं, फिर भी उनके पास ओवरकोट हुआ तो उधार ले लूँगा, मुझे शायद खींच-तानकर फिट हो जाए। मुझे दुःख हुआ कि दिल्ली में मेरे रिश्तेदारों में जो दो लोग थे, उनसे मेरा कद-काठी बिल्कुल नहीं मिलता था। एक तो इतने मोटे थे कि उनका ओवरकोट मेरे ऊपर गाय-भैंस के ऊपर ओढ़ाई जानेवाली कथरी की तरह लगता और दूसरे मुझसे इतने छोटे थे कि उनका कोट मेरे ऊपर मलाइका अरोरा या राखी सावंत की चोली जैसा लगता। मैं गुप्ता के साथ जाने के लिए तैयार हो गया। ओवरकोट न सही, कुछ ज्ञान ही मिलेगा रूस के बारे में।

अगले दिन हम दोनों गुप्ता के चाचाजी के घर गए। रास्ते भर गुप्ता राजकपूर की फिल्मों के गाने गुनगुनाता रहा। हालाँकि उसके गले में स्वर कोई विशेष नहीं था, पर उसके गाने का फायदा यह था कि मोटरबाइक का हॉर्न नहीं बजाना पड़ रहा था। चाचाजी के घर के ड्राइंग रूम में घुसे तो दीवान के ऊपर पालथी लगाए, सद्यःस्नात, माथे पर लाल तिलक लगाए, कंबल लपेटे बैठे सज्जन प्रोफेसर विद्याविनाशजी को छोड़कर अन्य कोई हो ही नहीं सकते थे। हम दोनों ने बढ़कर पैर छुए। आशीर्वाद मिला। बात शुरू करने के अंदाज में चाचाजी ने कहा कि अरे विद्याविनाश, ये बच्चे भी रूस जा रहे हैं, कुछ अपनी यात्रा के बारे में इन्हें बताओ।

प्रोफेसर साहब गद्‌गद स्वर में बोले, 'अरे भाई, इतना स्नेह, इतना सम्मान उनसे मिला कि क्या कहूँ। काश भारतीय लोग भी हम अध्यापकों को इतना मान देते, पर यहाँ तो ये हालत है कि जहाज में फर्स्ट क्लास के केबिन में हम दो ही यात्री थे, पर सहयात्री ने सारे रास्ते कोई बात तक नहीं की।'

चाचाजी ने आश्चर्य से पूछा, 'अरे आठ-दस घंटों की यात्रा में कुछ तो बात हुई ही होगी?'

वे बोले, 'हाँ, शुरू में तो उड़ान प्रारंभ होने के साथ ही बड़ी गर्मजोशी से उन्होंने परिचय माँगा। मैंने नाम बताया, कहा कि अध्यापक हूँ। रूस सरकार के निमंत्रण पर भाषण देने जा रहा हूँ। फिर मैंने उनका नाम पूछा तो बताया राज कपूर। फिर मैंने पूछा कि आप क्या करते हैं? तो बड़े अन्यमनस्क से हो गए। पत्रिकाएँ उलटते रहे। एयर होस्टेस उन्हीं के इर्द-गिर्द चक्कर काटती रहीं। मुझसे तो उन्होंने फिर कोई बात ही नहीं की।'

गुप्ता ने कनखियों से मुझे देखा, होंठ दबाकर मुसकराया और प्रोफेसर साहब से कुछ विशेष काम की बात न पता चलेगी, समझकर, सीधे ओवरकोट उधार माँगने पर उतर आया। पर प्रोफेसर साहब बोले—'न भाई, मेरे पास तो ओवरकोट था नहीं। वहाँ भारतीय दूतावास से मेरी अगवानी के लिए सांस्कृतिक सचिव ब्नूकोवो हवाई अड्डे पर आए थे। उन्होंने मुझे ठंड से दाँत किटकिटाते हुए देखा तो बोले कि आप यहाँ भारत-रूस मैत्री बढ़ाने आए हैं। इतना दाँत किटकिटाएँगे तो इसका गलत अर्थ लगाया जा सकता है और भारत-रूस संबंधों में दुराव आ सकता है। फिर अपना ओवरकोट दे दिया। कहा—जब तक यहाँ हैं, इस्तेमाल करिए। वे तो मुझे रोज आचमनी भर वोदका सेवन करने की सलाह भी दे रहे थे। सो तो मुझसे हुआ नहीं, पर ओवरकोट से बहुत आराम रहा। लौटते समय उनकी चीज उन्हें लौटा दी थी।'

अगले दिन रविवार था। गुप्ता रात में चाचाजी के यहाँ रुक गया, मैं वापस मेस लौट आया, पर लगा कि अच्छा हुआ, गुप्ता के हर समय के साथ से मुक्ति मिली। कल रविवार को चुपके से जामा मसजिद के पास वाले बाजार से एक पुराना ओवरकोट खरीद लूँगा। ड्राईक्लीन कराके नया बताऊँगा। अपनी सोच की दाद देता हुआ सोया और अगली सुबह नौ बजे ही उठकर मोटरबाइक उठाकर जामा मसजिद चल दिया। मैं चाहता था कि वहाँ भीड़-भाड़ होने के पहले ही यह काम निपटा दूँ। अपना कोई चपरासी आदि वहाँ आएगा भी तो बस द्वारा आने से ग्यारह बजे से पहले क्या पहुँचेगा। जाहिर है कि मेरी बिल्कुल इच्छा न थी कि मुझे रैग या

चिथड़ा कहकर आयातित कपड़े खरीदते हुए कोई परिचित देख सके। मेरी योजना सही निकली। जामा मसजिद के निकट के उस फुटपाथिए बाजार में सुबह-सुबह लोग कम थे, पर इतने कम भी नहीं कि मैं दूर से ही खेत में खड़े हुए स्केयर-क्रो (पक्षी भगाऊ) की तरह दिख जाऊँ। एक दुकान पर ओवरकोट ढेर लगा कर पड़े हुए थे। मैंने पूछा कि मेरी साइज का है तो दुकानदार ने एक साथ दो पकड़ाए और कहा कि ट्राई करके देख लो। मैंने हलके बादामी रंग का कोट उठाया और ट्राई करने के लिए उसे पीठ पर फैलाकर दोनों बाँहों में अपने हाथ घुसाए। फिर दोनों हाथों को ऊपर उठाकर ट्विस्ट नृत्य सा कुछ करने लगा। ऐसा करते हुए एक और सज्जन, जो दूसरी तरफ मुँह और मेरी तरफ पीठ किए मेरी ही तरह हवा में हाथ उठाए ओवरकोट की बाँहों में अपने हाथ घुसेड़ने की कोशिश कर रहे थे, के हाथों से टक्कर हो गई। हम दोनों सॉरी कहने के लिए एक-दूसरे की ओर मुखातिब हुए, पर बजाय सॉरी के दोनों के मुँह से बेसाख्ता निकला, 'अरे तू?'

हम दोनों, यानी गुप्ता और मैं, पहले तो सकपकाए, फिर चोरी पकड़ी गई वाले खिसियाने अंदाज में हँसने ही वाले थे कि गुप्ता ने एकदम से अपने होंठों पर अपनी उँगली रखी और भवें उठाकर बगल की दुकान की ओर इशारा किया, जिस पर अभी तक हम दोनों की नजर नहीं पड़ी थी। देखा फ्लाइट कमांडर साहब बड़ा सा काला धूप का चश्मा लगाए, मुँह पर मफलर कुछ इस तरह लपेटे कि चेहरा पूरा दिखे नहीं, एक पसंद का ओवरकोट तजवीज कर उसे ट्राई करने जा रहे थे। गुप्ता और मैं दोनों एक साथ चुपचाप अंतर्ध्यान होने की फिराक में ही थे कि उस दूसरे दुकानदार ने उनसे कहा कि लाइए मैं पहना देता हूँ और चूँकि कमांडर साहब उसकी तरफ मुखातिब होकर खड़े थे, उसने उनका कंधा पकड़कर उनका मुँह उलटी तरफ फेरा, यानी ठीक मेरी और गुप्ता की तरफ। इस झटके से उनके मुखचंद्र को बादलों की तरह ढँकता हुआ मफलर खुलकर गिर गया। धूप के चश्मे बड़े थे, पर इतने नहीं कि पूरा मुँह ढँक लेते। काले थे, पर इतने नहीं कि उसके पीछे से झाँकती शरमाई नजरें गुप्ता और मेरी नजरों से मिल ही न सकें। वक्त थम सा गया। दो सेकेंड की चुप्पी इतनी लंबी लगी, जितने लंबे किसी नौसिखिया शायर के शेर लगते हैं। फिर तुम जीते मैं हारा वाली आवाज में वही बोले, 'अच्छा, तुम लोग भी यहाँ हो! मैं अपने अर्दली के लिए कोट खरीदने आया था। वह मुझसे लंबाई में काफी कम है, पर बोला कि साहब अपनी नाप का लेना तो मेरा जवान बेटा भी पहन लेगा।'

उनकी बात की तुरंत प्रतिक्रिया में गुप्ता ने जोर-जोर से अपनी खोपड़ी चार

बार ऊपर से नीचे और नीचे से ऊपर हिलाई और एक ही साँस में चार बार बोला, 'येस सर, येस सर, येस सर, येस सर।' गुप्ता की प्रत्युत्पन्न मति का मैं तभी से कायल हूँ। आगे भी जीवन में उसने बहुत तरक्की की। खैर, उस समय फिर बिना कुछ और बोले हम दोनों वहाँ से सरक लिये। जाकर चाँदनी चौक में पराँठे और जलेबियों से नाश्ता किया और चूँकि हमाम में हम दोनों ने एक-दूसरे को नंगा देख लिया था, अब नाश्ता करते हुए जोर-जोर से तीसरे अर्थात् फ्लाइट कमांडर साहब की समवेत स्वर में मिलकर बुराई करने लगे। इसके बाद हम दोनों एक साथ वापस उसी दुकान पर गए। दोनों ने एक-एक ओवर कोट खरीदा जो इतनी अच्छी हालत में थे कि बाद में बहुत सालों तक मैं लोगों को बताता रहा कि मेरे लंदन वाले चाचाजी उसे मेरे लिए मार्क ऐंड स्पेंसर से लाए थे। गुप्ता उसे अपनी रूस यात्रा में मास्को में खरीदा हुआ बताता रहा और एक बार जब किसी ने उसके अंदर के अमेरिकी लेबल को देखकर एतराज किया तो बोला, "अरे यह डबल इंपोर्टेड है, तभी तो इतना महँगा पड़ा था।"

राम-राम करके गरम कपड़ों का इंतजाम तो हो गया। थोड़ी अतिरिक्त विदेशी मुद्रा मिल जाती तो अच्छा होता। मेरे अर्दली की मदद से वह भी मिल गई। उसने बताया था कि उसका चाचा मुख्यतः तो इसी धंधे में है, पर बचे हुए खाली समय में टाइमपास के तौर पर पालम एयरपोर्ट पर ट्रैफिक पुलिस के सिपाही के रूप में भी नियुक्त हैं, जहाँ वह टैक्सी ड्राइवरों को विदेशी सवारियों से विदेशी मुद्रा में बख्शीश और किराया वसूलने के लिए प्रेरणा और प्रोत्साहन देता है, साथ ही तुरंत विनिमय में भारतीय रुपया उन्हें मुहैय्या कराता है। मुझे उसने बताया कि सरकारी विनिमय रेट में एक अमेरिकी डॉलर नौ भारतीय रुपयों के बराबर था, जो उसका चाचा तीस रुपए में देता है, पर मुझे वह चौबीस रुपयों में ही दिलवा देगा। मैं बहुत आभारी महसूस कर रहा था अपने अर्दली का। उससे खुश होकर मैंने पूछा कि तुम्हें रूस से कुछ मँगवाना है क्या? तो बिचारे ने बहुत अपनेपन से कहा कि नहीं साहब मुझे वहाँ से तो कुछ नहीं चाहिए, मगर यहाँ आप एक मेहरबानी कर सकते हैं। फिर संकोचपूर्वक बात जारी रखी कि साहब, हमें पालम से जामा मसजिद पहुँचने में दो बसें बदलनी पड़ती हैं, बहुत तवालत है, कभी दुबारा जाएँ तो मेरे लिए भी एक कोट खरीद दीजिएगा। वैसा ही जैसा आप अपने लिए लाए हैं। आप सही करते हैं कि उसे और साहब लोगों को नया बताते हैं। सच साहब, वह वाकई बिल्कुल नया लगता है।

हमारी यात्रा का प्रथम चरण दिल्ली से दुबई का था, जहाँ जहाज में ईंधन

भरवा कर हमें तेहरान के रास्ते रूस में तिबलिसी तक की उड़ान भरनी थी और फिर वहाँ से मास्को की। दुबई उन दिनों भी कस्टम ड्यूटी मुक्त (ड्यूटीफ्री) दुकानों के लिए मशहूर था। दुकानदार ज्यादातर सिंधी और दक्षिण भारतीय थे। शराबबंदी गुजरात जैसी कड़ी थी, अतः करेंसी में भारतीय रुपए और भारतीय शराब दोनों चलते थे, अर्थात् हम अपने साथ लाई हुई फ़ौजी रम चाहते तो आसानी से स्काच व्हिस्की में बदल पाते। यह काम एयर पोर्ट पर ही संपन्न हो जाता, पर हम लोग ऐसा करते नहीं थे, नहीं-नहीं, नैतिक कारणों से नहीं। हमारे अनुभवी मित्रों ने बता रखा था कि सोवियत रूस में भारतीय रम की बहुत पूछ थी। उसे वहाँ स्कोच व्हिस्की या शैंपेन में बदलने में अधिक फायदा था। जहाज हमारा अपना था, सो रखने की जगह की तो कमी थी नहीं। न वजन का चक्कर था। रही बात कस्टम वालों की तो सोवियत रूस के कस्टम अधिकारी भी भारतीय रम के प्रेमी थे। दो-चार बोतलें अपने पास रख लेने के बाद हमारा सप्रेम स्वागत रूसी—हिंदी, भाई-भाई कहकर करते थे। फिर हम जो भी करते थे, शालीनता के साथ थोड़ा-थोड़ा करते थे। दो-एक केस रम से अधिक नहीं ले जाते थे, जो मुख्यतः भेंट देने के लिए होती थी, व्यापार के लिए नहीं।

क्या शालीन जमाना था। सभी लोग सारी गड़बड़ियाँ मर्यादा में रहकर करते थे। नेता लोग अरबों रुपयों के घोटाले नहीं करते थे, अधिक-से-अधिक तीन करोड़, जो बिस्तर के गद्दों में सिले जा सकें, लेते थे। रेलवे बोर्ड की सदस्यता भी दस करोड़ रुपयों तक की नहीं पड़ती होगी। ठीक पता नहीं, पर एकाध लाख से अधिक थोड़े ही होती होगी, यहाँ तक कि तोपों के मामले में स्वयं प्रधानमंत्री के जैसी बड़ी तोप भी कुल मिलाकर चौंसठ करोड़ रुपयों से अधिक का गोला नहीं दागती थी। आज के जैसी मुद्रा स्फीति और बेईमानी का विस्फोट नहीं हुआ था कि घोटालों में हजार करोड़ रुपए विनिमय की सबसे छोटी इकाई बन जाए।

बहरहाल हम छोटे-मोटे कस्टम नियमों की अवहेलना कर लेते थे, पर इतनी नहीं कि उसे कोई तस्करी कह सके। फिर सोवियत रूस में भेंट के तौर पर देने के लिए रम की बोतल तो बहुत बड़ी चीज हुई, अधिकतर तो अच्छे टूथपेस्ट, सुगंधित साबुन, दार्जीलिंग चाय से लेकर बढ़िया टॉयलेट पेपर तक रूसियों को भेंट देने से ही दोस्ती की नींव पक्की हो जाती थी। रूसी लोग चाहे जितना हिंदी-रूसी मैत्री का दम भरें और उसके नाम पर होटल, रेस्टोरेंट में एक के बाद एक आठ-दस सेहत के जाम पी डालें, पर अपने घर वे प्रगाढ़ दोस्ती होने पर भी किसी विदेशी को नहीं बुलाते थे, चाहे वह भारतीय हो या कोई और। पर होटल-रेस्टोरेंट में

ऐसी छोटी-मोटी भेंट पाने के बाद दोस्ती बहुत जल्दी कर लेते थे, विशेषकर रूसी लड़कियाँ, जो भारत में बनी लैक्मे की लिपस्टिक को उससे कहीं अधिक महँगी अमेरिकन और फ्रेंच लिपस्टिक से अधिक पसंद करती थीं। हम इस बात पर शक जाहिर करते तो कहती थीं कि अच्छा फिर अमेरिकन या फ्रेंच लिपस्टिक भी भेंट में दे दो। फिर उन दोनों को एक के बाद एक चखकर पता लगा लेना, मगर गुप्ता का कहना था कि इतनी ठंड में उसकी नाक की सूँघने की शक्ति बहुत कम हो गई थी और दो चीजों के स्वाद और गंध में फर्क पता करने के लिए उसे कई-कई बार चखना पड़ता था। हाँ एक बार इस बात की सच्चाई जाँचने के लिए मैंने एक सस्ते रेस्टोरेंट में अपने लिए लैंब और उसके लिए होर्समीट की एक प्लेट मँगाई तो पाया कि उस दिन उसकी नाक एकदम सही काम कर रही थी।

रूसियों के साथ दोस्ती कर पाने में मुझे एक आसानी थी। बता चुका हूँ कि एन.डी.ए. में हमें कोई एक विदेशी भाषा भी पढ़नी होती थी और मैंने वहाँ रूसी भाषा पढ़ी थी, पर एन.डी.ए. से निकले हुए दस साल बीत चुके थे। दस साल बहुत होते हैं। इतने में तो राजनीति के चक्कर में फँसकर मनमोहन सिंहजी अर्थशास्त्र का अपना सारा ज्ञान खो बैठे। मेरे भी रूसी भाषा के ज्ञान में अभ्यास की कमी से पूरी तरह जंग लग चुका था। फिर भी मैंने रूस यात्रा से एक महीना पहले रूसी भाषा की अपनी किताबों को ढूँढ़कर निकाला था और अपनी याद्दाश्त पर पड़ी हुई धूल की मोटी तह को झाड़- पोंछकर साफ करना शुरू कर दिया था। धीरे-धीरे पुरानी दुश्मनी और पुरानी बेइज्जती की तरह भूली हुई रूसी भाषा भी याद आने लगी थी। कष्ट यह था कि बोलने के अभ्यास के लिए कोई साथ नहीं था, फिर भी धीरे-धीरे जुमलों में रवानी आने लगी, भले उनमें से कुछ गलत-सलत ही हो जाएँ। ऐसे में एक रूसी शब्द बहुत काम का था, 'तोचना-तोचना' जिसका भावार्थ था हाँ-हाँ वही। यदि कोई सही रूसी शब्द न याद आ रहा हो तो मिलता-जुलता रूसी शब्द बोलने पर सुननेवाला स्वयं पूछ लेता था कि क्या आपका तात्पर्य इस शब्द से है और वह स्वयं सही शब्द याद दिला देता था। फिर मैं सिर हिला कर कह देता था तोचना, तोचना। इस तकनीक को सिखाने के लिए मैं अपने एन.डी.ए. के दोस्त जौहर का आभारी रहूँगा। वह किसी शब्द पर कभी अटकता नहीं था। जो मुँह में आए, बोल देता था। लोग कितने समझदार होते हैं! वे तात्पर्य हमेशा समझ जाते हैं। जैसे खेल के मैदान में किसी खिलाड़ी को चोट लग जाए तो जौहर कह सकता था कि प्रोस्टीच्यूट उपलब्ध कराई जाए और रेफरी तुरंत समझ जाता था कि माँग सब्स्टीच्यूट की की गई है। एक बार लैंडिंग के लिए जहाज लाते समय रनवे पर

एक बछड़े को देखकर उसने एयर ट्रैफिक कंट्रोल को सूचित किया था कि 'देयर इज ए काऊब्वॉय ओन द रनवे।' मैंने भी रूसी भाषा बोलने का अभ्यास जारी रखा और जहाँ अटका, वहाँ किसी भी शब्द का प्रयोग करके रूसी लोगों से किसी समानार्थी सही शब्द का सुझाव मिलने पर तोचना-तोचना कहते हुए मुंडी हिलाने का अभ्यास पक्का कर लिया।

अंत में वह दिन भी आ ही गया जब हमने अपने टी यू-124 विमान को पालम हवाई अड्डे के रनवे पर लगभग एक मील तक दौड़ाकर उसकी नाक को उस जमाने की जनरल द गाल (फ्रांस के तत्कालीन राष्ट्रपति) या आज के संदर्भ में अंग्रेजी व्यंग्यकार जुग सुरैया की नाक की तरह ऊपर उठाया, जिससे वह धरती के बंधन से मुक्त होकर ऊपर उठने लगा। जिसे अपनी नाक ऊँची रखने की आदत हो, उसे कौन अपने आगोश में रखना चाहता है! हजार फीट की ऊँचाई पर आकर उसकी नाक को जयपुर की तरफ घुमाया, जो बरास्ते जामनगर दुबई जानेवाले वायु मार्ग पर पहला रिपोर्टिंग प्वॉइंट था। फिर अपने क्रूजिंग आलटीच्यूड (उड़ान की निर्धारित ऊँचाई) 31000 फीट तक विमान को पहुँचाकर, उसे ऑटो पायलट के हवाले कर दिया। मौसम बहुत अच्छा था, नीले आकाश में हमारे पीछे पूरब दिशा से आकर सूरज हमारे विमान को पकड़ लेने की कोशिश में लगा था। ऐसे मौसम में विमान-चालन से अधिक आसान और कोई काम हो सकता है तो वह दूसरों की बुराई करना है। हम पाँचों क्र्यू के सदस्य उसी प्रकार की गप्पें मारने में व्यस्त हो गए।

दुबई में हमारा पड़ाव मुश्किल से डेढ़ घंटे का था। कुछ विशेष तो वहाँ करना नहीं था, फिर भी जब तक विमान में ईंधन भरा जा रहा था, फ्लाइट इंजीनियर को छोड़कर हम बाकी के चार साथी सिर्फ समय बिताने के खयाल से एयरपोर्ट टर्मिनल में स्थित ड्यूटी फ्री शॉप में पहुँच गए। लौटते समय भी दुबई रुकते हुए जाना होगा, अत: अभी कुछ शॉपिंग करने का इरादा नहीं था, पर वहाँ जाकर मुकर्जी का दिल एक बड़े प्यारे से तोशिबा कलर टी.वी. पर आ गया। तब तक दूरदर्शन से रंगीन टी. वी. प्रसारण नहीं होता था, पर जल्दी ही इसके प्रारंभ होने की आशा थी। मुकर्जी ने कहा कि लौटते में ले लेने पर भी कुछ महीने तक वैसे ही रखा रहेगा अभी क्यों न ले लें, पड़ा रहेगा। अत: उसने टी.वी. खरीद लिया। शॉपिंग का इरादा पहले नहीं था, अत: हमने कोई बैगेज ट्रोली नहीं ली थी। टी.वी. पोर्टेबुल था, 12 इंचवाला। पैकिंग बहुत बड़ी नहीं थी, अत: मुकर्जी ने उसे अपने दोनों हाथों में उठाकर सीने से लगा लिया। मुकर्जी थोड़े कम कद का है। टी.वी. उसकी नाक तक आ रहा था। हमने मदद करने के लिए हाथ बढ़ाए तो इसे अपनी मर्दानगी पर बट्टा लगता

हुआ समझकर उसने मना कर दिया जैसा अकसर कम डील-डौल वाले करते हैं। हमने ज्यादा तकल्लुफ नहीं किया, बस उसके हाथों में इतनी बड़ी पैकिंग होने के कारण उसे आगे-आगे जाने दिया। शॉपिंग एरिया से बाहर निकलने के लिए काफी बड़ा सा बिल्कुल पारदर्शक शीशे का बीच से खुलनेवाला दरवाजा था। मैंने उसे सावधान किया कि सामने शीशे का गेट है। मुकर्जी ने पास पहुँचकर टी.वी. के पैकेज को नाक के ठीक सामने से हटाकर उसकी बगल से कभी बाएँ से और कभी दाहिने से झाँकते हुए उस शीशे के गेट से अपनी दूरी का अंदाजा लगाया। गेट सिर्फ एक कदम आगे था और बंद था। अतः उसने गेट को ठेलकर खोलने के लिए अपनी एक टाँग आगे बढ़ाई। आज तो भारत में लेजर किरणों द्वारा आगंतुक के निकट आते ही उसकी उपस्थिति को भाँपकर स्वतः खुल जानेवाले गेट तमाम जगहों में लगे हुए मिलते हैं, पर तब वे एक अजूबा थे। मुकर्जी ने सोचा भी न होगा कि बिना खुल जा सिमसिम कहे कोई अदृश्य शक्ति उसके स्वागत में गेट स्वयं खोल देगी। न ही उसने यह सोचा होगा कि इतने चाव से खरीदे हुए उसके टी. वी. सेट की आयु इतनी कम होगी। उसकी आगे बढ़ी हुई टाँग हवा को चीरती हुई उस खाली जगह में आगे बढ़ गई जहाँ क्षण भर पहले वह गेट था और अब स्वतः खुल गया था। फिर वह लड़खड़ाया, क्योंकि अगली टाँग टिक सके, इसके पहले ही पिछली टाँग उठ चुकी थी। इसके बाद क्रमशः टी.वी. सेट का पैकेज धड़ाम से नीचे संगमरमरी फर्श पर गिरा, उसके ऊपर मुकर्जी गिरा और शीशा है, सावधानी से उठाएँ, बतानेवाले लेबल को चीरकर टी.वी. स्क्रीन के छोटे-छोटे टुकड़े फर्श पर बिखर गए। हम बाकी के तीन साथियों ने अपने-अपने किरदार सँभाले और वही करना शुरू कर दिया जो सारे अच्छे दोस्त और निकट संबंधी ऐसे दुखद अवसरों पर करना अपना कर्तव्य समझते हैं अर्थात् जोर-जोर से मुकर्जी को बताना शुरू किया कि वह कितना बेवकूफ है।

'हमने तो पहले ही कहा था' की टेक लेकर बोले हुए अगले कई वाक्य ऐसे थे,

'लौटते समय खरीदना था, पता नहीं अभी लेने की ऐसी भी क्या जल्दी थी।'

'लोग देख कर क्यों नहीं चलते, खैरियत है कि गेट का शीशा नहीं टूटा।'

'टूटता कैसे, जापानी ग्लास का होता है, मेड इन इंडिया थोड़े था।'

'तू हमेशा इंडिया की बुराई क्यों करता है?' 'मैं कब करता हूँ, तू ही रोता रहता है।'

'मैं क्यूँ रोऊँ, रोएँ तेरे घरवाले।'

अंतिम दोनों वाक्य बोलनेवाले, गुप्ता और कपूर आपस में इतनी जोर से लड़ पड़े कि मैं उन दोनों को समझाने-बुझाने में लग गया। बेचारा मुकर्जी चुपचाप चकनाचूर टी.वी. के छोटे-छोटे टुकड़ों को चुनकर वहाँ से हटाने में लगा रहा। गुप्ता और कपूर की लड़ाई तो जल्दी ही शांत हो गई, पर कपूर जो स्वभाव से अंधविश्वासी था, बड़ी देर तक दोहराता रहा कि यार शीशे का टूटना बड़ा अपशगुन होता है। मेरे भाई साहब की शादी में उनको शरबत पिलाते हुए उनकी साली के हाथ से छूटकर शीशे का गिलास टूट गया था। बाद में पता चला कि दहेज में मिले सारे गहने नकली थे।

मुकर्जी भिन्नाकर बोला, 'अब तेरी शादी होगी तो कहीं तेरी बीवी नकली लड़की न निकल आए, इस बार तो बहुत महँगा शीशा टूटा है, अपशगुन भी बड़ा ही होगा।' देर हो रही थी, अतः बात बढ़ने नहीं पाई। हम वापस विमान पर आए और यात्रा के अगले चरण की उड़ान भरने में व्यस्त हो गए।

इसके बाद सौभाग्य से और कोई गड़बड़ी नहीं हुई। हमारा विमान सकुशल मास्को के हवाई अड्डे पर उतरा। भारतीय दूतावास से हमारी अगवानी के लिए आया अधिकारी हमें कस्टम से शीघ्र निकलवाकर बाहर खड़ी रूस में निर्मित बड़ी सी काली जील मोटरकार, जो शकल-सूरत में हमारी एंबेसडर कार की अम्मा और भैंस की बहन लगती थी, तक ले आया। बाहर आते ही हमें जीवन में पहली बार बस से लेकर क्रेन तक चलानेवाली अच्छी-खासी तंदुरुस्त महिलाएँ मुस्तैदी के साथ अपनी ड्यूटी बजाते दिखीं। उन्हें देखकर गुप्ता कुछ परेशान सा होकर बोला कि यार, मेरी मंगेतर ने एक बढ़िया लोंजरी (lingerie) की फरमाइश की थी, लगता नहीं कि उसकी साइज की यहाँ मिल पाएगी।

कपूर बोला, 'बच्चों के कपड़ों की दुकान में पूछना; शायद मिल जाए।'

मुकर्जी बोला, 'तुम पंजाबी लोग खाली ऐसा ही माफिक चीप बातें कोरेगा। लोंजरी, नाइटी की शोपिंग ही कोरता रहेगा। अरे रूस आया है तो एकठो स्वान लेक बैले देखो न भाई, तारपोरे मास्को का फेमस आर्ट गैलेरी चोलो।'

शरम के मारे हम सबने सहमति में अपने सिर हिलाए। कपूर मेरे कान में धीरे से फुसफुसाया, 'इस बेवकूफ कल्चर-वल्चर के साथ हम अपनी शामें नहीं बरबाद करेंगे।'

फिर हम चुपचाप एयरपोर्ट से मास्को शहर ले जानेवाले चौड़े राजमार्ग के दोनों ओर बर्फ से ढँके ऊँचे-ऊँचे बिना पत्तियों के सरो के पेड़ों की उदास खूबसूरती में खो गए, जो अँधेरे में आते-जाते वाहनों की रोशनी में रह-रहकर चमक जाते

थे। शाम के सात ही बजे थे, पर मेघाच्छादित आकाश के अमावस्या जैसे अँधेरे की पृष्ठभूमि में दूर जगमगाता हुआ मास्को एक ऐसे रहस्य जैसा लग रहा था, जिसका तिलस्म अब हमारे लिए टूटने ही वाला था। कुछ देर में हम शहर के अंदर दाखिल हुए और हमारी कार जब दिल्ली के राजपथ जैसी एक शानदार सड़क पर आई तो दूर क्रेमलिन के प्याज के आकार के रंग-बिरंगे गुंबद दिखाई पड़ने लगे। जल्दी ही हमारी कार दुनिया के तत्कालीन सबसे बड़े होटल रोस्सिया के पोर्टिको में जाकर रुक गई।

मास्को में हम तीन दिन रुके। क्रेमलिन। लेनिन की समाधि, आर्ट गैलेरी, टी.वी. टावर के रिवोल्विंग रेस्टोरेंट से लेकर मशहूर रूसी सरकस और लाजवाब स्वानलेक बैले तक सबकुछ देख डाला। शॉपिंग के ऊपर कोई समय नहीं खर्च किया। मिंस्क में उसके लिए पर्याप्त समय मिलेगा। अंत में मास्को से केवल दो घंटों की छोटी सी उड़ान भरकर हम मिंस्क के उस खूबसूरत शहर में पहुँच गए, जिसका वर्णन हमारे सीनियर्स इंद्रसभा के वर्णन के अंदाज में करते थे।

रूस आकर पिछले चार दिनों में मैंने अपने रूसी भाषा ज्ञान को रगड़-रगड़कर चमकाया था। मेरे टूटे-फूटे वाक्यों में धीरे-धीरे रवानगी आ रही थी। बीच-बीच में गलत शब्द बोलकर उनकी जगह सुझाए हुए नए शब्दों को तोचना-तोचना कहते हुए सीख लेने में मैं पारंगत हो गया था। कपूर ने मुझे अकसर इस शब्द का प्रयोग करते हुए सुना तो बहुत मासूमियत से पूछा कि रूसी भाषा में क्या भैन्चो को तोचना बोलते हैं ? उत्तर में मैं बस मुसकरा दिया। एक तो वाकई में साधारण बातचीत में इसका तकियाकलाम के तौर पर मैं इस्तेमाल नहीं करता था। फिर मुझे एक दोस्त ने कभी समझाया था कि लड़कियों को पटाने के लिए आदमी को दूसरों से थोड़ा हटकर अपनी छवि बनानी चाहिए, पर लड़कियाँ, जैसा कि मैं अभी तक लगातार बताता आया हूँ, मेरी जिंदगी में ज्यादा आई ही नहीं थीं। रूस आकर, विशेषकर मिंस्क पहुँचकर, पहली बार मुझे लगा था कि जब इतनी सुंदर-सुंदर तन्वंगी, सुनहरे बालों और नीली आँखोंवाली लड़कियाँ चारों तरफ प्रकृति की देन की तरह बिखरी हुई हैं, मुझे कम-से-कम एक बार किसी लड़की से दोस्ती करने का गंभीर प्रयत्न करना चाहिए। मेरे साथी लोग कुछ ज्यादा आक्रामक ढंग से रोमांटिक होने के प्रयत्न कर रहे थे। मुझे थोड़ी शालीन भाषा और सौम्य मुद्रा बनाए रखनी चाहिए, ताकि थोड़ी हटके वाली छवि बन सके। यूँ भी कपूर के प्रिय शब्द बैंचो के समानार्थी किसी रूसी शब्द से मैं परिचित नहीं था। अगर होता भी तो प्रयोग नहीं करता।

रूसी भाषा बोल सकने की क्षमता में जब सौम्य मुद्रा और शालीन लहजे का

पुट डाला गया तो उसका तुरंत फायदा हुआ। हमें रूसी हवाई जहाज कारखाने की तरफ से एक महिला दुभाषिया मिली हुई थी। नाम था लीना, जो मिंस्क के पास की एक नदी का नाम भी था। अपने नाम को सार्थक करती हुई लंबी, छरहरी, तन्वंगी, शरमीली लीना में वह सब था, जिसके रूस में देखने की थोड़ी सी भी आशा हम मास्को में क्रेन और बस चलानेवाली तंदुरुस्त महिलाओं को देखकर त्याग चुके थे। लीना हमारे होटल में सुबह नौ बजे आ जाती थी। हम साथ नाश्ता करने का आग्रह करते तो अधिक-से-अधिक एक कप कॉफी हमारे साथ ले लेती थी। हमारे साथ ही विमान कारखाने जाती थी मिनी बस में बैठकर, सारा दिन हमारे साथ बिताने के लिए। हमें जहाज को सौंप देने के बाद पहला एयर टेस्ट आठ-दस दिन बाद करना था, अतः हम खानापूरी करके वहाँ से घंटे-दो घंटे में भाग निकलते थे। लीना सारा दिन हमारे साथ मिंस्क शहर और आस-पास की दर्शनीय जगहों को घुमाते हुए टूरिस्ट गाइड और दुभाषिये दोनों का काम करती थी। दिन में हम खाना खाते तो हमारे साथ एकाध सैंडविच ले लेती थी, पर शाम होते ही हमें होटल वापस पहुँचाकर छह बजे तक वापस चली जाती थी। डिनर साथ लेने के हमारे हर निमंत्रण को वह बेहद प्यारी मुसकराहट के साथ ठुकरा देती थी। इतनी मिठास के साथ कि हमें जरा भी बुरा न लगे। दो-तीन दिनों के बाद जब बेतकल्लुफी थोड़ी और बढ़ी तो उसने हमारे बार-बार इसरार करने पर बताया कि जहाज फैक्टरी (वहाँ के संदर्भ में सरकार समझ लीजिए) के निर्देशानुसार वह हमारे साथ शाम को फैक्टरी के काम के घंटों के बाद समय नहीं बिता सकती थी। हमने बात मान ली और फिर आग्रह करना छोड़ दिया। लीना पूरी कोशिश करती थी कि हम पाँचों पर बराबर ध्यान दे और किसी एक में अधिक दिलचस्पी न ले, पर मेरे रूसी भाषा बोलने के प्रयत्न से वह बहुत खुश होती थी और बराबर मुझे प्रोत्साहन देती थी कि मैं उससे रूसी भाषा में ही बात करूँ। गलत बोलता था तो सुधार देती थी और मैं अपनी गलती छुपाने के लिए तोचना- तोचना करता रहता था। भाषा नजदीकियाँ लाती है, और लाई। मैं आयु में अपने पाँचों साथियों में सबसे छोटा था, लीना से थोड़ा ही बड़ा। उनमें से मैं, गुप्ता और कपूर कुँवारे थे, पर गुप्ता की मंगेतर थी। बचा कपूर, तो रूसी भाषा के घोड़े पर सवार होकर रेस में मैं उससे काफी आगे निकल रहा था। बाद में तो स्थिति यह हो गई कि मुझे और लीना को रूसी में गुटरगूँ करते देखकर वह मुझे अपना बैंचो राग सुनाने लग जाता था निश्चिंत होकर कि लीना समझेगी नहीं, पर लीना भाषाविद् थी। एक दिन मुझसे बोली कि फ्लाइट लेफ्टिनेंट कपूर क्या बैंजो बजाने के बहुत शौकीन हैं, बात-बात पर उसका जिक्र करते हैं ? पर

मैं बात को टाल गया। कहा कि नहीं, नहीं! पंजाब के हैं। उन्हें घर की याद बहुत आती है तो ऐसे ही बताते हैं अपनी भाषा में।

बिल्ली के भाग्य से आखिर एक दिन छींका टूटा। पिछली रात को होटल के सबसे अच्छे रेस्तरा में हम पाँचों की रूसी फ़ौजी अफसरों के एक बहुत भारत-प्रेमी ग्रुप से दोस्ती हो गई थी। राजकपूर की फिल्मों के हिंदी गाने और उस जमाने के अतिलोकप्रिय रूसी गीत 'रास्विताली याव्ली न इक्रुश्की, पाप्लिली कमानी नाद रिकोई,' जो हम लोग भी सुनते-सुनते सीख गए थे, एक के बाद एक गाते हुए हम लोग इंदो रूस्कीय द्रूज्बा अर्थात् भारत-रूस मैत्री के नाम जाने कितने शैंपेन और वोदका के जाम पीते रहे, पर मुझे गाने में अधिक और पीने में कम रुचि थी, अतः अगली सुबह पाँचों में से केवल मैं ही नौ बजे सुबह तैयार था। बाकियों ने कहा कि तू फैक्टरी हो आ, बता देना हमें कल रात हुए हिमपात से सर्दी-जुकाम हो गया है। अंधा क्या माँगे; दो आँखें। मैं फटाफट लीना के साथ चल पड़ा, इसके पहले कि उनमें से एक भी अपना इरादा बदल दे।

मिंस्क में वह तब तक का सबसे सुहाना दिन था। हिमपात सुबह रुक गया था और माइनस चौबीस डिग्री के तापक्रम में नीले आसमान में सुबह ग्यारह बजे जब सूरज आँखें मलता हुआ आया तो उसकी आँखें खुद अपनी चमक से चुंधिया रही थीं। फैक्टरी में मैं अकेला क्या करता, बारह बजे से पहले ही हम वापस चल पड़े। दिन का खाना मेरे साथ लीना ने एक रेस्तराँ में खाया और शायद मौसम का असर था कि जब मैंने उससे कहा कि मैं उसके साथ एक रूसी फिल्म देखना चाहता हूँ, इससे मेरी रूसी भाषा और सुधर सकेगी तो वो मुसकराकर मान गई। फिर हमने मैटिनी शो में एक फिल्म देखी। याद नहीं क्या नाम था उसका। लीना ने मुझे शुरू में उसके संवाद समझाने की कोशिश की, पर जल्द ही उसे समझ में आ गया कि मेरी दिलचस्पी फिल्म देखने में कम, उसे देखने में ज्यादा थी। वह तन्मय होकर, या तन्मय होकर देखने का अभिनय करते हुए, फिल्म देखती रही और मैं उसे देखता रहा। इतने ध्यान से फिल्म देख रही थी वह कि मेरी हिम्मत ही नहीं पड़ी कि मैं अपने हाथों में उसके हाथ थामकर बैठूँ। मेरी इस परम मूर्खता और अति डरपोकपने का एक सुखद नतीजा भी निकला। फिल्म के बाद मैंने कहा कि आज यदि हम रात का खाना साथ खा लें तो किसे पता चलेगा? खाना हम उस होटल में नहीं खाएँगे, जहाँ हम ठहरे थे। मिनी बस की हमने दोपहर में ही छुट्टी कर दी थी ताकि ड्राइवर को हमारे एक साथ फिल्म देखने का भी पता न चले। मौसम का तकाजा था या फिल्म रोमांटिक होने का या सिर्फ मेरे निकम्मेपन और दब्बूपन

से मेरे ऊपर उपजे विश्वास का नतीजा। जो भी हो, लीना मान गई। वह शाम मेरी जिंदगी की सबसे रोमांटिक शाम थी, बावजूद इसके कि रोमांटिक होने का मेरा स्तर भी बहुत हलके वजन का था। मैं विदा होने के समय तक सिर्फ गाल पर एक रस्मी किस्म का चुंबन दे पाने की हिम्मत कर पाया था। हो सकता है लीना ने ही अपने सुर्ख होंठ दूसरी तरफ फेर लिये हों। याद नहीं, क्योंकि अगली सुबह के भूकंप के कारण मैं उस शाम के अधिकांश विवरण भूल गया हूँ। कैसा भूकंप ? सुनिए।

मैं उस रात चुपचाप अपने कमरे में आकर सो गया। साथियों ने अगली सुबह पूछा कि कहाँ बिताई रैना ? तो मैं साफ झूठ बोल गया। कहा कि अपनी रूसी भाषा की पकड़ मजबूत करने के लिए अकेले रूसी पिक्चर देखने चला गया था। थोड़ी देर के बाद ही लीना आई तो वह एक बहुत सुंदर सी मैक्सी स्कर्ट पहने हुए थी, जबकि रोज वह मिडी या ट्राउजर्स पहनती थी। यह भी संभव है कि पिछली शाम के खुमार में वह मुझे रोज से कहीं अधिक सुंदर लग रही थी। असुंदर महिलाओं तक को उनकी सुंदरता के लिए कंप्लीमेंट देना मैं शराफत का तकाजा समझता हूँ और लीना तो वाकई गजब ढा रही थी।

मैंने दोब्रोए उतरो (शुभ प्रभात) कहने के बाद ही रूसी भाषा में कहा कि आज तुमने कितनी सुंदर स्कर्ट पहन रखी है।

लीना, शायद शर्म से, सुर्ख हो गई। बोली क्या मतलब ?

मैंने कहा कि मतलब यही कि तुम्हारी स्कर्ट बहुत सुंदर लग रही है। इतनी सुंदर कि छूने का मन करता है।

उसने इस बार जरा कड़क रूसी में कहा, 'बकवास बंद करो।'

मुझे इतनी नाराजगी का कोई औचित्य नहीं लगा। बहुत प्यार से समझाते हुए मैं बोला, 'सच लीना, यह तो कल वाली से भी सुंदर स्कर्ट लग रही है, जिसको पहनकर तुमने कल की शाम को इतना खुशनुमा बना दिया था। पिक्चर देखते वक्त मेरे हाथ से छू जाती थी तो मुझे कितना अच्छा लगता था।'

लीना मुझसे रूसी भाषा में बात करती थी और फ्लाइट लेफ्टिनेंट वर्मा के बहुत फॉर्मल संबोधन को छोड़कर मेरे आग्रह पर अरुण कहने लगी थी, पर पता नहीं क्या हुआ। वह मानो तड़पकर अंग्रेजी में बोली, 'फ्लाइट लेफ्टिनेंट वर्मा, मैं तुम्हें एक भला आदमी समझती थी। अब आगे से मुझसे बात मत करना।'

मैं हक्का-बक्का था। आखिर ऐसा क्या कह दिया मैंने ? पर स्पष्ट था कि अनजाने में कुछ गलत-सलत रूसी शब्द बोल बैठा था। इस बार मैंने भी अंग्रेजी में ही जवाब दिया, 'तुम्हारी स्कर्ट की तारीफ कर दी तो ऐसा क्या पाप कर दिया ?'

लीना गुर्राते हुए बोली, 'इतने भोले न बनो! तुम काफी अच्छी रशियन बोल लेते हो और खूब समझते हो कि तुम क्या कह रहे हो।'

मैंने उसे मनाते हुए पूछा, 'जिस नीज्न्येये बेलेयो की मैं तारीफ कर रहा हूँ, वह क्या कोई गलत शब्द है?'

इस बार लीना बोली तोचना! (एकजैक्टली!)।

मैं इज्वीनीते (एक्सक्यूज मी) कहकर भागकर अपने कमरे में गया, रूसी अंग्रेजी शब्दकोश उठाया और नीज्न्येये बेलेये शब्द खोजा। (जिसका शाब्दिक अनुवाद मैंने अपनी समझ से नीचे वाला वस्त्र से किया था, क्योंकि मैक्सी या मिडी स्कर्ट के लिए रूसी शब्द मुझे नहीं मालूम था।) शब्दकोश से उत्तर मिल गया—महिलाओं का अधोवस्त्र, लेडीज पैंटीज। मैं जैसे भागता हुआ आया था वैसे ही भागता हुआ वापस गया, पर लीना जा चुकी थी। थोड़ी देर के बाद फैक्टरी से फोन आया। लीना की तबीयत खराब है, आपके लिए हम दूसरे दुभाषिये तोवारिश (कामरेड) वोरोशिलोव को भेज रहे हैं।

लीना मेरे जीवन में जैसे आई थी, उससे भी अधिक तेजी से नौ-दो ग्यारह हो गई, यह संकेत देते हुए कि अगली मुलाकात जिस लड़की से होगी, वह गणितज्ञ होगी।

□

6

लीना का स्थान जब कामरेड वोरोशिलोव ने लिया तो हम सभी का खयाल था कि यह केवल उस दिन के लिए एक अस्थायी व्यवस्था थी, पर फैक्टरी जाने पर हमारे संपर्क अधिकारी ने बताया कि हम जब तक वहाँ रुकेंगे, वोरोशिलोव ही हमारे साथ रहेंगे। लीना ने किसी व्यक्तिगत काम से एक सप्ताह की छुट्टी ले ली थी। उस अधिकारी की बात का अंग्रेजी में अनुवाद करते हुए वोरोशिलोव ने अपना नाम आने पर हमें बड़े प्यार से अपने निकोटिन से पीले पड़ गए दाँत दिखाए और सिर को हलका सा झुकाकर अपनी गोल्फ कैप को क्षण भर के लिए हटाकर उसके नीचे की अपनी गंजी खोपड़ी दिखाते हुए ऐसे अभिवादन किया जैसे किसी सरकस में अपना खेल दिखाने जा रहे हों। वे मझोले कद के, गोल-मटोल, मुसकराते हुए चेहरेवाले उन लोगों में थे, जिनके चेहरे पर स्थायी रूप से बहुत मैत्रीपूर्ण भाव रहता है। उनके अभिवादन का जवाब बजाय उन्हें देने के गुप्ता, मुकर्जी और कपूर (जो तीनों अविवाहित थे) ने मेरी तरफ देखकर नजरों-ही-नजरों में कपूर की शब्दावली मूक शब्दों में फेंकी 'बैंचो, कर दिया न सत्यानाश! बड़ा रूसी भाषा का विद्वान् बनता था!' चौथे थे स्क्वाड्रन लीडर बिस्वास, जो निस्पृह और पूर्णतः तटस्थ लगे। वे हम सबसे सीनियर थे, शादीशुदा और एक बहुत प्यारे से चार साल के बच्चे के पिता थे। लीना हो या कोई और रूसी सुंदरी, उनके चेहरे पर सदा भगवान् बुद्ध जैसी शांत-सौम्य तटस्थता दिखती थी, जिसकी व्याख्या सब लोग फर्क-फर्क ढंग से करते थे। कपूर का कहना था कि इस उदासीनता का कारण महज कंजूसी थी। लड़कियों के चक्कर में जो रूबल खर्च होंगे, उतने में तो देत्स्कीय मीर (बच्चों के सामान खिलौनों आदि की मिंस्क में सबसे बड़ी दुकान) से बहुत से खिलौने आ जाएँगे। एक उम्र आती है, जब आदमी को अपने खिलौनों को भूलकर अपने बच्चों के खिलौनों का ध्यान रखना पड़ता है। गुप्ता का कहना

था; कौन आदमी है, जिसे बुढ़ापे में भी अपनी पसंद के खिलौनों से कभी-कभी खेलने का मन नहीं करता है। गुप्ता को विश्वास था कि हमारे महात्मा बुद्ध केवल डरपोक थे और उन्हें हम लोगों पर जरा भी विश्वास नहीं था। कम-से-कम वैसा नहीं जैसा स्वयं उसे था। दिल्ली में आखिर उसकी मंगेतर भी तो थी, पर उसे हम सब पर पूरा भरोसा था कि रूस में थोड़ी-बहुत की गई ताक-झाँक को हम उसकी मंगेतर तक नहीं पहुँचाएँगे। ऐसा कहते हुए वह बहुत जोर से हम लोगों से पूछता था 'है कि नहीं ?' और इस तरह लगातार अपने आपको आश्वस्त रखता चलता था कि वापस जाकर हम उसका भांडा नहीं फोड़ेंगे। जो भी हो, लीना की जगह वोरोशिलोव को सबने जल्दी ही स्वीकार कर लिया। मुझे छोड़कर। मैं उसे उस यात्रा में तो क्या, आज तक पूरी तरह भुला नहीं पाया हूँ। गुस्सा भी आता है उसपर। आजकल की लड़कियाँ होतीं तो वास्तव में मैं अनजाने में लीना से जिस चीज की तारीफ कर रहा था, उसे वे एक साधारण कॉम्प्लिमेंट समझकर सहज रूप से स्वीकार कर लेतीं। बल्कि अगर वास्तव में ऐसा कोई सुंदर और नया अधोवस्त्र पहना होता तो हिपस्टर जींस पहनकर साथ चलते समय एक कदम आगे बढ़कर रास्ते से कोई भी चमकीला कंकड़-पत्थर हाय, कितना सुंदर है न ? कहकर उठाते हुए तब तक झुकी रहतीं जब तक कि मैं भी पूरे उत्साह से कह न देता 'हाँ, दोनों बहुत सुंदर हैं। और हाँ, पत्थर भी कई सारे हैं। सबको उठाती रहो।'

लीना और विक्टर (वोरोशिलोव ने आग्रह किया था कि हम उसे इसी नाम से पुकारें) के व्यक्तित्व में इतना अंतर था, जितना मास्को और मिंस्क की सर्दियों और गरमियों में। रूस मैं पहली बार जनवरी के महीने में गया था। सुबह नींद खुलती थी तो आधी रात जैसा अँधेरा, जबरदस्ती शुभ प्रभात कहने के लिए, हमारे कमरे की खिड़कियों को भेदकर अंदर घुस आता था। मन मानने को तैयार नहीं होता था कि वाकई सुबह के आठ बज चुके हैं और घंटे भर में ही लीना हमें फैक्टरी ले जाने के लिए आ जाएगी। (लीना गई, उसकी जगह विक्टर आए, पर मुँह अँधेरे खयाल लीना का ही आता था) खिड़की खोलकर चारों तरफ बिखरा हुआ हिमधवल सौंदर्य निहारने का मन करता था पर खोलते ही तीर की तरह ठंडी हवा आकर कपड़ों के नीचे शरीर को भेद जाती और तुरंत खिड़की बंद करनी पड़ती थी। जल्दी-जल्दी तैयार होकर हम फैक्टरी जाने के लिए बाहर निकलते, पर बाहर आते ही हवा में रुई के गालों की तरह उड़ती, झरती स्नो को बिना पत्तों वाले पेड़ों की सूखी टहनियों पर ओढ़ी हुई सफेद चादर से उठाकर अपनी मुट्ठी में कैद करके एक-दूसरे के ऊपर फेंकने लगते, जब तक कि हाथ की उँगलियाँ ठंड

से अकड़कर दुखने न लगतीं। लीना शैतान बच्चों के क्लास की नर्सरी टीचर की तरह बेबस होकर प्रार्थना करने लगती कि देर हो रही है। फैक्टरी जाते हुए रास्ते में मिंस्क स्टेडियम में आइस-हॉकी खेलते हुए, पैरों में खंजर की तरह धारदार आइस स्केट्स पहने जवान लड़के-लड़कियाँ दिखाई पड़ते। कपूर को रोलर स्केटिंग आती थी, पर एक दिन आइस स्केट्स पहनकर आजमाना चाहा तो खड़ा भी न हो पाया और दल-बदल की शिकार किसी सरकार की तरह तुरंत भहराकर गिर पड़ा। लेकिन गिरा भी तो उसी लड़की पर, जिसका सहारा लेकर खड़ा होने की कोशिश की थी। स्टेडियम हमारे होटल से दूर न था। अगले दिन शाम को मुझे साथ लेकर गया कि दुबारा सीखने की कोशिश करेगा पर वहाँ जाकर इरादा बदल दिया। उस दिन वहाँ सिर्फ लड़के थे, लड़की कोई न थी।

पर जब मैं जुलाई के महीने में अगले वर्ष गया तो वही रूस बिल्कुल बदला हुआ दिखा। मास्को तो हरा-भरा था ही, मिंस्क तो बिल्कुल ही हरियाली में नहाया हुआ मिला। आसमान तो वहाँ साल में ग्यारह महीने तालिबानी कानून के अधीन स्त्रियों की तरह या तो चेहरे पर बादलों की नकाब डाले रहता है या फिर कुहरे और हिमपात में मुँह चुराए हुए अपने अस्तित्व को ही नकारता हुआ सा लगता है। गरमियों में आकाश इतना उदास नहीं लगता था, जितना सर्दियों में, पर गरीब आदमी को थोड़ा सा पैसा भी मिल जाए तो उसके चेहरे पर जो रौनक आ जाती है, वैसी ही रौनक सर्दियों में अचानक किसी दिन खुले हुए नीले आसमान के चेहरे पर दिखती थी। हँसती, मुसकराती, किसी सौंदर्य साबुन के विज्ञापनवाली कन्या की तरह झरने में नहाई हुई, तरोताजा सुबह जो सर्दियों में दस-ग्यारह बजे तक अपनी शकल नहीं दिखाती थी, गरमियों में जाने कितनी सुबह ड्यूटी पर आ जाती थी कि जब भी नींद खुले, सामने हाजिर रहती थी। अहिल्या के गौतम ऋषि को भरमाने के लिए इंद्र देवता मुरगा बनकर आधी रात में यदि वहाँ बाँग लगाते तो इतनी रोशनी होती कि मुरगे की तरह सिर उठाकर, सीना फुलाकर झूठी बाँग लगाते हुए पकड़े जाते।

लीना और विक्टर के व्यक्तित्व में रूस की सर्दी और गरमी की तरह अंतर था। सुनहरे बालों वाली उस तन्वंगी नवयौवना से गंजे विक्टर की भला क्या प्रतिस्पर्धा, पर घोर आश्चर्य! लीना की लजाई मुसकान के ऊपर विक्टर के उन्मुक्त कहकहे भारी पड़े। पचास-पचपन की आयु वाला विक्टर इतना जवांदिल, बिंदास और उन्मुक्त निकला कि उसने हमारी मंडली का दिल जल्दी ही जीत लिया। होटल से फैक्टरी तक जाते हुए सारे रास्ते वह लतीफे सुनाया करता और हम सबको

हँसाता रहता। रूस में सरकार की नीतियों और मार्क्सवाद का मजाक उड़ानेवाले लतीफे सुनानेवाले व्यक्ति को साइबेरिया की तरफ ध्वनि की रफ्तार से पहुँचा देने का चलन था। अत: विक्टर के सारे लतीफे उस ऊँचाई से शुरू होते थे, जिस तक हमारे लतीफे क्रमश:सरदार जी, सरकार और घरवाली की सीढ़ियों से गुजरकर पहुँचते हैं, जहाँ शायद सारी दुनिया के लतीफे चौरासी लाख योनियाँ भुगतकर अंत में पहुँचकर मोक्ष प्राप्त करते हैं, जहाँ आग्रह करके सुननेवाले तो शर्मीले कहलाते हैं, पर सुनानेवाले बेशर्म। लाजवंती लीना यदि उसके लतीफे सुनती तो विक्टर को अश्लीलता के आरोप में साइबेरिया भिजवा देती, हालाँकि रूस से बाहर की दुनिया की नजरों में साइबेरिया का निर्वासन अपने आपमें एक अश्लील हरकत थी, जिसे देखकर मानवता के भोले मुख पर शर्म की लाली दौड़ जाती थी।

कपूर तो विक्टर का मुरीद बन गया। साथ में डायरी लेकर घूमने लगा कि उसके सुनाए हुए लतीफों को बैंचो, क्या बात है! कहते हुए दाद देकर तुरंत नोट कर सके। अंत में उन दोनों की दोस्ती इतनी परवान चढ़ी कि कपूर ने विक्टर से दिल खोलकर पूछ ही लिया कि किसी शाम को अपनी कहानियों की किसी नायिका से मिलवाता क्यों नहीं। विक्टर तुरंत राजी हो गया। बोला कि कहो तो आज ही एक बेहद खूबसूरत लड़की से तुम्हारी दोस्ती करवा देता हूँ, पर वह एक प्रतिष्ठित घराने से ताल्लुक रखती है, अकेले नहीं आएगी। बात जारी रखते हुए बताया कि अगर कपूर को मंजूर हो तो विक्टर और उसकी पत्नी मीशा, जिससे हम मिले नहीं थे, उस लड़की नाद्या को साथ लाकर डिनर पर मिल सकते हैं। डिनर भी किसी अच्छे रेस्टोरेंट में हो जहाँ बढ़िया बैंड हो और डांस-वांस हो सके। कपूर के मुँह में पानी भर आया। हमसे बोला कि क्या कहते हो, रखा जाए आज ही रात का प्रोग्राम? पर गुप्ता को यह अपनी मंगेतर के साथ विश्वासघात सा लगा। मुझे लगा कि कपूर को ही पहल करने दूँ तो ठीक रहेगा। लीना ने कोई औपचारिक शिकायत नहीं की थी, पर अब नाद्या और मीशा के रंग-ढंग देखने के बाद कोई अगला कदम उठाऊँ तो ठीक रहेगा। मुकर्जी ने साफ मनाकर दिया। उसे विक्टर कोई खास पसंद नहीं था, क्योंकि उसके विचार से रूस में पंजाबियों से कोई सबसे ज्यादा मिलती-जुलती कौम थी, तो वह थी, जिसमें विक्टर पैदा हुआ था। बाकी बचे बिश्वास साहब, तो वे पहले सिर्फ मुसकराए, फिर क्षण भर के बाद बोले कि अच्छा है कि तुम अपना प्रोग्राम हमारे अपने होटल में नहीं रख रहे हो। गुड लक टू यू।

तो फिर उस दिन कपूर की माँग पर हम सब फैक्टरी से दोपहर तक वापस आ गए। हम तो खा-पीकर सोना चाहते थे, पर कपूर मुझे और गुप्ता को बार-बार

आकर डिस्टर्ब करता रहा। पहले उसने दुबारा दाढ़ी बनाई (यह महज मेरा खयाल है, हो सकता है तिबारा बनाई हो) फिर देर तक अपने जूते पर पालिश करता हुआ उनमें जवान आँखों की सी चमक पैदा करने की कोशिश में लगा रहा। फिर उसने तीन-चार शर्ट्स और पैंटें निकालीं और बारी-बारी से उन्हें पहनकर फैशन परेड करते हुए मेरी और गुप्ता की राय माँगता रहा। मैंने कहा कि सूट क्यों नहीं पहन लेता? तो बोला कि वह बहुत फॉर्मल लगेगा। अब दिन ही कितने बचे हैं। मैं तो नाद्या से शुरू से ही इनफॉर्मल हो जाना चाहता हूँ बमुश्किल तमाम उसकी तैयारियाँ खत्म हुईं और छह बजे शाम से ही वह सज-धजकर बैठ गया। अपने कमरे में नहीं, बल्कि हमारे कमरे में, क्योंकि जाने से पहले वह मुझसे रूसी भाषा का वह रास्विताली याव्ली न इक्रूश्की वाला गीत सीखना चाहता था। गाना शुरू करने के पहले उसने फायर प्लेस के ऊपर रखी मेरी स्कॉच की बोतल उठाई, तीन ग्लासों में मेरे, गुप्ता और स्वयं अपने लिए थोड़ी-थोड़ी स्कॉच ढाली, कमरे में रखे मिनीफ्रिज से आइसक्यूब निकाल कर ग्लासों में डाले और बोला कि मेरा मूड तो पहले से ही रोमांटिक है, इसकी जरूरत सिर्फ इसलिए है कि यदि गुप्ता भी मेरे गाने में अपने सुर लगाए तो मैं बरदाश्त कर सकूँ। गुप्ता वाकई बहुत बेसुरा था, फिर भी गाने का शौकीन था और बहुत स्पोर्टिंग भी। वह बोला कि तू क्या, मैं खुद अपना गाना दारू पीकर ही सुन पाता हूँ। एक दिन थोड़ी देर तक 'रोसिया रोदिना मया' वाला गाना महज गुनगुनाया तो अपने ही कानों में दर्द हो गया।

कपूर खुश हो गया। बोला, 'ओह, बैंचो, अच्छी याद दिलाई। ये वाला गाना भी तो इन रूसियों के बीच बहुत लोकप्रिय है। वर्मा, तुझे तो आता होगा, यह भी सिखा दे।' दोनों गानों की बाकायदा प्रैक्टिस हुई। अन्य कोई रूसी गाना किसी को नहीं आता था तो क़पूर ने ईचक दाना, बीचक दाना, दाने ऊपर दानावाला हिंदी गीत सोलो गाना शुरू कर दिया। जैसे ही उसने कहा छज्जे ऊपर लड़की नाचे, लड़का है दीवाना कि इंटरकोम की घंटी बजी। रिसेप्शन ने सूचित किया कि मिस्टर वोरोशिलोव आ गए हैं। कपूर उछलकर खड़ा हो गया, जाने से पहले बाथरूम में घुसकर अपनी टाई की ठीक-ठाक लगी गाँठ को दुबारा पुचकारा, शेल्फ से मेरे आफ्टरशेव लोशन की बोतल उठाकर आधी अपने ऊपर उलट ली और चलता बना।

उसके जाने के बाद मुकर्जी और बिश्वास साहब के आने पर हम चारों रेस्टोरेंट में डिनर के लिए गए। वहाँ पियानो पर एक वादक कोई रूसी धुन बजा रहा था। उसके साथ काले ईवनिंग गाउन में सजी-धजी एक गायिका कोई अर्ध शास्त्रीय सा गीत गा रही थी। गाते हुए कभी-कभी वह मुँह ऊपर उठाकर बहुत लंबी सी

तान खींचती थी, जिससे हॉल गूँजने लगता था। मुकर्जी और विश्वास साहब दोनों बहुत तन्मय होकर संगीत सुनते रहे और मैं और गुप्ता चारों तरफ बिखरा हुआ रूसी सौंदर्य आँखों से पीते रहे। गाने के समाप्त होने पर मुकर्जी ने कहा—हमारे यहाँ (बंगाल में) जब शादी की रसम संपन्न होती है, तब ऊ-लू-लू-लू की जो ध्वनि सब लोग मुँह से निकालते हैं, इस गाने की तरह होती है। मैंने और गुप्ता ने कपूर के अभियान की तैयारी में उसके साथ पहले ही दो-दो पेग स्कॉच के लगा रखे थे, अब विश्वास साहब और मुकर्जी का साथ देने के लिए एक-एक छोटा पेग और ले लिया तो मुझे जल्दी ही नींद आने लगी और गुप्ता को अपनी मंगेतर की याद आने लगी। इन दोनों ही स्थितियों में आदमी का दिमाग सही ढंग से काम करना बंद कर देता है। ऊपर से ये दोनों बंगाली ऊ-लू-लू-लू ध्वनि की याद करके भावुक हो रहे थे। अतः हमने बिना और समय नष्ट किए खाने का ऑर्डर दे दिया, जिसमें सस्ती सुंदर और टिकाऊ चीजों पर जोर दिया गया था। इसके बाद हम अपने कमरों में आकर सो गए। सोते समय ध्यान आता रहा कि हमारी शाम इतनी सादी सी बीती थी। जश्ने रोमांस तो कपूर मना रहा होगा।

मैं शायद कोई बहुत मीठा सपना देख रहा था, तभी दरवाजे के जोर-जोर से भड़भड़ाए जाने से नींद टूटी तो ठीक से कुछ समझ नहीं आया। बिस्तर छोड़ सकूँ, इतना होश आने तक दरवाजे पर बजता संगीत बंद नहीं हुआ। लाइट ऑन करके आँखें मिचमिचाता हुआ दरवाजा खोला तो देखा विक्टर दोनों हाथों से कपूर को सँभालने की कोशिश में लगा हुआ था और कपूर आँखें आधी बंद किए हुए कोरिडोर की कारपेट पर पसर जाने की पूरी कोशिश कर रहा था। साथ ही वह शाम को अधूरा छोड़े गाने छज्जे ऊपर लड़की नाचे, लड़का है दीवाना को बुदबुदाते हुए पूरा करने की कोशिश कर रहा था। विक्टर ने अपराधी की तरह बिना नजरें मिलाए कहा सँभालिए इनको, मुझे इस समय आपके होटल में आने की अनुमति नहीं है और रिसेप्शन से ली हुई कपूर के कमरे की चाभी मुझे पकड़ाकर, स्पोकोयनॉय नोच (शुभ रात्रि) बोलकर चलता बना। कपूर का कमरा साथ वाला ही था, पर मैं आशंकित था कि उसे अकेले उसके कमरे में कैसे छोड़ूँ अतः कपूर को अपने बिस्तर पर लिटाकर उसके जूते उतारे। तभी उसने मुँह को गोल सा बनाते हुए ओ-ओ किया तो मैं तुरंत उसे टॉयलेट लेकर भागा। वहाँ उसने डब्ल्यू सी में झाँकते हुए शाम के महँगे रेस्टोरेंट के महँगे डिनर को बड़ी सी उलटी में परिवर्तित करके अर्पित किया, जिसमें ठोस पदार्थ बहुत कम और तरल, यानी व्हिस्की, वोदका और शैंपेन का मिश्रण अधिक था। फिर मैंने उसे कंबलों में लपेटकर दुबारा अपने बिस्तर पर

लिटाया और उसके कमरे से कंबल वगैरह लाकर अपने कमरे के फर्श पर बिछाकर स्वयं उसपर सो गया। बिस्तरों की अदला-बदली का हम दोनों के व्यक्तित्व पर प्रभाव रहा होगा कि कपूर सोते हुए बीच-बीच में नाद्या का नाम लेकर बुदबुदाता रहा और मैं कॉरपेट के बावजूद कड़े और बहुत ठंडे लगनेवाले फर्श पर करवटें बदलते हुए कपूर का तकियाकलाम ओ बैंचो! दुहराता रहा।

अगले रोज सुबह नौ बजे विक्टर का फोन आया कि कपूर और मैं चाहूँ तो फैक्टरी न आऊँ, वह सँभाल लेगा। विश्वास साहब मुसकराकर बोले छोड़ो भाई, आज हम चारों ही छुट्टी कर लेते हैं। बैठकर कपूर की कहानी सुनते हैं, मजा आएगा। फिर ब्रेकफास्ट के बाद कपूर को हम चारों ने घेर लिया। उसने एस्पिरिन की दो गोलियाँ गटकीं, फिर बिस्तर पर बैठकर ब्लैक कॉफी की चुस्कियाँ लेते हुए हमें यह कहानी सुनाई।

विक्टर जिस टैक्सी में बैठकर हमारे होटल के पोर्टिको में कपूर की प्रतीक्षा कर रहा था, उसमें दो महिलाएँ भी बैठी हुई थीं। कपूर को उन महिलाओं का परिचय देते हुए विक्टर ने पहले अपनी पत्नी मीशा से मिलवाया, जो किसी स्कूल में शारीरिक व्यायाम की टीचर थी। उसे देखते ही उसके व्यवसाय का परिचय मिल जाता था। दूसरी एक तरुणी थी, जिसके गुलाब जैसे कपोलों पर एक लजीली सी मुसकान थी। उसकी शारीरिक बनावट में वह सबकुछ था, जिसका वर्णन महाकवि कालिदास कपूर से कहीं बेहतर कर सकते थे। कपूर के श्रोताओं की दिलचस्पी पात्रों की बजाय वारदात का विवरण सुनने में अधिक थी। कपूर तो सिर्फ मुँह में भर आया पानी गटकते हुए कह पाया कि अरे वह क्या चीज थी यार!!! और हम सब थोड़ा कहा, ज्यादा समझना वाले अंदाज में बेसब्री से सिर हिलाने लगे। मुझे लगता है आप भी इस तरीके से ही बेहतर समझेंगे। तो यह थी नाद्या! परिचय कराने पर दोनों महिलाओं ने कार में बैठे-बैठे ही कपूर से हाथ मिलाए। कपूर प्रतीक्षा कर रहा था कि विक्टर सामने ड्राइवर के बगल वाली सीट से उठकर पीछे आ जाए ताकि वह आगे बैठ सके, पर भगवान् की तरह विक्टर का भी उसूल निकला कि जब देना है तो छप्पर फाड़कर दो। वह अपनी सीट पर जमा रहा और कपूर को पीछे वाली सीट पर बैठने को कहा।

नाद्या बाहर निकली और कपूर को मीशा के बगलगीर करके स्वयं उसके दूसरी बगल बैठ गई। मीशा के डीलडौल के कारण जगह की जो कमी पड़ रही थी, उसका मुआवजा नाद्या ने कपूर से चिपककर बैठ कर दिया और टैक्सी चल पड़ी। कपूर की प्रार्थना भगवान् पूरी तरह सुनता तो टैक्सी चलती ही जाती, चलती

ही जाती और फुल टैंक पेट्रोल खत्म होने के बाद रुकती, पर नास्तिक मार्क्सवादी रूस में भगवान् इतनी देर रुकने को तैयार नहीं थे। सो टैक्सी रुकी जाकर मिंस्क के सबसे शानदार होटल के पोर्टिको में। मीशा को उतरने में समय लगा, पर नाद्या बहुत अदा के साथ उतरी। सहारा देने के लिए कपूर की तरफ उसने अपनी लंबी-लंबी कलाकारों जैसी उँगलियों वाली गोरी कलाई बढ़ाई। कपूर ने नाद्या के शरीर की सुगंध से अपने मन-मस्तिष्क पर छाई बेखुदी से लड़ते हुए चंपा की डाली जैसी उन नाजुक बाँहों को सहारा दिया तो वह टैक्सी से बाहर निकली। कपूर टैक्सी का किराया देने को अपना पर्स निकालने लगा तो विक्टर ने उसे रोक दिया और कहा कि कम-से-कम टैक्सी का तो पेमेंट मुझे करने दो फिर, विक्टर ने मीशा की कमर में हाथ डाल दिया और बोला कि चलो चलें। कपूर नाद्या की कमर को ललचाई नजर से देखते हुए ठिठका, पर नाद्या की सिर्फ मुसकान शरमीली थी, बाकी के तौर-तरीके नहीं! उसने पहल की। कपूर के दाहिने हाथ में अपना बायाँ हाथ दिया और चारों लोग होटल की आठवीं मंजिल पर स्थित शानदार रेस्टोरेंट में पहुँचने के लिए लिफ्ट में घुसे। लिफ्ट इन चारों के लिए बहुत बड़ी नहीं थी, पर उतनी छोटी भी नहीं थी, जितना उसे समझकर नाद्या कपूर से लगभग चिपकी रही। उन कुछ क्षणों में ही नाद्या के शरीर से आते सुगंध के झोकों से कपूर के दिलो-दिमाग काबू से बाहर होने लगे।

यदि एवरेस्ट की चोटी तक भी इस लिफ्ट में ही चढ़ते जाना होता, तब भी कपूर उससे पूरी तरह से संतुष्ट नहीं हो पाता। आठवीं मंजिल पर पहुँचकर जब लिफ्ट रुकी, वे बाहर निकले और नाद्या ने अपना सिल्वर फॉक्स के फर वाला कोट उतारकर रेस्टोरेंट के बाहर परिचारिका को पकड़ाया तो कपूर उसे देखता ही रह गया। उसे लगा जैसे सूर्य की पहली किरण के स्पर्श से कमल के फूल ने हौले-हौले अपनी पंखुड़ियाँ खोल दी हों। विक्टर ने हलके से गला साफ करके इशारा किया तो उसे अपने जामा मसजिद से खरीदे हुए ओवरकोट को उतारकर परिचारिका को देने का ध्यान आया। मीशा ने मुसकराकर कपूर से कुछ पूछा जिसका विक्टर ने तर्जुमा किया कि सुंदर है न आपकी साथी? कपूर ने जोर से हामी भरी तो विक्टर ने उत्साहपूर्वक कहा कि फिर तो हम आज शैंपेन पिएँगे, वोदका नहीं। कपूर बोला कि ऑफकोर्स जी, वोदका शोद्का को मारो गोली। विक्टर से वह अंग्रेजी में बात कर रहा था, पर विक्टर को उसकी अंग्रेजी के छोटे से वाक्य में भी दो शब्द नहीं समझ आए। ऑफकोर्स के बाद जी और वोडका के बाद शोद्का पर वह अपनी शंका का समाधान कर सके, इसके पहले ही नाद्या ने चर्च की घंटी जैसी सुरीली आवाज में

कहा 'या लूब्ल्यू चंपास्कॉय इ सिकरे,' कपूर रूस में आठ-दस दिन बिताकर इतनी रूसी तो सीख ही चुका था कि उसका आशय समझ जाए। वैसे भी इस वाक्य में तीनों ही काम के शब्द थे चंपोस्कोय अर्थात् शैंपेन, इकरा अर्थात् केवियार और या लूब्ल्यू अर्थात् मुझे मुहब्बत है। उसका दिल तड़पकर रह गया, काश वह कपूर होने की बजाय शैंपेन की बोतल या कैवियार की प्लेट होता! यद्यपि मछली के अंडे से बनी केवियार से उसे दो कारणों से घृणा थी। एक तो वह उसे बंगालियों के काम की चीज मानता था, ऊपर से वह एक बहुत महँगी डिश थी। पर नाद्या की आवाज में वह जादू था कि शायद जहर भी अमृत लगता। सरफरोशी की तमन्ना लिये हुए वह नाद्या के साथ-साथ अंदर आया, जहाँ एक खाली टेबल तक पहुँचानेवाली सुंदर परिचारिका पर उसने नजर भी नहीं डाली। विक्टर और मीशा अपने आप में मगन रहे। शायद कपूर को पूरी तरह नाद्या के रहमोकरम पर छोड़ देने के लिए! नाद्या को अंग्रेजी नहीं आती थी और कपूर को रशियन, पर कौन कहता है मोहब्बत की जुबां होती है ? कपूर ने शुरुआत में ही शैंपेन का ऑर्डर दिया तो विक्टर ने कहा कि उसे बाद के लिए रहने दो, अभी तो वोदका लेते हैं। फिर वोदका आई। लंबे-लंबे नाजुक डंडियों वाले ग्लासों में वोदका के साथ पीने के लिए गुलाबी चेजर आया, जिसे नीट वोदका के हर घूँट लेने के बाद पीने के रूसी रिवाज से कपूर परिचित हो चुका था। इसके साथ स्नैक्स के रूप में विक्टर की पहल पर कई सारी डिशें आईं। बीफ से परहेज रखनेवाला कपूर केवल चीज टूँगता रहा। विक्टर और मीशा प्लेटों की सफाई करते रहे और नाद्या केवल केवियार के गोल-गोल काले दानों को नफासत के साथ चुगती रही। उसकी लंबी-गोरी सुराहीदार गरदन को देखकर कपूर सोचता रहा कि श्वेत हंस काला मोती चुगते हुए इससे अधिक सुंदर थोड़ी लगता होगा। तभी पियानो, बाँसुरी, वायलिन और सैक्साफोन के संगीत के बीच से उभरकर क्रूनर की आवाज हाल में होती बातचीत के ऊपर छा गई। तालवाद्यों की गमक गूँजने लगी, जिनके साथ हाल में बैठे हुए लोग पैरों से ड्रम की बीट पर ताल मिलाने लगे। फिर उनमें थिरकन आई और कई सारे जोड़े नृत्य करने के लिए अपनी-अपनी टेबुलों से उठ कर लकड़ी के चिकने डांसफ्लोर पर आ गए।

विक्टर ने खड़े होकर मीशा को फ्लोर पर चलने का आहवान करते हुए अपना हाथ बढ़ाया, कपूर की ओर मुसकराकर अपनी एक आँख दबाई और वे दोनों हाथों में हाथ डालकर नृत्य करने के लिए चल दिए। कपूर ने नाद्या की तरफ हसरतभरी नजरों से देखा तो उसने मुसकराकर केवियार की खाली प्लेट की तरफ इशारा करके और मँगवाने का संकेत दिया। कपूर ने तुरंत ऑर्डर दिया और अपने

लिए और वोदका मँगाई। नाद्या का ग्लास अभी लगभग भरा हुआ था। इसके बाद आधे घंटे तक कपूर कुढ़ता हुआ आलिंगनबद्ध विक्टर और मीशा को डांस फ्लोर पर फॉक्सट्रॉट, चा चा चा और वाल्टज की धुनों पर एक-दूसरे में खोए हुए, थिरकते हुए देखता रहा। कपूर के तन-मन में आग सी सुलगनी शुरू हो गई थी। उधर नाद्या थी कि पूरी तन्मयता से केवियार खाने में जुटी हुई थी। पहले जिस नफ़ासत से उसने चुगना शुरू किया था, अब वह गायब हो गई थी और नृत्य के बढ़ते हुए टेम्पो के साथ उसका केवियार पर आक्रमण और तीव्र हो गया था। कपूर का मन कर रहा था कि उसके सामने से प्लेट खींचकर पटक दे। केवियार ही मेनू में सबसे महँगी डिश थी, उसका यह खयाल तब गलत सिद्ध हुआ, जब नाद्या की अगली फरमाइश पर उसे ग्रीन-सलाद मँगाना पड़ा। मेनू कार्ड में उसका दाम देखकर कपूर का नशा उखड़ने लगा। जनवरी के महीने की श्वेत हिमाच्छादित मिंस्क की धरती पर आयातित ग्रीन सलाद इतना महँगा था तो आश्चर्य क्या, पर आगे कुआँ, पीछे खाई थी। न तो वह नाद्या की प्लेट फर्श पर पटककर उसका हाथ पकड़कर घसीटते हुए उसे डांस फ्लोर पर ले जा सकता था, न उसका वोदका का ग्लास उसके हलक के अंदर उलट सकता था। अत: दाँत पीसते हुए वह एक के बाद एक वोदका के तीन बड़े पेग चढ़ा गया। शाम को रोमांटिक मूड बनाने की तैयारी में जो स्कॉच उसने मेरे कमरे में ली थी, उसके साथ वोदका का संगम धीरे-धीरे पेट से ऊपर चढ़ते हुए दिलो-दिमाग पर काबू करने लगा। तभी अचानक बैंड ने विश्राम का ऐलान किया। विक्टर और मीशा नृत्य और रोमांस की घनघोर बौछार में सराबोर होकर वापस टेबल पर आ गए और बड़ी मासूमियत से पूछा कि कपूर डांस फ्लोर पर क्यों नहीं आया। उत्तर नाद्या ने रूसी में दिया, जिसका तर्जुमा करके विक्टर ने बताया कि उसे ये पुरानी धीमी गतिवाले नृत्य नहीं पसंद थे। वह ट्विस्ट और शेक जैसे तेज गति की धुनों की प्रतीक्षा में थी जो विश्राम के बाद बैंड पर बजेंगे। कपूर को चैन आया। विश्वास हुआ कि नाद्या उसके साथ न्याय करने में देर करेगी, पर अँधेर नहीं। विक्टर ने सुझाव दिया कि तब तक खाना समाप्त कर लिया जाए। सुझाव देकर वह तो चुप बैठ गया, पर अब कमान मीशा ने अपने हाथों में ले ली। वेटर को बुलाकर उसने लंबा-चौड़ा ऑर्डर दिया। जाहिर था कि इस व्यायाम शिक्षिका की भूख इतनी देर तक थिरकने के बाद मजे में खुल गई थी। नाद्या ने सुझाव दिया कि शैंपेन की बोतल खोलने का समय आ गया था। कपूर ने वह भी मँगाई।

ड्रिंक्स और खाने के लंबे-चौड़े ऑर्डर को सुनकर कपूर का नशा हिरन हो जाना चाहिए था, पर हुआ इसके ठीक उलटा। उसने भी दबाकर चीज और सलाद

से अपना पेट भरा और तह जमाने के लिए शैंपेन के घूँट-पर-घूँट लेता रहा। हमने आश्चर्य से पूछा कि अपनी जेब की हत्या और अपनी आत्महत्या करने के जैसा यह विचार उसे क्यों आया तो सिरदर्द के सताए अपने माथे को दोनों हाथों से दबाते हुए उसने बताया कि बचपन में उसके स्कूल के बाहर रेहड़ी पर कुल्फी बेचनेवाले से उसने यह पाठ सीखा था। एक ट्रक से टक्कर लगने के बाद उसकी रेहड़ी उलट गई थी और मटकी फूट जाने से कुल्फी के सारे त्रिशंकु सड़क पर बिखर गए थे। ऐसे में जब सड़क के लोगों और बच्चों ने कुल्फी लूटकर खाना शुरू किया तो वह स्वयं भी इस शुभ कार्य में लग गया था। बाद में स्पष्टीकरण में बताया था कि इतने सारे लोगों को वह अकेला रोक तो पाता नहीं, पर कुल्फी के साँचों को सबसे ज्यादा तेजी से वही खोल सकता था। बचा नहीं पाया, पर खाई तो सबसे ज्यादा! कपूर ने इस तर्क से प्रभावित होकर इस पाठ को गाँठ बाँध लिया था। परिणामस्वरूप शैंपेन युद्ध में उसने सबको परास्त किया। उसके बाद जब नाद्या के साथ ट्विस्ट और रॉक-एन-रोल नृत्य करने के इरादे से वह डांस फ्लोर पर पहुँचा तो उसे लगा कि पहले से ही फर्श रोल कर रहा था और वह स्वयं रॉक कर रहा था। फिर इसका गम कि फोक्स्त्रोत और वाल्टज जैसे नृत्यों में नाद्या को बाँहों में लेने की बजाय अब उससे एक हाथ की दूरी पर खड़ा होकर ट्विस्ट करना था। शायद इसीलिए नाद्या ने धीमी चालवाले संगीत पर पहले उसके साथ डांस नहीं किया था। इस लाचारगी के गुस्से और स्कॉच, वोदका और शैंपेन के सम्मिलित प्रभाव से अगले पाँच मिनटों में डांस करते हुए उसने नाद्या की हाई हील सैंडल से सुशोभित पैरों की उँगलियों को छह सात बार अपने चमकाए हुए जूतों से रौंदा। अंत में नाद्या ने बिना अपनी जादुई मुसकान बिखेरे पूछा कि क्या वह आराम करना चाहेगा तो उसे लगा कि इस आग के दरिया में डूब कर जाने से तो अच्छा होगा कि किसी तिनके का सहारा लेकर बाहर आ जाए। वे दोनों वापस आए तो विक्टर और मीशा ने ताली बजाकर उनका स्वागत किया। इसके बाद की घटनाओं के बारे में कपूर की याद्दाश्त कुछ धुंधली सी थी। इतना जरूर याद था कि टैक्सी में बैठते ही वह गहरी निद्रा में लीन हो गया था। कमरे में विक्टर ने पहुँचाया। यह बात हमने उसे बताई और टैक्सी के पैसे विक्टर ने दिए होंगे, यह उसने सुझाया। मजे की बात यह कि इस कदर मदहोश रहने के बावजूद उसे कुछ धुंधला-धुंधला सा याद आ रहा था कि जब वह टैक्सी में आँखें बंद किए पड़ा था तो नाद्या ने विक्टर को एकाध बार ब्रात्या कहकर संबोधित किया था, पर विक्टर ने श श श ध्वनि करके उसे चुप करा दिया था। मुझसे उसने पूछा कि रशियन में क्या यह भी नेज्न्येये वेलेये जैसा

ही कोई वाहियात शब्द है, जो विक्टर उसे बोलने से मना कर रहा था? मैंने बताया कि मात के बाद रूसी भाषा में ओतेत्स (पिता) का नंबर आता है, जिसे वैसे तो पापा कहते हैं, पर ब्रात्या कम प्रचलित शब्द है, जो पिता पर बहुत प्यार आने पर बच्चे बोल देते हैं!!!

मैं शायर से पूरी तरह सहमत हूँ कि हरेक रंज में राहत है आदमी के लिए। रूस में बाकी के बिताए हुए दिनों में कपूर ने मुकर्जी मियाँ की जूती उन्हीं के सिर लगाई अर्थात् उससे पैसे उधार लेकर स्वान लेक बैले उसी के साथ देखा। गुप्ता ने अपनी मंगेतर के लिए लोंजरी और निज्येये वेलेये के साथ अन्य बहुत कुछ खरीदा। बिस्वास साहब ने देत्स्कीय मीर से बच्चों के लिए बहुत से कपड़े और खिलौने लिये और मैंने माँ, पिताजी के लिए कुछ गरम कपड़े और भतीजे-भानजों के लिए अन्य उपहार लिये। केवियार पर पैसे सिर्फ मुकर्जी ने खर्च किए। शेष सभी ने घोषित कर दिया कि पपीते के बीज वाली शकल का यह व्यंजन ओवरप्राइस्ड था। और वह दिन भी आखिर आ ही गया, जब सोवियत रूस को दोस्वीदान्या बोलकर हम सब भारत माता के धूल भरे मैले से आँचल में वापस आ गए।

गुप्ता से दोस्ती रूस जाने से पहले ओवरकोट सहोदर बनने से और बढ़ गई थी। उसने भाँप लिया था कि जब वह अपनी मंगेतर की बात करता था, मेरे चेहरे पर एक अजीब सी बेचारगी छा जाती थी। एक दिन बोला कि मेरी मंगेतर मधु की एक बहुत अच्छी सहेली है। उससे हर समय एयर फोर्स अफसरों के बारे में पूछती रहती है, बहुत दिलचस्पी है उसे वायुसेना में। तू बोल तो उससे मिलवा दूँ। बहुत सुंदर तो नहीं है, पर सलोनापन है उसमें और वह बहुत इंटेलीजेंट भी है। मेरे सारे जोक्स पर सबसे पहले वही हँसती है। मैंने कहा कि तेरी तुलना में तो कोई भी बुद्धिमान निकलेगा। तेरे जोक्स पर नहीं, तेरे ऊपर हँसती होगी। बस इसी तरह की नोक-झोक में उस लड़की के बारे में और कुछ पूछ नहीं पाया। मेरे लिए यही जानना क्या कम था कि वह दिल्ली विश्वविद्यालय के जिस कॉलेज से मास्टर्स कर रही थी, वह पालम में हमारे ऑफिसर्स मेस से सात-आठ किलोमीटर दूर था, जो दिल्ली के हिसाब से बहुत नजदीक था।

रूस से लौटने के पंद्रह दिनों के बाद अंग्रेजी बसंतोत्सव अर्थात् वैलेंटाइंस डे का पर्व आ जाता, बशर्ते उन दिनों भी हम भारतीयों की बुद्धि के ऊपर बाजारवाद के महंत आज की तरह से कब्जा जमा कर बैठे होते। पर रूस की भयंकर ठंड के बाद फरवरी महीने में दिल्ली इतनी सुहानी लग रही थी कि रंग-बिरंगे वैलेंटाइंस डे के कार्डों की नकली धूम के बिना ही फिजाँ में रोमांस स्वाभाविक रूप से बिखरा

हुआ था। खिलते-मुसकराते गुलाब, नर्गिस और डहलिया के फूलों के सौंदर्य से रंगीन हो उठी फगुनाई हवाओं में सर्दी की तीक्ष्ण धार नहीं थी। वैलेंटाइंस डे के कार्डों में जैसी अंग्रेजी तुकबंदियाँ प्यार का मनुहार करने के लिए छपी रहती हैं, उन्हें रटने की जरूरत ही नहीं थी। मौसम अकेले अपने ही दम पर सख्त फ़ौजियों को भी कविहृदय बना सकने में समर्थ था। नई दिल्ली की छतनार वृक्षों से सजी हुई सड़कों के ऊपर अमलतास और कचनार की डालियाँ वसंत ऋतु के आने की घोषणा करने के लिए तन कर खड़ा होना चाहतीं भी तो कैसे होतीं, फूलों के बोझ से जो झुकी हुई थीं। पलाश के जंगल में आग लगा देनेवाले रक्ताभ वृक्ष तो यहाँ कम थे, पर जामुनी जेकेरेंडा के फूल ऊँची-ऊँची डालियों पर खिलखिलाकर हँसते हुए सगोत्री गुलमोहर से पहले खिल जाने की रेस जीतकर खुशी से बावले हुए जा रहे थे। ऐसे ही एक हँसते-मुसकराते बहते हुए झरने की तरह प्यारा सा दिन, जो रविवार होने के कारण पहले ही बेहद खुशनुमा लग रहा था, गुप्ता ने पेशकश की कि मैं उसके साथ बुद्ध जयंती पार्क चलूँ, जहाँ उसकी मंगेतर ने दिन में आने का वादा किया था। मैं चाहूँ तो वह अपने साथ ज्योति नाम की उस सहेली को भी ला सकती थी, जिसे एयर फोर्स अफसर अच्छे लगते थे। अंधा क्या माँगे दो आँखें! और यहाँ तो उसका नाम ही ज्योति था।

विवाह योग्य कन्याओं की दृष्टि से जरूर मुझमें कुछ ऐसा है, जो मच्छरों की नजर से ओडोमास में और मक्खियों की दृष्टि से फिनायल में होता है। तभी आज तक किसी लड़की से अनौपचारिक पहचान या दोस्ती का प्रश्न भी नहीं उठा। इस बार शायद कुछ फर्क अनुभव हो, क्योंकि इस बार बात शादी की नहीं थी सिर्फ, दोस्ती की थी। मुझे विश्वास हो चला था कि फ़ौजियों से सिर्फ दोस्ती की बात हो, शादी की नहीं, तो कम-से-कम दिल्ली की लड़कियाँ जरूर दरियादिल निकलेंगी। तय हुआ कि गुप्ता अपनी मंगेतर और ज्योति के साथ बुद्ध जयंती पार्क के अंदर कमल सरोवर (लिली पोंड) के किनारे मिलेगा। मैं सीधे वही आ जाऊँ। यदि बाद में बात कुछ बनी तो ज्योति को मैं अपनी मोटरबाइक पर किसी मैटिनी शो में ले जा सकता था। गुप्ता ने स्वयं और मधु के अपने बाकी के प्रोग्राम को रहस्य की परतों में ही लिपटा रहने दिया, जिसका क्या? तो मुझे मालूम था, सिर्फ कहाँ? जानने का कौतूहल था। उन दिनों यह कहाँ? भी एक बड़ा भारी बवाल था। आज तो हर उस छोटी-से-छोटी खुली जगह में जहाँ थोड़ी घास, दो पेड़, चार फूलों के पौधे और एक अदद, लँगड़ी ही सही, बेंच हो, बहुत उच्च कोटि के सांस्कृतिक, काव्यात्मक और आध्यात्मिक ढंग से आत्माओं के (और उसके चलते, शरीर के भी) मिलन

के कार्यक्रम आयोजित हो जाते हैं, पर उन दिनों एक ही बेंच पर चार फीट के फासले पर भी एक लड़का और एक लड़की बैठे हों तो तुरंत कोई चौकीदार या पुलिसवाला आकर बीच में बैठ जाता था और महँगाई का जिक्र करने लगता था, जिसके चलते वह ईमानदार आदमी एकाध कप चाय का भी मुहताज था, पर हद तो तब हुई, जब एक बार मैं एक पार्क में अकेले ही बेंच पर बैठकर प्रकृति की सुंदरता निहारने में लगा हुआ था तो एक पुलिसवाले ने आकर तंग करना शुरू कर दिया था। मैंने उसे परिचय दिया और फ्लाइट लेफ्टिनेंट की वर्दी में अपने आई डी कार्ड में लगी फोटो दिखाई तो खिसियाकर बोला कि सर आप लोग यहाँ पारक में क्यों अपना और हमारा टेम खराब करते हो। हमारे साहब लोगों की तरह जहाँ दफ्तर हो, हुवई क्यों नहीं उन्हें बुलवा लेते?

जैसा कि तय हुआ था, मैं समय से बुद्ध जयंती पार्क पहुँच गया। दो-एक मिनट के अंतराल से गुप्ता और उसकी मंगेतर मधु लिली पोंड के किनारे आ पहुँचे। उनके साथ की साँवली-सलोनी, छरहरी लंबी लड़की ज्योति ही हो सकती थी। मधु ने परिचय दिया कि यह है ज्योति, तुमसे मिलने को बहुत उत्सुक थी। तभी अगले ही महीने होनेवाली अपनी एम.एस.सी. मैथ्स की फाइनल परीक्षा की चिंता छोड़कर आ गई है और ज्योति अरुण यही हैं, इनके बारे में तो तुम्हें पता ही है। ज्योति ने बड़ी प्यारी सी मुसकान के साथ हैल्लो कहा। उस समय हैल्लो ही चलता था, किसी से मिलते ही हाय-हाय करने का चलन नहीं था, पर मिलने के बाद में हाय-हाय करने की मनाही नहीं थी, अत: मेरी अंतर्रात्मा से जो मायूस, ठंडी हाय निकली, वह हल्लो के आज के पर्यायवाची के रूप में नहीं, बल्कि एक गहरी चोट लगने से उत्पन्न हाय-हाय थी। नहीं! ज्योति कोई ऐसी कानी, लूली, लँगड़ी नहीं थी, बस उसके मैथमेटिक्स में एम.एस.-सी. करने की खबर ने मेरे दिल पर वह तीर चलाया कि मेरी आँखों के आगे अँधेरा सा छाने लगा। बड़ी कठिनाई से मैंने अपने चेहरे पर आते भावों को रोका, लेकिन गणित का नाम लेते ही चेहरे पर छा जानेवाली मुर्दनी मेरे पुरखों की कई पीढ़ियों में कमाई हुई संपदा थी, जो मुझे घुट्टी में मिली थी। थोड़ा विषयांतर तो आपको लगेगा, पर तब भी मैं गणित से अपनी खानदानी दुश्मनी के बारे में बताना चाहूँगा।

पारंपरिक लड़ाइयाँ पीढ़ी-दर-पीढ़ी चलाए रखना सबके बूते का काम नहीं होता। राजपूतों ने मुगलों से कई पीढ़ियों तक लड़ाइयाँ लड़ीं, पर राणा प्रताप जैसे एकाध महापुरुषों को छोड़कर, जिन्होंने सारा जीवन इसी पुण्य कार्य में झोंक दिया, बाकी के बड़े-बड़े योद्धाओं ने रोटी-बेटी के संबंध बनाए और अनवरत लड़ाई जारी

रखने के झँझट से मुक्ति पा ली। लेकिन हमारा परिवार है कि एक खानदानी दुश्मनी को बनाए रखने में पूरी तरह से समर्पित है। यह और बात है कि हमारी खानदानी दुश्मनी किसी व्यक्ति विशेष या उसके परिवार से नहीं है, यह दुश्मनी है गणित के विषय से। इस दुश्मनी के चक्कर में मेरे प्रपितामह, पितामह, पिताजी और मैं स्वयं उन पेशों से दूर रहे, जिनमें गणित की जरा सी भी दखलंदाजी हो। पीढ़ियों से हमारे यहाँ न कोई इंजीनियर बना, न वैज्ञानिक। हाँ वकीलों, इतिहासकारों, पुरातत्त्ववेत्ताओं की कोई कमी न रही। बड़े भाई साहब के साथ तो और धोखा हुआ। हाईस्कूल और इंटरमीडिएट में प्रथम श्रेणी पाकर उन्हें गलतफहमी हो गई कि खानदान में वे अनोखे पैदा हुए थे, अत: शराफत से बी.ए. करने की बजाय उन्होंने बी.एस.-सी. की राह चुनी, पर दो बार उसमें गणित में फेल होकर उन्होंने पूर्वजों की तरह दर्शन शास्त्र व साहित्य की देहरी पर आकर सिर नवाया और तीसरे साल में बी.ए. में दाखिला लेकर इस खानदानी मुसीबत से पिंड छुड़ाया।

मेरी अपनी मुसीबत तब शुरू हुई, जब तीसरी कक्षा में मुझे डबल प्रोमोशन मिल गया और सीधे पाँचवीं कक्षा में दाखिला मिल गया। गणित समझने के किए क्रमश: एक सीढ़ी से दूसरी सीढ़ी पर चढ़ना आवश्यक था। यहाँ सीढ़ी में बीच का अर्थात् चौथी कक्षा वाला डंडा ही गायब था। वहीं फिसलकर मैं ऐसा गिरा कि सारी उम्र अपनी पीठ सहलाता रहा। पाँचवीं कक्षा में पहले तो भिन्न (फ्रैक्शन) से सामना हुआ जो अपनी लँगड़ी टाँग के बावजूद दो टाँगों वाले साबित अंकों से अधिक खूँखार थी। फिर लघुत्तम और महत्तम समापवर्त्य (एल.सी.एम. और जी.सी.एफ.) नामक महानुभावों से परिचय कराया गया, जो काफी बदतमीज निकले। कोई साफ-साफ पूछता कि फलानी-फलानी संख्याओं का लघुत्तम या महत्तम बताओ तो मैं रटंत विद्या के प्रताप से उत्तर निकाल लेता था, पर दुर्भाग्य से गणित में सीधी बात करने का चलन ही नहीं है। यहाँ तो रिवाज था पूछने का कि दस-दस मिनट के अंतराल से पाँच घंटियाँ बज रही हैं और आठ-आठ मिनट के अंतराल से सात घंटियाँ बज रही हैं तो बताओ सबकी सब एक साथ कब बजेंगी। अपनी बला से बजें। मेरे दिमाग में तो ऐसे वाहियात सवालों से घंटियाँ नहीं, हथौड़े बजने लगते थे। वही घंटी सबसे प्यारी लगती थी जो बज ही नहीं पाए। कभी पूछा जाता कि कुछ लोग दस-दस पूरियाँ खाते हैं, कुछ पाँच-पाँच और कुछ चार-चार, तो फिर कितनी पूरियों के पैकेट बनाएँ जाएँ कि खाना फेंका न जाए। अरे भाई, फेंका कैसे जाएगा। दस-दस के ही पैकेट बनवा लो, जो बचे, वह घरवालों को दे देना, न राजी हों तो मुझे दे देना। मैं सब निपटा दूँगा। पेट भले खराब हो जाए,

पर दिमाग तो नहीं खराब होगा। और अगर पूछना ही है तो साफ-साफ बता दो कि इनका लघुत्तम निकालूँ कि महत्तम। फट से बता दूँगा। पर ऐसे वाहियात प्रश्न पूछनेवालों में इतनी शराफत होती तो गणित से अपनी लड़ाई ही क्यों होती। इन्हें तो सिर्फ आग लगाकर हाथ सेंकने में मजा आता था।

गणित के अध्यापक हर बात में कोई पेंच पैदा किए बिना मानते नहीं। मैंने तो गणित की किताबों में ऐसे किसी हौज का जिक्र ही नहीं सुना, जिसमें पानी सिर्फ भरता हो और तुरंत किसी सूराख या टोंटी के जरिये सरकारी योजनाओं में लगे पैसे या सुंदर बालिकाओं को देखकर लाचार बुजुर्गों के मुँह से टपकती लार की तरह निकलकर बह न रहा हो। अरे भाई, अपने-अपने हौज और उनकी टोंटियाँ मरम्मत कराके रखो, हमारी जान क्यों खाते हो कि उनमें पानी कितनी देर में भरेगा। ऐसे-ऐसे बंदर पाल रखे हैं, जो खंभों पर एक मिनट में बीस फूट चढ़ते हैं और अगले ही मिनट में पाँच फुट नीचे फिसल जाते हैं। बंदर न हुए मुंबई शेयर बाजार का सूचकांक हो गए, जो एक दिन पाँच सौ अंक चढ़ता है तो दूसरे ही दिन छह सौ अंक नीचे गिर पड़ता है। जब चिदंबरम और जेटली जैसे वित्त मंत्री नहीं बता सकते कि सूचकांक चढ़ेगा कि उतरेगा, मुद्रास्फीति बढ़ेगी या घटेगी तो मैं क्या बताऊँ कि दस फर्क-फर्क लंबाई के खंभों में किसके ऊपर बंदर सबसे पहले चढ़ पाएगा। अरे भाई, तू कहीं से ऐसा खंभा क्यों नहीं लाता जो कम चिकना हो। वैसे कुछ लोग हैं, जो ऐसे टेढ़े सवालों का जवाब भी दे पाते हैं। मेरे दोस्त पप्पू को क्लास में देर से आने के लिए मास्टरजी ने डाँट लगाई तो वह बोला कि मास्टरजी, इतनी तेज बारिश हो रही थी कि एक कदम आगे रखता था तो दो कदम पीछे फिसल जाता था। मास्टरजी बोले कि झूठा कहीं का, ऐसा होता तो स्कूल पहुँच ही न पाता। पप्पू बोला कि जी यही हो रहा था, पर मैं थककर घर वापस जाने लगा तो पीछे फिसलता-फिसलता यहाँ पहुँच गया।

कहाँ तक बताऊँ गणित के अध्यापकों की कारस्तानी। इनके हिसाब से जो काम एक आदमी आठ घंटों में पूरा करेगा, उसे एक औरत दस-बारह घंटों में पूरा कर पाएगी। फिर पूछेंगे कि उसी काम को एक आदमी और एक औरत मिलकर कितनी देर में पूरा करेंगे। अरे हमेशा औरत ही क्यों धीरे काम करेगी। जरा पुरुष से सुई में धागा डलवाकर देखो। जितनी देर में वह चार बार सुई को गिराएगा, फिर उठाएगा उतनी देर में स्त्री चार सुइयों में धागा पिरो चुकी होगी। ऊपर से स्त्रियों को पारिश्रमिक हमेशा पुरुषों से कम देते थे। कम-से-कम मेरे बचपन में तो ऐसा ही होता था, अब शायद कानून और राष्ट्रीय महिला आयोग के डर से स्थिति बदल

गई हो, वरना जहाँ दस आदमी, आठ औरतें और पाँच बच्चे मिलकर काम करते थे, सबके पारिश्रमिक की दरें और काम करने में लगा समय फर्क होते थे। काम पूरा करने में लगनेवाला समय यदि किसी दैवी कृपा से पता चल भी गया तो अगला प्रश्न उठ खड़ा होता था कि किसको कितने रुपए दिए जाएँ। ऐसे वाहियात सवालों से निबटने के लिए ही मेरे जमींदार पूर्वजों ने बेगार की प्रथा चलाई थी। पैसे किसी को देने ही नहीं। न रहेगा बाँस; न बजेगी बाँसुरी। कनिमोज्ही, ऐ राजा, कलमाडी, बंसल आदि की ऐसी मिली-जुली गपड़चौथ के कारण ही मनमोहनजी की सरकार कभी कोई हिसाब ठीक से नहीं लगा पाई। लूट में हिस्सा हिसाब से तय करने की बजाय यह तय कर लिया कि जिससे जितना बन पड़े, उठाओ और माल अपनी जेब में भरो। ऐसे होता है प्रतिभा का सही-सही मूल्यांकन और सम्मान, बजाय एक-एक रुपए का हिसाब समझने के। सुना है मनरेगा वालों ने समस्या दूसरे ढंग से सुलझाई है। इस सरलीकृत प्रणाली में काम-वाम को पूरी तरह दफना दिया जाता है और पैसे अफसरों, संचालकों और मजूरों के बीच तीन बराबर-बराबर ढेरियों में बाँट लिये जाते हैं, चौथी थोड़ी ऊँची ढेरी बँटवानेवालों अर्थात् नेताओं की होती है।

बड़ों और बच्चों के साथ-साथ काम करने से उपजी दिक्कत अब बालश्रमिकों के न रखनेवाले कानून से समाप्त हो गई है। स्त्रियों और पुरुषों के साथ मिलकर काम करने की दिशा में भी विचारों में प्रगति हुई है। अटलजी जीवन भर परहेज निभाते रहे पर अंत में ममता, समता, जय ललिता के चक्कर में फँस ही गए। मनमोहन सिंह ने भी जब ममता के साथ मिलकर काम करना चाहा तो रोए। अब गणित चाहे कुछ कहता रहे, पर यह सिद्ध हो गया है कि स्त्री और पुरुष अपना-अपना काम फर्क-फर्क कर लें, तभी कोई काम पूरा हो पाएगा। हाँ इसके अपवाद में दो-एक काम हैं जरूर, जो पुरुष और स्त्री मिलकर बढ़िया कर लेते हैं, पर मैं अपना लिखा अश्लील नहीं घोषित करवाना चाहता हूँ, अत: उसकी चर्चा छोड़ें।

अंकगणित में कम-से-कम अंकों का जिक्र होता था जो कुछ मायने रखते थे, पर अलजेब्रा से मुलाकात हुई तो वही भावना मन में आई, जो प्राय: बुजुर्गों के मन में स्वतंत्र भारत में आती है कि इससे तो अंग्रेजों की गुलामी ही अच्छी थी। परेशानी खड़ी कर रखी थी एक्स नामक एक मुसीबत ने। यह समझाया गया था कि जो मालूम न हो, उसे एक्स मान लो। मेरा मन करता था कि सारे प्रश्नों के उत्तर में ही एक्स लिख दूँ, परीक्षक महोदय जो उत्तर सही हो, मेरे एक्स को वही मान लेना। अब दोस्तों की महफिल में अकसर सोचता हूँ कि जब ट्रिपल एक्स इतनी मजेदार चीज होती है तो बिचारा सिंगल एक्स क्यों इतना नीरस होता था। जीवन में

कभी-कभी अंधों के हाथ बटेर लग जाती है। मुझे पता नहीं कैसे हाईस्कूल परीक्षा में गणित में अच्छे अंक मिल गए। पिताजी को गलतफहमी हो गई कि हालात इतने बुरे नहीं हैं, जितना वे समझते थे। इसी धोखे में इंटर में मुझे फिर से विज्ञान और गणित विषय दिलवा दिए गए। मेरे ऊपर तो मुसीबतों के पहाड़ टूट पड़े जब पता चला कि अब से गणित नामधारी राक्षस के कंधों पर सात सिर होंगे, जिनके नाम थे अलजेब्रा, त्रिकोनमेटरी, सॉलिड जिओमेटरी, कोआर्डिनेट जियोमेटरी, स्टेटिक्स, डायनामिक्स एवं कैलकुलस। इन सात-सात भूतों से लड़नेवाले दिन शायद मेरे जीवन में सबसे अधिक दुखदायी दिन थे।

फिर भी हर मुसीबत में कोई-न-कोई राह निकल आती है। गणित की कक्षा में पापड़ बेलते-बेलते लगने लगा कि किसी-न-किसी तरह से पास होने भर नंबर ले लूँगा। तय यह किया कि इन सात में से दो विषय जिनके सिर-पैर ही समझ नहीं आते थे, उनसे पूरी तरह कुट्टी कर लूँ और पूरा ध्यान बाकी के पाँच पर लगाऊँ। ये दोनों निष्ठुर विषय थे, कैलकुलस और स्टेटिक्स। डायनामिक्स में तो कम-से-कम चीजों को फेंको तो वे कुछ दूर जाकर गिरती थीं, पर स्टेटिक्स समझने में दिक्कत यह थी कि इसमें जोर तो लगता था, पर चीजें अपनी जगह से हिलती ही नहीं थीं, गोया भ्रष्टाचार हो। अनशन करो, चाहे तोड़ो, अपनी जगह पर हजरते दाग की तरह कायम ही रहेगा। रही कैलकुलस। तो उसमें भी इनटीग्रल और डिफरेंशियल का अंतर मुझे कभी समझ में नहीं आया। जैसे आजकल लड़कों और लड़कियों को बहुत पास से देखे बिना अंतर नहीं समझ में आता है और बहुत पास से देखने की कोशिश करता हूँ तो ख्वाहमख्वाह दूसरे किस्म की गलतफहमियाँ पैदा हो जाती हैं। पहले पास से देखने पर वे लड़के निकलते थे तो कोई कुछ अन्यथा नहीं समझता था। अब वह जमाना भी गया। हर हालत में किसी-न-किसी तरह का भ्रम हो जाता है। अत: बिना अंतर समझे ही कैलकुलस की दोनों संतानों को मैंने दूर से ही देखकर प्रणाम कर लिया था।

अब बचे बाकी के पाँच विषयों के पाँच भूत। पुराने परीक्षा प्रश्नपत्रों को देखकर उनसे लड़ने के लिए कुछ तरीके समझ में आए। गणित के तीन प्रश्नपत्र होते थे। हरेक में तीन श्रेणियों के सवाल होते थे। पहली तरह के कुछ कम अंकों वाले सवाल होते थे, जिनमें कोई थियोरम सिद्ध करनी होती थी। इन पर रटंत विद्या से काबू पाया जा सकता था। दूसरी तरह के प्रश्नों में रटे-रटाए फॉर्मूलों में वैल्यू फिट करने से उत्तर निकल आता था। तीसरी तरह के सवाल अधिक अंकों वाले भारी-भरकम होते थे। इनका मैंने पहले से ही बहिष्कार करने की ठान ली।

इंटर की बोर्ड परीक्षा में गणित के पहले प्रश्नपत्र में रटे फॉर्मूलों में वैल्यू फिट करके तैंतीस में से लगभग ग्यारह अंकों के सवाल ठीक कर लिये पर दूसरा प्रश्नपत्र मौत का संदेश लेकर आया हुआ दिखा। तैंतीस में से लगभग पाँच अंकों के बचकाने सवाल अपनी हैसियत के हिसाब से कर लिये, पर पर्चे के बाकी सारे सवाल अपनी-अपनी ऐंठ में अकड़े हुए लगे। जिन हिस्सों के प्रश्न समझ में आने की क्षीण सी भी आशा थी, उन्हें पढ़-पढ़कर थक गया, पर कुछ पल्ले नहीं पड़ा। परीक्षा के तीन घंटों में से अभी पौने तीन घंटे बाकी थे। अतः बोर होकर प्रश्नपत्र के उस तीसरे हिस्से की तरफ भी नजर डाल ली, जिसका बहिष्कार करने की मन में सोच कर आया था। अंतिम प्रश्न पढ़ा तो बाँछें खिल गईं। बेवकूफ परीक्षक ने सबसे आसान प्रश्न सबसे बाद में पूछा था। प्रश्न था कि एक त्रिशंकु आकार की (कोनिकल) बालटी में भरे पानी में एक फुटबॉल गिर पड़ती है तो बालटी में कितना पानी बचेगा? कितना बह जाएगा? त्रिशंकु की ऊँचाई और व्यास (डायामीटर) दिया हुआ था और फुटबॉल का भी। लो जी! फॉर्मूला फिट करनेवाले जिस सवाल को मैं पेपर के प्रारंभ में खोज रहा था, वह पेपर के पिछवाड़े वाली गली में मिला। मैंने फटाफट फॉर्मूलों में ऊँचाई और व्यास की वैल्यूज भरी। बालटी के आयतन में से फुटबॉल का आयतन घटाया और जो बचा, उसे उत्तर की जगह लिख कर मूँछों पर ताव देता हुआ हॉल से बाहर निकल आया, क्योंकि बाकी के पेपर में मगज मारने से भी दिमाग की बत्ती जलने की कोई आशा नहीं थी। बाहर आकर इंतजार करता रहा कि कोई पढ़ाकू किस्म का लड़का बाहर निकले तो उससे उत्तर मिलाऊँ। लड़का तो निकला, पर उसका उत्तर मेरे उत्तर से बिल्कुल फर्क निकला। मैंने पूछा कि यार, सिर्फ बालटी के आयतन में से फुटबॉल का आयतन ही तो घटाना था। अब इसमें भी कौन सी मुसीबत आ गई? उसने बड़ी सहृदयता से उत्तर दिया कि मुसीबत तो थी, क्योंकि फुटबॉल बालटी के अंदर पूरा नहीं डूबता है, बीच में ही फँस जाता है। तुम्हें पहले देखना होगा कि गोला कितने नीचे जाकर फँस जाता है।

वह दिन और आज का दिन! मुझे अच्छी तरह समझ में आ गया है कि मेरे दिमाग की बनावट भी उस बालटी के जैसी त्रिशंकु के आकार की है, जिसमें गणित का गोला कभी पूरी तरह नहीं समाएगा, बीच में फँसेगा जरूर। आज भी अपने शहर की दीवारों पर मरदाना ताकत बढ़ानेवाली गोलियों से अधिक कोई विज्ञापन दिखते हैं तो गणित के ट्यूशन देनेवाले अध्यापकों और संस्थाओं के। गणित वही जो शर्माजी पढ़ाएँ और गणित तो मैं भटनागर सर से ही पढ़ूँगा जैसे जुमलों वाले बैनर्स सड़क के आर-पार तने हुए मेरे सिर के ऊपर से वैसे ही निकल जाते हैं,

जैसे सारा जीवन गणित मेरे सिर के ऊपर से निकलता रहा है। कभी-कभी मन में आता है इन शर्मा सर और भटनागर सर से जाकर कहूँ कि बड़ा घमंड है अपनी अध्यापकी पर तो मुझे गणित पढ़ाकर दिखाओ। तुम्हारी सारी अकड़ न निकाल दूँ तो नाम बदल देना। पर क्या करूँ, कसम जो खा रखी है कि जिस गली के मोड़ पर कोई गणित का नाम भी लेगा, उसमें गलती से भी न घुसूँगा।

ज्योति के एम.एस-सी. मैथ्स करने की सुनते ही मेरे चेहरे पर जो हवाइयाँ उड़ने लगीं, उन्हें गुप्ता ने भाँप तो लिया, पर उसे समझ में नहीं आया कि कल तक जो इस लड़की से मिलने के लिए इतना उत्सुक था, उसे अचानक क्या हो गया। मुसकराते हुए बोला कि यह अरुण बड़ा शर्मीला है, लड़कियों से हमेशा कतराता रहा है, अब ज्योति तुम ही इसे लड़कियों से बात करना सिखाओ, मैं और मधु अभी आते हैं। अपनी समझ से बिचारा मुझे एकांत का तोहफा दे गया और मुझे लगा कि वह मुझे लिली पोंड में धकिया कर, गिराकर चला गया। एकाध मिनट तक वह चुप रही और मैं चुपचाप लिली पोंड की तरफ देखता रहा। फिर ज्योति ने ही पहल की। बोली कि आप इतने ध्यान से इसमें खिले हुए अकेले कमल को देख रहे हैं तो मुझे एक मजेदार सवाल की याद आ गई। आपसे पूछूँ?

मुझे कुछ सूझ नहीं रहा था कि क्या बात करूँ। डूबते को तिनके का सहारा मिल गया, जो ज्योति ने बात करने में पहल कर ली, पर सहारा रस्सी फेंककर नहीं, साँप फेंककर दिया गया था। पकड़ूँ कि नहीं? मजबूरी में कहना ही पड़ा कि पूछिए। ज्योति मुसकराकर बोली कि आप जिस कमल को देख रहे हैं, मान लीजिए कि वह आकार में हर दस मिनट पर दोगुना हो जाता है। अभी बारह बजे हैं। वह बढ़ते-बढ़ते एक बजे तक इस तालाब को पूरा ढँक लेगा। बताइए वह कितने बजे तालाब को आधा ढँक लेगा? फिर वह चुप होकर मेरे उत्तर का इंतजार करने लग गई। मुझे बहुत बुरा लगा। न मुझे तालाब और कमल का व्यास बताया, न त्रिज्या (रेडीयस)। न ही कोई पेन-पेपर उपलब्ध था। बस पूछ लिया कि तालाब इससे कब आधा ढँक जाएगा और सवाल भी कितनी बेशर्मी का है। अपने गाजीपुर की कोई संस्कारों वाली लड़की होती तो पूछती कि कितने बजे पूरा ढँक जाएगा, पर दिल्ली की लड़कियों को तो हर चीज ही आधी ढँकी हुई अच्छी लगती है। एकाध मिनट चुप्पी छाई रही तो ज्योति ने उलाहना दिया कि बताइए, चुप क्यों हैं? मैंने पलटकर वार किया कि आपने न तो तालाब का क्षेत्रफल बताया, न कमल का। क्या बताऊँ, कब आधा ढँकेगा। चलिए नापने के लिए एक फीता लेकर आते हैं। वह जोर से हँस पड़ी। बोली कि सच। आप एयर फोर्स वालों का सेंस ऑफ ह्यूमर

बहुत अच्छा होता है!

मैंने विषय बदलने के लिए कहा कि क्या आप, कैंटीन में चलकर कुछ खाना-पीना चाहेंगी? वह बोली, कि पिछली बार मैं, मधु और गुप्ता इसी कैंटीन में गए थे तो एक समस्या उठ खड़ी हुई थी। मैंने सोचा गुप्ता फिर अपना पर्स ले जाना भूल गया होगा, हमारे साथ जाने पर तो जब भी कहीं बिल देना होता था, उसके साथ ऐसा ही होता था। मैंने अपनी शंका प्रकट की तो बोली कि नहीं, हम तो जब साथ जाते हैं, डच हिसाब रखते हैं तो मैंने पूछा, फिर क्या हो गया? तो ज्योति ने बताया कि हमने सिर्फ कॉफी पी थी, बिल आया पचीस रुपयों का। हम तीनों ने दस-दस रुपए निकालकर प्लेट में डाल दिए। वेटर बाकी के पाँच रुपए एक-एक के पाँच सिक्कों में ले आया। हमने एक-एक रुपया वापस उठा लिया और वेटर के लिए दो रुपए टिप में छोड़ दिए। मैंने परेशान होते हुए पूछा फिर? ज्योति ने बात जारी रखी। इस तरह हम तीनों में से हरेक के नौ-नौ रुपए खर्च हुए, यानी कुल सत्ताईस रुपए और वेटर ने दो रुपए उठाए तो टोटल हुआ उनतीस रुपए, पर निकाले तो थे हमने तीस रुपए, अब उस तीसवें रुपए का क्या हुआ? मैंने कहा कि हम एयर फोर्स के अफसर ऐसे एक-एक रुपयों की चिंता नहीं करते हैं। छोड़िए। जो हुआ, सो हुआ। ज्योति की इस बार की हँसी में चाँदी के सिक्कों जैसी खनकार सुनाई दी। बोली कि अरे मैं क्या छोड़ूँ! आपके गुप्ताजी, उस दिन पार्क में सारे समय परेशान रहे, बस यही सोचते रहे। बिचारी मधु बहुत बोर हुई थी। आप समझा सकें तो गुप्ताजी को समझा दीजिएगा। मैंने कहा कि आप निश्चिंत रहें, मैं उसे समझा लूँगा। अभी कुछ महीने पहले उसकी पालतू बिल्ली का स्वर्गवास हो गया था। इतना ही परेशान था, मैंने ही समझा-बुझाकर उसे शांत किया। वह फिर हँस पड़ी। लग रहा था कि मेरी बातों को सुन-सुनकर ज्योति मेरे ऊपर फिदा हुई जा रही थी। उसके सवालों में यदि जहर था तो आवाज में अमृत घुला हुआ था। बोलती थी तो लगता था कि बुलबुल चहक रही है, हँसती थी तो पहाड़ी नदी की कलकल! मैंने उसके प्रश्नों के जो उत्तर दिए थे, उनसे वह प्रसन्न हो गई थी, पर मैं बेचैन था। एक साधारण एयर फोर्स ऑफिसर में इतनी बहादुरी कहाँ कि बेफिक्र होकर गुनगुना सके, वह बेदर्दी से सिर काटें अमीर और मैं कहूँ उनसे, हुजूर आहिस्ता-आहिस्ता, जनाब आहिस्ता-आहिस्ता।

ज्योति का ध्यान बँटाने के लिए मैंने कहा कि आपकी आवाज इतनी मीठी है, कितना प्यारा गाती होंगी आप। उसने अगली बार मुँह खोला तो कोई गणित का सवाल नहीं पूछा। हलके से लजाते हुए बोली कि मधु ने मेरे बारे में और क्या-क्या

बता रखा है? तीर निशाने पर लगा था। हालाँकि मेरी मधु या गुप्ता से कोई बात हुई होती और सिर्फ इतना ही पता चल जाता कि ज्योति के सिर पर गणित माता सवार हैं तो आज इतनी कठिन स्थिति में मैं अपने आपको नहीं पाता, पर गणित के सवालों का रुख मोड़ने का अवसर मिल गया। मैंने कहा कि उसके बताने की जरूरत ही क्या है। आप बोलती भी हैं तो गाने की मिठास आपकी आवाज में छलकती है। यक्ष ने युधिष्ठिर से प्रश्न करते हुए यदि पूछा होता कि महिलाओं और मालिक (बॉस) के ऊपर कौन सा नशा सबसे तेजी से असर करता है तो युधिष्ठिर ने अवश्य ही उत्तर दिया होता कि चापलूसी का नशा। इस बार मौन रहकर उसने सहमति जताई तो मैंने कहा कि इसी बात पर एक गीत तो गुनगुना दीजिए। ज्योति ने नजरें झुका लीं, झिझकती हुई बोली यहाँ? फिर एकाध बार थोड़ी और चापलूसी करने पर प्रसन्न होकर बोली कि देखिए, इस गीत के बोल मुझे बहुत दिलचस्प लगते हैं, सुना देती हूँ। और तब उसके सदा मुसकान बिखेरते होंठों से जो गीत निकला, उसे सुनकर मेरे होशोहवास फिर उड़ गए। जिस मुसीबत को अभी तक मैंने गद्य के रूप में झेला था, उसने वेश बदलकर फिल्मी गीत के रूप में धावा कर दिया। बहुत भाव-विह्वल सी होकर उसने गाया कि तीतर के दो आगे तीतर, तीतर के दो पीछे तीतर, आगे तीतर, पीछे तीतर बोलो कितने तीतर। मैंने अपना सिर ठोंक लिया। अंदर से आवाज आई, फिर वही ढाक के तीन पात! क्या इसे साफ-साफ बता दूँ कि गणित से मेरा 36 के आँकड़ेवाला संबंध है। अब और ज्यादा तीन-पाँच करने की जरूरत नहीं है। या तो इसे सच्चाई से दो-दो हाथ कर लेने दूँ या चुपचाप यहाँ से नौ-दो -ग्यारह हो जाऊँ। यह पागल लड़की अगर गीत-संगीत में भी गणित घुसाने की शौकीन है तो यह वह नहीं है, जिसका सामीप्य पाकर मेरी जिंदगी में चार चाँद लग जाएँगे। यह मुझे अपने गणित प्रेम में सौ तरीके से सताएगी। क्यों न इससे एक बार साफ-साफ कह दूँ कि गणित की चर्चा से मुझे चक्कर आने लगते हैं। सौ सुनार की एक लुहार की, पर गुप्ता को पता चलेगा तो वह सौ जूते लगाएगा और एक गिनेगा। कहेगा कि बड़ी मुश्किल से एक तो लड़की मिली तुझमें दिलचस्पी लेनेवाली और तूने उसका यह सम्मान किया? अरे बेवकूफ, हजारों साल नर्गिस अपनी बेनूरी पे रोती है, बड़ी मुश्किल से होता है चमन में दीदावर पैदा! तभी लगा कहीं दूर से आवाज आई कि क्या हो गया आपको? यह ज्योति की आवाज थी। वह मुझे अजीब विस्मय से देख रही थी। कुछ सहज हुआ तो मुझे ध्यान आया कि पिछले क्षण भर में ही मेरे मस्तिष्क में कौंधे पंद्रह-बीस वाक्यों में से हरेक में संख्याएँ और गणित अंदर तक घुसे हुए

थे। इस लड़की के साथ पाँच मिनट क्या बिताए कि मैंने इसी की भाषा में सोचना तक शुरू कर दिया! बुरी संगत का असर कितनी जल्दी होता है!

अब आगे की क्या बताऊँ। ज्योति की आवाज का जादू, उसकी मनमोहक मुसकान, उसकी शर्मीली अदाएँ सबकुछ उसके गणितप्रेम के धमाके में चकनाचूर हो गए। गुप्ता और मधु के थोड़ी देर के बाद वापस आ जाने से एक बार फिर से कुछ सहज-सामान्य सा वातावरण बन सका, पर विदा होते समय अगली बार कब मिलेंगे, यह न ज्योति ने मुझसे पूछा, न मैंने ज्योति से।

□

7

बुद्ध जयंती पार्क में ज्योति के साथ बिताया हुआ वह थोड़ा सा समय मुझे बहुत दिनों तक मीठा-मीठा दर्द देकर सालता रहा। तब तक किसी लड़की के सान्निध्य का अवसर मुझे केवल सोवियत रूस में मिला था। उसे भी लीना के साथ अपनी गलत-सलत रूसी भाषा बोलकर मैंने बरबाद कर दिया था। अपने देश में तो ज्योति ही वह पहली लड़की थी, जिसके साथ मैंने एकांत के कुछ पल बिताए थे। नूरजहाँ ने भोलेपन से अपने नाजुक हाथों में पकड़े कबूतर को उड़ाया था तो जहाँगीर उस पर मर मिटा था, पर गणित और रोमांस की अप्रत्याशित टक्कर से घबराकर मेरे हाथों से जो तोते उड़े, वे लौटे नहीं।

स्थिति यह हो गई थी कि यदि सपने में भी ज्योति का मुसकराता हुआ साँवला-सलोना चेहरा क्षण भर के लिए दीखता तो दूसरे ही क्षण वह काली के भयानक रौद्र रूप से मिलता-जुलता रूप धारण कर लेता, जिसके आठों हाथ गणित के कैलकुलस, स्टेटिक्स, डायनामिक्स आदि सारे उप विषयों से खड्ग, भाले, त्रिशूल आदि तरह-तरह के हथियारों की तरह सुसज्जित होते। अपनी समझ से अपनी मन:स्थिति को मैंने कभी किसी पर जाहिर नहीं होने दिया, पर ऑफिसर्स मेस में रहनेवाले अविवाहित युवा अफसरों के पेट के अंदर की भी बात जिसको सबसे पहले पता चल जाती थी, वह होता था उनका व्यक्तिगत अर्दली। मेरे अर्दली हरिराम से भी मेरी खिन्न मन:स्थिति और अनमनापन छिपा नहीं रह सका। फ़ौजी अफसरों के साथ उसके लंबे अनुभवों के आधार पर मेरे व्यक्तिगत जीवन में दखल देने का उसका पूरा हक बनता था, अत: मुझे उसके सुझाव सुनने पड़े। हो सकता है आपको एक अफसर के व्यक्तिगत जीवन में एक अर्दली का सुझाव देना अनाधिकार प्रवेश के जैसा कुछ लगे। आपको पहले एक सैनिक अधिकारी के जीवन में उसके अर्दली के महत्त्व के बारे में बताता हूँ। फिर बताऊँगा कि मुझे अपने इस स्थानीय अभिभावक से क्या सलाह मिली।

स्थल सेना के अधिकारियों को तो बाकायदा सैनिक ही व्यक्तिगत सहायक के रूप में मिलते हैं। न मिलें तो इसके पहले कि बेचारे अफसर सही वर्दी, सही बूटों का चुनाव करके, उन्हें धारण करके, लड़ाई के लिए तैयार हो पाएँ, अचानक छिड़ा हुआ छोटा-मोटा सीमा संघर्ष समाप्त भी हो जाएगा। हर लड़ाई मायावती-मुलायम संघर्ष के समान लंबे समय तक तो खिंचती नहीं। फ़ौजी जीवन में आगे आनेवाली इस वर्दियों और बूटों की मुसीबत का अंदाज हमें एन.डी.ए. में ही लग गया था। सुबह-सुबह बिगुल की ध्वनि सुनकर हम बिस्तर से झटके के साथ उठते थे और सबसे पहले पी टी शूज पहनकर भागने के लिए तैयार हो जाते थे। उसके बाद परेड के लिए ड्रिल बूट्स पहनने पड़ते थे, जिसके तल्ले में इतनी सारी रिपिटनुमा कीलें ठुकी रहती थीं कि किसी भी चिकने फर्श पर पैर रखने के साथ ही स्कीइंग का आनंद आ जाता था। स्क्वाड्रन भवन के बेहद चिकने फर्श पर फिसल कर परेडग्राउंड पहुँचने से पहले ही हम में से कई लँगड़ाने लगते थे। अत: पहले ही फिसलकर गिर जाने और लँगड़ाने पर परेड से मुक्ति पाने का विकल्प बुरा नहीं था। इन टाँगतोड़ ड्रिल बूट्स के ऊपर एंकलेट पहनने पड़ते थे जो शौकीन तबीयत लोगों को कत्थक नर्तकी के पैरों में बँधे घुँघरुओं की याद दिला देते थे। फिर नंबर आता था राइडिंग बूट्स का। इनके साथ संबद्ध मुसीबत का नाम था राइडिंग ब्रीचेज और राइडिंग पट्टी, जो ब्रीचेज के ऊपर लपेटी जाती थी। इनको पहनने के लिए बिल्कुल पतली मोहरी के चूड़ीदार पाजामे को पहनने जैसी जहमत उठानी पड़ती थी। फिर प्रात:कालीन दौड़भाग, परेड और घुड़सवारी की वर्दियों के बाद वेपन ट्रेनिंग अर्थात् अस्त्र-शस्त्र चलाने और सामरिक प्रशिक्षण के लिए फील्ड सर्विस मार्चिंग ऑर्डर नामक वर्दी धारण करनी होती थी। इसमें डाँगरी और बूट में सुसज्जित होकर पीठ पर पैक और पानी की बोतल लटकानी पड़ती थी, अत: वर्दी अपने भारी- भरकम नाम से भी ज्यादा भारी होती थी। इसके नाम का ही संक्षिप्तीकरण करके हम वर्दी का नहीं तो कम-से-कम अपने दिल का बोझ हलका कर लेते थे। तो इस वर्दी का संक्षिप्त नाम था पिट्ठू। इस वर्दी में पीठ पर इतना सारा बोझ जो बाँधकर लादना पड़ता था, शायद पिट्ठू नाम उसी पर आधारित था। फौज में इतना अप्रिय और बदनाम होने के कारण ही पिट्ठू शब्द चमचों का पर्यायवाची बन गया था।

सुबह भोर में उठकर इतनी सारी हाड़तोड़ मुसीबतें उठाने के बाद एक बार फिर नाश्ते के बाद वर्दी बदल कर, पढ़ाई-लिखाई के घोषित उद्देश्य से क्लास

रूम में जाना होता था। घोषित उद्देश्य इसलिए कि तब तक हमारे शरीर की सारी चूलें हिल जाती थीं और हमारा क्लास रूम में बिताया समय मुख्यत: गहरी नींद के झोंकों से लड़ने और उस लड़ाई में हारने पर अपने प्रशिक्षकों की डाँट खाते हुए बीतता था। यह क्लास रूम वाली वर्दी भी लगातार नहीं पहन पाते थे हम। पढ़ाई के घंटों के बीच, वर्कशॉप प्रैक्टिस में लबादानुमा डांगरी पहननी होती थी। दोपहर में खाने के बाद एक घंटे का विश्राम का जो समय मिलता था, उस तक पहुँचते-पहुँचते हम इतनी सारी वर्दियाँ इतनी बार बदल कर इतना तंग आ चुके होते थे कि उस विश्राम के समय में पूर्णत: दिगंबर होकर ही चैन मिलता था।

यह दिगंबर दशा भी थोड़ी देर की ही होती थी। शाम को हाकी, फुटबॉल, क्रिकेट आदि खेलों के लिए फिर दूसरे वस्त्र और बूट्स धारण करने पड़ते थे। क्रिकेट के लिए फर्क बूट तो फुटबॉल के लिए फर्क। बास्केटबॉल के लिए फर्क जूते तो तेज भागने के लिए नीचे खड़ी कीलें जड़ी हुई स्पाइक्स। मानो खेलने नहीं, काँटों के खेत में खड़ा होने जा रहे हों। गीता के अनुसार जीवन के अंत में मृत्यु का वरण करते हुए मनुष्य को समझना चाहिए कि वह पुराने वस्त्र उतारकर नए वस्त्र धारण कर रहा है, पर यहाँ क्रम उलटा था। अनेकों वस्त्र धारण करते-करते मृत्यु के वरण का एहसास होता था। इतनी सारी किस्म की वर्दियाँ और इतने सारे बूट्स और शूज बदलते-बदलते हमें जीते जी चौरासी लाख योनियों में शरीर का कलेवर बदलने का सुख प्राप्त हो जाता था। खलीफा हारून रशीद की तरह जिन बादशाहों को वेश बदल कर प्रजा का हाल लेने का खब्त होता था, वे एक बार एन.डी.ए. में भरती होते तो हमेशा के लिए उनका शौक दूर हो जाता।

शाम को खेल-कूद समाप्त करके एक बार फिर जब हम मुफ्ती अर्थात् संध्या कालीन ड्रेस पहनते थे तो उसमें जूते फिर फर्क होते थे। इनका नाम होता था, ओ पी शूज अर्थात् ऑफिसर पैटर्न शूज जो स्पष्ट करता है कि आधी अफसरी तो सही ढंग के जूते पहनने में ही निहित होती है। सर्विस में आगे चलकर पता चला कि बाकी की आधी अफसरी अपने बॉस के जूते चमकाने में निहित होती है। सेरिमोनियल अर्थात् विशेष अवसरों पर पहने जानेवाले विशेष परिधानों का मैंने अभी तक कोई ब्योरा नहीं दिया है। सिर्फ प्रतिदिन सुबह से रात तक हम कैडेटों द्वारा पहने जानेवाले सारे परिधानों और सारे जूतों का नाम और विवरण जो मैंने अभी तक दिया है, वही आप सही-सही बता दें तो मैं कहूँगा कि आपके शरीर को धारण करके शकुंतला देवी ने पुनर्जन्म लिया है। वही शकुंतला देवी, जो बिना

किसी संगणक उपकरण (कैल्क्यूलेटर या कंप्यूटर) के प्रयोग के जबानी बीस अंकों की संख्या का वर्गमूल या ऐसे ही किसी अप्रत्याशित वाहियात सवाल का उत्तर पलक झपकते बता देती थीं।

खैरियत थी कि प्रशिक्षण के दौरान हमारे पास कोई मेडल और नित्य की वर्दी में उन अलंकरणों के सूचक रिबन नहीं होते थे। सर्विस के आनेवाले वर्षों में उनकी वजह से वर्दी के रख-रखाव का काम और भी बढ़ जाता है। सैन्य सेवा के अंतिम वर्षों में तो अफसर गायब हो जाता है और सिर्फ उसकी वर्दी दिखाई पड़ती है। उत्तर प्रदेश में भारतीय प्रशासनिक सेवाओं के अफ़सरों के एसोसिएशन ने एक बार सबसे भ्रष्ट अफसर का बाकायदा चुनाव किया था। तब पता चला था कि उनके यहाँ पदोन्नति की सीढ़ियाँ चढ़ते-चढ़ते अफसर के सारे कपड़े गायब हो जाते हैं और वह पूरी तरह से नंगा दिखाई पड़ने लगता है। अश्लीलता का आरोप लगने के भय से यह नहीं बताऊँगा कि उस मुकाबले में सबसे भ्रष्ट अफसर नंगा दिखा था या दिखी थी। चमकती-दमकती कड़क वर्दियों के चलते, फौज में इसका उलटा होता है। शायद इतने सारे अलंकरणों से सुसज्जित, चमचमाती हुई वर्दी पहने, पीक कैप लगाए सेनाध्यक्षों के सामने आकर सादी-सफेद लुंगी बुशर्ट पहननेवाले श्री ए के एंटनी जैसे रक्षा मंत्री हीन भावना के शिकार हो जाते होंगे। सीरिमोनियल वर्दी में स्थल और जलसेना के सेनाध्यक्ष इस तामझाम के ऊपर टीपू सुलतान या छत्रपति शिवाजी की स्टाइल में बगल में एक तलवार भी लटकाते हैं।

वर्दी का तामझाम चाहे जो हो, हमारी सेनाएँ लोकतंत्र एवं संविधान के प्रति पूर्णतः समर्पित हैं। पाकिस्तान का उदाहरण उलटा रहा है। वहाँ जो फ़ौजी जनरल जितना सजीला, रणबाँकुरा दिखाई पड़ता है, वह उतनी ही जल्दी सरकार का तख्ता पलटकर फ़ौजी शासन लागू कर देता है और उतना ही वह अपने राजनीतिक आकाओं के कपड़े उतरवाने में मुस्तैदी दिखाता है। पर भारत सरकार निश्चिंत है। फ़ौजियों के कपड़े उतारने का काम भारत सरकार ने सिविल सर्विस को सौंप दिया है। स्वतंत्रता प्राप्ति के बाद से ही भारत में सैन्य सेवाओं के अधिकारियों की वर्दी की शान सरकारी प्रोटोकोल में लगातार गिरती हुई उनकी साख के साथ धुंधली हुई है। सिविल सेवाओंवाले बाबुओं के मुकाबले में उनकी प्रतिष्ठा ऐसे ही लगातार घटाई जाती रही तो जल्दी ही वे पूरे-के-पूरे दिगंबर दिखाई देने लगेंगे। खैरियत है कि यह उपक्रम अभी पूरा रंग नहीं लाया है, वरना सेना की मर्यादा बचाने के लिए अपने पद से इस्तीफा दे देनेवाले उप थलसेनाध्यक्ष लेफ्टिनेंट जनरल एस के

सिन्हा कौपीन धारण किए हुए और जन्मतिथि को लेकर रूठे हुए थलसेनाध्यक्ष वी के सिंह नागा साधुओं की सज्जा में दिखते। बस उत्तराखंड में आई हिमालयी त्सुनामी जैसे अवसरों पर जब सारे देश को याद आती कि उसके पास गर्व करने योग्य सशस्त्र सेनाएँ भी हैं तो सेनापतियों को फिल्मी ड्रेस-सप्लायर्स से कुछ दिनों के लिए शानदार वर्दियाँ किराए पर लेकर दे दी जातीं। आपदा समाप्त होते ही उनसे वे वर्दियाँ वापस लेकर फिर उनको चड्ढी-बनियान पकड़ा दी जातीं। क्रूर और निर्दय आतंकवादियों से निपटने के लिए आर्म्ड फोर्सेज स्पेशल पॉवर ऐक्ट के तहत दिए गए कुछ विशेष अधिकारों को छीनने की माँग कुछ हलकों से आ रही है। शायद हमारे सैनिकों को पहले आतंकवादियों से निहत्थे लड़ने की आदत डलवाई जाएगी, फिर समय आने पर पूरी वर्दी उतारकर उन्हें आतंकवादियों के बीच आर्ट ऑफ लिविंग सिखाने के लिए भेजा जा सकेगा।

बात वर्दियों को दिन भर बदलते रहनेवाली मुसीबत की हो रही थी। अब पग-पग पर एक वर्दी उतारो और दूसरी वर्दी पहनो वाले अखंड कार्यक्रम को बिना किसी निहायत वैयक्तिक सहायक अर्थात् अर्दली के चला पाना भला किसी साधारण आदमी के बस की बात है? अपने परिवारों से दूर अविवाहित अफसरों के पितु, मातु, सहायक, स्वामी, सखा के सभी किरदार ये अर्दली बहुत अच्छी तरह से निभाते थे। उनके ऊपर पूरी तरह से निर्भर हो जाने की आदत एन.डी.ए. में प्रशिक्षण के दिनों से ही पड़ जाती थी, यहाँ तक कि मेरे एक दोस्त का कहना था कि बायोनेट चार्ज की सही टेक्निक उसने बजाय अपने शस्त्रास्त्र प्रशिक्षक सूबेदार साहब से सीखने के अपने अर्दली से सीखी थी। सीखने के बाद उसने जब बड़े विस्मय से अपने अर्दली से उसके ज्ञान का राज पूछा था तो उसने विनम्रता से जवाब दिया था कि अरे सर, शादी नहीं की, पर बरात तो आप लोगों के साथ साल-दर-साल कर रहा हूँ। मैं तो आप साहब लोगों की ट्रेनिंग देख-देख कर ही क्रालिंग (जमीन पर रेंगना) इतनी अच्छी सीख गया हूँ कि बीवी रसोई से चिल्लाती रहती है और मैं चुपके से बाहर सरक जाता हूँ। उसे इसका बहुत अफसोस था कि एयर फोर्स कैडेट्स को सिखाई जानेवाली ग्लाइडिंग सीखने का मौका उसे कभी नहीं मिला। उसके विचार से ग्लाइडर में इस्तेमाल होनेवाला ईंधन इस कदर महँगा था कि पायलट ईंधन बचाने के लिए इंजन बंद करके उसे उड़ाता था। कभी पेट्रोल सस्ता हुआ तो ग्लाइडर भी इंजन चलाकर शोर मचाते हुए उड़ेंगे।

मेरे एक दोस्त सुभाष झांझी को अपने अर्दली से ही एक बहुत काम की सलाह मिली थी। उसकी बाईं आँख की रोशनी कुछ मद्धम हो रही थी, जिसे लेकर

वह बहुत परेशान था। एन.डी.ए. के अंतिम सत्र में उसके अर्दली भंडारी ने जो सलाह दी, उस पर अमल करके मेडिकल परीक्षा में जब उससे दाहिनी आँख से पढ़ने को कहा गया तो उसने बाईं आँख को अपनी बाईं हथेली से ढँककर सबसे छोटे अक्षर तक पढ़ दिए थे। फिर जब बाईं आँख से पढ़ने को कहा गया तो बजाय आँख बदलने के उसने हथेली बदली, यानी इस बार बाईं आँख को ही दाहिने हाथ से बंद करके फिर सबकुछ पढ़ दिया था। अर्दली भंडारी और कैडेट सुभाष की जोड़ी हम कैडेटों के बीच एक और घटना के बाद विजेता जोड़ी मानी जाने लगी थी। हमारे समय में एन.डी.ए. में धूम्रपान की सख्त मनाही थी। पहली बार धूम्रपान करते पकड़े जाने पर रायफल सर पर उठाकर पाँच किलोमीटर भागने की सजा मिलती थी, दूसरी बार रेलीगेशन अर्थात् एक सत्र पीछे धकिया दिया जाता था और तीसरी बार अकादमी से ही पत्ता साफ हो जाता था, पर अपनी मर्दानगी और बहादुरी साबित करने के लिए छठे, यानी अंतिम सत्र के कैडेटों द्वारा कम-से-कम एक बार जूनियर्स के सामने सिगरेट जरूर पीने की परंपरा थी; भले दो तीन सुट्टे के बाद फिर कभी न पिएँ। बिचारे सुभाष ने एक दिन शाम को कैडेट आवास में ऐसे शान मारने के लिए कोरिडोर में खड़े होकर सुट्टा लगाया ही था कि अचानक स्क्वाड्रन कमांडर साहब आकस्मिक निरीक्षण के लिए प्रकट हो गए।

सुभाष का अर्दली भंडारी वहीं कॉरिडोर में जमीन पर पालथी मारकर अपने सामने चार-पाँच जोड़ी बूट सजाए उन पर पॉलिश कर रहा था। कमांडर साहब को दूर से देखते ही उसने सुभाष को मराठी में बढ़िया सी गाली दी, उसके हाथ से सिगरेट छीनते हुए उसे एक चपत लगाई और धकियाकर कोरिडोर से बाहर ले गया। वहाँ सुभाष को छोड़कर वापस आकर कमांडर साहब को तगड़ा सलाम मारकर बोला—माफ करना सर, मेरा मुलगा (बेटा) घर से बोलने आ गया कि उसकी आई ची दवा अब्बी लाने का। मैंने बोल दिया है इकड़े बीड़ी पीने का नहीं, दुबारा आने का नहीं। कमांडर साहब सिर खुजलाते हुए बोले थे, कि अच्छा ठीक है, आगे से बिल्कुल इधर नहीं आने का, पर हम उसको कहीं पहले भी देखा है। भंडारी बेहद शर्मसार होकर बोला—हाँ सर, हाँ, एक बार और इधरीच आया था, पण अब कब्बी नहीं आएँगा।

प्रशिक्षण काल से ही प्रारंभ हो गई अर्दली पर निर्भरता कमीशन मिलने के बाद और गाढ़ी हो जाती थी। अर्दली को इनाम देने की हमारी क्षमता बढ़ने से प्यार भी बढ़ता ही था। पुराने हो गए अर्दलियों के मुँह से अपने ऊँची रैंक वाले अफसरों

की जवानी के दिनों की गाथाएँ और एडवेंचर सुनने को मिलते थे, जब वे भी युवा अफसर थे, मेस में रहते थे और वे सारे कायदे-कानून तोड़ते थे, जिनका पालन करने के लेक्चर हमें देना अब उनका परम कर्तव्य बन चुका था। ऐसी कहानियाँ सुनाने में बैरकपुर के ऑफिसर्स मेस के सबसे पुराने वेटर श्यामलाल का जवाब नहीं था। बैरकपुर कलकत्ते से लगभग तीस किलोमीटर दूर था, जहाँ हमारा एयर फोर्स स्टेशन था। हम दो तीन दोस्त मिलकर बैरकपुर से टैक्सी लेकर कलकत्ते घूमने और पिक्चर देखने जाते थे। महीने के आरंभ में जब जेब भरी होती थी तो चौरंगी या पार्क स्ट्रीट के बढ़िया रेस्टोरेंट्स में खा पीकर वापस आते थे, पर महीने के उत्तरार्ध में मेस में ही वापस लौटकर खाने का दम बचता था। हमें वापस पहुँचते-पहुँचते रात के बारह बज जाते थे और मेस की किचेन बंद हो चुकी होती थी। ऐसे में श्यामलाल, जो था तो वेटर, पर पराँठे और अंडों की भुजिया या आमलेट बनाने में बड़े-बड़े कुक्स और शेफ्स के कान काटता, हमारी सेवा के लिए हमेशा तत्पर मिलता। बहुत प्यार से हमें डाइनिंग हॉल में बैठाकर जब वह दस-पंद्रह मिनट के बाद प्रकट होता तो उसके हाथों में गरमागरम घी से तर पराठे और अंडों की भुजिया की प्लेटें होतीं। हम खाना शुरू करते और उसकी लच्छेदार कहानियाँ शुरू हो जातीं कि कैसे 1944 में बर्मा के फ्रंट पर कई जापानी जीरो युद्धक विमानों को मार गिरानेवाले, डी एफ सी (विशिष्ट फ्लाइंग पदक) से सम्मानित फ्लाइट लेफ्टिनेंट अर्जन सिंह साहब (जो अब एयर मार्शल थे और हमारे वायुसेनाध्यक्ष थे) ऐसी ही एक बरसात की रात में भीगते हुए नाइट शो पिक्चर देखकर आए तो किचेन बंद हो चुकी थी। कैसे तब जवान और ऊर्जा से भरे हुए श्यामलाल ने अर्जन सिंह साहब को गरमागरम खाना अपने हाथों से बनाकर खिलाया था। उनकी इन कहानियों के नायक बदलते रहते थे, पर दो बातें हर कहानी में यकसाँ बनी रहती थीं, एक तो उनका हीरो आज की तारीख में कम-से-कम एयर वाईस मार्शल रैंक का होता था, दूसरे हर कहानी के नायक ने इस सेवा से खुश होकर श्यामलाल को व्हिस्की की एक बोतल इनाम में दी थी। फिर श्यामलाल हमारे साथ हमारे गम में शरीक होकर बढ़ती हुई महँगाई की बुराई करते थे और कहते थे सर, मैं तो साहब लोगों की सेवा करके ही खुश रहता हूँ। इतनी महँगाई हो गई है कि आजकल साहब लोग व्हिस्की की जगह रम की बोतल ही दे पाते हैं, पर मैं उसे भी सिर-आँखों पर रखता हूँ। श्यामलाल के पराठे-अंडे खाते हुए हम मन-ही-मन में सोचते थे कि रम की बोतल से तो पार्क स्ट्रीट में सैंडविच और कॉफी ही सस्ती पड़ती, पर चुपचाप मेस की बार से रम

की बोतल लेने की परची पर हस्ताक्षर करके श्यामलाल को पकड़ाकर आ जाते।

पर इस निष्ठा के बदले में हम अफसरों के भी कुछ कर्तव्य होते थे जैसे अर्दली से यह कभी भी नहीं पूछना कि हमारी शेविंग क्रीम और टूथपेस्ट की ट्यूब इतनी जल्दी कैसे खत्म हो गई, कि हमारे आफ्टर शेव लोशन और उसके शरीर की स्वाभाविक सुगंध इतनी मिलती-जुलती क्यों है, कि हमने जो प्रीमियम स्कॉच व्हिस्की की तीन चौथाई से अधिक भरी बोतल अपनी अलमारी में सहेजकर रखी हुई थी, दिनोंदिन उसका सुनहला रंग बिना दूध की चाय के जैसा क्यों होता जा रहा है। एक बार दफ्तर से मुझे कुछ लेने के लिए मेस में अपने कमरे में आना पड़ा तो देखा कि मेरा अर्दली जीवन मेरा टूथब्रश अपने मुँह में दबाए मंजन कर रहा है। टूथपेस्ट तक तो हम चुप रहते थे पर टूथब्रश वाली बात झेलनी मुश्किल थी। मैंने जोर से उसे डाँट लगाई तो आश्चर्य का भाव मुँह पर लाकर बोला कि कमाल है साहब, टूथपेस्ट जो खत्म हो जाता है, उसके लिए आपको कोई चिंता नहीं है और टूथब्रश जिसका कुछ नहीं बिगड़ेगा, उसके लिए इतना दिल छोटा करते हो आप!

मुझे तो उसने सस्ते में छोड़ दिया। मेरे दोस्त सचदेव से तो वह बहुत नाराज हुआ था और बजाय शर्मिंदा होने के उलटे सचदेव को ही डाँट लगा दी थी। हुआ यह था कि सरदार सचदेव को रोज अपने हेयरऑयल की मात्रा तेजी से घटती हुई दिखी तो उसने हेयरआयल खाली करके उसी शीशी में अपना दाढ़ी चिपकानेवाला फिक्सो भरकर रख दिया और ड्यूटी पर चला गया। वापस लौटने पर देखा कि जीवन बहुत नाराजगी के साथ उसकी प्रतीक्षा कर रहा था। सचदेव के आते ही उस पर बरस पड़ा। साहब! हम अपने बेटों से ज्यादा आप लोगों को मानते हैं और आप हमारे साथ मखौल करते हो। इतने बड़े अफसर होकर जरा से तेल के लिए मेरी इज्जत को तेल लेने भेज दिया? और शैंपू भी आप इतना घटिया सा रखते हो, मेरे बालों में आपका आधा बोतल शैंपू लगाने के बाद भी चिपचिपाहट बनी हुई है! हमारे अर्दली हमारे प्रसाधन के सामान इस्तेमाल करते थे तो चोरी नहीं, बल्कि अपना हक समझ कर करते थे। हाँ, रुपए-पैसे, बटुवे या अन्य कीमती चीजें मेस के कमरों में पूरी सुरक्षित रहती थीं, जबकि सबको पता होता था कि सारे अर्दली अपने अपने साहबों के कमरों की चाभी काम खत्म करके जाते समय पायदान (डोरमैट) के नीचे या कमरे के बाहर बिजली के मेनस्विच और फ्यूज वाले डिब्बे में रख जाते हैं।

बहुत हो गई अर्दली गाथा, चलिए वापस पालम के अपने मेस में चलते हैं।

वह एक रविवार का दिन था। ज्योति के साथ बुद्ध जयंती पार्क में बिताए हुए वे कुछ क्षण उस रविवार को मुझे बार-बार याद आ रहे थे और गणित के प्रति मेरा गुस्सा बढ़ा रहे थे। स्वयं मेरे आईने के अतिरिक्त मेरे चेहरे के भाव, जो सबसे अच्छी तरह पढ़ सकता था, वह था मेरा अर्दली हरिराम। पिछले कई दिनों से वह मुझे उदास और अनमना देख रहा था। मैं अपने कमरे के बाहर छोटे से लॉन के टुकड़े में आराम कुरसी पर बैठकर शून्य में देखता हुआ सोच रहा था कि बाकी का दिन बिताने के लिए कोइ पिक्चर देखना ठीक रहेगा या कनॉट प्लेस में, दूर से ही सही, लड़कियों को देखकर आँखें सेंकना और अंत में बोर होकर किसी रेस्तराँ में कुछ खा-पीकर मेस के अपने सूने कमरे में वापस आ जाना बेहतर होगा। वैसे मेस में बिलियर्ड, टेबल टेनिस सरीखे बहुत से मनोरंजन के साधन तो थे, पर मेरे अंतरंग दोस्तों में से एक भी उस दिन वहाँ नहीं था।

मेरी सूरत से बोरियत और अकेलापन इतना साफ टपक रहे थे कि हरिराम को लोहा गरम देखकर हथौड़ा मारने का यह अच्छा मौका लगा। मेरी बगल में रखी अच्छी-भली, साफ-सुथरी तिपाई पर ख्वाहमख्वाह झाड़न मारते हुए बोला, 'साहब, आज गुप्ता साहब के न रहने से अकेले पड़ गए हो, कहीं घूम फिर क्यों नहीं आते?'

मैंने मायूसी से कहा, 'अब अकेले कहाँ घूम आऊँ? गुप्ता साहब के तो ठाठ हैं, अपनी मंगेतर के साथ किसी रेस्टोरेंट में मजे से बैठे होंगे।'

हरिराम को जैसे किले की दीवार में सेंध लगाने की सही जगह मिल गई। चहक कर बोला, 'कर लेने दो साहबजी मजे उनको भी। कुछ दिन की ही तो बात है, फिर तो जैसा बता रहे थे, शादी करनेवाले हैं, सब मौज-मस्ती धरी रह जाएगी। आपको तो उनसे हमदर्दी होनी चाहिए।'

मैंने कहा, 'अरे इसमें हमदर्दी की क्या बात है, मैं जैसे अकेले बैठकर बोर हो रहा हूँ, वैसे उन्हें तो नहीं बैठना पड़ेगा। और मेस के इस बेस्वाद खाने से छुट्टी मिलेगी, सो फर्क।'

वह हँस पड़ा। बोला, 'साहबजी, दूर के ढोल सुहावने होते हैं। आजकल कौन सी मेम साहब खाना पकाना जानती हैं? वे अपने खन्ना साहब शादी करके मेस छोड़ते-छोड़ते बोल गए कि हरिराम अब मेस के खाने से मुक्ति मिली, किसी दिन घर आओ तो तुम्हें भी मेम साहब के हाथ का खाना खिलाऊँगा। तो साहब एक दिन मैं उनके घर सलाम करने चला गया। बेचारे बहुत खिसिया कर बोले कि

हरिराम, ये रुपए पकड़ो और जरा सदर बाजार से बढ़िया खाना पैक कराकर लाओ अपने लिए भी और हम दोनों के लिए भी।'

'मैंने कहा कि साहब, आपको तो मैडम के हाथ का बना खाना खाने और खिलाने की हसरत थी तो बोले कि अरे भाई, यह तो बाद में पता चला कि जो खाना उनके हाथ का बना समझता था, वह उनकी मम्मी और रसोइया दोनों मिलकर पकाते थे। अब तुम्हें मैडम के हाथ का ही खाना है तो उन्हें तो एक ही चीज बनानी आती है। बोलो, उबले हुए खाओगे या फ्रायड। अगर आमलेट माँगा तो मुझे बनाना पड़ेगा।'

मैंने कहा, 'हरिराम, तुम्हारे खयालात बहुत पुराने हैं। आजकल शादी करने का यह अर्थ नहीं कि खाना बनाने के लिए एक मुफ्त की नौकरानी घर में ला रहे हैं। खाना तो मेस में भी मिलता है। यह दूसरी बात है कि घर के खाने में जो प्यार मिला रहता है, उससे खाने का स्वाद ही कुछ और हो जाता है।'

संभव है कि मेरी आज की पाठिकाओं में से कुछ मेरे घर के सामने मोरचा लेकर आ जाएँ और मेरे ऊपर नारी शोषण का आरोप लगाते हुए नारे लगाने लगें कि मैं अंदर-ही-अंदर स्त्रियों को क्रीतदास समझनेवाला मनुवादी हूँ, जो घर के खाने को प्यार और स्वाद का मुखौटा पहनाकर अपना उल्लू सीधा करना चाहता है। यह कहानी आज से चार-साढ़े चार दशक पहले की है। उस समय लोग किशोरकुमार के स्वर में गाए हुए गीत जरूरत है, जरूरत है, जरूरत है, इक श्रीमती की, कलावती की, सेवा करे जो पति की वाले गीत को बाथरूम में गाते हुए अचानक यह सोचकर घबरा नहीं जाते थे कि महिला मंच की कोई आयोजिका सुन लेगी। पत्नियों को पता होता था कि पति के हृदय पर राज करानेवाला रास्ता पतियों के पेट से होकर गुजरता है। उनके अपने पेट के इर्द-गिर्द होकर पुरुष हृदय तक पहुँचानेवाले अन्य रास्तों का पता खुले आम बताने का साहस तो तब से पूरे चालीस वर्षों के बाद केवल ओंकारा फिल्म में स्वयं एक नारी पात्र एक बिंदास संवाद में कर पाई। यह जरूर है कि उन दिनों पत्नी के हाथ का खाना मिलना आर्थिक तंगदस्ती की घोषणा करता सा लगता था। मध्य वर्ग से थोड़ी ऊँची हैसियत होते ही पत्नियों के हाथ का बना खाना बहुत कम घरों में ही मिल पाता था। घरेलू नौकर इतने दुर्लभ नहीं हुए थे। नौकर के बनाए खाने में तड़का लगा देने या सलाद इत्यादि से भोजन पर गार्निश की वार्निश लगा देने मात्र से ही पत्नी को खाना बनाने का पूरा श्रेय दे दिया जाता था। इतनी सीमित उम्मीद के साथ ही मैंने भी घर के खाने के स्वाद का जिक्र किया था।

बहरहाल, मेरे उलाहने के उत्तर में हरिराम बात सँभालते हुए बोला, 'नहीं सर जी, मेरा मतलब यह नहीं था। मैं तो सिर्फ यह कह रहा था कि आप साहब लोग शादी करने से पहले लड़की को हर पहलू से घुमा-फिराकर इतना ठोंकते-बजाते हो कि कोई कमी न रह जाए, पर उम्मीदें जरूरत से ज्यादा होने पर ही नाउम्मीदी की नौबत आती है।'

'असलियत क्या हमेशा बुरी ही होती है ?' मैंने उसकी बात बीच में काटते हुए कहा, 'क्या शादी के बाद सबको निराशा ही हाथ लगती है ? क्या इसी डर से आँखें बंद करके किसी भी लड़की से शादी कर लेनी चाहिए ?'

हरिराम के चेहरे पर पछतावे की लकीरें दिखने लगीं कि नाहक क्यों इस बहस में फँसा। बोला, 'अब साहबजी, हम गरीब लोग तो यही जाने हैं कि चाहे किसी से ब्याह कर लो, दो बातें कभी नहीं बदलेंगी। एक तो हर मरद औरत को साथ रहते-रहते आपस में मोहब्बत हो ही जावे है, दूसरी यह कि अपने मरद पर हुकूमत करने की हसरत हर औरत के दिल में होवे है। बड़े-बड़े तीसमारखाँ भी आखिर में सीधे होकर बीवी के आगे घुटने टेक देवे हैं। भगवान् ने जो दे दी, उसे खुशी से कबूल कर लो तो हर औरत स्वर्ग से उतरी परी बन जावे है।'

मैं हरिराम से इस विषय पर लंबी चर्चा नहीं करना चाहता था। स्वयं उसके चेहरे पर भी 'कुछ ज्यादा बोल गया, माफ करना' वाला भाव आ चुका था। मैं चाहता तो था कि पृथ्वीराज कपूर के अंदाज में मुगलेआजम की तरह तख्लिया बोलकर उसे दफा करूँ, पर अभिनय के क्षेत्र में अपने हाथ तंग होने की मजबूरी थी। अतः पैर लंबे किए और अपनी आँखों के सामने उस दिन का अखबार फैला लिया। अफसरों के साथ हरिराम ने इतने दिन घास नहीं खोदी थी। वह बिना कुछ और बोले चुपचाप वहाँ से सरक लिया। फिर भी मेरे सोचने के लिए वह काफी मसाला छोड़ गया।

मुझे लगने लगा कि यदि शादी करने का मन बना ही लिया है तो बेकार लड़कियों को देखने-दिखाने के चक्कर में क्यों पड़ा हुआ हूँ। अपने एक कलीग फ्लाइट लेफ्टिनेंट गौतम मिश्रा का ध्यान आया, जिसने कुछ महीने पहले ही शादी की थी। गौतम भी मेरी तरह ही पूर्वी उत्तर प्रदेश का रहनेवाला था। उसके पिता बलिया में वकालत करते थे और ससुराल उसकी कानपुर में थी। लड़कियों के चक्कर में भटकनेवाले लोगों में उसकी गिनती कभी नहीं हुई थी। अपने विवाह में आमंत्रित करते हुए उसने बताया था कि उसकी शादी पूरी तरह अरेंज्ड मैरेज थी। होनेवाली

पत्नी की उसने फोटो भर ही देखी थी। शादी से पहले मिलने की जरूरत तक नहीं समझी। उसके परिवार, उसकी शिक्षा-दीक्षा, उसके स्वभाव, उसके गुण-अवगुण की छानबीन करने की सारी जिम्मेदारी उसने अपने माँ-बाप पर छोड़ दी थी। मुझे उसकी बातों पर जब घोर आश्चर्य हुआ तो उसने बताया था कि उसका यह निर्णय उसके बड़े भाई की शादी की प्रतिक्रिया थी। उसके बड़े भाई की आई.आई.टी., कानपुर में पढ़ाई के दौरान एक बैचमेट से दोस्ती धीरे-धीरे प्रगाढ़ प्रेम में बदल गई थी। लड़की दिल्ली की थी। कुशाग्र तो थी ही, सुंदर भी बहुत थी। गौतम के माता-पिता ने सहर्ष इस रिश्ते के लिए हामी भरी थी, पर दुर्भाग्यवश गौतम के परिवार के अर्ध-शहरी, अर्ध-ग्रामीण परिवेश में शुरू ही से वह दिल्ली में पली और आई.आई. टी. में पढ़ी लड़की अटपटापन महसूस करती रही। गौतम के भाई की माँ-बाप पर अगाध श्रद्धा थी, बलिया से भी बहुत प्रेम था। कलकत्ते की एक बड़ी विदेशी कंपनी में पति-पत्नी दोनों को नौकरी मिल जाने के बाद उसकी हार्दिक इच्छा थी कि हर साल वे दोनों दस-पंद्रह दिन बलिया में बिताएँ और उसके माँ-बाप साल में कम-से-कम एक महीना उसके साथ कलकत्ते में बिताएँ, पर उसकी पत्नी को इस प्रस्ताव से एलर्जी थी। ऐसे में उसके माँ-बाप ने समझदारी का परिचय देते हुए अपने बेटे को समझाया था कि वे दोनों जहाँ भी रहें, खुश रहें, इसी में उनकी भी खुशी थी। उन्होंने अपने बेटे को पत्नी पर अपनी इच्छा लादने से मना किया और किसी तरह से उनके रिश्तों को टूटने से बचा तो लिया था, पर अपने बेटे-बहू से उनकी कोई नजदीकी नहीं बची थी। इसी दुर्भाग्यपूर्ण अनुभव के बाद गौतम ने अपनी शादी के लिए हर फैसला अपने माँ-बाप पर छोड़ दिया था। उसकी सिर्फ एक अभिलाषा थी कि उसकी पत्नी उसके परिवार को वह अपनापन दे सके, जो उन्हें बड़ी बहू से नहीं मिल सका था।

हरिराम की बातें सुनकर मुझे गौतम के दांपत्य जीवन में झाँकने की इच्छा हुई। सोचा गौतम की शादी में सम्मिलित नहीं हो पाया, बस रस्मी तौर पर उसे बधाई दे दी थी। अब तक वह अपनी नई-नवेली पत्नी के साथ ऑफिसर्स मेस में दो-तीन बार पार्टियों में मिल चुका था और बड़े प्यार और आग्रह से अपने घर बुला चुका था। मैं ही अपने स्वभाव के ढीलेपन और महिलाओं से अपनी पैदाइशी झिझक के कारण नहीं गया था। आज शाम चलूँ उसी के यहाँ और देखूँ जरा कि पूरी तरह से उसके माँ-बाप की पसंद से आई उसकी पत्नी की उसके साथ कैसी पट रही है। मेरे मन में तसवीर बन रही थी एक बहुत चुपचाप, हर बात पति और ससुरालवालों की इच्छा से करनेवाली एक मध्यकालीन बहू की। जरूर वह गौतम

को पति परमेश्वर के समकक्ष मानती होगी। शालीन, नहीं–नहीं, अतिशालीन किस्म की होगी। आजकल की लड़कियों से बिल्कुल फर्क!

पर शाम को गौतम के घर पर जिस उन्मुक्त मुसकान के साथ उसकी नई–नवेली पत्नी ने मेरा स्वागत किया, उसके लिए मैं तैयार नहीं था। उसके स्वागत से स्पष्ट था कि गौतम ने मेरे पहुँचने के पहले ही विस्तार से मेरा परिचय दे रखा था। मुझे गौतम ने उसका नाम बताया, लज्जा। अधिक औपचारिक माहौल बनने का प्रश्न था ही नहीं, पर उसके व्यवहार में सहजता के साथ–साथ शालीनता भी थी।

गौतम ने हँसते हुए उससे कहा, 'लज्जा, इस वर्मा के मन में बहुत उत्सुकता है जानने की कि पूरी तरह से माँ–बाप द्वारा चुनी गई पत्नी कैसी निकल सकती है। तुम्हारी क्या राय है? क्या इसे भी मेरी तरह अंधा जुआ खेलना चाहिए?' लज्जा से लज्जा के गाल लाल हो गए। हलके से मुसकराई, पर बोली वह कुछ भी नहीं। गौतम ने फिर छेड़ा, 'लगता है, जब तक यह भी मेरी तरह कुछ बेवकूफी नहीं दिखा देता, तुम इसके सामने भी कुछ बोलोगी नहीं।'

मेरा कौतूहल बढ़ गया। 'यह बेवकूफी दिखाने की भला क्या बात हुई? मैं तो समझता था कि मुझे ही इस काम में महारत हासिल है।' मैंने उत्सुकता के साथ पूछा।

गौतम बोला, 'यह लो! अरे, शादी के तुरंत बाद अगर मैं अपनी बेवकूफी न दिखाता तो ये जो जबरदस्त मौनव्रत धारण किए हुए थीं, न मालूम कब तक जारी रखतीं। उस बेवकूफी से खुश होकर ही तो इन्होंने मौन भंग किया। अच्छा, यह कहानी सुनाता हूँ अभी। पहले एकाध कप चाय तो हो जाए।'

फिर चाय आई, उसके साथ लज्जा के हाथों से बने हुए गरमागरम पकौड़े भी आए। फिर चाय की चुस्कियाँ लेते हुए गौतम ने अपना जो किस्सा सुनाया, उसे उसी के शब्दों में पेश कर देता हूँ।

'तुम्हें तो पता ही है, मैंने अपनी शादी के लिए लड़की देखने से लेकर शादी के छोटे–छोटे डिटेल्स तक अपने पेरेंट्स और बड़े भाई साहब के ऊपर छोड़ दिए थे। भाभी ने इनके लिए और मेरे लिए सारी शॉपिंग कलकत्ते में ही कर ली। बलिया में पापा के रसूख और व्यवहार के कारण हमारे घर के सारे इंतजाम भी चुटकियाँ बजाते हो गए। मैं तो अपनी शादी में खुद ही मेहमान जैसा बस दो–एक दिन पहले पहुँचा था कि लगभग पूरी छुट्टी शादी के बाद के लिए बची रहे, जिसमें मैं उस अपरिचित, अनजान लड़की से दोस्ती कर सकूँ, जिसे मेरे बड़े–बुजुर्गों ने मेरे लिए चुना था। मैंने तो फोटो में देखने के बाद सिर्फ जयमाल की रस्म के समय इनका चेहरा देखा था।'

मैं विस्मित था। क्या बीसवीं शताब्दी के उत्तरार्ध में किसी सुशिक्षित परिवार में वास्तव में ऐसा हुआ होगा? पर गौतम ने मेरे चेहरे के भावों को पढ़ लिया और बात जारी रखी।

'शादी तो हमारे यहाँ जैसा होता है, पूरे सनातनी संस्कारों के साथ लगभग रात भर चलती रही। सुबह-सुबह तारों की छाँव में विदाई की रस्म हुई। विदाई के समय मेरे श्वसुरजी ने फिर एक बार मेरे माथे पर तिलक लगाकर आखिरी रस्म पूरी की और चलते-चलाते आशीर्वाद के तौर पर मेरे हाथ में दो सिक्के पकड़ा दिए, जो मैंने अपने कोट की पॉकेट में डाल दिए। और फिर पिछली शाम की धूमधाम, गहमा-गहमी से बिल्कुल विपरीत, शहनाई पर बजती भैरवी के दर्द में सराबोर एकदम उदास सी वह सुबह दुलहन की सिसकियों और उसकी माँ और परिवार की अन्य महिलाओं के आँसुओं में डूबने-उतराने लगी। ट्रेन से बलिया आने के लिए हम स्टेशन के लिए रवाना हो गए। कार में मेरी बगल में बैठी लज्जा मुट्ठी में पकड़े हुए सुगंधित रूमाल से अपने आँसुओं को अपने उदास चेहरे से मिटाने में लगी रही। माथे से ऊपर खिंचा हुआ उसका छोटा सा घूँघट एक औपचारिकता मात्र था। फिर कार के पाँच-सात मिनट चलने के बाद उसने मुझे अपने चेहरे पर नजरें गड़ाए देखा तो एक प्रश्नवाचक भाव उसके चेहरे पर आ गया। फुसफुसाते हुए कि आगे की सीट पर ड्राइवर न सुन ले, मैंने कहा, "मुझे अपराध भावना सता रही है कि तुम अकेले रो रही हो और अग्नि के सामने शपथ खाने के बाद भी कि हम जीवन भर हर काम में एक-दूसरे का साथ देंगे, मैं रोने में तुम्हारा साथ नहीं दे रहा हूँ। कहो तो मैं भी रो लूँ थोड़ा सा। यहाँ तुम्हारे सिवा मुझे कोई देखनेवाला भी नहीं है!" लज्जा के गालों पर दौड़ गई लाली ने उसका नाम सार्थक किया और मैंने अपना फुसफुसाना जारी रखा, "वैसे मैं यह देखकर बहुत आश्वस्त हूँ कि रोने पर भी आँसुओं से तुम्हारा मेकअप धुल कर साफ नहीं हो गया है। किस ब्रैंड के प्रसाधन इस्तेमाल करती हो? पता चल जाए तो आगे चलकर शॉपिंग वगैरह में तुम्हारी कुछ मदद कर पाऊँगा।" इस बार वह हँस पड़ी। और यार क्या बताऊँ, शादी के पहले उससे कभी नहीं मिलने का इनाम था या अपरिचय का तोहफा, उसकी वह पहली मुसकान मैं कभी नहीं भूलूँगा।'

हमारी बातें चुपचाप सुनती हुई लज्जा अब खिलखिलाकर हँस पड़ी। मैंने भी हँसते हुए कहा, 'अरे शाबाश मेरे शेर! लोग क्या-क्या फिल्मी डायलॉग रटते हैं उस पहली मुलाकात के लिए। तूने तो बिना किसी तैयारी के "तेरी कुड़माई हो

गई क्या,'' जैसे अमर प्रश्न को भी पीटकर रख दिया।'

गौतम जो अपनी पत्नी के साथ उस पहली मुलाकात के रंग में आकंठ सराबोर हो गया था, अचानक हमारे हँसने से वर्तमान में आ गया। बोला, 'अरे यार, ये भी बड़ी ऊँची चीज निकलीं। मैंने तो सोचा कि एक बार हँसा दूँगा तो बातचीत का रास्ता खुल जाएगा, पर इन्हें शायद समझाकर भेजा गया था कि आज के युग में शादी केवल माँ-बाप की पसंद से कर लेनेवाला अजीब सा लड़का पता नहीं ज्यादा बोलना-बतियाना पसंद करे या नहीं। तो बस, उस छोटी सी हँसी के बाद फिर चुप पकड़कर बैठ गईं। कार कुछ ही देर में स्टेशन पहुँच गई थी, जहाँ इनके घर के सारे लोग इन्हें सी ऑफ करने आए हुए थे। स्टेशन पर रोने-धोने के दूसरे सत्र में इनके भाई, बहन वगैरह सबका कोरस में रोने का प्रोग्राम चला।'

मैंने पूछा, 'यार, तुम तो पहली बार ही इनके रोने से द्रवित हो गए थे, इस बार सबके साथ रोने पर तो जरूर ही तुम्हारा सीरियसली साथ देने का मन कर गया होगा।'

'नहीं यार!' गौतम ने बात जारी रखी। 'तब तो नहीं, मगर ट्रेन में भी मेरे लाख प्रयत्न करने पर भी जब इन्होंने केवल हाँ, नहीं और मोनोसिलेबुल्स में ही सारी बातों का उत्तर दिया, तब जरूर मेरा रोने का मन करने लगा। अंत में ध्यान आया कि रात भर शादी के फेरे लगने से लेकर आगे की और कई सारे रस्में पूरी करते-करते तो सुबह हो गई थी। फिर उसके बाद में रोने-धोने का लंबा सीन चला था। जब मैं खुद ही इतना थक गया था तो इस बेचारी दुबली-पतली लड़की में कहाँ इतनी जान होगी कि अब एक नितांत अजनबी से बातें करे। और वह भी तब जबकि इस अविस्मरणीय यात्रा में मुँह से निकली पहली बातों का सारे जीवन भर याद रह जाने का खतरा हो। मुझे लगा कि इसे चुपचाप आराम करने दूँ और खुद भी थोड़ा सो लूँ। फर्स्ट क्लास के कूपे में थे हम दोनों और अभी बलिया तक की लंबी रेल यात्रा बाकी ही थी। तो मैंने बहुत प्यार से कहा कि अच्छा तुम थोड़ा आराम कर लो, बहुत थकी होगी और उत्तर में इन्होंने धीरे से सम्मतिसूचक गरदन हिला दी। फिर मैं ऊपरवाली बर्थ पर जाकर लेट गया। वास्तव में शादी की पिछली शाम से चल रही परेड इतनी थकाऊ थी कि शायद दो मिनट भी नहीं लगे होंगे कि मैं गहरी नींद में था।'

अब मेरे चौंकने की बारी थी। मैंने बहुत निराश स्वर में कहा, 'यार, एक कुँवारे की हैसियत से मैंने न जाने क्या-क्या रोमांटिक बातें सुनने की आशा की थी। अब जिस सीन में रोमांस में डूबने-उतराने के शॉट्स दिखनेवाले थे, उसमें से

तुम्हारे खर्राटों का शोर सुनाई पड़ रहा है। तुमने कहा था न कि तुम्हारी बेवकूफी के कारण ही लज्जा ने अपना मौनव्रत तोड़ा था। जरूर इन्होंने कहा होगा, ऐ जी, इतनी जोर-जोर से खर्राटे न भरिए, मैं सो नहीं पा रही हूँ।'

'नहीं यार, थोड़ा धीरज रखो। बेवकूफी वाली घटना तक तो अभी पहुँचा ही नहीं।' उसने अपने कहानी जारी रखी, 'तो मैं बता रहा था कि हम दोनों सो गए। दो-तीन घंटे के बाद नींद खुली, बाहर झाँका तो देखा गाड़ी किसी छोटे स्टेशन पर रुकी हुई थी। मुझे जोर से चयास लगी, सोचा उतरकर देखूँ कोई टी स्टॉल है क्या। टी स्टॉल दिखा, पर प्लेटफॉर्म पर बहुत दूर था। तभी एक छोकरा हाथ में बड़ी सी केतली और कई कुल्हड़ पकड़े हुए, चाय-गरम-चाय की हाँक लगाते हुए आया। अपनी नई-नवेली बीबी को, जिसने अभी मुझसे ढंग से दो बातें भी नहीं की थीं, वैसी चवन्निया चाय पिलाने का विचार तो मुझे पसंद नहीं आया, पर मजबूरी थी। उस ट्रेन में न कोई पैंट्री थी, न इससे बेहतर चाय कहीं मिलने की कोई उम्मीद। अभी मैं सोच ही रहा था कि क्या करूँ कि गाड़ी ने सीटी बजाई। मैंने पर्स बाहर निकाला तो देखा उसमें केवल सौ-सौ के कुछ नोट थे, निराश होकर पर्स को कोट की पॉकेट में वापस रखा तो उँगलियों में दो सिक्के टकराए। मैंने बाहर निकाले, देखा बीस पैसे के दो सिक्के थे। उन दिनों चाय का कप बीस पैसों में ही आता था। भगवान् को शुक्र दिया कि दो कुल्हड़ चाय भर के लिए छुट्टा था। जल्दी से दोनों सिक्के उस छोकरे के हाथों में पकड़ाए और उसने गरमागरम चाय के दो कुल्हड़ मेरे हाथों में थमाए। मैं उन्हें हाथों में लिये अपने डिब्बे की तरफ लौट रहा था कि एक छोटी सी सीटी देकर ट्रेन चल पड़ी। मैं सोच ही रहा था कि उन कुल्हड़ों को हाथ में लेकर डिब्बे में चढ़ूँगा कैसे कि देखा मेरी नई-नवेली पत्नी घबराई हुई सी डिब्बे के दरवाजे पर खड़ी थी। चेहरे पर वही भाव थे, जो यशोधरा के चेहरे पर होते यदि गौतम बुद्ध के उसे रात में सोते हुए छोड़कर जाने के समय उसकी नींद खुल गई होती। मैंने कृतज्ञता के साथ एक कुल्हड़ उसे पकड़ाया। दूसरे कुल्हड़ को एक हाथ में लिये डिब्बे की रेलिंग को दूसरे हाथ से पकड़कर डिब्बे में चढ़ने के यत्न में लगा था कि चाय के बेहद गरम होने के कारण कुल्हड़ मेरे हाथ से छूट गया और बड़े जतन से शादी के लिए सिलवाया हुआ मेरा नया सूट गरमागरम चाय से सराबोर हो गया। इस नजारे को देखकर मेरी बेरहम नवोढ़ा ने बजाय कोई सहानुभूति दिखाने के हँसना शुरू कर दिया।'

मैंने कहा, 'इसे तो दुर्घटना कहेंगे, बेवकूफी नहीं।'

'अरे सुन तो सही,' गौतम ने कहानी जारी रखी। 'मेरी मुसीबतों की कहानी खत्म कहाँ हुई है। अपनी चाय के गिरने और सूट के बरबाद होने को भुलाकर चलती गाड़ी में किसी तरह चढ़ा, वरना यह बड़ी अजीब सी बात होती, जिसमें दुलहन विदा होकर हँसी से लोटपोट होती आती और दूलहा किसी रेलवे स्टेशन पर खड़ा अकेला बिसूर रहा होता।'

मैंने कहा 'चलो तुम्हारी कहानी सुखांत तो रही।'

गौतम ने फिर डाँट लगाते हुए कहा—'अरे यार, कहानी अभी बाकी है। मैं डिब्बे में किसी तरह घुस ही पाया था कि वह चायवाला छोकरा दौड़ता हुआ आया। वे दोनों सिक्के मेरी तरफ बढ़ाता हुआ बोला कि अरे बाबूजी, यह क्या दे गए हो, यह सिक्का यहाँ नहीं चलेगा। खोटे सिक्के देने के लिए मैं ही मिला था?' मैं हतप्रभ था। न तो दूसरे खुल्ले पैसे जेब में थे, न लौटाने के लिए चाय के दो कुल्हड़ बचे थे। पीछे खड़ी लज्जा ने अब जोर-जोर से हँसना शुरू कर दिया था। मैंने अपनी इज्जत का सवाल समझकर पर्स निकाला और सौ रुपए का जो नोट उसमें दिखा था, निकाल कर उस छोकरे के हाथ में ठूँसते हुए कहा, 'ले मर! अपने चालीस पैसे ले। मेरे पास यही है।'

मैंने कहा, 'चलो, तुम्हारी नई-नई बीवी तो तुम्हारे रईसी के इस अंदाज पर मर मिटी होगी। अब तो तुम पर हँसना बंद कर दिया होगा! और वह चायवाला छोकरा तो सौ रुपए देखकर चौंक गया होगा?'

वह बोला, 'तुम फिर बीच में बोले! कहानी अभी भी खत्म नहीं हुई है। चौंका तो जितना मैं, उतना वह लड़का भी नहीं चौंका होगा। हुआ यह कि मैंने जब उसके लौटाए हुए दोनों बीस पैसे के खोटे सिक्कों पर नजर डाली तो देखा कि वे बीस पैसे के सिक्के नहीं, बल्कि उसी के आकार और सुनहले रंग की लगनेवाली दो गिन्नियाँ थीं। फिर याद आया कि विदाई के समय श्वसुरजी ने टीका करके जो कुछ दिया था, जिसे मैंने लापरवाही से बिना देखे कोट की पॉकेट में डाल लिया था। ये वही सिक्के थे।'

'अब इस पर लज्जा की क्या प्रतिक्रिया थी?' हँसी रोककर मैंने पूछा, क्योंकि मैंने स्वयं अब हँसना शुरू कर दिया था।

'अरे प्रतिक्रिया क्या होती। पहले वह मुसकराई थी, फिर हँसी और अब तो उस पर हँसी का दौरा पड़ गया। हँस-हँसकर वह लोट-पोट होती रही। खैरियत थी कि हम कूपे में थे, और कोई तीसरा वहाँ नहीं था मेरा तमाशा देखने के लिए।'

मैंने कहा, 'चलो, इस बहाने अंग्रेजी में जो कहते हैं बरफ तो टूटी। अब तो जरूर बातचीत शुरू हो गई होगी?'

'क्यों नहीं, इसके बाद किसी तरह से हँसी रुकने के बाद जो पहली बात इन्होंने मुझसे कही, वह दुनिया के सबसे रोमांटिक शब्द, जो किसी नवविवाहिता ने अपने पति से कहे के रूप में जाने जाएँगे। बोलीं—आप चिंता मत करिए, चाय से लेकर चवन्नी तक, मैं सब सँभाल लूँगी!'

इस बार हम तीनों देर तक हँसते रहे। गौतम से मैंने कहा 'तुम वाकई खुशकिस्मत हो। विवाह तय करने से लेकर उसके सारे प्रबंध तुम्हारे अपनों ने सँभाल लिये और विवाह होने के बाद पत्नी सब सँभाल लेगी, इसका भरोसा हो गया। सब लोग इतने खुशकिस्मत थोड़े ही होते होंगे।'

वह मुझसे सहमत होकर बोला, 'ठीक कहते हो यार, सब इतने खुशकिस्मत कहाँ होते हैं। अब मेरा एक बचपन का दोस्त है रवि, उसकी कहानी सुन लो।'

'रवि माँ-बाप का इकलौता बेटा है। वे लोग यहीं दिल्ली में रामनगर में रहते हैं। उसकी शादी माँ-बाप ने उसकी अपनी पसंद की लड़की से की, पर सबकुछ बहुत परंपरागत ढंग से हुआ। इकलौता होने के कारण शादी के सारे इंतजाम रवि ने अपने कंधों पर ही ले रखे थे। उसके पिता दमे के मरीज थे, ज्यादा दौड़-भाग उनके बस की थी भी नहीं। शादी स्थानीय ही थी। बरात रामनगर से पंजाबी बाग गई। उसके लिए एक बस किराए पर ले ली गई थी। लगभग सारे बराती स्थानीय थे, अतः शादी के ढोल-भाँगड़े, पीने और खाने का पूरा आनंद उठाते-उठाते रात में बहुत देर होने लगी तो सभी बराती विवाहस्थल से अपने-अपने घर सीधे लौट गए। विदाई के पश्चात् बस में केवल रवि के माँ-बाप, एकाध पड़ोसी और थोड़े से रिश्तेदार वापस रामनगर लौटे। रवि दुलहन को विदा कराकर अपने एक चचेरे भाई के साथ उसकी कार में कई घंटों के बाद जब रामनगर वापस पहुँचा तो देखा कि रामनगर में उसके घर वाली गली के बाहर सड़क पर बस रुकी हुई है, क्योंकि गली तंग थी। जो थोड़े-बहुत निकट के रिश्तेदार बस में आए थे, उनके पुरुष सदस्य पिछली शाम चढ़ाई हुई दारू के सुरूर में अपने घर जाकर सो चुके थे। महिलाएँ रवि की मम्मीजी के साथ उसके घर पर बहू के सविधि प्रवेश के इंतजाम देखने चली गई थीं। गली के मोड़ पर बस के ड्राइवर और क्लीनर के साथ रवि के पिताजी का झगड़ा हो रहा था। दमे से आक्रांत, गहरी साँसें लेते हुए पिताजी उन दोनों को समझाने का प्रयत्न कर रहे थे कि घर, गली में अंदर पचास-साठ गज दूर

था। चूँकि रात में इस समय कोई मजदूर नहीं मिल सकते थे, अतः बस के ऊपर लादे हुए सोफा-सेट, गोदरेज की आलमारी और फ्रिज इत्यादि या तो वे उतरवाने में मदद करें या सुबह होने का इंतजार करें। बसवालों को दोनों ही बातें मंजूर नहीं थीं। वे इस बात पर अड़े हुए थे कि यह उनका काम नहीं था। गली में दोनों तरफ आस-पास के मकानवाले अपनी-अपनी खिड़कियाँ खोलकर चुपके-चुपके इस लड़ाई और बहस का आनंद लेकर फिर खिड़कियाँ बंद करके साँस रोके बैठे थे कि पड़ोसी का धर्म निभाकर मदद करने के लिए रवि के पिता कहीं उन्हें आवाज न लगाएँ। रवि कार में दुलहन के गुलाबी हाथ अपने हाथों में लिये जिन गुलाबी सपनों में खोया हुआ था, उनके रंग धोकर साफ कर देने में इस झगड़े ने ब्लीचिंग पाउडर का काम किया। जोर-जोर से होती बहस को देखकर घबराई हुई दुलहन का हाथ छोड़कर वह नीचे उतरा और फिर बस के ड्राइवर और क्लिनर को रुपयों की रिश्वत देकर मनाने की कोशिश करने में जुट गया, पर उन दोनों ने भी रात में अन्य बरातियों के साथ सोमरस के साथ पूरा न्याय किया था। वे इस समय इस मसले को अपनी इज्जत का सवाल बना चुके थे, अतः रवि उन्हें मनाने में असफल रहा।

मुझे उस बेचारे अपरिचित अजनबी रवि से बहुत सहानुभूति हो रही थी। मैंने गौतम की कहानी की रवानी भंग करते हुए पूछा, 'बेचारा दूल्हा! शादी की वह रात तो उसकी बरबाद ही हो गई। अगले दिन आशा है कि उसकी सुहागरात निर्विघ्न गुजरी होगी और उसके सपनों के इंद्रधनुष के सारे रंग जमीन पर उतर आए होंगे।'

गौतम इस बार अपनी खुद की कहानी सुनाते हुआ जितना हँसा था, उससे भी ज्यादा जोर से हँसने लगा। फिर बोला, 'हाँ, बिल्कुल यही बात मेरे मन में भी आई थी और यही सवाल मैंने उससे सुहागरात के अगले दिन पूछा था, पर वह सवाल सुनते ही भिन्ना गया। चिढ़कर बोला कि अबे, कैसी सुहागरात, किसकी सुहागरात? सब साले रिश्तेदार उस बस वाले सीन से गधे के सिर पर से सींग की तरह गायब हो गए थे। किसी तरह से उन बसवालों को मनाया कि दुलहन को घर छोड़कर आता हूँ और सामान उतरवाता हूँ। तो फिर गया, सिर्फ एक बेचारा मेरा चचेरा भाई और एक कार का ड्राइवर था, जिन्होंने कुछ मदद की। सामान को सड़क पर तो छोड़ा नहीं जा सकता था, सो घर तक उठाकर लाना पड़ा। मुझे पहली बार पता चला कि गली के मोड़ से मेरा घर ठीक तिहत्तर कदम दूर है। किसी तरह से सारा सामान घर पहुँचाया और उसके बाद थकान से चूर होकर जाकर सो रहा, वह मेरी उदासीनता से परेशान होकर जागती रही या सो गई, मालूम नहीं। अगले दिन

दोपहर होते-होते मेरी कमर में भयानक दर्द हो रहा था। मैं डरा कि कहीं स्लिप्ड डिस्क-विस्क का चक्कर तो नहीं हो गया, सो डॉक्टर के पास भागा गया। खैरियत थी कि कोई लंबा चक्कर नहीं निकला। उसने आयोडेक्स लगवा दिया ढेर सा, कुछ दर्द की दवा भी लिख दी। अब तुम सुहागरात की पूछ रहे हो? यहाँ कमर में इतना दर्द था कि बूढ़ों की तरह झुककर कराहता हुआ बीवी के पास जब गया तो उसने नाक पर रूमाल रखकर मुँह दूसरी तरफ फेर लिया। शरमाते हुए बोली कि जी मुझे आयोडेक्स की महक से एलर्जी है। इससे चिढ़कर मैंने उसे बताया कि बजाय सीधे-सीधे एस्प्रो एनासिन जैसी कोई गोली खाने के, मैंने अपनी कमर के दर्द के लिए उस कमबख्त डॉक्टर की लिखी हुई गोलियाँ खा ली थीं और अब उनके असर से मुझे बहुत जोर से नींद आ रही थी। और इस तरह हुआ सुहागरात के उस बहुप्रतीक्षित नाटक के पहले सीन का पटाक्षेप!'

रवि की दास्तान शब्दार्थ और भावार्थ दोनों में दर्द भरी हुई थी। सुनकर मुझे लगा कि शायर ने जो बात इश्क के बारे में कही थी, वह असल में शादी पर लागू होती है कि इक आग का दरिया है और डूब के जाना है, पर इस शेर में आग का जिक्र आने से मुझे अपने एक रिश्तेदार की याद आ गई, जिनके यहाँ वर-वधू को शपथ लेने और उसकी सात बार प्रदक्षिणा करने के लिए अग्नि का प्रबंध इतनी मुश्किल से हो पाया था कि शादी ही टल जाने की स्थिति आ गई थी। गौतम की कहानियों के जवाब में मैंने अपना यह अनुभव उसे सुना डाला।

जौहरी साहब रेलवे के बड़े अफसर थे। ओहदा भारी था, पर दुर्भाग्य से वे ईमानदारी नामक बीमारी से ग्रस्त थे। उनके बीवी-बच्चे उनकी इस बीमारी से त्रस्त थे। बेटी की शादी उन्होंने बहुत तलाश करने के बाद एक ऐसे परिवार में तय की, जहाँ दहेज की कोई माँग नहीं थी, न ही बहुत आडंबरवाली शादी का आग्रह। उनका बस चलता तो वे शादी का प्रबंध अपने सरकारी निवास स्थान पर ही कर लेते। रेलवे अधिकारियों के बँगले अच्छे-भले लंबे-चौड़े होते हैं और रख-रखाव भी ठीक रहता है, पर उनके परिवार में सबने जिद पकड़ ली कि शादी किसी पाँच सितारा होटल में होनी चाहिए। जौहरी साहब की ईमानदारी की नौकरी में पाँच सितारा होटलों का शौक पालने की गुंजाइश कभी नहीं रही थी। जब स्वयं श्रीमती जौहरी अपने पति के साथ दिल्ली के लगभग सारे पाँच सितारा होटलों में घूम आईं तो उन्हें समझ में आ गया कि इस शुभ दिन के लिए जौहरी साहब को नौकरी के प्रारंभिक दिनों में ही यदि मुँह में खून लग गया होता तो अब तक पाँच क्या; सात सितारा होटलों के लायक सामर्थ्य हो गई होती, पर अब आखिरी वक्त क्या खाक

मुसलमाँ होंगे। अतः उन्होंने मन मारकर शादी रेलवे अधिकारियों के क्लब में करने का निश्चय किया, जहाँ बड़ा सा हरा भरा लॉन था, वातानुकूलित हॉल था, स्विमिंग पूल था और लकड़ी के फर्श वाला बढ़िया बैडमिंटन कोर्ट था।

रेलवे अधिकारी क्लब के विस्तृत लॉन में शादी जैसे समारोहों को करने की अनुमति तो मिलती थी, पर क्लब रख-रखाव के विषय में बहुत सतर्क था। प्रायः होनेवाले विवाह समारोहों में लॉन की दुर्दशा को रोकने के लिए लॉन के एक छोर पर छोटा सा पक्का फर्श बना दिया गया, जहाँ विवाह मंडप बन सके। उनके वातानुकूलित हॉल और लकड़ी के फर्श वाले बैडमिंटन हॉल में ऐसे अवसरों पर घुसना भी मना था। आजकल की दीवाला-निकलाऊ शादी तो वह नहीं थी, पर जौहरी साहब ने अपनी ओर से कोई कसर नहीं छोड़ी। दिल्ली के आम रिवाज के अनुसार जब साढ़े सात बजे शाम की बजाय रात में साढ़े दस बजे भाँगड़ा करके बेहाल हुई बरात विवाह स्थल पर पहुँची तो सारे स्थानीय मेहमान खाना-पीना समाप्त करके, शगुन के लिफाफे लड़की के पिता को सौंप कर, वापस जा चुके थे। फिर बरातियों के खाने-पीने के दौर में जब रात के बारह बज गए और पंडितों के अनुसार विवाह के लगन में मुश्किल से एकाध घंटे बचे हुए थे कि अचानक बहुत जोरों से आँधी आई और उसके बाद झमाझम बारिश होने लगी।

हर मुसीबत में कोई-न-कोई राहत भी छिपी रहती है। इस आँधी-पानी के भय से खाना-पीना कुछ तेजी से समाप्त हुआ। जरूरत से ज्यादा पिए हुए कुछ बरातियों के मुँह पर बारिश के ठंडे छींटे पड़े तो उन्हें पूरा होश आ गया। हरे-भरे लॉन में धूल बहुत ज्यादा नहीं उड़ी, अतः मेजों पर सजे हुए व्यंजनों में सिर्फ इतनी ही धूल-मिट्टी पड़ी, जितनी बाजार में चाट खाने के आदी लोग आसानी से झेल ले जाते हैं। हड़बड़ी में खाते हुए लोगों को खाने में अधिक मीन-मेख निकालने का मौका नहीं मिल पाया। यह भी वधू पक्ष का सौभाग्य था। पर जब तक विवाह की रस्में शुरू हो पातीं, बारिश ने इतनी रफ्तार पकड़ ली कि लॉन के कोने में बने विवाह मंडप की शकल किसी मैच में भारतीय टीम के हाथों पिट गई पाकिस्तानी टीम के खिलाड़ियों जैसी हो गई। वर-वधू के सात वचन निभाने के वादे के साक्ष्य के लिए अग्नि का होना आवश्यक था, पर अग्नि को बारिश से भीगते उस खुले लॉन में लाना या जला पाना इतना दुष्कर हो गया जितना बी.ए.एम. डब्ल्यू. कांड के सरकारी गवाहों को प्रारंभ में दिए हुए बयानों से मुकर जाने से रोक पाना या कोलगेट में कोयला मंत्रालय की गुमी हुई फाइलों को खोज निकालना या फिर

व्यस्त सड़क पर दिनदहाड़े खुलेआम माफिया द्वारा किसी को गोलियों से भून दिए जाने के बाद एक भी प्रत्यक्षदर्शी गवाह का मिल पाना। फिर भी भाँवरें तो पड़नी ही थीं। जो गिने-चुने लोग विवाह की रस्म के लिए रुके हुए थे, वे क्लब के वातानुकूलित हॉल में आ गए। जौहरी साहब के रसूख और मौसम को देखते हुए क्लब के मैनेजर ने उन्हें निषिद्ध क्षेत्र में आने तो दिया, पर एक भारी दिक्कत थी। हवन करने के लिए लॉन वाले मंडप के नीचे पक्की वेदी बनी हुई थी अत: हवन कुंड का प्रबंध नहीं किया गया था और अब जब हील-हुज्जत, रिश्वत, प्रलोभन आदि का उपयोग करके क्लब के नियम के विरुद्ध हॉल के अंदर विवाह संस्कार करने का निर्णय लिया गया तो पुरोहितजी ने दो भयानक घोषणाएँ एक साथ कर दीं। पहली यह कि विवाह के शुभलगन में केवल एक घंटा और बचा था और दूसरी यह कि न तो कोई हवनकुंड उपलब्ध था और न हॉल में वाल-टू-वाल कारपेट होने के कारण अंदर मिट्टी-पत्थर से वेदी बनाई जा सकती थी। रात के एक बजे हवनकुंड खोज कर लाने की कोई संभावना नहीं दीख रही थी। लड़की वाले सन्नाटे में आ गए।

जौहरी साहब ने एक साथ तीन-तीन मोरचे खोल लिये। पहले मोरचे पर दो-तीन जवान लड़कों को आदेश दिया कि आधे घंटे के अंदर कहीं-न-कहीं से हवनकुंड ढूँढ़ कर लाएँ। लड़की के छोटे भाई ने सुझाव दिया कि क्यूँ न किसी बड़ी साइज की ऐशट्रे से काम चला लिया जाए। बरात में आए हुए लड़कों ने उसका मजाक उड़ाना शुरू कर दिया कि उसी के जैसे एक अन्य सज्जन ने शौचालय न मिलने पर मजबूरी में जुर्राब से कैसे काम चलाया था और जुर्राब को घुमाकर खिड़की से बाहर फेंकने के प्रयत्न में किस मुसीबत में फँस गए थे। इस पर वहाँ उपस्थित संभ्रांत महिलाओं ने गंभीर मुखमुद्रा बनाए रखी और टॉयलेट में जाकर इस चुटकुले पर खुलकर हँस पाने और आपस में ठिठोली कर सकने के लिए वहाँ से खिसक लीं। कम उम्रवाली कुछ लड़कियों ने पहले तो खी-खी करके आती हुई हँसी को दबाना चाहा, फिर उसमें असफल होकर अपने मुँह को चुन्नी-दुपट्टे जैसे किसी वस्त्र से ढाँकना चाहा, पर वह भी न हो सका, क्योंकि उन्हीं दिनों एकदम तंग कमीज और चूड़ीदार बिना दुपट्टा लिये पहनने का फैशन नया- नया चला था। अत: जिन एकाध लड़कियों ने कमीज पर दुपट्टा डाल रखा था, अन्य बिना दुपट्टेवालियों ने उनका चीरहरण करने का प्रयत्न किया, ताकि मुँह छुपाकर जुर्राब के फट जानेवाली बात पर खुलकर हँस सकें।

दूसरे मोरचे पर क्लब के मैनेजर और चौकीदार को पहले प्रलोभन और फिर धमकियाँ देने का कार्यक्रम शुरू हुआ, ताकि वे एक कोने का कारपेट हटाकर फर्श पर मिट्टी-पत्थर की वेदी बना लेने दें, वादा किया गया कि कारपेट को या फर्श को जो भी नुकसान होगा, अगली सुबह ही ठीक करा दिया जाएगा। बिचारे जौहरी साहब से यदि आश्वासन माँगा जाता कि वे पूरे हॉल में नया कारपेट लगवा देंगे तो भी वे तुरंत हामी भर देते। तीसरे मोरचे पर पुरोहितजी को समझाना शुरू हुआ कि पोथी पत्रा के सामने गांधीजी की लाल रंग की वाटर मार्किया छवि रखकर शुभ घड़ी और लग्न का विचार किया जाए तो अकसर ऐसी संभावनाएँ नजर आने लगती हैं, जिन पर जल्दबाजी में पहले ध्यान नहीं गया था फिर शुभ घड़ी को तब तक खींचा जा सकता है, जब तक सारे प्रबंध पूरे न हो जाएँ।

भगवान् का सेंस ऑफ ह्यूमर भी महान् है। पता नहीं किस बात पर उसने बेमौसम, बेवक्त वह आँधी-पानी भेजा था। अब उसके मूड में अचानक सुधार हुआ तो तीनों मोरचों पर भगवान् ने फिर छप्परफाड़ कृपा की। एक बेरोजगार नौजवान जो बहुत दिनों से जौहरी साहब की सेवा में लगा हुआ था, आधे घंटे के अंदर ही किसी आर्य समाज मंदिर के सोते हुए पुजारी को जगाकर एक हवनकुंड लेकर हाजिर हो गया। (इस शादी के बाद ही उसकी रेलवे में भरती हो गई)। दूसरे मोरचे पर क्लब के चौकीदार और मैनेजर ढीले पड़ते दिखाई पड़ने लगे, बशर्ते जौहरी साहब आश्वासन दें कि उन पर आँच न आने देंगे। तीसरे मोरचे पर भी सफलता मिली। यद्यपि जब तक हवनकुंड आ पाया, तब तक शुभलगन आज की दुनिया में शराफत की तरह आखिरी साँसें ले रहा होता पर वर-वधू पक्ष के पुरोहितों ने जजमान से उचित प्रोत्साहन मिलने पर पंचांग पुनरावलोकन करके पता कर लिया कि विवाह का लग्न समाप्त होने में अभी कई घंटे बाकी थे।

गौतम और मैं अपनी-अपनी कहानियाँ सुनने-सुनाने में ऐसे मगन हो गए थे कि पता ही नहीं चला कि कितना समय बीत गया था। गौतम और लज्जा ने बहुत प्रेम से आग्रह किया कि अब मैं खाना खाकर ही जाऊँ। लज्जा ने इतनी जल्दी खाने का प्रबंध कर लिया कि मैं उसकी सुघड़ता का कायल होकर ही उनके यहाँ से उस रात लौटा।

ऑफिसर्स मेस में मेरा साथ देने के लिए मेरे दो-चार अविवाहित दोस्त भी अब नहीं बचे थे। गुप्ता की शादी की तारीख भी निश्चित हो गई थी और अधिकांश समय वह गायब रहता था। मैं मेस में अकेलापन महसूस करने लगा था। घर से माँ

का आग्रह लगातार बना हुआ था कि अब दिल्ली से फिर कहीं दूर–दराज पोस्टिंग होने से पहले मैं शादी कर डालूँ। अपने अर्दली हरिराम का सुझाया हुआ जीवन दर्शन याद आता था कि साथ रहते–रहते हर मर्द औरत को आपस में मोहब्बत हो ही जावे है तो गौतम की तरह से जीवनसंगिनी चुनने का काम घरवालों पर छोड़ देनेवाला रास्ता ही सही लगता था। इसी मन:स्थिति के चलते एक दिन जब माँ ने फोन पर फिर उलाहना दिया तो मैंने उसे यह कहकर अवाक् कर दिया कि मैं अब शादी करने के लिए तैयार था। जो लड़की माँ को और पिताजी को पसंद हो, उससे बात पक्की कर लें। सलाह देने के लिए दीदी, जीजाजी, भाई साहब, भाभी सभी उपलब्ध थे। बस मुझसे कुछ न पूछा जाए, यहाँ तक कि अब मैं किसी लड़की की फोटो भी नहीं देखना चाहता था, यानी मेरी तरफ से खुला ऐलान कर दिया जाए कि मैं तैयार हूँ, जो घर फूँके आपना··· । मैं समझता था, माँ यह सुनकर खुशी से फूल जाएगी, पर उसकी प्रतिक्रिया उलटी निकली। वह चिढ़कर बोली कि तू हमेशा ऊटपटाँग बातें क्यों करता है ? ऐसा कहने से कोई भी लड़की यही समझेगी कि तुझे खुद विवाह में कोई दिलचस्पी नहीं है और तुझे उसके सिर पर थोपा जा रहा है। फिर लड़की खुद भी तो तुझे देखना–परखना चाहेगी। ऐसी लड़की अब कहाँ मिलेगी जिसे गाय की तरह से रस्सी में बाँधकर तेरे हाथ में पकड़ा दिया जाए और वह चुपचाप तेरे साथ चली आए। फिर उसके घरवाले भी क्या तुझे देखे बिना शादी कर देंगे तेरे साथ ?

मैंने स्पष्टीकरण दिया कि चलो यही सही, मैं तो ऐसी किसी भी लड़की से शादी करने को तैयार हूँ जो आप सबको पसंद हो। रहा सवाल उनका मुझे देखने का तो मैं अब कहीं बाहर जाने का चक्कर नहीं पालूँगा। जिसे देखना हो, यहाँ मेरे पास आकर मुझे देख जाए। लड़की और उसके घरवाले, जो चाहें, जब चाहें मेरा इंटरव्यू ले डालें। हाँ आप लोगों को पसंद हो तो मेरी तरफ से हाँ पहले से ही बोली जा सकती है। नहीं कहने का अधिकार इस बार पूरी तरह से उनके हाथों में छोड़ दिया जाए, बस इतना चाहता हूँ मैं।

पिताजी समझाते हुए बोले कि बेटा, तुम्हें हम सब पर इतना भरोसा है, सुनकर बहुत अच्छा लगा, पर यह कोई बच्चों का खेल तो है नहीं। बड़ी भारी जिम्मेदारी तुम हम सब पर छोड़ना चाहते हो। अगर हमारी पसंद तुम्हारी आशा पर खरी नहीं उतरी तो क्या होगा ? जीवन तो तुम्हें उसके साथ बिताना होगा, हमारा क्या, आज हैं, कल नहीं रहेंगे।

मैंने हठ पकड़ ली। कहा कि और खुद मेरी पसंद गलत निकल गई तो? आप लोग मुझे जितना जानते हैं, उतना शायद मैं खुद को नहीं जानता। और फिर यह लड़की की ही नुमायश हमेशा क्यों लगाई जाती है? लड़के की क्यों नहीं? एक फ़ौजी अफसर की पत्नी के जीवन में अनेक बार ऐसे अवसर आते हैं, जब उसका पति अग्रिम मोरचे पर होता है और अकेले उस बेचारी को बच्चों के पालन-पोषण से लेकर हर तरह की, घर अकेले चलाने की जिम्मेदारी आती है। आत्मविश्वास, सूझ-बूझ और साहस, ये सारे गुण जिसमें हों, वही लड़की एक आदर्श फ़ौजी पत्नी बन सकती है। मैं समझता हूँ पहले कदम पर अपना जीवनसाथी चुनने का निर्णय जो आत्मविश्वास के साथ ले सके, वही लड़की मेरे लिए सही होगी।

बातें तो मैं ऊँची-ऊँची कर रहा था, पर मन-ही-मन जानता था कि अभी तक जीवनसाथी चुनने का मेरा हर प्रयास फ्लॉप निकला था। अब अपनी जिम्मेदारी माँ-बाप के सिर पर पटक कर मैं असफलता से बचना चाह रहा था, या फिर जैसे ताश के जुए में बार-बार हारनेवाले माँग करते हैं कि अब ताश के दूसरे पैक से खेला जाए, वैसे ही मैं भी कुछ करना चाह रहा था जिसे दिल्ली, पंजाब वाले टशन कहते हैं। मन के अंदर छिपे असफलता के डर को मैंने किस सफाई से पितृभक्ति और मातृभक्ति में सराबोर आदर्श पुत्र के मुखौटे के पीछे छिपाया था, इसको आज याद करता हूँ तो हँसी भी आती है और पछतावा भी होता है। बहरहाल मेरी जिद के आगे माँ और पिताजी ने हथियार डाल दिए और तय हुआ कि वे ही सब जिम्मेदारी ले लेंगे। हाँ, मैं इसके लिए तैयार रहूँ कि लड़कीवाले आकर मुझे देखेंगे और फिर अपना निर्णय मुझे ही सुनाएँगे।

इस बार वह आएगी! बस आगे का दृश्य मन की आँखों के सामने ठीक से बन नहीं पा रहा था। क्या वह टाँग-पर-टाँग चढ़ाकर बैठेगी और मैं चाय की ट्रे लेकर आऊँगा? क्या वह मुझसे पूछेगी कि मैं खाना बनाने और घर के काम करने में रुचि रखता हूँ या नहीं? क्या वे लोग मुझसे मेरी वेतनपरची (पे स्लिप) की सत्यापित प्रतिलिपि माँगेंगे? कहीं कोई मुझसे गाना सुनाने को तो नहीं कहेगा। बहुत सारे प्रश्न थे। उत्तर तो भविष्य ही बताएगा।

□

8

अपनी परेशानी माँ, पिताजी आदि के कंधों पर सिंदबाद जहाजी के जोंक की तरह चिपक जानेवाले बूढ़े आदमी की तरह मैंने लाद तो दी, पर चैन-सुकून अभी भी नहीं मिल पाया। बस यह विचार सांत्वना देता था कि जो स्वयं अपनी पसंद से मुझसे विवाह करेगी, वह विवाहोपरांत सामान्य झगड़ों की शुरुआत उस घिसे-पिटे संवाद से नहीं कर पाएगी कि अगर मुझे शादी से पहले पता होता कि तुम ऐसे हो तो··· हाँ, अपनी महानता का एहसान लादते हुए यह जरूर कह सकती थी कि मैंने तो पहली नजर में ही भाँप लिया था कि तुम ऐसे ही हो फिर भी, लेकिन तब मैं कह सकता था तो इसमें मेरी क्या गलती? जो किया, तुमने अपनी मरजी से किया।

खैर, अभी तो असली डर मुझे उस साक्षात्कार से लगता था, जिसमें पहल करने की मैं अपनी भावी पत्नी को पूरी छूट देना चाहता था। यह घोषित करने के बाद कि माँ-पिताजी की पसंद की कोई भी लड़की मुझे देख ले, बस मुझे कहीं जाने का कष्ट न दिया जाए, मैं इस तलाश में लग गया कि दिल्ली में कहीं कोई प्रशिक्षण संस्था मिल जाए जो मुझे भावी पत्नी या उसके परिवारवालों के साक्षात्कार को झेलने के लिए तैयार कर सके, पर इसमें भी असफल रहा। आई.ए.एस. के लिए, सर्विसेज सेलेक्शन बोर्ड के लिए, आई.आई.टी. के लिए, मेडिकल के लिए, यहाँ तक कि हीरो-हीरोइन बनने के ख्वाब देखनेवालों के लिए ऑडिशन की तैयारियाँ करानेवाले गुरु तो मिल जाते थे, पर पूरे शहर की दीवारों को इस दावे से रँगवाकर बैठेनेवाले कि दुल्हन वही जो अमुकजी दिलवाएँ, भी इस सवाल का जवाब नहीं दे सके कि साक्षात्कार करनेवाली लड़की से भावी दूल्हा कैसे प्रश्नों की उम्मीद करे और उनके क्या उत्तर दे। उनसे भी मिल आया, जिनका नाम हर रेलवे लाइन के किनारे दीवारों से गुहार लगाता था कि मिल तो लें, पर वहाँ भी ऐसी

कोचिंग का कोई प्रबंध नहीं था। मिल लेने के बाद मिलवा देने की तो वे गारंटी देते थे, पर मिलने के बाद क्या बातें होंगी, इससे उनको कोई सरोकार नहीं था।

बिना कोचिंग के तो आजकल सौंदर्य प्रतियोगिता में भी कोई नहीं जाता। आवश्यकता आविष्कार की जननी होती है। विश्व सुंदरियों के चुनाव में भारतीय सुंदरियों ने यूँ ही थोड़ी अपना झंडा बुलंद कर रखा है। जैसे ही पता चला कि शरीर के सारे अंगों की नाप-तौल हो जाने के बाद चेहरे के ऊपर रखे हुए दिमाग का ढक्कन भी खोला जाएगा, उन्होंने अब तक अनदेखी किए हुए शरीर के उस भाग की तरफ भी ध्यान देना शुरू कर दिया, जिसे सुंदरियों के मामले में केवल एक खाली डिब्बा समझा जाता था। फटाफट स्नेह, ममता, सेवा,त्याग और तपस्या जैसे शब्दों से उनका परिचय कराने के लिए कोचिंग शुरू कर दी गई। इस कोचिंग का कमाल देखिए कि उनकी टाँगों, नितंबों, कटिप्रदेश, उरोजों और अधरों से ऊपर उठते-उठते जब निर्णायकों की पैनी नजरें उनकी केशराशि को भेदकर उसके नीचे छिपी बुद्धि का जायजा लेने पहुँचती हैं तो भारतीय सुंदरियाँ अचानक दार्शनिक मुद्रा में आ जाती हैं। धर्मचक्र प्रवर्तन करते हुए तथागत बुद्ध जैसी भंगिमा बनाकर तपाक् से वे बताती हैं कि मदर टेरेसा उनकी रोल मॉडल हैं और जीवन में असली सौंदर्य वे केवल केयर और शेयर अर्थात् सेवा और साझेदारी में ही देखती हैं। इस उत्तर को सुनते ही जूरी पर जूड़ी बुखार चढ़ जाता है। निर्णायक मंडल का अध्यक्ष किसी दक्षिण अमेरिकी या दक्षिण अफ्रीकी सुंदरी की तरफ जाते-जाते मुड़कर भारतीय बाला के सिर पर तियारा (ताज) रख देता है। हमारी सभ्यता-संस्कृति की प्रतीक भारतीय नारी अब सुंदरता के आकाश पर भी कब्जा जमा लेती है। उसके प्रेमाश्रु निकलकर उन प्रशिक्षकों के प्रति आभार व्यक्त करते हैं, जिन्होंने मदर टेरेसा के नाम से परिचित कराया था। विश्व के निर्वस्त्र आकाश पर, क्षमा कीजिएगा, निरभ्र आकाश पर, भारतीय सुंदरियाँ कब्जा जमा पाने में क्या बिना उचित प्रशिक्षण के सफल हो पातीं?

फिर मुझे मिस्टर इंडिया जैसी प्रतियोगिताओं में भाग लेनेवाले पुरुष प्रत्याशियों की याद आई। लगा कि उनके बाजुओं की चमकती हुई मछलियाँ, पिंडलियों और जाँघों की बड़ी-बड़ी गुठलियाँ, चक्की के जैसा चौड़ा सीना और उसके नीचे डमरू के बीचवाले हिस्से के जैसी दुबली कमर देखने के बाद कंधों के ऊपर रखी सिर की हांडी के अंदर उनके निर्णायकों ने भी अब झाँकना शुरू कर दिया होगा। भारत सुंदरी और विश्व सुंदरी प्रतियोगिताओं में यौवन के साथ चिंतन-मनन की

क्षमता देखनेवाले नए चलन की नकल में अब शायद वे भी इन प्रत्याशियों से कुछ प्रश्न पूछने लगे होंगे और पहलवानों को भी साक्षात्कार का सामना करने की ट्रेनिंग दी जाने लगी होगी।

इस विषय में दिल्ली के एक प्रमुख अखाड़े के भीमकाय मांसपेशींपुंज गुरुजी से पता चला कि अखाड़े में धूल चाटने से बचने के लिए पहलवानों को केवल मुँह सख्ती से बंद रखना ही सिखाया जाता है। उनकी व्यावसायिक सहायता वहाँ ली जाती है, जहाँ लातों के भूत बातों से नहीं मान रहे हों। अत: उनको ट्रेनिंग दी भी जाती है तो मुँह खोलने की नहीं, बल्कि मुँह खुलवाने की। अंत में तंग आकर मैंने साक्षात्कार की ट्रेनिंग लेने का इरादा छोड़ दिया। तय पाया कि अवसर के अनुसार जो बातचीत होगी, वैसा उत्तर दे लूँगा। किसी लड़की ने पूछा कि आप मुझसे शादी क्यों करना चाहते हैं तो सच बोल दूँगा—'इसलिए कि अभी तक और कोई लड़की मुझे शादी करने के लिए मिली ही नहीं।'

उन्हीं दिनों पिताजी ने फोन करके बताया कि उन्होंने और माँ ने भाई साहब, जीजाजी आदि की सहमति से एक लड़की पसंद की थी। उसके पिता को मेरा पता और फोन नंबर दे दिया गया था और कह दिया गया था कि सीधे मुझसे मिलने का समय तय कर लें, ताकि लड़की मुझे देख सके। उन्होंने यह भी स्पष्ट किया कि पहले लड़की के पिता मुझसे मिलेंगे, लड़की से मुलाकात बाद में करा देंगे। मैंने चैन की साँस ली। कम-से-कम अब मुझे इस चक्कर में भाग-दौड़ नहीं करनी पड़ेगी। जिसको गरज होगी, खुद ही पालम के वायुसेना अधिकारी मेस तक पहुँचने का कष्ट करेगा। फिर जो मरजी हो, जितना मरजी हो, मुझे देखे। एक बार निर्णय कर लिया कि चुनाव मेरे घरवाले ही करेंगे तो उस लड़की या उसके घरवालों के बारे में ज्यादा पूछताछ क्या करनी। माँ और पिताजी दोनों मेरी इस उदासीनता से खिन्न थे। वे चाहते थे कि उनसे मैं उनकी पसंद की लड़की और उसके घर वालों के विषय में ढेर सारे सवाल पूछूँ, ताकि अपनी ओर से वे निश्चिंत हो जाएँ, पर मैंने सोचा अब तो जो कुछ पूछना होगा, लड़कीवाले और लड़की दोनों की तरफ से हाँ होने पर ही मैं पूछूँगा। मुझे अपने घरवालों की पसंद पर इतना भरोसा था कि उन्होंने जब कहा कि वे लड़की की फोटो मेरे पास भेज रहे हैं तो मैंने उसके लिए भी मना कर दिया। पहले मेरे पास आई फोटोज का क्या हश्र हुआ था, मुझे याद था।

तभी एक दिन एक अपरिचित सज्जन का फोन आया। बताया कि वे मेरे

भाई साहब के पुराने परिचित थे। मुझसे मिलने की बात की। मैंने पूछा कि किस विषय में। बोले कि आपके लिए एक बहुत अच्छा प्रपोजल है मेरे पास। मुझे गुस्सा आया। भाई साहब भी अजीब हैं, जब उन्हें पता है कि मैंने यह जिम्मेदारी उन्हीं सब पर छोड़ दी है तो फिर मुझे क्यों इस मुसीबत में फँसाया। अगर रेफर करना ही था इन सज्जन को तो पिताजी के पास भेजते। पर ये बेचारे इतने प्यार से बार-बार बी.ए. में भाई साहब के सहपाठी होने की दुहाई दे रहे थे कि मुझे रुखाई से बात करते न बना। मैंने बड़ी नम्रता से निवेदन किया, 'देखिए, मैं जीवन के सारे महत्त्वपूर्ण फैसले अपने बड़ों, बुजुर्गों पर ही छोड़ना पसंद करता हूँ। मेरे लिए कौन सा प्रस्ताव उचित होगा और कौन नहीं होगा, उनसे अच्छा कौन समझ सकता है?'

वे मेरे उत्तर से बिल्कुल गद्गद हो गए। बहुत भावुक होकर बोले, 'आप तो एक बहुत ही आदर्श नौजवान हैं। आज के नौजवान अपने माँ-बाप को घास भी नहीं डालते। एक आप हैं जो जानते हैं कि माँ-बाप और स्वजनों से बढ़कर और कोई हितैषी हो ही नहीं सकता।'

मैंने सोचा कि अब जो कुछ उन्हें कहना-सुनना होगा, वे भाई साहब या पिताजी से ही कर लेंगे, पर वे बोले, 'आपके भाई साहब ने मुझे पहले ही आपके विचारों से अवगत कराया था। तभी मैंने उनसे इसकी चर्चा भी की थी। उन्होंने कहा भी कि वे आपसे फोन पर बात कर लेंगे, पर उन्होंने बताया था कि आप फ्लाइंग की अपनी ड्यूटी पर प्राय: बाहर जाते हैं और आपसे फोन पर बात मुश्किल से ही हो पाती है। हो सकता है उन्होंने आपको फोन लगाया हो, पर बात न हो पाई हो। मैं खुद आपको फोन लगाने की कई नाकामयाब कोशिशों के बाद आज आपसे बात कर पा रहा हूँ।'

उनकी बात में सच्चाई तो थी। उस जमाने में फोन एक आवश्यकता नहीं, एक लक्जरी था। ट्रंक कॉल छोड़िए, दिल्ली से पालम फोन लगाना भी एक मुसीबत थी। कोई आश्चर्य नहीं कि भाई साहब का फोन लग नहीं पाया। मैंने नरम पड़ते हुए कहा, 'मुझे खुशी है कि आप मेरी बात समझ पाए, वरना आप यह भी सोच सकते थे कि मैं इतना कमजोर हूँ कि अपने बारे में कोई निर्णय स्वयं नहीं ले पाता हूँ।'

वे बोले, 'नहीं-नहीं। मुझे पता है कि आप एयरफोर्स ऑफिसर हैं, हवाई जहाज उड़ाते हैं, वह भी वी.आई.पी. सवारियों को बिठाकर। ड्यूटी पर रहते हुए

आप एक-एक से महत्त्वपूर्ण फैसले लेते ही होंगे। फिर भी जो बात आपकी निजी जिंदगी से ताल्लुक रखे, जिसका सीधा संबंध आपके जीवन-मरण से हो, जिसे आपको ताउम्र निभाना हो, जिसका चुनाव एक बार गलत हो गया तो या तो बहुत सालों तक पछतावा बना रहेगा या बेकार नुकसान उठाकर उससे छुटकारा पाना होगा, उसका चुनाव यदि माँ बाप और अन्य बुजुर्गों की अनुमति और सहमति से किया जाए तो इससे अधिक बुद्धिमत्ता की बात क्या होगी। दूसरों का दृष्टिकोण इतनी अच्छी तरह से समझ पानेवाले लोग कम ही मिलते हैं।' मुझे बहुत अच्छा लगा उनकी बातें सुनकर।

उन्होंने अपनी बात एक क्षण के अंतराल के बाद जारी रखी। 'फिर भी, देखिए अंतिम निर्णय भले आप अपने बुजुर्गों पर छोड़ दें, पर एक बार पसंद करेंगे तो उसका निर्वाह तो आपको ही करना होगा। इसलिए मैं समझता हूँ पूरी तरह उन्हीं पर छोड़ देने की बजाय प्रपोजल को आप स्वयं भी सोच-समझकर ही स्वीकार करें। आप को जो कुछ पूछना हो, पूछ लीजिएगा। उसे अच्छी तरह से, बारीकी से देखने के लिए आपको कुछ समय तो देना ही पड़ेगा।'

मुझे उनकी बातों में सीमा से अधिक खुलापन लगा। ठीक है लड़की दिखाना चाहते हैं तो दिखाएँ, आखिर वह भी तो मुझे देखना चाहेगी, पर उसे बारीकी से देखने वाली बात ठीक नहीं लगी। पता नहीं यह इनसान उस बेचारी लड़की का सगा बाप था या सौतेला। फिर भी मैंने कहा, 'ठीक है। अगर भाई साहब से आप इस विषय में बात कर चुके हैं और उन्होंने अपनी सहमति दे दी है तो मैं हाजिर हूँ। अगर आपको साथ लेकर आने में असुविधा हो तो आप जहाँ चाहेंगे, समय तय करके मैं आ जाऊँगा।'

उनकी प्रसन्नता मैं फोन पर भी उनके स्वर में महसूस कर पा रहा था। बिचारे बहुत खुश होकर बोले, 'नहीं जी, साथ लाने में मुझे क्या असुविधा होगी। ऐसी भारी-भरकम चीज तो है नहीं।'

इस बार मैं खुश हो गया। एक सुकुमार तन्वंगी की आकृति मेरी आँखों के सामने अठखेलियाँ करने लगीं। उसे बड़ी मुश्किल से परे सरकाकर मैंने कहा कि ठीक है, आज शाम को सात बजे आप पालम के एयर फोर्स ऑफिसर्स मेस में आ जाइए।

पर लगा वे और बतियाने के मूड में थे। 'ठीक है!' वे बोले, 'पर आने से पहले एक बात मैं समझना चाहूँगा कि आप जीवन भर वाला प्रस्ताव पसंद करेंगे

या दस-बीस वर्षों वाला।'

मेरे आश्चर्य का ठिकाना न था। यह आदमी शायद अमेरिका से सीधे चला आ रहा था। मैंने कहा, 'मैं आपकी बात समझा नहीं, हमारे यहाँ तो जीवन भर साथ निभाने की ही परंपरा है। ये दस-बीस वर्षों में समाप्त हो जानेवाली बातें हमारे यहाँ सस्ती समझी जाती हैं।'

'बिल्कुल ठीक कहा आपने। सस्ती या महँगी होना भी इसी पर निर्भर करेगा कि आप कुछ समय के लिए चाहते हैं या जीवन भर साथ निभाएँगे।'

मेरे दिमाग का पारा अचानक बहुत ऊँचा चढ़ गया। लगा वह एक दल्ले की जैसी बातें कर रहा था। पहले माँ-बाप के आदर का जिक्र करके हमारी सांस्कृतिक परंपराओं की दुहाई भी दे रहा था। किस कदर गए-बीते किस्म के इनसान से पाला पड़ गया मेरा। मैंने चिढ़कर कहा, 'आप कैसी वाहियात बात कर रहे हैं। क्या समझ रखा है आपने मुझे?'

फोन पर अचानक चुप्पी छा गई, पर फोन काटने की आवाज नहीं आई। मैंने भी फोन नीचे नहीं रखा। सोचा देखता हूँ अब क्या कहता है यह दुष्ट! एकाध क्षणों की चुप्पी के बाद वह थोड़ा हकलाता हुआ सा बोला, 'मुझे कुछ नहीं समझ में आ रहा है किस बात पर आप इतना नाराज हो रहे हैं। मैं तो सिर्फ यह जानना चाह रहा था कि आप ऐंडोमेंट पॉलिसी पसंद करेंगे या लाइफ पॉलिसी। दोनों के प्रीमियम फर्क-फर्क होते हैं, बल्कि मैंने तो बात ही इसी से शुरू की थी कि आपके लिए उचित प्रपोजल लेकर आऊँगा और आप इसके लिए राजी भी हो गए थे। अब कौन सी गलती हो गई मुझसे?'

सुईपटक सन्नाटा इस बार मेरी ओर से था। मेरी आँखों के सामने से सुकोमल तन्वंगी आकृति गायब हो गई और उसकी जगह एक निरीह से इंश्योरेंस एजेंट की छवि आ गई, पर अब मैं उसको क्या बताता कि मैंने उसे क्या समझ लिया था। चुपचाप फोन काटकर दुम दबाकर खिसक लेना ही उचित लगा।

इस घटना के बाद कुछ दिनों तक मैं प्रतीक्षा करता रहा कि भाई साहब से वे शिकायत करेंगे और मुझे सफाई पेश करनी होगी, पर जब कई दिनों तक भाई साहब से फोन पर बात नहीं हुई तो चैन आया। भाई साहब थे तो हैदराबाद में, पर मेरा वहाँ का चक्कर अकसर लगता रहता था। सोचा मिलूँगा तो समझा दूँगा कि गलतफहमी कैसे हुई थी। कई सारे विशिष्ट व्यक्तियों को हैदराबाद की उड़ान पर ले जाती रहती थी हमारी वी.आई.पी. स्क्वाड्रन। इन सबमें अतिविशिष्ट

व्यक्ति थे, तत्कालीन राष्ट्रपति श्री वी. वी. गिरी, जो हैदराबाद प्रायः जाते रहते थे। राष्ट्रपति महोदय और उनका पूरा दलबल हैदराबाद में राष्ट्रपति निलयम में ठहरता था और विशिष्ट उड़ान के चालकदल के सदस्य हैदराबाद के राजकीय अतिथिगृह में ठहराए जाते थे। मैं ऐसी उड़ानों पर जाता था तो चालकदल के अन्य सदस्यों के साथ रुकने की बजाय अपने भाई साहब के घर चला जाता था। उनके घर, जो हैदराबाद के बेगमपेट हवाई अड्डे से काफी दूर था। कार से पहुँचने में लगभग पैंतालीस मिनट लग जाते थे। यह भी पुरानी बात है, अतः समय और दूरी में कुछ तालमेल था। आजकल तो लगभग सभी बड़े शहरों की तरह हैदराबाद की सड़कों पर भी वाहनों के सतत महायुद्ध के चलते आप केवल यह बता सकते हैं कि आप घर से निकलेंगे कब। कोई पूछे कि पहुँचेंगे कब तो दीर्घ निःश्वास के साथ कहना पड़ता है, हरि इच्छा! जैसे सरकारी नौकरी से अवकाशप्राप्ति के समय कोई नादान पूछ बैठे कि आपको पेंशन कितने महीनों/सालों में नियमित रूप से मिलने लगेगी? तो गालिब के शब्दों में कोई पूछे कि यह क्या है तो बताए न बने। बस एक सुविधा थी कि एयरपोर्ट से रवींद्रनगर जाने-आने के लिए स्थानीय प्रशासन देववाहन अर्थात् श्वेत एंबेसडर उपलब्ध करा देता था।

कुछ दिनों की संक्षिप्त प्रतीक्षा के बाद ही राष्ट्रपति महोदय का हैदराबाद जाने का प्रोग्राम बना। मेरे अनुरोध के अनुसार मुझे उस उड़ान पर भेजा गया। उन्हें लेकर हम अपराह्न में चार बजे हैदराबाद पहुँचे। दिल्ली वापस आने का अगले दिन सुबह आठ बजे का कार्यक्रम था। हमारे कैप्टेन महोदय ने जो मुझसे एक रैंक सीनियर थे, सुझाव दिया कि मैं इस बार सबके साथ राजकीय अतिथिगृह में ही ठहरूँ, यदि सुबह कार से आने में कुछ देर-सबेर हो गई तो मुसीबत खड़ी हो जाएगी। पर यह बात उन्होंने कार के ड्राइवर महोदय के सामने कह दी जिनके लिए यह प्रतिष्ठा का प्रश्न बन गया। हमें कोई कहता कि राष्ट्रपति को किसी जगह विमान द्वारा समय से नहीं पहुँचा सकेंगे तो हमें जितना आघात लगता, उतना ही ड्राइवर महोदय को लगा। नम्रता और प्रतिवाद को बराबर मात्रा में अपनी आवाज में घोलते हुए वह बीच में कूद पड़े। 'एइसा कइसा होवेंगा साहब! मई भी इधर मिनिस्टर लोकाँ को बराबर एयरपोर्ट लाता, ऐसा फ्लाइट मिस करेंगा तो कइसा चलेंगा?' हमारे कैप्टेन साहब को उसकी भावनाओं से खेलना अच्छा नहीं लगा। हँसकर बोले—'अरे भाई, ये साहब फ्लाइट मिस करेगा तो प्रेसिडेंट साहब को भी फ्लाइट मिस करना पड़ेगा, बस इतना याद रखना।'

उसके प्रोफेशनलिज्म की इज्जत का प्रश्न उठ खड़ा हुआ था, अत: उन्होंने मुझे जाने की अनुमति दे दी। मैं खुश होकर यूनिफॉर्म बदलकर सिविल ड्रेस में कार में बैठ गया। कार रवींद्र नगर पहुँचने ही वाली थी कि अचानक मुझे ध्यान आया कि घर जाने की जल्दी में अपने यूनिफॉर्म की पॉकेट से मैं अपना आईडी कार्ड निकाल कर साथ लाना भूल गया था। यूनिफॉर्म जहाज के अंदर हैंगर में लटक रहा था, अत: कार्ड सुरक्षित था, पर कल सुबह एयरपोर्ट लौटते समय कोई दिक्कत न हो, इसकी चिंता चढ़ गई, लेकिन अब तक जहाज सीलबंद होकर स्थानीय सुरक्षा अधिकारियों को सौंपा जा चुका होगा और उसमें प्रवेश करना एक खासी समस्या होगी। मैंने मन मारकर इसकी चिंता न करने का तय किया। जल्द ही हम भाई साहब के घर पहुँच गए। नियमत: वी.आई.पी. उड़ानों के निश्चित समय से एक घंटा पहले हमें फ्लाइट क्लियरेंस आदि समाप्त करके जहाज पर उपस्थित रहना होता था। फ्लाइट-क्लियरेंस तथा मौसम की जानकारी आदि लेने में एयर ट्रैफिक कंट्रोल टावर में लगभग आधा घंटा लग जाता था। अत: मुझे साढ़े छह बजे तक एयरपोर्ट पहुँच जाने के लिए सुबह छह बजे ही एयपोर्ट के लिए निकल पड़ना था। ड्राइवर को मैंने चेतावनी दी कि अगली सुबह समय से आ जाए। घर का पता और भाई साहब का फोन नंबर नोट करने के बाद वह चला गया। शाम को जब भाई साहब, भाभी और बच्चों के साथ बैठकी जमी तो जो बात मेरे मन में कुलबुला रही थी, उसी से मैंने शुरुआत की। अपने भेजे हुए उन इंश्योरेंस एजेंट महोदय की कहानी मुझसे सुनने के बाद जब भाई साहब ने भी हँसते हुए अपने दो-चार उसी टक्कर के संस्मरण सुना डाले तो मेरे मन से उन महाशय से अभद्र व्यवहार करने का अपराध-बोध निकल गया। गप्पें मारते हुए वह शाम कितनी तेजी से निकल गई, कुछ पता ही नहीं चला। भाभी ने याद दिलाई कि मुझे सुबह जल्दी जाना था और बेमन से हम सब अपने-अपने बिस्तरों में घुस लिये।

अगली सुबह स्वभावत: छह बजने से पाँच-सात मिनट पहले ही तैयार होकर मैं कार की प्रतीक्षा करने लग गया। दस मिनट बीते, कार नहीं आई तो मेरे कान खड़े हुए। मैंने प्रशासन के संपर्क अधिकारी को फोन किया और उन्होंने आश्वस्त किया कि कार चल चुकी थी, पहुँचती ही होगी। मुझे ढाँढ़स बँधा, पर दस मिनट और बीत जाने के बाद मेरी बेचैनी बहुत बढ़ गई। दुबारा फोन लगाया पर संपर्क अधिकारी महोदय का फोन व्यस्त मिला। घड़ी की सुइयाँ मेरा मजाक उड़ाते-उड़ाते रौद्र रूप में आ गईं और मुझे पसीना आना शुरू हुआ। स्पष्ट था

कि ड्राइवर साहब या तो रास्ता भूल गए थे या दुर्घटनाग्रस्त हो गए थे, पर उनके पहुँचने-न-पहुँचने को लेकर भारत के राष्ट्रपति को तो प्रतीक्षा नहीं कराई जा सकती थी। मेरे चेहरे का उड़ा हुआ रंग देखकर भाई साहब ने तुरंत अपनी कार निकाली। उसके बाद भाई साहब ने कार जिस गति से चलाई, उसकी मैंने आशा नहीं की थी। पर आशा इसकी भी नहीं की थी, कि सुबह-सुबह साढ़े छह बजे जब सड़कें बिल्कुल सूनी थीं, घर से निकलते ही मेन रोड पर मुड़ते हुए वे सड़क का दुग्धाभिषेक करेंगे। साइकिल के कॅरियर से दोनों तरफ दूध के दो बड़े-बड़े डोल लटकाए हुए जिस ग्वाले को उन्होंने टक्कर मारी, वह सड़क पर बहते हुए दूध का बहाव रोक पाने में तो असमर्थ था, पर टक्कर के बाद रुकी हुई कार के दरवाजे को झटके से खोलकर भाई साहब को तेलुगु में धुँआधार गालियाँ देने में उसने एक क्षण भी नहीं गँवाया। उसके धाराप्रवाह भाषण को समझने भर तेलुगु भाई साहब को आती थी, समझने को तो मैं स्वयं बिना तेलुगु का एक शब्द जाने उसके संवाद का हर शब्द समझ पा रहा था। हम दोनों ने एक साथ वह भाषा बोलने का प्रयत्न किया, जिसे वह दूधवाला किरगिजी या मंगोलियाई भाषी होता, तब भी समझ जाता। इस भाषा का पहला अक्षर था, बटुवा और दूसरा था रुपए। उधर भाई साहब और इधर मैं, दोनों ने एक साथ उसकी क्षतिपूर्ति करने के लिए सौ-सौ का एक-एक नोट निकाला, पर इससे उसके आत्मसम्मान को बड़ी ठेस पहुँची। बात को जारी रखते हुए उसने जो कुछ कहा, उसका मेरे मन ने तीन-तीन तरह से अनुवाद किया। पहला यह कि मुझे इतना बाजारू मत समझो कि तुमने नोट दिखाए और मैं सरकारी गवाह की तरह से बयान बदल दूँगा, दूसरा यह कि ये सौ-सौ रुपल्ली देने से क्या होगा? दूध का दाम पता है? और तीसरा यह कि रुपए-शुपए अपने पास रखो, तुमने मेरी गाड़ी गिराई, अब मैं तुम्हारी गाड़ी गिराऊँगा। शायद तीसरी बात में ही असली संदेश निहित था, तभी इस शुभ कार्य में मदद लेने के लिए वह और जोर-जोर से बोलकर भीड़ इकट्ठा करने में लग गया।

पता नहीं कहाँ से इन्हीं दो मिनटों में प्रति मिनट चार की दर से आठ-दस प्राणी वहाँ इकट्ठा हो गए। इनमें कई सड़क पर लाखैरे घूमनेवाले अधनंगे बच्चे थे, जो अपनी फटी कमीज की बाँहों से या मटके की तरह फूले हुए पेट पर तनी हुई मैली-कुचैली बनियान से अपनी नाक पोंछते जा रहे थे। लग रहा था कि मौका मिलते ही अपने अधमरे जिस्म के बावजूद कार पर पत्थर फेंकने के काम में वे सबसे आगे निकलेंगे। यदि इनसे साक्षात जीसस क्राइस्ट ने भी कहा होता

कि जिसने कभी पाप नहीं किया हो, वही पहला पत्थर फेंकेगा तो इन अभागों ने जिन्होंने सिवाय पैदा होने के अन्य कोई पाप नहीं किया था, इस अवसर को पहला पत्थर फेंकने के लिए खुला आह्वान समझा होता। सड़कों पर सारा जीवन बिताने की लंबी यात्रा के पहले चरण में ही वे उस शुभ घड़ी की तलाश में लग गए थे, जब पहला पाप जल्दी-से-जल्दी कर सकें। इन छोटे-छोटे शैतानों के अतिरिक्त दो-तीन आदमियों के हाथ में पानी से भरी हुई प्लास्टिक की बोतलें थीं, पर पता नहीं कैसे उन सबको कब्ज था कि वे अपने गंतव्य की तरफ जाने की जरा भी जल्दी नहीं दिखा रहे थे। वे अभी चुप खड़े आँखों-ही-आँखों में तौल रहे थे कि दूधवाले का साथ देने से दूध मिलने की संभावना और कारवालों का साथ देने से कुछ पैसे मिलने की संभावना में से किसमें ज्यादा वजन था। इस भीड़ से फर्क-थलग एक और सज्जन दिखे, जो हाथ में छड़ी पकड़े और आँखों पर सुनहले फ्रेम का चश्मा लगाए हुए थे और अभी तक मूक दर्शक बने हुए थे। मुझे और भाई साहब दोनों को समझ में आ गया कि जो बात वाहन टक्कर से बढ़कर वर्ग संघर्ष में परिणत होती जा रही थी, उसमें शायद हमारा पक्ष लें, ऐसे वे अकेले थे। वे तेलुगुभाषी होते हुए अंग्रेजी, हिंदी भाषी भी लग रहे थे। भाई साहब ने उन्हें संबोधित करते हुए अंग्रेजी में कहा, 'जरा इसे समझाइए, मैं तो क्षतिपूर्ति करने को तैयार हूँ, पर यह नालायक पता नहीं क्या चाहता है। मैं थोड़ा जल्दी में था, इसलिए कार से टक्कर लग गई, बात यह है कि यह मेरा छोटा भाई है, जो तुरंत एयरपोर्ट नहीं पहुँचेगा तो भारत के राष्ट्रपति को इसकी प्रतीक्षा करनी पड़ जाएगी, वे जा नहीं पाएँगे।' मुसकराते हुए उन्होंने कटाक्ष किया, 'अच्छा? क्या इन्हें भारत रत्न की उपाधि देने के लिए वे एयरपोर्ट पर खड़े प्रतीक्षारत हैं?' मुझे ऐसे व्यंग्य की चिंता करने का समय कहाँ था। घड़ी में सात बज रहे थे। मेरे होश उड़ गए। हकलाता हुआ बोला, 'आप इस समय किसी तरह हमारी कार को जाने देने के लिए इस राक्षस को मना लीजिए। अपना फ़ोन नंबर दे दीजिएगा। मैं आपको फुरसत से पूरी बात समझा दूँगा।'

पता नहीं उन्हें मेरे ऊपर दया आ गई या उन्हें भी लगा कि वह दूधवाला हमें कुछ ज्यादा ही परेशान कर रहा था। उन्होंने पहले तो भीड़ लगानेवालों को तेलुगु में डाँट लगाई, फिर दूधवाले को समझाया कि ये लोग दो सौ रुपए दे रहे हैं, तेरा कम-से-कम सौ प्रतिशत मुनाफा हो रहा है। पकड़ रुपए और चलता बन। उनकी बात में असर था। दूधवाले ने हमारे हाथों से नोट झपट लिये और

भुनभुनाते हुए हमारी कार के आगे धराशायी साइकिल को उठाने लग गया। जैसे ही साइकिल सामने से हटी, हमारी कार सड़क पर बने क्षीरसागर को चीरती हुई, रबड़ीनुमा सफेद कीचड़ उछालते हुए भागी।

मेरी एक नजर थी कलाईघड़ी पर और दूसरी सामने सड़क पर, किंतु भाई साहब से कार तेज़ चलाने का आग्रह करने का साहस नहीं हुआ। एयरपोर्ट अभी लगभग पंद्रह मिनट दूर था। साढ़े सात से पहले क्या पहुँचूँगा। चालकदल के सदस्य साथियों से यह आशा तो थी कि फ्लाइट क्लियरेंस आदि कराने के लिए वे मेरी प्रतीक्षा न करेंगे और मेरे हिस्से का काम कर लेंगे। पर उसके बाद? आशा की एक क्षीण किरण बाकी थी कि राष्ट्रपति महोदय के एयरपोर्ट पहुँचने के तुरंत पहले शायद हम पहुँच जाएँ, लेकिन जैसे-जैसे हम एयरपोर्ट के निकट आते गए, सड़क के दोनों किनारों पर राष्ट्रपति के काफिले को देखने के लिए आतुर लोगों की भीड़ बढ़ती गई। पुलिस लोगों को सड़क पर आने से रोकने में जुटी हुई थी। जल्दी ही हम एक चौराहे पर पहुँच गए, जहाँ से जनता के वाहनों को आगे एयरपोर्ट की तरफ जाने पर प्रतिबंध लगा दिया गया था। दुपहिए, चौपहिए हर तरह के वाहन सड़क के किनारे रोक दिए गए थे। सड़क पर इक्की-दुक्की पुलिस की जीपें गश्त करती हुई जा रही थीं। भाई साहब ने प्रश्नवाचक निगाहों से मुझे देखा और मैंने निगाहों-निगाहों में ही उत्तर भी दे दिया, लगे रहिए, रुकने की सोचिएगा भी मत, पर भाई साहब ने फ़ौजी का जिगरा तो पाया नहीं था, न उन्हें थाने में बंद होने का शौक था। मोटरसाइकिल पर आरूढ़ एक पुलिसवाले ने ड्राइवर की खिड़की से झाँकते हुए जब उन्हें ललकारा तो बिचारे ने गाड़ी रोक ली। सुबह-सुबह अचानक मुझे लेकर आ जाना पड़ा था, अतः उन्होंने न दाढ़ी बनाई थी, न नहा-धो पाए थे। खैरियत थी कि अपना धारीदार स्लीपिंग सूट उतारकर चलने से पहले जल्दी-जल्दी उन्होंने एक शर्ट-पैंट डाल ली थी। पुलिसवाले ने उन्हें ड्राइवर समझा और जोर से डाँट लगाकर कार खड़ी करने का आदेश दिया।

अब मैं मैदाने जंग में कूद पड़ा। काश यूनिफॉर्म जहाज में छोड़ देने की गलती न की होती। फिर भी पूरा आत्मविश्वास अपनी आवाज में भरकर मैंने कहा, 'देखिए, मैंने इन्हें कहा था कि ये कार रोकें नहीं। बात यह है कि मैं राष्ट्रपतिजी के विमान का चालक हूँ। मेरा एयरपोर्ट तुरंत पहुँचना बहुत जरूरी है, इसलिए आप हमें रोकिए नहीं।' खैरियत थी कि यहाँ भाषा की समस्या नहीं उठी। अपनी दखनी हिंदी में उसने कहा, 'आप लोकां बड़े ऊँचे हाकिमान हैं तो इस प्राइवेट कार

में क्या करता मियाँ? पायलट लोकां की सरकारी गाड़ी तो इस रास्ते से तकरीबन एक घंटा पहले गुजरी। अब आप जरा तकलीफ करके गाड़ी से नीचे उतर आओ, फिर तुम्हारी पूरी दास्ताँ थाने में फुरसत से सुनेंगे।'

मैंने अपनी सारी कहानी उसे एक साँस में सुनाई, पर उस कमबख्त की बात इस मुद्दे पर खत्म हुई कि मैं अपना आई डी कार्ड तक नहीं दिखा पा रहा था और अपने को प्रेसिडेंट साहब का पायलट बता रहा था। फिर उसने भाई साहब से पूछा—'और हजरत। आप तो जरूर प्राइम मिनिस्टर साहब के खासुलखास ड्राइवर होंगे?' उसका अविश्वास संदेह में बदल चुका था। प्रश्न थे कि खत्म होने का नाम नहीं ले रहे थे और मेरी घबराहट बढ़ती ही जा रही थी। प्यार से समझाने का कोई असर न होता देख मैंने आवाज ऊँची करके कहा, 'देखिए आप अपने सीनियर ऑफिसर से अपने वाकी-टाकी पर तुरंत मेरी बात कराइए, वरना मेरी नौकरी तो जाएगी ही, आपकी नौकरी भी बचेगी नहीं,' पर नतीजा उलटा निकला। त्योरियाँ चढ़ाकर वह बोला, 'अरे, मेरे को धमकी देते? जाने दो प्रेसिडेंट साब को, फिर मैं देखता मियाँ कि तुम फाख्ता उड़ाते कि हवाई जहाज।'

हमारी बहस अब जोर-जोर से होनी लगी थी, जिसे देखकर गश्त पर निकली पुलिस की एक जीप हमारे पास आकर रुक गई। ड्राइवर की बगल में बैठे अफसर के कंधों पर पुलिस अधीक्षक की रैंक और आई पी एस का बैज देखकर मेरी जान-में-जान आई। हमारे देश में असरदार बात करनी हो तो पहले अंग्रेजी में और फिर भी काम न चले तो पैसों की भाषा में बात करनी होती है। मैंने उन्हें फर्राटेदार अंग्रेजी में संक्षेप में बताया कि दुर्भाग्यवश मेरा आई डी कार्ड राष्ट्रपति के विशेष विमान के अंदर रह गया था, अत: उन्हें मेरे जबानी परिचय पर विश्वास करना पड़ेगा। यह भी बताया कि राष्ट्रपति महोदय के प्रस्थान का समय होने में अब कुल पंद्रह मिनट बचे थे, यदि वे नहीं चाहते थे कि राष्ट्रपति महोदय वहाँ पहुँचकर मेरे आने की प्रतीक्षा करें तो उन्हें बिना क्षण भर भी विलंब किए मुझे अपनी जीप में बैठाकर राष्ट्रपति के जहाज़ तक पहुँचाना चाहिए। वहाँ पहुँचकर मेरी असलियत पर कोई शक बचा रह गया तो वे बेशक मुझे गिरफ्तार कर सकते हैं। आदमी समझदार निकला, शायद ईमानदार भी था, जबकि था पुलिस का अफसर! मुझे उसने अपनी जीप में बैठाया और इसके पहले कि मैं भाई साहब से विदा के शब्द कह सकूँ, जीप अपना साइरन लगातार पीपों-पीपों बजाती हुई हवा से बातें करने लगी। आठ बजने में दस मिनट बाकी थे, जब हम एयरपोर्ट के

विशिष्ट व्यक्तियों वाले गेट से अंदर घुसकर सीधे वायुसेना के विशेष विमान तक पहुँचे। हमारे कप्तान महाशय जहाज के बाहर लगी हुई सीढ़ी के सामने पिंजरे में बंद घायल शेर की तरह बेचैनी से टहलते हुए बार-बार अपनी घड़ी देखते हुए खुशगवार मौसम के बावजूद माथे पर आ गई पसीने की बूँदें पोंछते जा रहे थे। पुलिस जीप से मुझे उतरते देखकर उनके मुँह से जो आशीर्वचन निकलने चाहिए थे, वे निकले नहीं क्योंकि सामने ही कतार लगाकर कई सैन्य अधिकारी तथा आंध्र प्रदेश के उच्चतम नागरिक अधिकारी वहाँ राष्ट्रपति को विदाई देने के लिए खड़े थे।

मेरे सिविल ड्रेस में होने से किसी को यह भनक नहीं लग पाई कि मैं जहाज के चालक दल का सदस्य था। मेरे कप्तान साहब ने अपनी मूँछों के नीचे से गुर्राते हुए, होंठ भीचकर कहा—'गेट इन, वी शैल टॉक लेटर।' मेरे साथ-साथ लगे हुए पुलिस अधीक्षक महोदय को किसी तरह की सफाई की जरूरत अब नहीं रह गई थी। मैंने उनका हाथ क्षण भर के लिए पकड़कर कहा कि थैंक्यू वैरी मच और सीढ़ियों पर दौड़ते हुए चढ़कर जहाज के अंदर घुस लिया। काकपिट में चालक दल के अन्य दो सदस्यों ने मुझे देखकर अचरज से कहा कि यार तूने तो आज हम सबको मरवाया था। क्या हो गया था तुझे ? मैं चुप रहा, वायु सेना की वी.आई.पी. स्क्वाड्रन का अलिखित नियम और परंपरा थी कि चाहे भूचाल ही आ जाए, पर वी.आई.पी. विमान के चालक समय पर उपस्थित रहेंगे ही रहेंगे। असंभव को आज मैं संभव कर दिखानेवाला था। मेरी जगह फ्लाइट इंजीनियर और स्वयं कप्तान ने एयर ट्रैफिक कंट्रोल से फ्लाइट क्लियरेंस करा ली थी, पर जल्दबाजी में मौसम विभाग से उड़ान से संबंधित मौसम की जानकारी विस्तार में नहीं ली गई थी। पिछले दिन दिल्ली से हैदराबाद की उड़ान में मौसम पूरे समय बहुत अच्छा था, अतः उसकी ओर से वे निश्चिंत थे। मौसम विभाग में लिखित ब्रीफिंग लेकर कागजी कार्यवाही पूरी कर दी गई थी। यह सब काम मूलतः मेरे हिस्से का था, अतः मेरे साथियों ने ढेरों एहसान मेरे सिर पर लादा होता, पर उनके सवालों और लानत-मलामत का सिलसिला राष्ट्रपति महोदय के ठीक आठ बजने में एक मिनट पर जहाज के अंदर प्रवेश करने से टूट गया।

घड़ी की सेकैंड वाली सुई ने घूमकर इधर ठीक आठ बजाए और समय की अतीव पाबंदी के साथ, जिसके लिए हमारी वी.आई.पी. स्क्वाड्रन विख्यात थी, विमान का इंजन चालू कर दिया गया। पश्चिमी हवा चल रही थी, अतः पश्चिममुखी रनवे 28 से जहाज के टेक ऑफ करने के बाद हमने सामान्य रूप से बाईं तरफ

मुड़ने की बजाय अपनी विशिष्ट फ्लाइट को मिलनेवाली छूट का लाभ उठाकर जहाज को दाहिनी ओर घुमाते हुए उत्तर दिशा की तरफ रुख किया। जमीन से तीन सौ फीट ऊँचा पहुँचकर लैंडिंग गीयर अर्थात् पहियों को ऊपर खींच लिया गया। वे विमान के उदर में मुड़कर गर्भ में सोते बच्चे की तरह छिप गए। फिर फ्लैप्स, जो विमान के उठने का कोण तीक्ष्ण बनाकर भूमि से जल्दी उठने में मदद करते हैं, अंदर खींचकर विमान के डैनों में छिपा लिये गए। मुड़ते-मुड़ते 358 डिग्री की दिशा पकड़कर हमारा विमान बादलों के छोटे-छोटे गुच्छों से आँख मिचौनी खेलता हुआ जब अपने क्रूजिंग-आलटीच्यूड इकतीस हजार फीट पर पहुँच गया तो थ्रोटल को थोड़ा पीछे खींचते हुए पावर घटाकर जहाज को ऑटोपायलट सेटिंग पर डालने के बाद हमने हैदराबाद कंट्रोल टावर को अलविदा कहा।

किसी विमानचालक से टेक-ऑफ और लैंडिंग—ये दो ही करतब सबसे अधिक कौशल की माँग करते हैं। तूफानी मौसम हो, बहुत तेज बारिश हो या घना कुहरा छाया हुआ हो, सब उड़ान के प्रारंभ और समाप्ति के क्षणों में चालक और चालकदल सभी की परीक्षा लेते हैं। एक बार सकुशल धरती के मोहमाया बंधन से मुक्त होकर ऊपर उठ लिये तो सामान्य मौसम में विमानचालन बहुत सरल काम लगता है। कम-से-कम उनको, जिनके लिए यह रोज का काम हो। अगले रिपोर्टिंग प्वॉइंट भोपाल तक पहुँचने में अभी बीस मिनट बाकी थे। वह खतरनाक क्षण आ ही गया, जिससे मैं घबरा रहा था। कप्तान ने मेरी तरफ आग्नेय नेत्रों से घूरते हुए बिना एक भी शब्द बोले आँखों-ही-आँखों में कई सवाल पूछ डाले। मैं चुप रहकर सामने अलसाए हुए नीले आकाश का विस्तार देखता रहा। इतना तो वे भी जानते ही थे कि मैं उस गाड़ी से नहीं आया था, जिसे मेरे लिए नियुक्त किया गया था। मैंने उन्हें अनुमान लगाने दिया कि रास्ते में कोई छोटी-मोटी दुर्घटना या कार ब्रेक डाउन हो गई होगी। मेरी चुप्पी से थककर वे ही बोले—'गलती मेरी थी, जो मैंने तुम्हें रात में सारे मेंबर्स से अलग ठहरने की अनुमति दे दी, पर यह न समझना कि इससे तुम्हें अपनी लापरवाही का नतीजा नहीं भुगतना पड़ेगा। वहाँ सब उपस्थित लोगों के सामने मैं नहीं बताना चाहता था कि आज क्या होते-होते रह गया, पर दिल्ली पहुँचकर बात ऊपर बतानी पड़ेगी। आगे के लिए तुम्हें अच्छा सबक मिलना ही चाहिए।' मैंने अपने बचाव में कुछ कहना चाहा, पर उचित शब्द सोच नहीं पाया। मिनमिनाकर यस्सर कहकर चुप हो गया। फिर अगले रिपोर्टिंग प्वॉइंट भोपाल की दिशा दिखानेवाले वी ओ आर यंत्र का स्विच ऑन करके उसके

डायल पर अपनी नजरें जमा लीं।

मैं अभी भी आश्वस्त नहीं हुआ था कि अध्याय बंद हो गया है, पर बात का रुख बदलने में सहायक साबित हुआ उस दिन का मौसम। मैंने अब मौसम विभाग का लिखित सूचनाओं वाला कागज निकाला तो उसे देखकर कान खड़े हो गए। पूर्वी राजस्थान, दक्षिणी पूर्वी हरियाणा, दिल्ली और पश्चिमी उत्तर प्रदेश के क्षेत्र में मानसून अचानक बहुत सक्रिय हो गया था। दिल्ली हमारे पहुँचने के समय जोरदार बारिश और तेज हवाओं के चलने का अनुमान था। इतना ही नहीं, भोपाल के उत्तर में हमारे पूरे हवाई रास्ते में मानसूनी बादलों के आक्रामक दस्ते हमारी प्रतीक्षा कर रहे थे। हमारी उड़ान की ऊँचाई अर्थात् इकतीस हजार फीट पर ऊँचे बादलों के ढेर-के-ढेर कॉलम हमें रास्ते में मिलेंगे। धरती के दर्शन निचली सतहों पर बिछी हुई बादलों की चादर के कारण टेक ऑफ करने के दस-पंद्रह मिनटों के बाद ही मिलना बंद हो जाएँगे।

बरसात का मौसम लगभग बीत चुका था, पर मानसूनी मौसम की यही विशेषता है कि किसी झक्की बॉस या बदमिजाज बीवी की तरह उसका मूड बनता-बिगड़ता रहता है। मानसून के दो मुखौटे होते हैं, सक्रिय और निष्क्रिय। इन दोनों मुखौटों को वह ऐसे बदल-बदल कर अपने चेहरे पर लगाता रहता है जैसे दशहरे के मेले में खरीदे गए राम और रावण के दो मुखौटों को कोई बच्चा बड़े शौक से बदल-बदल कर लगाए। तभी कहते हैं कि मानसून नाड़ी की तरह रह-रह कर धड़कता रहता है। सितंबर के महीने में जब दक्षिण-पश्चिम मानसून एक लंबे रोल से थके हुए कई अंकों वाले नाटक के हीरो की तरह नाटक के अंतिम दृश्य में मंच पर से हटनेवाली स्थिति तक पहुँचता है तो अचानक कई बार बहुत आवेश में भड़क उठता है। बुझते-बुझते किसी दीये की लौ जैसे भड़ककर अचानक तीव्र हो जाए, वैसे ही बरसात के मौसम के अंत से पहले एकाध बार भयंकर गर्जन-तर्जन के साथ वर्षा का प्रहार होता है। धरती पर बादल फट जानेवाली बारिश का धमाका होता है और आकाश में उड़ते हुए विमानों में अच्छे से अच्छे विमान चालकों के लिए परीक्षा की घड़ी आ खड़ी होती है। विमान चालन के दृष्टिकोण से यह अचानक क्रुद्ध हो जानेवाला मौसम उतना ही कठिन होता है, जितना दक्षिण पश्चिम मानसून के पूर्ण सक्रिय रहने पर होता है। उन दिनों लंबी उड़ान में विमान का ऑटोपायलट सेट करने के बाद कॉकपिट में चालकों के बीच गप्पों का बाजार गरम नहीं हो पाता है। गरज-बरस कर प्यासी धरती को

तृप्त कर देनेवाले बादल आकाश में उमड़-घुमड़कर कवियों को, विरही यक्ष और यक्षिणी को भले रिझाते हों, पर बाहर से मनोहारी दीखनेवाले ये मानसूनी बादल जब अपनी पूरी उठान पर हों तो विमान चालक को उनसे निपटने के लिए इतने कौशल, सूझबूझ और साहस की जरूरत पड़ती है, जितना किसी क्रुद्ध हो गए मस्त हाथी से अपनी जान बचाकर सघन झाड़ियों और ऊँचे-ऊँचे पेड़ों के बीच किसी सघन वन में छुप-छुपकर भागते हुए निहत्थे राही को पड़ेगी।

आज इक्कीसवीं शताब्दी में लगभग सभी यात्री विमान चालीस हजार फीट की ऊँचाई के आस-पास ही उड़ान भरते हैं। आज से चालीस साल पहले के हमारे टी यू 124 विमान में जो उन दिनों के हिसाब से एक बहुत आधुनिक और सशक्त जेट विमान था (तभी तो हमारे अतिविशिष्ट व्यक्तियों की उड़ान भरने के लिए चुना गया था) की क्षमता पूरे यात्री भार के साथ अधिक-से-अधिक चालीस हजार फीट तक चढ़ पाने की ही थी। इसके भी ऊपर जाने की कोशिश करना दमा के मरीज का एवरेस्ट पर चढ़ने जैसा होता। सशक्त गरज के साथ हुँकार भरता हुआ मानसूनी परिवार का क्युमुलोनिंबस बादल एक तूफानी खंभे जैसा आकाश में पचास-पचपन हजार फीट की ऊँचाई तक चढ़ जाता है। जिस समय वह अपने यौवन को पार करके परिपक्व होने के निकट पहुँच रहा होता है, उसके अंदर बहुत वेग से जल का बहुत बड़ा भंडार आकाश में खड़ी हो रही बहुमंजिली इमारत की तरह चढ़ता ही चला जाता है। कल्पना कीजिए नियाग्रा प्रपात नीचे गिरने की बजाय आकाश में सीधे ऊपर उठता हुआ पचास हजार फीट की ऊँचाई तक पहुँच जाए, उसकी परिधि चालीस-पचास किलोमीटर से लेकर सौ किलोमीटर तक की हो और उसकी अपार जलराशि जैसे-जैसे आकाश में ऊँची उठे, वैसे-वैसे उसका जल ठंडा होते-होते ओले और बरफ में बदलता जाए। और यह जलराशि सीधे एक तूफान की रफ्तार से लंबवत् ऊपर भाग रही हो। अब कल्पना कीजिए कि इस उर्ध्वगामी नियाग्रा प्रपात में शून्य तापक्रम के बड़े-बड़े आकार के ओलों में बदल रहे पानी के अपार अथाह भंडार में आप एक जेटबोट में सात-आठ सौ किलोमीटर की रफ्तार से घुस जाएँ तो क्या होगा। क्या हुआ? रोंगटे खड़े हो गए न? पर मैं कोई काल्पनिक हौवा नहीं खड़ा कर रहा हूँ। वास्तव में क्युमुलोनिंबस श्रेणी का तूफानी बादल बिल्कुल ऐसा ही होता है अपनी बनावट में। और जब ऊपर चढ़ते-चढ़ते पैंतालीस-पचास हजार फीट तक की ऊँचाई पाकर उसके अंदर की ऊर्जा समाप्त होने लगती है तो फिर घमंड से

चूर किसी नौकरशाह की तरह अपनी अधिकतम ऊँचाइयों को छूकर अपनी ही महानता का बोझ उसकी सँभाल के बाहर हो जाता है और उसका पतन शुरू हो जाता है। तब धरती पर भयानक मूसलधार वर्षा होने लगती है। ऐसे मस्त हाथी की तरह से बौराए-पगलाए बादलों से उलझना किसी विमान चालक के बस की बात नहीं होती है। इन बादलों के वर्तुलाकार स्तंभ अन्य बादलों की परतों को फोड़कर ऐसे ऊपर उठे रहते हैं जैसे धरती के ऊपर कुकुरमुत्ते उग आते हैं। फिर इनसे बचते-बचाते विमान को कुशलतापूर्वक निकाल ले जाने में ही खैरियत होती है। इन गरजते बादलों के पास भी फटको तो विमान को भीषण उथल-पुथल झेलनी पड़ती है। आँखों के ठीक सामने बिजली चमक कर आकाश के वक्ष पर जब चाँदी का तंतुजाल खींच देती है तो निकट से सीधे देखने पर आँखें चुंधिया ही नहीं जाती हैं, बल्कि स्थायी रूप से भी दृष्टि पर दुष्प्रभाव पड़ सकता है। कभी-कभी संचार के रेडियो उपकरण बहुत निकट बिजली कड़कने पर काम करना बंद कर देते हैं, लेकिन उसके पहले से स्टेटिक अर्थात् बिजली चमकने पर पैदा हुई चुंबकीय तरंगों से वायरलेस उपकरणों पर होनेवाली बातचीत में बहुत शोर और बाधा (डिस्टर्बेंस) होने लगती है और एयर ट्रैफिक कंट्रोल से संपर्क दुसाध्य होने लगता है। क्युमुलोनिंबस बादलों की उपस्थिति, भले ही वे बादलों की परतों के पीछे छिपे हुए हों, दूर से ही ताड़ जाने में सहायक होता है वेदर राडार नामक इलेक्ट्रॉनिक यंत्र। राडार से जैसे आकाश में किसी विमान की दिशा और दूरी का अनुमान मिल जाता है, वैसे ही विमान की कॉकपिट में लगे हुए वेदर राडार से इन तूफानी क्युमुलोनिंबस बादलों को देखा जा सकता है।

मौसम विभाग की रिपोर्ट पढ़कर मैंने अपने कप्तान को खबरदार किया कि मौसम आज अपने तेवर दिखाएगा, पर कल से आज तक मौसम इतना बदल जाएगा, इसकी ठीक कल्पना न मैं, न ही वे, उस समय कर सके। वैसे भी उनका खयाल रहा होगा कि मैं देर से आनेवाली अपनी गलती को छुपाने के लिए जानकर विषयांतर कर रहा था। अत: उन्होंने अपनी बड़ी-बड़ी मूँछों को ताव देते हुए कहा कि ठीक है देख लेंगे। तुम वेदर राडार पर नजर रखो। मैंने वेदर राडार ऑन किया। उसकी गहरे हरे रंग की गोल वृत्ताकार स्क्रीन पर केंद्र से किसी चक्के की धुरी से निकली तीली की तरह निकलकर प्रकाश की किरण गोल चक्कर काट रही थी। उस किरण से टकरा कर हरी स्क्रीन पर कई सारे प्रदीप्त होकर चमकनेवाले ढेलों की तरह कई सारे कालिमा लिये गहरे हरे धब्बे चमक रहे थे। जब बादल बहुत

परिपक्व अवस्था में हों और उनके अंदर का घर्षण बहुत अधिक हो तो आइसो ईको कंट्रोल स्विच के दबाने पर स्क्रीन पर उन बहुत उजड्ड बादलों वाला भाग काला लगता है। हमारी स्क्रीन भी वैसे ही नजारे दिखा रही थी। आजकल तो नवीनतम वेदर राडार रंगीन स्क्रीन पर ये नजारे दिखाते हैं। जमाने की रफ्तार भी इसी से साफ दिखती है। आजकल मौत भी सामने गड़ी हो तो उसे रंगीनमिजाजी से देखने का मौका आखिर तक मिलता रहता है। बहरहाल उस समय ज्यादा रंगीन विचार मन में आने का अवसर नहीं था, क्योंकि ये सारे धब्बे हमारे सामने की दिशा के बाएँ-दाएँ लगभग उतने ही कोण बनाते हुए क्षेत्र में चमक रहे थे, जितना हम बिना गरदन घुमाए दोनों आँखों से सामने देख सकते हैं, अर्थात् हमारी उड़ान के रास्ते में ठीक सामने बड़े-बड़े क्युमुलोनिंबस बादल अपनी ड्यूटी पर सजग प्रहरियों की तरह खड़े थे। सबसे पासवाले धब्बे की दूरी हमसे लगभग एक सौ पचास किलोमीटर थी अर्थात् हम ग्यारह मिनट के अंदर उनके पास पहुँच जाएँगे। मैंने कप्तान को सचेत किया और राडार की रेंज बदल दी, थाह लगाने के लिए कि आगे कितनी दूर तक ये दुश्मन हमें घात लगाए इंतजार करते मिलेंगे, पर आगे का नजारा भी बहुत प्रीतिकर नहीं था। इतना स्पष्ट था कि दिल्ली पहुँचने तक हमें लगातार इनसे निपटना पड़ेगा।

हम जल्दी ही भोपाल के ऊपर पहुँचकर अपनी स्थिति की सूचना (पोजीशन रिपोर्ट) भोपाल ए.टी.सी. को देते, पर भोपाल के ठीक ऊपर दैत्याकार बादल क्रुद्ध शेषनाग के फन जैसे फुँफकार रहे थे। सीटबेल्ट बाँध लेने और धूम्रपान न करने के निर्देश देनेवाली पट्टिका का स्विच ऑन कर दिया गया। राष्ट्रपतिजी को आगाह करने के लिए कोपायलट स्वयं गया और विशिष्ट कक्ष के पीछे दूसरे कक्ष में बैठे उनके दल के अन्य सदस्यों को आगाह करने के लिए केबिन क्र्यू का वरिष्ठ सदस्य भेजा गया, जो सुनिश्चित करेगा कि सबने सीटबेल्ट बाँध ली हैं। कोपायलट के वापस आते ही विमान की नाक दाहिनी ओर पंद्रह अंश के कोण में घुमा दी गई। अब हम अपने पूर्वनिश्चित उड़ान पथ से दूर जा रहे थे और पहले जो तूफानी बादल सामने आते, हम उसके पूर्व में लगभग तीस-चालीस किलोमीटर दूर रहेंगे, पर जैसे-जैसे हम उन बादलों से ढँके हुए क्षेत्र के निकट आ रहे थे, वैसे-वैसे हमारे वेदर राडार की स्क्रीन इन काले धब्बों से ढँकती जा रही थी।

हमने एयर ट्रैफिक कंट्रोल को सूचित करके अपनी उड़ान इकतीस हजार फीट से ऊपर उठकर उनतालीस हजार फीट करने का फैसला किया, पर उस

ऊँचाई पर भी ये शैतान बादल खेत में उगते कुकुरमुत्तों की तरह छतरी ताने खड़े थे। छतरी इतनी ऊँची कि उनके ऊपर से निकल जाने का प्रश्न ही नहीं था। जरूरत थी अगले फ्लाइट-लेवल अर्थात् तैंतालीस हजार फीट पर जाने की। हमें पता था कि उस पर जाने में हमारे विमान के दोनों शक्तिशाली जेट इंजिनों का भी दम फूल जाएगा, पर हमारे यात्रियों की संख्या कम थी, ईंधन भी हमने पूरा नहीं, केवल इतना भरा था कि हैदराबाद से दिल्ली और यदि दिल्ली पहुँचकर भी लैंड करने से पहले किसी कारण से डाइवर्ट करना पड़ा तो जयपुर या लखनऊ आराम से पहुँच सकें। अतः कम वजन के कारण हमारा विमान हाँफते-हाँफते अर्थात् कम गति के साथ किसी तरह तैंतालीस हजार फीट तक चढ़ गया। विमान की गति तो हमें वैसे भी कम करनी थी, क्योंकि हमें क्युमुलोनिंबस बादलों के खंभों में से खाली जगह भाँपते हुए विमान को ऐसी सफाई से निकालना था जैसे कार का ड्राइविंग टेस्ट देते समय कार को निकालना पड़ता है, यदि पहले से टेस्ट लेनेवाले अधिकारी की सेवा न कर ली गई हो। वहाँ की कठिन टेढ़ी-मेढ़ी राहों पर रिवर्स गियर में बैक करते हुए कार निकालने के लिए किसी समझदार प्रार्थी को जहमत नहीं दी जाती है। ये मुश्किल रास्ते तो सिर्फ इसलिए बनाए जाते हैं कि दिवालिए और मक्खी चूस कार ड्राइवरों को छाँटकर फर्क किया जा सके। कार ड्राइवर इसलिए लिखा कि ट्रक ड्राइविंग का लाइसेंस बनवानेवाले इतने बेवकूफ नहीं होते कि किसी प्रकार के टेस्ट आदि के झंझट में फँसें। बहरहाल इस समय हमें इन भयंकर बादलों के बीच में बच-बचकर सफाई से विमान को निकाल ले जाने के लिए ही नहीं, बल्कि इन बादलों के पास से गुजरते हुए अतिशय घर्षण (टरब्युलेंस) से बचाने के लिए भी गति कम करनी थी। अधिकतम निर्दिष्ट ऊँचाई से भी थोड़ा ऊपर उड़ते हुए हम अपने विमान को अब साधारण आठ सौ पचास किलोमीटर प्रति घंटे से घटाकर छह सौ किलोमीटर प्रति घंटे की गति से उड़ा रहे थे। अपने पूर्वायोजित मार्ग से काफी घूम-फिर कर जाने के कारण हमारी उड़ान का समय तो बढ़ना ही था, इस कम गति के कारण भी समय अधिक लगनेवाला था। अलबत्ता कम गति के कारण ईंधन की खपत कम होना हमारी सुरक्षा के लिए लाभदायक था।

अपनी पूर्वनिर्धारित दिशा छोड़कर बजाय उत्तर दिशा में जाने के हमें धीरे-धीरे और पूर्वोत्तर दिशा में जाना पड़ा। बादलों की शृंखला समाप्त होने का नाम नहीं ले रही थी। कम गति के बावजूद विमान देहाती गड्ढेदार सड़क पर उछलती-

कूदती जीप की सवारी की याद दिला रहा था। अचानक हमारे बहुत पास (इस स्थिति में तीस-चालीस किलोमीटर दूर भी बहुत पास था) बहुत जोरों से बिजली कौंधी। कॉकपिट में रोशनी ऑन करके रखी गई थी, फिर भी दो-एक क्षणों के लिए हमारी आँखें एकदम चुँधिया गईं। विमान एक तेज झटके के साथ लगभग हजार-बारह सौ फीट नीचे आ गया। हम तो कुछ अभ्यस्त थे और कुछ कड़ी मिट्टी के बने होने के कारण ही इस धंधे के लिए चुने गए थे, पर कोई शक नहीं था कि ऐसे में हमारे कुछ यात्रियों के मुँह से खाया-पीया बाहर आ गया होगा और लगभग सभी यात्री चिंतित हो रहे होंगे। लेकिन हम मौसम के साथ अपनी ही लड़ाई लड़ने में इतने व्यस्त थे कि किसी के आराम में खलल पड़ने की चिंता करने का समय नहीं था। नेवीगेटर के आकलन से हम इन क्युमुलोनिंबस बादलों को अवॉयड करते-करते अपने सीधे मार्ग से लगभग सौ किलोमीटर पूर्व पहुँच गए थे और लखनऊ के करीब थे।

दिल्ली यदि सीधे जाना होता तो केवल बीस मिनट दूर थी, पर मार्ग लगातार अवरुद्ध बना हुआ था। एक बार हमारे मन में आया भी कि डाइवर्ट करके लखनऊ लैंड कर जाएँ, पर कई कारणों से यह करना ठीक नहीं होता। एक तो लखनऊ एयर ट्रैफिक कंट्रोल ने बताया कि वहाँ बादलों की सबसे निचली सतह जमीन से केवल सात सौ फीट ऊपर थी, घमासान बारिश हो रही थी और तेज अर्थात् चालीस-पचास किलोमीटर प्रतिघंटे वेग वाली हवा का रुख हवाईपट्टी अर्थात् रनवे से पैंतालीस अंश के कोण पर था। वहाँ का रनवे भी बहुत लंबा नहीं था। ऐसी स्थिति में लैंडिंग के प्रयत्न करते हुए विमान का रनवे से बहककर कच्चे में जाकर दुर्घटनाग्रस्त होना असंभव न था। दूसरे लखनऊ एयरपोर्ट पर ऐसा धरातली राडार नहीं था, जो उन नीचे बादलों की परत को भेदकर अंधी अप्रोच करने में हमें मदद करता, जबकि दिल्ली में यह सुविधा उपलब्ध थी। तीसरे दिल्ली का मौसम लखनऊ से बेहतर था, यद्यपि बारिश की झड़ी वहाँ भी लगी हुई थी, पर आशा थी कि अगले बीस मिनटों में जब तक हम दिल्ली पहुँचेंगे, वहाँ के मौसम में कुछ सुधार हो जाएगा। अंतिम समस्या केवल हमारी विशिष्ट उड़ान पर लागू होती थी। किसी और विमान की यह मजबूरी न होती। हम आखिरकार भारत के राष्ट्रपति को लेकर उड़ान भर रहे थे। पूर्वनिर्धारित डेस्टिनेशन की बजाय किसी और एयरपोर्ट पर बिना पूर्व सूचना दिए उन्हें लेकर उतरने का अर्थ था स्थानीय प्रशासन के लिए प्रबंधन और प्रोटोकॉल की पचास मुश्किलें खड़ी करना। अभी

कप्तान से मैं इस विषय में कुछ बोलता कि एक बार फिर भयंकर विस्फोट की सी आवाज हमारे कानों में लगे ईयरफोन पर हुई जैसे फिर बहुत पास में बिजली चमकी हो। साथ ही हमारी कॉकपिट में खटाक की ध्वनि हुई और हमारे कलेजे निकल कर हमारे मुँह में आ गए। हमने देखा कि कॉकपिट में कोपायलट की विंड स्क्रीन में एक महीन मगर लंबा सा क्रैक आ गया था। काँपते हाथों से कोपायलट ने विंड स्क्रीन पर हाथ फेरा उस क्रैक को महसूस करने के लिए और जब लगा कि वह क्रैक कई परतों में बनी हुई विंड स्क्रीन की अंदर वाली परत पर हाथ फेरने से महसूस नहीं किया जा सकता था तो थोड़ा दिलेरी दिखाते हुए अपने दस्ताने उतारकर फिर से स्क्रीन पर हाथ फेरा।

इसके बाद और सुनिश्चित करने के लिए एक-एक करके कमांडर, नेवीगेटर, फ्लाइट इंजीनियर सबने एक-दूसरे को सांत्वना बँधानेवाले स्वर में बताया कि उनकी समझ से भी कई परतों वाली टफँड पर्सपेक्स की बनी हुई विंड स्क्रीन पर बाहरी सतह पर जो क्रैक की धार बनी हुई थी, उसका असर अंदर वाली परतों पर नहीं पड़ा था। अब तक! आगे की भगवान् जानें! भगवान् न करें, पर यदि वह चटका हुआ विंडस्क्रीन सात-आठ सौ किलोमीटर प्रतिघंटे के वायुवेग के साथ इन तूफानी परिस्थितियों से लड़ते हुए शहीद हो गया तो उसके बाद भारत के राष्ट्रपति से लेकर हम सबका शहीद हो जाना अवश्यम्भावी था, उस भयंकर विस्फोटक स्थिति के कारण, जिसे एक्सप्लोसिव डीकोंप्रेशन कहते हैं। यदि ऐसा हुआ तो एक अत्यंत भयंकर तूफान की गति से विमान के अंदर की सभी वस्तुएँ सारी खिड़कियों को तोड़ती हुईं बाहर खिंचकर उड़ जाएँगी, क्योंकि विमान के अंदर लगभग भूमि के स्तर का वायुमंडलीय दबाव बना कर रखा जा रहा होता है और बाहर एवरेस्ट से भी ड्योढ़ी ऊँचाई पर हवा का दबाव लगभग नहीं के बराबर था। बाहर का तापक्रम माइनस पचपन डिग्री सेल्सियस था, पर घोर आश्चर्य! चालकदल के किसी सदस्य को इसकी चिंता करने की सुध नहीं थी कि इन सब स्थितियों की विस्तार से कल्पना करता। कुछ और सोचने से पहले विमान को यथाशीघ्र दस हजार फीट की ऊँचाई से नीचे उतारना था, ताकि यदि विंडस्क्रीन फटी तो साँस ली जा सके, पर यह लड़ाकू विमान तो था नहीं कि एकदम से डुबकी मारकर तैंतीस हजार फीट नीचे उतर जाता। यात्री विमान की अपनी मजबूरियाँ तो थीं ही, अपनी अतिविशिष्ट सवारी की सुरक्षा की चिंता का भारी वजन भी हमारे मन-मस्तिष्क पर था। उसके ऊपर से घनघोर बादलों की

शृंखला सामने मुँह बाए खड़ी थी और मौसम के मिजाज में तुरंत किसी बदलाव की आशा नहीं थी।

इस समय पहला काम था विमान की गति कम-से-कम बनाए रख कर अधिकतम संभव नीचे उतरने की गति से विमान को दस हजार फीट की ऊँचाई तक उतारना। आपने कोढ़ में खाज शब्द का अर्थ कभी सही अर्थ में समझा है? करेला और नीम चढ़ा सुना है? सुनते रहिएगा फुरसत से। इस समय बस इतना सुन लीजिए कि तभी हमारी रेडियो संचार व्यवस्था में अचानक इतनी खराबी आ गई कि लखनऊ एयर ट्रैफिक कंट्रोल से हमारा संबंध टूट गया, पर उसके तुरंत पहले हम बता चुके थे कि तकनीकी कारणों से हम तेजी से नीचे उतर रहे थे और दिल्ली तक का शेष सफर दस हजार पाँच सौ फीट की ऊँचाई पर तय करेंगे। लखनऊ ने ही हमें इसकी अनुमति दी थी और यह खुशखबरी भी दी थी कि दिल्ली में वर्षा का वेग कम हो रहा था। सबसे नीचे वाले बादल लगभग तीन हजार फीट पर थे और हवा का वेग भी घटकर पंद्रह नोट्स अर्थात् तीस किलोमीटर प्रति घंटा रह गया था। दिल्ली अब मुश्किल से पंद्रह मिनट दूर रह गई थी। वेदर राडार ने अचानक दिखाया कि लखनऊ से दिल्ली के 298 अंश के हमारे मार्ग की दिशा में क्युमुलोनिंबस बादलों का प्रकोप नहीं था, वे हमारे रास्ते से लगभग सत्तर किलोमीटर पश्चिम दिशा में अर्थात् गुना से लेकर पटौदी तक के ऊपर अभी भी छाए हुए थे और सक्रिय थे। सबसे बड़ी बात यह थी कि कॉकपिट में दाहिने बाजू की विंडस्क्रीन के क्रैक ने तनिक सी भी बढ़त नहीं दिखाई थी। हमें विश्वास होने लगा कि सारी मुसीबतें जितनी आ सकती थीं, आ चुकी थीं और आगे सिर्फ बेहतरी और सुधार की ही आशा थी। रेडियो और इलेक्ट्रॉनिक के दिशा और नेवीगेशन में सहायक सभी यंत्र मौसम के सुधरने के साथ धीरे-धीरे बेहतर काम करने लगे थे।

क्युमुलोनिंबस बादलों से हमारा मार्ग अब अवरुद्ध नहीं था, लेकिन परतदार बादलों के घूँघट में धरती ने अभी भी मुखड़ा छिपा रखा था, पर सारे इलेक्ट्रॉनिक उपकरणों के सही काम करने पर उसकी दरकार किसको थी। सही-सलामत पहुँच जाएँगे तो बहुत देखेंगे धरती। लखनऊ से दिल्ली के रास्ते में सपाट समतल मैदानी धरती थी। जरूरत पड़ी तो हम और नीचे अर्थात् तीन हजार फीट तक भी पूरी सुरक्षा के साथ उतर सकते थे। लखनऊ एयरपोर्ट ने दिल्ली को सूचित कर दिया था कि तकनीकी खराबी के कारण राष्ट्रपति का विमान कम ऊँचाई पर उड़

रहा था। हमारे जेट विमान के इंजन तो बिल्कुल सही सलामत काम कर रहे थे, पर विमान की गति हमने अभी भी बहुत कम ही रखी हुई थी, ताकि चटकी हुई विंडस्क्रीन पर कम-से-कम दबाव पड़े और वह अंत तक हमारा पूरा साथ देती रहे। दिल्ली ग्राउंड राडार ने हमें लखनऊ की दिशा से आते हुए पहचान लिया था। राष्ट्रपति के विमान के पहुँचने के अनुमानित समय के पंद्रह मिनट पहले ही से सामान्य नियमों के अनुसार दिल्ली एयरपोर्ट का हवाई यातायात हमारे लैंड करने तक के लिए अवरुद्ध कर दिया गया था। अचानक कानों में लगे इयरफोन पर दिल्ली की इमरजेंसी चैनेल की आवाज आई विक्टर-विक्टर अल्फा (यह हमारा कॉल साइन था) यदि आप हमें सुन पा रहे हों तो तीस अंश दाहिने मुड़ें। कॉकपिट में हमने पूरे उत्साह से चिल्ला कर कहा, 'हुर्रे!' अब यह स्पष्ट था कि रेडियो संचार इकतरफा ही भंग हुआ था अर्थात् हमारी बात एयर ट्रैफिक कंट्रोल को नहीं सुनाई पड़ रही थी, पर इमरजेंसी चैनल पर हम उनकी आवाज हलके से सुन पा रहे थे।

स्थिति पूरी तरह काबू में आ चुकी थी। हम संचार व्यवस्था भंग हो जाने के कारण अभी तक कंट्रोल को यह नहीं बता पाए थे कि हमारी कॉकपिट में विंडस्क्रीन चटकी हुई थी। अच्छा ही हुआ! बता सके होते तो त्राहि-त्राहि मच गई होती। वायु भवन से लेकर राष्ट्रपति भवन तक जंगल की आग की तरह यह खबर फैलती। हवाई अड्डे पर शायद वायुसेनाध्यक्ष और रक्षा मंत्री ही नहीं, बल्कि स्वयं प्रधानमंत्री भागे आते। अभी तक हमने नीची ऊँचाई पर उड़ने का कारण केवल तकनीकी खराबी बताया था। खराब मौसम से लड़ते हुए ऐसा हो जाना कोई अनहोनी नहीं थी। इसका यह अर्थ नहीं था कि विंडस्क्रीन चटकने की बात हम छिपा जाते या छिपा सकते। वह तो हमारे अपने अधिकारियों के सामने उजागर होना ही था, पर उसके लिए वरुण देव और इंद्र को दोषी करार दिया जाता, हमें नहीं। और इस प्रकार की घटना की पुनरावृत्ति न होने पाए, इसके लिए तुरंत कदम उठाया जाना भी परम आवश्यक था, पर वह सब तो हमारे लिए और वायुसेना के लिए अंदर की बात थी।

इस सारी उथल-पुथल और जीवन-मृत्यु के खेल से गुजर जाने के बाद फिर क्या हुआ? होना क्या था। इस उड़ान का अंत भी सदा की तरह सकुशल रूप से हो गया। बस एक अंतर था हमेशा से। राष्ट्रपति महोदय को विदाई की सलामी दागने के बाद जैसे ही उनकी कार चली, हमारे कप्तान ने मेरी तरफ मुड़कर

देखा और कहा कि आज पूरी टीम ने बहुत अच्छे कार्यकौशल का परिचय दिया, विशेषकर तुमने उन भयंकर बादलों के बीच जहाज को बहुत सफाई से नेवीगेट किया। इसके लिए तुम्हें एक इनाम देना चाहता हूँ।

मेरी खुशी का ठिकाना न था। मुझे आभास हुआ कि शायद वे वायुसेना मैडल के लिए मेरा नाम आगे बढ़ाने की सोच रहे हैं। धड़कते हुए दिल को किसी तरह बल्लियों उछलने से रोकते हुए मैंने बड़ा भोला सा भाव चेहरे पर लाते हुए पूछा, कि 'थैंक यू सर! पर क्या इनाम दे रहे हैं आप मुझको?'

अपनी घनी मूँछों के नीचे से मुसकराते हुए उन्होंने कहा, 'बस यही कि किसी को बताऊँगा नहीं कि आज महामहिम राष्ट्रपति हैदराबाद एयरपोर्ट पर खड़े होकर महामहिम फ्लाइट लेफ्टिनेंट ए एन वर्मा की प्रतीक्षा करने का दंड भुगतने से बच गए!'

□

9

दिल्ली वापस पहुँचकर हैदराबाद की उड़ानवाले उस अप्रिय प्रसंग को भूलने की कोशिश कर ही रहा था कि लगभग पंद्रह दिनों के बाद मेरे पास ऑफिस में एक फोन आया। फोन करनेवाले ने अपना परिचय अशोक सक्सेना कहकर दिया। मेरे दिमाग में इस नाम से कोई घंटी नहीं बजी। इसे वे मेरी क्षण भर की चुप्पी से भाँप गए। उन्होंने कहा कि आपको शायद नाम ध्यान न हो, मैं वही पुलिस ऑफिसर हूँ, जिसने जीप में आपको हैदराबाद एयरपोर्ट पहुँचाया था। मेरे दिमाग की बत्ती जली। कुछ लज्जित होते हुए मैंने कहा कि नहीं, नहीं मिस्टर सक्सेना, आपको कैसे भूल सकता हूँ, आपने मदद न की होती तो उस दिन बड़ा अनर्थ हो जाता। उत्तर में सक्सेना ने 'नहीं, नहीं यह तो मेरा फर्ज था' किस्म के एकाध घिसे-पिटे जुमले जड़ लेने के बाद कहा कि मुझे दिल्ली एक तहकीकात के सिलसिले में आना हुआ तो सोचा आपसे भी मिल लूँ। उस दिन तो आप परेशान थे और हमने कुल पाँच मिनट ही साथ बिताए थे। आज यदि आप शाम को फ्री हों तो कुछ देर साथ बिताते हैं। एक कप चाय पिएँगे, गपशप करेंगे।

उस दिन वाली घबराहट ने मुझे फिर आ दबोचा। स्पष्ट था कि हैदराबाद में राष्ट्रपति की उड़ान में जो तमाशा होते-होते रह गया था, उसे चुपचाप छुपा ले जाने की योजना असफल हो गई थी। वायुसेना मुख्यालय में तो इस घटना का कोई जिक्र नहीं उठा था, पर इस पुलिसवाले की बातों से लग रहा था कि या तो राष्ट्रपति के प्रोटोकोल विभाग में या आंध्र प्रदेश सरकार के गृह मंत्रालय में बात तूल पकड़ गई थी। किन परिस्थितियों में राष्ट्रपति के विमान चालक को समय से वाहन नहीं मिल पाया और कैसे राष्ट्रपति महोदय के सम्मान में भारी बट्टा लगने से रह गया, शायद इसकी जाँच शुरू हो गई थी। जाहिर था कि जाँच उच्चस्तरीय थी। तभी तो आई.पी.एस. सेवा का पुलिस आरक्षी पद का अधिकारी सच्चाई को ढूँढ़ निकालने

दिल्ली भेजा गया था। और यह बदमाश मुझे बच्चों की तरह फुसला रहा था। मैंने कहा कि मैं आज शाम का शेड्यूल देख लूँ, किसी फ्लाइट पर तो नहीं जाना है। फोन नंबर दे दें, आपको अभी फोन कर दूँगा। मोबाइल क्रांति तब तक हुई नहीं थी। लैंडलाइन के जिस नंबर से वे बात कर रहे थे, वह उन्होंने दिया तो मेरे होश उड़ गए। नंबर से मैं परिचित था। यह सी.बी.आई. मुख्यालय का था। मुझे पहले एक परिचित पुलिस अधिकारी ने दिया था, जो वहाँ कार्यरत थे।

मैं भागा उस राष्ट्रपति वाली उड़ान के कप्तान स्क्वाड्रन लीडर जयसिंह के पास। उन्होंने मुसकराकर कहा, 'बड़े एक्साइटेड लग रहे हो, क्या तुम्हारी गर्लफ्रेंड का फोन आया है?' मैंने जवाब दिया 'नहीं सर, हम दोनों के ब्वॉयफ्रेंड का फोन आया है।'

सक्सेना के फोनकॉल का विवरण देने से पहले ही हम दोनों के ब्वॉयफ्रेंड कहकर मैंने बड़ी चतुराई से उन्हें याद दिला दी थी कि मैं अपने भाई साहब के घर उनकी अनुमति से ही रात में रुका था। सुबह कार नहीं आई तो इसमें मुझ अकेले का कोई कसूर नहीं था। इस हैदराबाद वाले प्रकरण में तो मेरे सिवा जयसिंह, उस सरकारी कार के ड्राइवर, हैदराबाद ट्रैफिक पुलिस के उस हवलदार और राज्य सरकार के परिवहन विभाग वालों आदि को अर्थात् दर्जनों लोगों को फँसाकर मामले को उलझाया जा सकता था। अंत में अँधेर नगरी चौपट राजावाले निर्णय की तरह क्या पता शायद अंत में जाकर घूमती हुई सुई उस हैदराबादी दूधवाले पर रुकती, जिसकी साइकिल को बड़ी-बड़ी एंबेसडर कारों से टक्कर लेने का शौक था या उसकी भैंसों पर रुकती जो न दूध देतीं, न वह उसे बेचने निकलता।

भाई साहब ने मुझे बाद में सूचित किया था कि हमारे घर से निकलने के दस- पंद्रह मिनट बाद ही जो सरकारी कार आ गई थी, उसकी भी एक दूधवाले से टक्कर हो गई थी। क्रुद्ध दूधवाले से पुलिस के हस्तक्षेप के बाद किसी तरह जान बचाकर जब तक आ पाया, हम लोग निकल चुके थे। मुझे पहुँचाने के बाद जब भाई साहब ने घर लौटकर भाभी को आपबीती सुनाई तो भाभी ने उनसे हँस कर पूछा था कि क्या सारे पुरुष ड्राइवरों की कार की दूधवालों से वही रिश्तेदारी होती है जो क्रुद्ध साँड़ की लाल गमछे से होती है?

भाभी का चटखारे ले-लेकर भाई साहब की ड्राइविंग का मजाक उड़ाने के पीछे भी वजनदार कारण था। भाई साहब ने पहली बार जब कार खरीदी तो उन्हें तो ड्राइविंग आती थी, पर भाभी को नहीं, अत: भाभी को भी ड्राइविंग सीखने का

शौक चर्राया। भाई साहब ने या तो अतिशय पत्नीप्रेम के कारण या अतिशय कंजूसी के चलते यह जिम्मेदारी बजाय किसी ड्राइविंग स्कूल को सौंपने के अपने सिर पर ले ली और उन्हें रोज सुबह ड्राइविंग सिखाने लगे। पहले तीन-चार दिनों में ही उन दोनों की मेहरबानी से सारे अड़ोस-पड़ोस वाले त्रस्त हो गए थे। किसी के घर का गेट अपने खंभे से लटककर झूलने लगा था, किसी के बेटे की बाइसाइकिल उनकी कार के नीचे आकर मोनोसाइकिल बन गई थी। पड़ोसवाली आंटी से यद्यपि टक्कर बहुत हलकी सी हुई थी, पर घबराहट में आंटी के नकली दाँत मुँह से निकलकर बाहर गिर पड़े थे। इस भयानक दृश्य को देखकर उनके अगले घर में रहनेवाला एक बच्चा इतना आतंकित हो गया था कि उसे महीनों तक रात में सोते में भयानक दुस्स्वप्न आते रहे कि उसके मम्मी, पापा के दाँत भी मुँह से निकलकर हवा में उड़ रहे हैं। उधर उन आंटी के दाँत यद्यपि जमीन पर गिरकर टूटे नहीं थे पर उन्हें इस बात का गम था कि सरेआम उनके नकली दाँतों के राज का पर्दाफाश हो गया था। आंटीजी ने सड़क के किनारे फैले कचरे पर गिरी हुई वह बत्तीसी उठाकर, इधर-उधर देखकर कि कोई देख तो नहीं रहा है, जब अपनी साड़ी के पल्लू से जल्दी-जल्दी पोंछकर गप्प से अपने मुँह में रख ली थी तो उन्हें ऐसा करते हुए किसी ने देख लिया था। बदकिस्मती से देखनेवाली लड़की पड़ोसी के यहाँ घरेलू काम करनेवाली सहायिका थी। उसे कॉलोनी के ही एक अन्य घर के नौजवान नौकर के साथ इश्क फरमाते देखकर कभी इन आंटीजी ने उसकी मालकिन से शिकायत की थी और तब उसे बेभाव की पड़ी थी। अब आंटीजी को कचरे से बत्तीसी उठाकर अपने मुँह में रखते हुए उसने देख लिया था तो आंटीजी के साथ पुराना हिसाब-किताब चुकता करने के दिन आ गए। इस पूरे कांड के चलते मोहल्ले की सारी आंटियों के दो मुख्य खेमे बन गए थे। एक अधेड़ और बूढ़ी आंटियों का खेमा, जो इन बत्तीसी वाली आंटी के पक्ष में था और चाहता था कि उस लड़की की बात की सच्चाई का पता लगाने के लिए अग्निपरीक्षा जैसे किसी तरीके का प्रयोग किया जाए। असल में वे पहले ही उस नौजवान के साथ इश्क करने के जुर्म में उसका मुंडन कराना चाहती थीं पर करा नहीं पाई थीं। दूसरा खेमा था उन कम उम्र वाली बहुओं का जो आंटीजी की अपनी-अपनी सासू के साथ होनेवाली खुसुर पुसुर से परेशान हो चुकी थी। वे अब सरेआम आंटीजी की बखिया उधेड़े जाने के पक्ष में थीं। तीसरा छोटा सा तंबू उन कम उम्र वालों का था जो समझते थे कि उस बेचारी घरेलू नौकरानी के जीवन में पड़ोस के छोकरे से इश्क फरमाने के अतिरिक्त और

कौन सा सुख था कि उसे इससे भी वंचित कर दिया गया।

बहरहाल जब भाई साहब के सिखाने से भाभी के ड्राइविंग कौशल में कोई सुधार होते नहीं नजर आया तो आस-पास के घरों से एक डेलीगेशन भाई साहब के पास ये माँग लेकर पहुँचा कि वे भाभी को घर से कम-से-कम दस किलोमीटर दूर ले जाकर ड्राइविंग सिखाया करें। भगवान् ने चाहा तो वे आठ-दस महीनों में नित्य अभ्यास करने से सीख ही जाएँगी। दो एक ने दबी जुबाँ से यह इशारा भी किया कि यदि भाई साहब इसके लिए तैयार नहीं थे तो वे चंदा करके भाई साहब को इतनी रकम देंगे कि भाभी किसी कायदे के ड्राइविंग स्कूल में प्रवेश लेकर ड्राइविंग सीख सकें। भाई साहब ने इस पर जब आपत्ति की तो उन्होंने नम्रतापूर्वक कहा था कि वर्मा साहब, इसमें संकोच करने की या बुरा मानने की क्या बात है। हम इसे अपनी और अपने परिवारवालों की जान का बीमा करने का खर्च समझेंगे।

बहरहाल, अब यदि मेरी होते-होते रह गई अनुपस्थिति के कारण की जाँच शुरू हो गई थी तो मेरे साथ उस फ्लाइट के कप्तान के भी नत्थी होने से मेरा भला ही हो सकता था। जयसिंह ने उस समय बहादुरी दिखाते हुए सिर्फ इतना कहा कि ठीक है यार, यह राज्य सरकार का अपना कोई पंगा होगा। हमारी तरफ से तो उस फ्लाइट में अंत में सबकुछ ठीक ही रहा था। फाँसी पर थोड़े ही चढ़ा देंगे वे किसी को। तू आज मिलकर आ उस पुलिसवाले से और बताना क्या बात हुई। फिर आगे सोचेंगे। डर और बहादुरी दोनों संक्रामक होते हैं। मेरा भी हौसला बढ़ा। मैंने अशोक सक्सेना को फोन किया तो उन्होंने कनॉट प्लेस के वोल्गा रेस्तराँ में शाम को सात बजे मिलने का अनुरोध किया। मेरी जान-में-जान आई। वैसे मन में शक बना रहा कि मुझे पुलिसिया पूछताछ के लिए वोल्गा रेस्तराँ में बुलाकर चाय-पेस्ट्री पिलाई-खिलाई जाएगी।

शाम को ठीक सात बजे मैं वोल्गा रेस्तराँ में दाखिल हुआ तो एक नीची टेबुल के सामने सोफे में धँसे हुए अशोक सक्सेना दिखे। पर वे अकेले नहीं थे। उनके साथ एक महिला और एक बीस-बाईस वर्षीया लड़की भी थी। महिला अधेड़ थीं, संभ्रांत परिवार की, सौम्य मुखमुद्रा वाली। चेहरे से सुनहले फ्रेम का चश्मा उतारकर रूमाल से साफ कर रही थीं। लड़की पहली नजर में मुझे बहुत सुंदर लगी, पर यह कबूल करता हूँ कि आज की तरह ही उन दिनों भी मुझे हर जवान लड़की बहुत सुंदर लगा करती थी। रूसी सुंदरी लीना के अतिरिक्त कम दूरी से सिर्फ एक और लड़की को देखा था। वह भी लड़की नहीं; गणितज्ञ निकली थी।

रही बात उन सब लड़कियों की, जिनकी फोटोज मेरे पास पसंद करने के लिए भेजी गई थीं, अब उनमें से किसकी शकल याद रहती। जिस गाँव जाना ही न हो, उसका रास्ता याद रखने से क्या फायदा। पर वोल्गा रेस्तराँ में सक्सेना की बगल में बैठी यह लड़की सुंदर थी, इसमें कोई शक नहीं था। आश्चर्य इस बात का था कि उसने साड़ी पहन रखी थी। मुझे दाल में कुछ काला लगा। अगर सक्सेना के साथ उसकी बहन या जो भी कुछ वह लगती हो, सिर्फ संयोगवश आई थी तो उसका साड़ी पहनकर आना असाधारण अवश्य था, वरना उसे शलवार-सूट या अन्य किसी अनौपचारिक परिधान में होना चाहिए था। उसकी शोख लाल रंग की साड़ी पर सफेद और पीली, गोल-गोल, रुपए के सिक्के की साइज की बिंदियाँ बनी हुई थीं। घने बाल चुटिया में गुँथे हुए थे, जो उसके कंधों से सामने की ओर लटक रही थी। दुबली तो थी, पर मरियल नहीं, तन्वंगी थी। आँखों में चमक थी और चेहरे पर एक शरारत भरी हुई मुसकान।

सक्सेना ने सोफे से आधा उठते हुए मुझसे हाथ मिलाया और अपने साथ आई महिला का परिचय कराया। वे उसकी मौसीजी थीं और साथ में थी उनकी बेटी रत्ना। वे दोनों इलाहाबाद से आई थीं किसी रिश्तेदार के यहाँ शादी में सम्मिलित होने के लिए। मैंने हाथ जोड़कर दोनों को नमस्ते की और उसके बाद लगातार कोशिश करता रहा कि नजर सिर्फ सक्सेना पर जमाए रखूँ, पर नजर थी कि फिसल-फिसल कर रत्ना के ऊपर आ जाती थी। लड़कियाँ इस स्थिति को तुरंत भाँप लेती हैं। यह लड़की भी अपवाद नहीं थी। उसने मेरी नमस्ते के उत्तर में बेहद प्यारी सी मुसकान देते हुए हाथ जोड़ दिए थे, पर उसकी आँखों में जो चमक थी, उसने मुझे बता दिया था कि उसने मेरे मन को एक क्षण में पढ़ लिया था।

अशोक ने कहा—'भाई वर्मा साहब, आपसे हैदराबाद में बड़ी अजीब सी स्थिति में मुलाकात हुई थी। बाद में एक पार्टी में आपके भाई साहब से भी मुलाकात हो गई। मैंने उस दिन की घटना बताई तो खूब हँसी हुई। फिर उन्हें बताया कि मेरा सरकारी काम से दिल्ली आना रहता है तो उन्होंने आपका पता दिया। इसीलिए इस बार आना हुआ तो सोचा आपसे भी मिल लूँ। मैं यहाँ सिर्फ दो दिनों के लिए आया हूँ। आपके साथ आज शाम का प्रोग्राम बन जाने के बाद पता चला कि मौसीजी और रत्ना भी संयोग से यहाँ आए हुए थे। ये लोग डिफेंस कॉलोनी में रत्ना के चाचाजी के यहाँ ठहरे हैं। मैंने इनको भी यहीं बुला लिया। दोनों जगह फर्क-फर्क जाना तो संभव नहीं हो पाता।'

मेरे अंदर से आवाज आई, 'किसको बेवकूफ बना रहे हो पुलिस कप्तान साहब। क्या मैं इतना भी नहीं समझता कि ये सब रत्ना और उनकी मम्मीजी से मिलवाने के बहाने हैं।'

यह संभव था कि मेरी इस सोच के पीछे बिल्ली को ख्वाब में भी छीछड़े ही दिखनेवाली बात हो, पर जैसे ही मैंने अपने अंदर से आती यह आवाज सुनी मैं खुशी से फूला नहीं समाया। कम-से-कम इसका खतरा तो दूर हुआ कि ये सज्जन उस दिन राष्ट्रपति महोदय की फ्लाइट से संबंधित गड़बड़ी की तहकीकात कर रहे थे। मन से एक भारी बोझ हट गया। उस पर से बोनस के रूप में इतनी सुंदर खुशमिजाज लड़की से मुलाकात हो गई।

फिर तो खुश होकर मैं चहक-चहककर उन लोगों के साथ गप्पें मारने लगा। रत्ना इलाहाबाद विश्वविद्यालय से राजनीतिशास्त्र में एम.ए. कर रही थी। उसकी आँखों में वह संकोच और शर्मीलापन था, जो मुझे दिल्ली की लड़कियों में कम ही दिखता था, पर वह एक अच्छी यूनिवर्सिटी में पढ़ रही थी और संकुचित मानसिकता का शिकार नहीं थी। उसके पूरे व्यक्तित्व में सहजता थी। वायुसेना के बारे में बहुत से सवाल उसके पास थे। उन दिनों बॉक्स ऑफिस पर आराधना फिल्म की सफलता ने तहलका मचा रखा था। फिल्म में राजेश खन्ना वायुसेना के पायलट का किरदार निभाता है। मेरे लिए इससे ज्यादा खुशी की बात क्या हो सकती थी कि फिल्म में उसका नाम था फ्लाइट लेफ्टिनेंट अरुण वर्मा। आराधना फिल्म देखने के बाद मैं अकसर शीशे के सामने खड़े होकर बजाय अपनी शक्ल देखने के, इस कल्पना में खो जाता था कि शर्मिला टैगोर से मिलती-जुलती शक्ल वाली कोई सुंदरी मेरे कंधों पर सिर टिकाए खड़ी है और मैं उससे पूछ रहा हूँ, 'बागों में बहार है ? आज इतवार है ?' तभी बाथरूम के बाहर खड़े मेरे अर्दली की बेसुरी आवाज आती थी, 'सरजी, आज सोमवार है, आपको देर हो रही है। और मेरा सपना भंग हो जाता था।' पर इस समय तो मेरे सामने बैठी वह ताजे फूल सी खिली हुई लड़की बहुत सारे सवाल कर रही थी।

बातों-बातों में सक्सेना ने यह भी बताया कि रत्ना बहुत अच्छा गाती थी। जरूर गाती होगी। आवाज जो इतनी मीठी थी, पर उस रेस्तराँ में यह आग्रह किया नहीं जा सकता था कि कोई गीत गुनगुना डाले। संगीत की बात चली तो बड़े स्वाभाविक ढंग से बात आराधना फिल्म पर आ गई, जिसका संगीत भी जबरदस्त हिट हो रहा था। उसके सवालों से जाहिर था कि आराधना फिल्म ने और कुछ

किया चाहे न किया, पर इतनी सुंदर-सुंदर लड़कियों में एयर फोर्स अफसरों के प्रति कुछ आकर्षण तो पैदा कर ही दिया था। अपनी चाय के कप में चीनी डालकर उसे चम्मच से घोलते हुए, कुछ शरमाते हुए, रत्ना ने कहा—'एयर फोर्स अफसर की वर्दी में राजेश खन्ना कितना हैंडसम और स्मार्ट लगता है न?' मैं सोच ही रहा था कि उत्तर में राजेश खन्ना जैसी पलकें झुका लेनेवाली अदा दिखाऊँ कि उसने बड़ी मासूमियत से अगला सवाल पूछ डाला—'क्या एयर फोर्स में सेलेक्शन के लिए मेडिकली फिट होने के अतिरिक्त हैंडसम होना भी जरूरी है?'

मैं चौंका। लगा कि शायद ऐसे सवाल पूछकर मेरी टाँग खींच रही थी। उसका खटमिट्ठा चुलबुलापन कितना आकर्षक था। तभी उसने चुटकी लेते हुए एक जुमला और जड़ दिया—'फिल्मों में पुलिसवाले सारी दुनिया को सिर्फ सताते हुए दीखते हैं, पर फौजवालों को हमेशा पोजिटिव रोल्स में ही देखा है मैंने। देखें किसी फिल्म में फ़ौजी अफसर को विलेन का रोल कब मिलता है।'

'अरे भाई, विलेन की बात क्यों कर रही हो। वायुसेना के अफसर के आगे तो फिल्मी हीरो भी पानी भरते हैं।' अशोक ने हँसते हुए कहा, फिर शिकायत की, 'बड़े खुशकिस्मत होते हैं ये फौजवाले। फिल्मों में कहाँ हम पुलिसवालों की इमेज और कहाँ इन फ़ौजी अफसरों की।'

मैंने रत्ना का दिल टटोलने के इरादे से पूछा, 'आपका क्या खयाल है रत्नाजी?' पर वह बड़ी चतुर निकली। बोली, 'फिल्मी इमेज की क्या बात करें। वहाँ तो जिसे चाहें तीसमारखाँ बना दें।'

मुझे उसकी हर बात में समझदारी की झलक मिल रही थी। सक्सेना ने इस खूबसूरत क्षण को तभी एक हथौड़ा छाप बात कहकर चकनाचूर कर दिया। बोला, 'भाई, अपनी रत्ना को तो सबसे ज्यादा बड़े तीसमारखाँ लोग आई.ए.एस. में दीखते हैं।' और इस बात पर एक तरफ जहाँ मौसीजी हँस पड़ीं और अशोक ने ठहाका लगाया तो दूसरी तरफ रत्ना के गाल शर्म से लाल हो गए।

अशोक की तरफ देखकर प्रतिरोध में उसने कहा, 'क्या भाई साहब, आप भी न!'

उसने बात पूरी नहीं की, पर मेरे लिए तुषारापात, भूचाल, दुर्घटना आदि, सब आ गए। संकेत स्पष्ट था कि रत्ना की या तो किसी आई.ए.एस लड़के से दोस्ती थी या शादी तय हो चुकी थी। मेरा उत्साह एकदम से ठंडा पड़ गया। पहले तो अशोक सक्सेना पर गुस्सा आया कि जब उसे यह बात मालूम थी तो अपनी इस

बहन और मौसीजी को यहाँ बुलाने की क्या जरूरत थी, पर तुरंत ध्यान आया कि उसने तो पहले ही बता दिया था कि सिर्फ समय की कमी के कारण उसने मुझसे और इन दोनों से एक साथ मिलने का प्रोग्राम बना लिया था। अब हर अविवाहित लड़की के संपर्क में आते ही मुझे ख्वाब आने लग जाएँ तो उसमें बेचारे सक्सेना का क्या दोष? बहरहाल जब गाड़ी एक बार पटरी से उतर गई तो दुबारा वापस पटरी पर आकर भी उसमें वह चाल नहीं आ पाई। हम लोग थोड़ी देर ही और वहाँ बैठे। कुछ पेस्ट्री वगैरह और आई। मैंने रत्ना से ज्यादा बातें नहीं कीं। सक्सेना से ही कुछ और औपचारिक बातें करता रहा। इतनी चोट पहुँचाने के बाद वह शाम अधिक लंबी नहीं खिंच सकी। बाद में पालम लौटते हुए मैंने चैन की साँस ली कि कम-से-कम सक्सेना ने उस राष्ट्रपतिजी की उड़ान को लेकर कोई सवाल नहीं किए थे। हरेक रंज में राहत है आदमी के लिए, गुनगुनाते हुए मैं वापस मेस में आकर सो गया। उन दिनों कोई-न-कोई लड़की सपनों में आ ही जाया करती थी। उस रात सपने में जो लड़की आई वह हँस-हँसकर मुझे चिढ़ाती रही, यह कहकर कि उसे तो आई.ए.एस. लड़के पसंद थे।

इसके बाद दो-एक महीने बिना कुछ असामान्य घटना के बीत गए। पिताजी ने बताया तो था कि मुझसे मिलने किसी लड़की के घरवाले पहले से सूचित करके आएँगे, पर मैं प्रतीक्षा ही करता रहा, कोई आया नहीं। संकोचवश मैं पिताजी को याद नहीं दिला पाया। बस मैं अपने रोजमर्रा के काम में व्यस्त रहा। उड़ानें रोज ही कहीं-न-कहीं ले जाती रहती थीं। अब तक मैं वायुसेना में छह साल से अधिक बिता चुका था। भारत जैसे बड़े देश के कोने-कोने से परिचित होने का अवसर इतना मिल चुका था, यदि वायुसेना में विमानचालक न होता तो इसके लिए एक नहीं, कई जन्म लेने पड़ते। हर बड़ा शहर जहाँ हम लैंड करते थे, जाना-पहचाना सा लगता था, पर उन्हीं जगहों में जब इतना पड़ाव हो कि एयरपोर्ट और होटल/मेस को छोड़कर और जगहों में घूमने का भी समुचित समय मिल सके तो पता चलता था कि इस देश के कोने-कोने में इतना कुछ दर्शनीय है कि एक क्या, अनेक जीवन भी काफी नहीं होंगे। मेरे अंदर छुपा हुआ यायावर नागालैंड, अरुणाचल, मणिपुर, त्रिपुरा जैसे सुदूर राज्यों में जाने का अवसर पाते ही खुशी से फूला न समाता। कोहिमा, इंफाल, अगरतला, जीरो, आइजल जैसे हवाई अड्डों पर भूमि पर उतरने से पहले ही आकाश से विमान की कॉकपिट में बैठकर उनके अप्रतिम नैसर्गिक सौंदर्य पर एक विहंगम दृष्टि डालकर मैं वायुसेना के प्रति कृतज्ञता से नतमस्तक हो

जाता था। इस विशाल देश की अनुपम छवि को इतने विभिन्न पहलुओं से, नित्य एक नए कोण से देखने का अवसर और कहाँ मिल सकता था?

इसी तरह वायुसेना में रहकर देश-विदेश घूमने का आनंद उठाने के लिए अविवाहित रहना बुरा विकल्प नहीं था। प्राय: लगता था कि विवाह कर लेने से मेरी स्वतंत्रता पर बेड़ियाँ पड़ जाएँगी। कितने मजे से जीवन बीत रहा था, पर विचित्र होता है यह मन। कई बार ऐसी जगहों में जाकर अन्य सहयोगियों के होते हुए भी अजीब अकेलापन महसूस करने लगता था। मेरे कई निकटतम दोस्तों का हाल में ही विवाह हो गया था। वी.आई.पी. स्क्वाड्रन में सेवा की वरीयता और आयु के हिसाब से लगभग सारे अन्य अधिकारी मुझसे बड़े थे और लगभग सारे ही विवाहित थे। ऐसे में मुझे अपने जीवन में किसी खालीपन का एहसास होना स्वाभाविक ही था। फिर घर पर सब बड़ों से एकाध वर्ष पहले ही मैं विवाह के लिए केवल हामी ही नहीं भर चुका था, बल्कि यहाँ तक आग्रह कर चुका था कि मुझे भावी पत्नी की तलाश से मुक्त रखें, माँ और पिताजी जिसको चुनेंगे, उसी से मैं विवाह कर लूँगा। ऐसा कहे हुए भी तीन-चार महीने बीत चुके थे। अब वे लोग काफी आगे बढ़ चुके होंगे जहाँ से पीछे हटना लगभग असंभव होगा।

इन्हीं उधेड़बुन के दिनों में फिर पिताजी का फोन मिला। उन्होंने बहुत विह्वल होकर सूचित किया कि उनकी तरफ से खोज पूरी हो गई थी, पर अब उनका आग्रह था कि कोई रस्म संपन्न की जाए, इसके पहले एक बार मैं उनकी पसंद को देख अवश्य लूँ। उन्होंने यह भी कहा कि उन्होंने कन्या पक्ष को आश्वस्त करने का पूरा प्रयास किया था कि माँ-बाप की पसंद उनके बेटे की पसंद भी थी, पर वे लोग इसे आज के जमाने में एक अनहोनी सी बात समझ रहे थे। उनका आग्रह था कि बस एक बार चंद मिनटों के लिए ही सही; मैं उसे देखकर अपनी सहमति जता दूँ। पिताजी ने यह भी कहा कि उस कन्या को भी पूरा अधिकार था कि वह गाय की तरह जंजीर में बाँधकर मेरे हवाले न कर दी जाए, बल्कि मेरे विषय में निर्णय लेने का मौका उसे भी मिलना चाहिए। और कोई चारा न था। पिताजी की बात माननी ही पड़ी, पर कब और कहाँ का उत्तर मिला 'यथाशीघ्र' और 'इलाहाबाद' तो मेरे होश उड़ गए। यह शहर मेरी जान के पीछे पड़ गया लगता था। अभी एक अदद बाप-बेटे की टीम, जिनके घर से मैं झूठ बोलता हुआ रंगे हाथों पकड़ा जाकर चुपके से फरार हो गया था, शायद जेब में पिस्तौल लिये घूम रही होगी। कहीं पकड़ा गया तो इस नए प्रस्ताव वालों को मुझसे मिलने के लिए हवालात में आना पड़ेगा।

उन दिनों का इलाहाबाद महादेवी, पंत और निराला के युग से आगे बढ़कर धर्मवीर भारती, अज्ञेय, अश्क, अमृतराय और फिराक का इलाहाबाद बन चुका था, पर इन महान् हस्तियों के शहर में मैं फिर जाऊँ, गरम राख को कुरेदूँ और 'गुनाहों का देवता' घोषित कर दिया जाऊँ तो पता था कि इस बार 'सूरज के सातवें घोड़े' पर चढ़कर भी वहाँ से सही-सलामत वापस न आ पाऊँगा। इन लोगों के भ्रम के चलते शायद मुझे 'नीर भरी दुःख की बदली' के शब्दों में कहना पड़ जाए 'विस्तृत जग का कोना-कोना, मेरा न कभी अपना होना।' शबे विसाल के चक्कर में शबे फिराक फिर न झेलनी पड़ जाए।

बहरहाल अब हीला-हवाला करने का प्रश्न नहीं था। सोचा, ऐसा भी क्या डरना। इलाहाबाद ही तो था, कर्बला का मैदान या कुरुक्षेत्र की रणभूमि तो नहीं। और हम फौज वालों को तो ख्वाहमख्वाह महादेवी और फिराक की दर्द भरी दास्तानों के चक्कर में पड़ना ही नहीं चाहिए। भूषण से लेकर सुभद्राकुमारी चौहान तक की वीर रस की कविताएँ आखिर किस दिन के लिए लिखी गई थीं। दिक्कत यह थी कि हाईस्कूल के बाद से किसी वीर रस की कविता पर नजर ही नहीं पड़ी थी। सच पूछिए तो कविता में किसी भी रस पर नजर नहीं पड़ती थी। रस का कविता से जो संबंधविच्छेद सत्तर के दशक में घोषित हुआ, आज तक बाकायदा बिना किसी कानूनी कार्यवाही के बना कर रखा गया है। कविता पढ़ने के बाद यही नहीं समझ में आता है कि यह कविता है या लेख। हिंदी में दो प्रकार के खेमे बन गए। एक खेमे के लोग लिखते थे। फिर उसी खेमे के लोग स्वजनों के लिए स्वजनों के द्वारा इस लिखे को पढ़ते थे। खेमे से कोई बात बाहर निकल कर आती भी तो किसी की समझ में नहीं आती। बात खेमे के अंदर ही रहनी थी तो बाहर पहुँचने के लिए किसी माध्यम की क्या जरूरत? इसीलिए वे सब पत्रिकाएँ जिन्हें हिंदी साहित्य के पाठकों से कोई सरोकार था, धीरे-धीरे अकाल पीड़ित होकर दम तोड़ रही थीं या तोड़ चुकी थीं।

दूसरे खेमे में वे लोग रहते थे, जिन्हें हिंदी में कुछ पढ़ने का मन तो करता था पर मिलता केवल वह था, जो पटरी का साहित्य कहा जाता था। जो मिले, वही पढ़ने की मजबूरी उनकी साहित्यिक रुचि को वास्तव में पटरी से उतारकर पटरी के साहित्य तक ले आई थी। इन दोनों खेमों के बीच मैं पहले खेमे से कान लगाए खड़ा रहता था कि उनकी आपस की फुसफुसाहट कभी सुनाई पड़ जाए तो समझने की कोशिश करूँ कि ये आखिर आपस में बातें करते क्या हैं, पर जब भी कोशिश

की, अंदर से मार-पीट, गाली-गलौज, आरोप-प्रत्यारोप की गूँज ही सुनाई पड़ी, जो समझ से परे थी। इसीलिए मौके के अनुकूल किसी कविता की पंक्तियाँ याद नहीं आईं तो एक फिल्मी गीत 'वतन की राह पर वतन के नौजवाँ शहीद हों, पुकारती है यह जमीन आसमाँ शहीद हों' गुनगुनाते हुए मैंने एक बार फिर इलाहाबाद जाने की तैयारियाँ शुरू कर दीं।

इस बार भी कोशिश रही कि किसी अति विशिष्ट व्यक्ति की उड़ान हो तो उन्हें लेकर इलाहाबाद जाऊँ। आखिर इलाहाबाद में श्वेत एंबेसेडर का विकल्प अभी भी टेम्पो या रिक्शा ही था। जो किस्सा शोभा नाम वाली उस लड़की को देखने के चक्कर में हुआ, उसकी पुनरावृत्ति मैं किसी कीमत पर नहीं चाहता था। उड़ानें तो इलाहाबाद की लगती ही रहती थीं। इस बार भी अधिक प्रतीक्षा नहीं करनी पड़ी। हमारी स्क्वाड्रन को वायुसेना मुख्यालय ने श्रीमती इंदिरा गांधी को इलाहाबाद ले जाने की तिथि दी जो अगले सप्ताह ही थी। उन्हें एक दिन इलाहाबाद में रुककर अगले दिन वापस ले आना था। मेरे लिए इससे अच्छा प्रोग्राम हो भी नहीं सकता था। उपराष्ट्रपति की इलाहाबाद की व्यक्तिगत यात्रा का स्थगित होना आश्चर्यजनक नहीं था, पर प्रधानमंत्री के हर कार्यक्रम के पीछे लंबी-चौड़ी तैयारियाँ होती थीं। उनमें अंतिम क्षण पर फेर-बदल आसानी से नहीं होता था। फिर भी दूध का जला छाछ को फूँक-फूँककर पीता है। मैंने भी प्रधानमंत्री की उड़ान में अपना नाम लिखवाने के बाद आकस्मिक अवकाश भी मंजूर करा लिया और इलाहाबाद आने-जाने का रेल में प्रथम श्रेणी का आरक्षण भी करवा लिया, ताकि प्रधानमंत्री का प्रोग्राम बदले-तो-बदले, पर मेरा न बदले। पिताजी को मैंने और आगे छाया के घरवालों को उन्होंने, सूचित कर दिया। हाँ यह तो बताना ही भूल गया कि इस लड़की का नाम छाया बताया गया था। मैंने तो छाया का छायाचित्र भी देखने से मना कर दिया था तो उसके माँ-बाप के विषय में क्या पूछता? पिताजी ने इतना जरूर बता दिया था कि वह भी इलाहाबाद विश्वविद्यालय से एम.ए. कर रही थी, बी.ए. में संगीत भी उसका एक विषय था और वह गाती बहुत अच्छा थी। किसी भी लड़की के घर जाने को तो मैं मना कर ही चुका था, अत: यह तय हुआ था कि नियत शाम को छाया और उसके माँ-बाप सिविल लाइंस में एल-चिको रेस्तराँ में सात बजे आएँगे। मुझे सीधे वहीं पहुँचना था। एहतियातन उनका फोन नंबर भी मुझे दे दिया गया था। इससे अधिक और कुछ पूछने की मैंने जरूरत भी नहीं समझी।

इस बार लक्षण अच्छे थे। प्रधानमंत्री के कार्यक्रम में कोई फेर-बदल नहीं

हुआ। नियत दिन हमने पालम हवाई अड्डे से संध्या को चार बजे उड़ान भरी। इलाहाबाद में बमरौली हवाई अड्डे पर हमने शाम को पाँच बजने में पाँच मिनट पर लैंड किया। इलाहाबाद के छोटे रनवे और टैक्सी ट्रैक के कारण भूमि पर विमान को तीन-चार मिनट ही चलना पड़ा। अपनी स्क्वाड्रन की समय की घोर पाबंदी की परंपरा के अनुसार सेकेंड की सुई ने चार बजकर उनसठ मिनट पैंतालीस सेकेंड दिखाए और पार्किंग बे में रुकने के साथ ही हमारे पुष्पक नाम वाले टी यू 124 विमान के दोनों जेट इंजनों का भीषण रव समाप्त हो गया। ठीक पंद्रह सेकेंड बाद अर्थात् ठीक पाँच बजे विमान का अगला दरवाजा खोल दिया गया। इसके बाद प्रधानमंत्री की अगवानी की औपचारिकताएँ पूरी हुईं और लगभग बीस-पच्चीस मिनट की गहमागहमी के बाद हम चालक दल के सदस्य भी सर्किट हाउस के लिए चल पड़े जहाँ हमें ठहरना था। जाने से पहले हैदराबाद वाली उड़ान की याद करते हुए मैंने इसका विशेष ध्यान रखा कि अपना आई डी कार्ड साथ ले जाना न भूलूँ!

सर्किट हाउस पहुँचकर मैंने ध्यान रखा कि उसके मैनेजर से सामना न होने पाए। क्या पता उस शोभा वाले प्रकरण के बाद उसके पिता और भाई सर्किट हाउस में आए हों और मेरे बारे में कुछ पूछताछ की हो। सौभाग्य से वह कहीं दिखा नहीं। स्थानीय प्रशासन से क्र्यू के उपयोग के लिए दो श्वेत एंबेसडर कारें मिली हुई थीं। सर्किट हाउस में फ्रेश होकर सिविल कपड़ों में चेंज करके मैं पौने सात बजे सिविल लाइंस के एल चिको रेस्तराँ के लिए निकल पड़ा। आदत के मुताबिक मैं वहाँ भी समय की अतिशय पाबंदी के साथ ठीक सात बजे पहुँचा था, पर इसके लिए तैयार था कि जिनसे मिलना था वे लोग थोड़ी-बहुत देर से ही आएँगे। रेस्तराँ के अंदर दो-चार लोग ही थे। मैंने एक टेबुल पर चार लोगों के बैठने की व्यवस्था के साथ रिजर्व्ड की पट्टी रखी देखी तो समझ गया कि यह छाया, उसके माँ-बाप और मेरे लिए ही सुरक्षित की गई होगी। फिर उस आरक्षित जगह से हटकर एक कोने में एक अन्य टेबुल के साथ लगे सोफे पर आसीन हो गया। जगह मैंने ऐसी चुनी थी कि रेस्तराँ में प्रवेश करते हुए किसी भी व्यक्ति को मैं आसानी से देख सकूँ। यही बात आनेवालों पर भी लागू होती थी। वे भी मुझे आसानी से देख सकते थे। मैं तो इन लोगों को पहचानता नहीं था, पर उनके पास मेरी फोटो थी। मुझे पहचान कर स्वयं ही पास आ जाएँगे।

बैठने के साथ ही वेटर सिर पर आकर सवार हो गया। मैं उससे कहने ही वाला था कि ऑर्डर थोड़ी देर में दूँगा कि वज्रपात हो गया। न मालूम कहाँ से

आकर ऐन उसी समय अशोक सक्सेना एक लड़की के साथ रेस्तराँ के अंदर घुसा। वही अशोक सक्सेना जो पहले हैदराबाद में मिला था, फिर दिल्ली में मिला और अब सर्वव्यापी भगवान् की तरह अचानक यहाँ भी प्रकट हो गया था। एक तो मैंने ही परम मूर्खतापूर्वक ऐसी सीट चुनी थी कि रेस्तराँ में अंदर घुसनेवाले हर व्यक्ति की नजर मुझ पर पड़ती ही, ऊपर से यह कमबख्त वेटर भी ऐसे क्षण पर प्रकट हुआ था कि मैं उससे बात करने के चक्कर में जल्दी से मुँह दूसरी तरफ फेर कर इन दोनों मुसीबतों को एवॉयड नहीं कर पाया। यह माना कि मैं कोई चोरी नहीं कर रहा था, न ही इनसे डरने की कोई वजह थी। इतना तो स्पष्ट हो चुका था कि सक्सेना पुलिस अधिकारी होने के नाते हैदराबाद वाली उस घटना की कोई जाँच नहीं कर रहा था जिसे घटे हुए इतने दिन बीत चुके थे। अब यदि उससे सामना हो भी गया तो कौन सी मुसीबत आ जाती, पर मौका नाजुक था। जीवन में जितनी बार मैंने किसी लड़की को देखना-दिखाना चाहा, कोई-न-कोई विघ्न आ ही पड़ा था। उस पर से मैं यूँ ही नर्वस था। इन दोनों के सामने ही यदि छाया और उसके अभिभावक आ गए तो मेरा तमाशा बनकर ही रहेगा।

मन की परतों के अंदर बहुत कुछ और छुपा हुआ था, जिसे मैं बाद में अपनी उस क्षण की परेशानी के सबब के रूप में समझ पाया। असल में सक्सेना के साथ और कोई नहीं; उसकी वही मौसेरी बहन रत्ना थी, जिससे दिल्ली में उसी के साथ वोल्गा रेस्तराँ में मुलाकात हुई थी। यह रत्ना ही थी, जिससे मैं एक ही मुलाकात में इतना अभिभूत हो गया था कि उस रात वह मेरे सपने में भी आई थी। इतनी सुंदर, हँसमुख और सहज लगी थी वह कि उस एक छोटी सी मुलाकात में ही मैं चारों खाने चित्त हो गया था। वाह रे दुर्भाग्य, जिस लड़की पर पहली बार दिल आया, उसने साफ घोषित कर रखा था कि उसे तो आई.ए.एस. लड़के ही पसंद थे। उसके मौसेरे भाई ने भी रत्ना के साथ मेरी शादी हो सकने की किसी संभावना का संकेत नहीं दिया था। फिर भी! इस फिर भी के आगे मैं कुछ सोच नहीं पाता था। पिताजी ने मेरे ही आग्रह पर मेरे लिए किसी और लड़की को पसंद कर रखा था और मैंने उनसे सीधे हाँ भर रखी थी, यद्यपि इसकी कोई गारंटी न थी कि वह भी मुझे पसंद कर लेगी। यदि न किया तो? मन कहता था बुरा न होगा। क्या पता मुझसे मिलने के बाद रत्ना का मन आई.ए.एस. त्यागकर आई.ए.एफ. अर्थात् भारतीय वायु सेना की तरफ झुक गया हो, पर यह सब कोरी कल्पना की उड़ान है, यह मैं जानता था, मगर फिर भी! अब उसी फिर भी! का समूल नाश कर देने के लिए यह कमबख्त

अशोक सक्सेना यहाँ इलाहाबाद में ठीक उसी समय प्रकट हो गया था जब मैं किसी और लड़की को देखने आया था, वह भी रत्ना को साथ लेकर। यहाँ इन दोनों को मेरे साथ देखकर वह अनजान लड़की छाया, जिसे देखने मैं आया था, मुझे नकार देगी तो कोई आश्चर्य न होगा। उधर यहाँ मेरे आने का प्रयोजन जानने के बाद रत्ना ही मुझे कोई मौका देगी, इसकी संभावना भी शून्य थी। इधर कुआँ; उधर खाई के इस माहौल में, अब वक्त आ गया था कि कम-से-कम रत्ना के संदर्भ में उस 'फिर भी!' को मैं पूरी तरह से भुला दूँ और कोशिश करूँ कि छाया के ऊपर रत्ना की छाया भी न पड़े।

अभी मैं बगलें झाँक ही रहा था कि सक्सेना और रत्ना मेरी टेबल तक पहुँच गए। सक्सेना ने बड़े तपाक् से कहा, 'अरे वर्मा तुम? यहाँ क्या कर रहे हो भाई? अच्छा, समझा। जरूर प्रधानमंत्री को लेकर आए होगे।'

कितनी तेजी से भाई ने मुझसे नजदीकी स्थापित कर ली थी! दिल्ली में मिला था तो आप कहकर संबोधित कर रहा था। आज तुम की बेतकल्लुफी पर उतर आया। अब तो जरूर ही चिपक लेगा। सक्सेना से पिंड छुड़ाने का कोई तरीका मैं सोच ही रहा था कि रत्ना ने अपनी उसी दिलकश लजीली मुसकान के साथ कहा, 'नमस्ते अरुणजी, ये तो बहुत ही प्लेजेंट सरप्राइज दे दी आपने। देखिए न, भाई साहब भी कल ही इलाहाबाद आए और आज फिर मुझे ऐसी जगह लेकर आ गए कि आपके दर्शन हो गए। व्हाट ए लकी कोइंसिडेंस!'

ऐसी साँप-छछूँदर की गति मेरी कभी नहीं हुई थी। मस्तिष्क कह रहा था कि जल्दी से किसी तरह दफा करो इनको यहाँ से, इसके पहले कि छाया अपने लोगों के साथ यहाँ आ जाए, पर कोई उपाय समझ में नहीं आ रहा था। यदि कहता कि मुझसे मिलने कोई आ रहा है तो वे उसके विषय में भद्रतापूर्वक कोई कौतूहल न दिखाने पर भी इतना तो कह ही सकते थे कि अच्छा उनके आने तक साथ ही बैठते हैं। यदि मेरा दुर्भाग्य और जोर मारता तो शायद यह भी कह सकते थे कि आने दीजिए उन्हें, हम भी मिल लेंगे। यदि न भी कहते तो इलाहाबाद बहुत बड़ा शहर नहीं है, ये लोग यहीं के निवासी थे, कहीं उन लोगों से परिचय निकल आया तो? पर तभी दिमाग के ऊपर दिल हावी हो गया। जब तक सक्सेना बोल रहे थे, तब तक तो मस्तिष्क भी काम कर रहा था, पर जैसे ही रत्ना ने अपनी जलतरंग जैसी सुरीली आवाज में कहा कि व्हाट ए लकी कोइंसिडेंस कि दिमाग वार्षिक अवकाश लेकर चला गया और उसकी जगह दिल की नियुक्ति हो गई। और यह घुसपैठिया

दिल बल्लियों उछलकर ही नहीं माना, जोर से मुझसे कहला बैठा 'ओह, यह तो मेरा सौभाग्य है कि आपसे मुलाकात हो गई, वरना मैं तो अभी तीन-चार घंटे पहले दिल्ली में था और कल फिर वही रहूँगा। आज की शाम इलाहाबाद में आपके दर्शन हो जाएँगे यह तो सोचा भी न था।'

वैसे दिल से जो आवाज निकल रही थी, असल में वह अपरिहार्य थी। अब इसके सिवा कोई चारा भी न था कि जब उन दोनों ने बहुत सहजता और आत्मीयता से मेरी टेबल के सामने लगे सोफे पर आसन ग्रहण कर ही लिया तो मैं आगे की चिंता छोड़कर सिर्फ उस क्षण को जीते हुए, रत्ना की उस प्यारी मुसकान को जी भरकर पी लूँ और गुनगुनाऊँ इस पार प्रिये तुम हो, मधु है, उस पार न जाने क्या होगा।

पर अगले ही क्षण आई असली मुसीबत! उस पार की तो छोड़िए, इस पार ही, यानी रेस्तराँ के दरवाजे से उसी क्षण दो जल्लादों ने प्रवेश किया। आप वहाँ होते तो शायद पूछते कि यदि मैं इतना ही एक्सीडेंट प्रोन, यानी दुर्घटनासंभावी व्यक्ति हूँ तो वायुसेना में फ्लाइंग ब्रांच में क्या सोच कर आया था, पर उस समय मेरे पास ऐसे सवालों को सुनने और उनका उत्तर देने का समय कहाँ था। मैं चारों तरफ नजरें दौड़ा कर देख रहा था कि कहाँ से निकल भागूँ, पर एल चिको में प्रवेश करने और बाहर जाने के लिए एक ही दरवाजा था। उस दरवाजे से दाखिल होनेवाले हर व्यक्ति की तरह इन दोनों की नजर भी सीधे मुझ पर ही पड़ी थी। नजरें मिलीं और उनसे साफ जाहिर हो गया कि मुझे पहचानने में उन्हें जरा भी कठिनाई नहीं हुई। पिछली बार अपने सिविल लाइंस के बँगले में मुझे ड्राइंग रूम में बैठा छोड़कर और स्वयं अंदर के कमरे में एक साथ जाकर उन्होंने मुझे अवसर दे दिया था कि मैं पलक झपकते ही उनके ड्राइंग रूम से भागकर पोर्टिको में रुकी अपनी प्राइवेट टैक्सी में बैठकर रफू-चक्कर हो जाऊँ, पर इस बार तो भागने का अकेला रास्ता उनकी उपस्थिति से अवरुद्ध था। हाँ, ये वही बाप- बेटे थे, जिनके समक्ष भांडा फूटा था कि रेलयात्रा में तृतीय श्रेणी के जनरल डिब्बे में यात्रा के दौरान अपने को विवाहित बताकर मैंने सबको समोसे-चाय की दावत दी थी। मेरे झूठा-धोखेबाज होने की तुरंत गवाही भी हो गई थी। उसी के चलते उनकी बेटी शोभा को देखने गया था, फिर भी देख नहीं पाया था। अब उनकी बेटी शोभा से तो शादी की बातचीत खत्म हो गई थी, पर उनकी दृष्टि में भोली-भाली लड़कियों से, अपने विवाहित होने की बात छुपाकर शादी करके उन्हें और उनके अभिभावकों

को लूटनेवाला, जालसाज धोखेबाज तो मैं था ही। अब अपने सौभाग्य से और मेरे घोर दुर्भाग्य से, फिर अपने चंगुल में मुझे पाकर क्या वे मुझे पुलिस को सौंपने की नहीं सोचेंगे। और यदि इतना नहीं तो कम-से-कम छाया और उसके अभिभावकों के आ जाने पर उनके सामने मेरा पर्दाफाश करने में कोई कसर क्यों छोड़ेंगे? उन दोनों ने मुझे देख कर आपस में कुछ बात की और मंथर किंतु सधे हुए कदमों से मेरी तरफ आने लगे। मुझे काटो तो खून न था। क्या करूँ? कहाँ जाऊँ? सोच ही रहा था कि वे मेरी टेबुल के सामने आकर खड़े हो गए।

अचानक अगला घोर आश्चर्य! अशोक सक्सेना और रत्ना उठकर खड़े हो गए। अशोक ने कहा, 'आइए, मौसाजी, हम लोग आपका ही इंतजार कर रहे थे।' रत्ना ने बिना कुछ बोले उन्हें छोटी सी मुसकान दी। बाप-बेटे की टीम में से बाप ने पूछा, 'अरुणजी को सब बता दिया है?'

अशोक ने हँसते हुए कहा, 'बताएँगे, बताएँगे, ऐसी भी क्या जल्दी है? चलिए, अपनी रिजर्व्ड टेबुल पर ही बैठते हैं। मैंने मैनेजर से कह रखा था कि उन चार कुरसियों के अतिरिक्त पाँचवीं कुरसी हमारे आ जाने के बाद ही लगाएँ। वरना इनकी पैनी नजरें पड़तीं तो समझ जाते कि कोई पाँचवाँ भी आ रहा है।'

मैं अवाक् था। कुछ समझ में नहीं आ रहा था कि हो क्या रहा है और मैं करूँ क्या। भागना संभव नहीं था। चुपचाप उनके साथ उस रिजर्व्ड टेबुल पर आ गया। वे दोनों नवागंतुक टेबुल की एक तरफ बैठे, रत्ना भी उनके साथ बैठ गई। दूसरी ओर रत्ना के सामने मैं बैठा और मेरी बगल में अशोक, जिसने अब सूत्रधार का काम सँभाल लिया। बोला, 'भाई अरुणजी, अपने बारे में गलत-सलत बातें लोगों को बतानेवाले आप अकेले नहीं हैं। ऐसे जुर्म अन्य लोग भी करते हैं। पहले तो जो आपके सामने बैठी हैं, उनका सही परिचय दे दूँ। इनका नाम रत्ना नहीं है। हैं तो ये सचमुच मेरी मौसेरी बहन, जैसा कि आपको दिल्ली में भी बताया था, पर इनका असली नाम है शोभा। हाँ वही शोभा, जिसे देखने के लिए आप पहले भी इलाहाबाद आए थे, पर बिना देखे ही चुपके से भाग निकले थे।'

मैंने हैरान होते हुए कहा, 'पर आपने यह टेबल कैसे रिजर्व करा ली? क्या आपको पता था कि मैं यहाँ आऊँगा?'

'जरूर पता था, क्योंकि जिस लड़की से आप मिलने के लिए आए हैं, उसके पिता और भाई यही हैं।' अशोक बोला।

'पर, मैं जिस लड़की से मिलने आया हूँ, उसका नाम तो स्वयं मेरे पिताजी

के अनुसार छाया है। वह क्या शोभा की बहन है ?'

'नहीं, छाया तो केवल इस आज की मुलाकात के लिए शोभा को ही दिया गया एक अस्थायी नाम था। वरना रत्ना, छाया और शोभा तीनों एक ही हैं। इनमें से शोभा ही असली नाम है।' अशोक ने कहा। फिर उसने बात जारी रखी, 'चलिए सबकुछ तरतीब से बताता हूँ आपको। असल में आप पिछली बार जब इनके घर आए थे और चुपके से भाग निकले थे तो इन्हें वाकई में शक हो गया था कि आप कहीं फ्रॉड तो नहीं हैं। मेरे भारतीय पुलिस सेवा में होने के कारण आपके बारे में असलियत का पता लगाने का काम इन लोगों ने मुझे सौंपा। तभी मैं दिल्ली आकर आपसे मिलने का प्रोग्राम बना रहा था, पर हैदराबाद में राष्ट्रपतिजी के आनेवाले दिन अनायास ही आपसे मुलाकात हो गई। क्या कोइंसिडेंस था वह भी, लेकिन तब मैं जानता नहीं था कि जिसकी मुझे तलाश थी वे आप ही थे, पर उसके बाद ही हैदराबाद में आपके भाई साहब से एक पार्टी में मुलाकात हुई। बातों-बातों में उन्होंने आपका जिक्र किया और बताया कि कैसे एक पुलिस ऑफिसर ने आपको एयरपोर्ट पहुँचाया था। फिर खूब हँसी हुई जब मैंने बताया कि उस पुलिस जीप में मैं ही था। फिर उनके नाम से मैंने अंदाज लगाकर पूछा कि क्या आपके भाई की ही शादी की बातचीत इलाहाबाद में शोभा नाम की लड़की से चली थी। पहले तो वे चौंके, पर मैंने जब उन्हें शोभा के भाई होने के बाबत बताया तो उन्होंने खूब हँस-हँसकर बताया कि आप उस इलाहाबाद की यात्रा में कैसे बजाय उपराष्ट्रपति का विमान उड़ाकर लाने के रेल के जनरल कंपार्मेंट में ठुँसे हुए इलाहाबाद आए थे और कैसे अपने को विवाहित बताकर आप उस घमासान भीड़ में डिब्बे में घुस पाए थे। वह भी खिड़की के रास्ते! भाई वाह! हम तो आपकी बहादुरी के कारनामे सुन-सुनकर हँसते-हँसते लोट-पोट हो गए।' कहते-कहते अशोक ने फिर ठहाके लगाकर हँसना शुरू कर दिया।

सभी लोग हँसने लगे। रत्ना या शोभा या छाया, जो भी कहिए, वह भी। बस मेरा मुँह संकोच से लाल हुआ जा रहा था। अभी तक शोभा के पिताजी और भाई चुपचाप बैठे हँस रहे थे। अब हँसी कुछ थमी तो शोभा के भाई ललित ने भी बीच में हस्तक्षेप किया—'इलाहाबाद सर्किट हाउस के मैनेजर को मैं जानता हूँ। हम लोग अपने घर से आपके निकल भागने के तुरंत बाद वहाँ गए तो पता चला कि आप पहले ही वहाँ से जा चुके थे, पर उसने बताया कि आप पहले भी केवल उपराष्ट्रपति ही नहीं अन्य वी.आई.पी. की उड़ानों पर आते रहे हैं अत: कम-से-कम

इस विषय में तो आपके बारे में कोई शक नहीं रह गया था, पर असली समस्या आपके स्वयं को विवाहित बताने को लेकर थी। अशोक को इसीलिए हमने इस तहकीकात में लपेटा।'

उन्हें बीच में टोकते हुए मैंने पूछा—'फिर मेरे पिताजी ने मुझे कैसे ये सब नहीं बताया। उन्होंने तो बताया नहीं कि आप लोगों को सच्चाई का पता लग गया था। फिर ये नई छाया वही पुरानी शोभा हैं, यह भी नहीं बताया। क्या उन्होंने या मेरी माताजी ने शोभा को आकर देखा था?'

'नहीं देखा था, पर इस बाबत हम लोग उनके साथ एक षड्यंत्र में शामिल हो गए। उन्होंने बताया कि आपकी जिद थी कि वे लोग ही आपके विवाह के बारे में निर्णय ले लें, पर आपके पिताजी ने कहा कि उनकी भी यह जिद थी कि अपने लिए फैसला आप ही से करवाएँगे। अतः उनके कहने पर शोभा और आपकी मुलाकात दिल्ली में मैंने करवा दी और आपको पता भी नहीं लगने पाया कि रत्ना वही लड़की है, जिसे आप शोभा के नाम से जानते थे, किंतु पहचानते नहीं थे। इलाहाबाद में इस बार हम लोगों ने एक तीसरे नाम छाया का सहारा लिया। उसके पिताजी का भी कल्पित नाम आपको बताया गया और घर का पता आपके ही अनुरोध के कारण बताना नहीं पड़ा। इसीलिए यहाँ एल-चिको में मुलाकात रखी गई।'

मैं विश्वास नहीं कर पा रहा था कि मेरे पिताजी, माँ, भाई साहब, सब इस मजेदार षड्यंत्र में शामिल थे। किंतु कुछ प्रश्न अभी भी शेष थे, 'मगर आपने तो दिल्ली में बताया था कि शोभा अर्थात् रत्ना को आई.ए.एस. ऑफिसर पसंद थे।' मैंने अशोक से पूछा।

'थे कभी', अशोक ने संक्षिप्त सा उत्तर दिया। इतने छोटे उत्तर से मैं संतुष्ट नहीं था, यह उसने भाँप लिया अतः उसने बात को विस्तार दिया, 'अरे वह तो आराधना फिल्म में फ्लाइट लेफ्टिनेंट अरुण वर्मा के कारनामे देखकर ही एयर फोर्स अफसरों की दीवानी हो गई थी। फिर जब उसे आपकी दिल्ली से इलाहाबाद की रेलयात्रा का किस्सा सुनाया गया तो पहले तो वह हँस-हँसकर पागल हो गई और फिर आपकी फिल्मी हीरो जैसी हरकतों पर निछावर हो गई। मान गए भाई, जब एक बार कह दिया कि फलाँ तारीख को इलाहाबाद आऊँगा तो आना ही था, चाहे आसमान धरती पर गिर पड़े। अब यह तो आपके जैसा कोई एयर फोर्सवाला ही करेगा।'

'फिर ऐसा ही था तो आपने यह कहा ही क्यों कि उसे आई.ए.एस. ऑफिसर

पसंद थे?' मैं अभी भी पूरी तरह आश्वस्त नहीं था, अत: पूछ बैठा।

'अरुणजी, चाहे यूनिवर्सिटी में एम.ए. में पढ़ रही हो, है तो भारतीय लड़की ही। नारी सुलभ संकोच तो होगा ही। अब बिना आपका मन जाने कैसे साफ-साफ कह देती कि उसे एयर फोर्स ऑफिसर्स अर्थात् आप पसंद हैं।' अशोक ने पूछा।

'तो अब क्या इन्होंने मेरा मन पढ़ लिया है? मैंने तो इनसे ऐसा कुछ कहा नहीं।' मैंने मुसकराकर कहा, पर यह सोचकर डरा कि कहीं ज्यादा तो नहीं बोल गया। कहीं बनते-बनते बात बिगड़ न जाए।

'यह भी खूब कही आपने। आपका मन पढ़ने के लिए चश्मे की जरूरत तो थी नहीं। मन की बातें पढ़ने में लड़कियाँ और पुलिसवाले दोनों पारंगत होते हैं और संयोग से वहाँ दोनों मौजूद थे।' अशोक ने कहा और बात जारी रखी। 'शोभा बता रही थी, आपने जाते-जाते उससे पूछा था तो फिर अगली बार कहाँ मिल रहे हैं हम दोनों? अब आप बताइए कि यह आपने अगली बार मिलने की ख्वाहिश क्यों जताई? वह भी हम तीनों के मिलने की नहीं, बल्कि सिर्फ हम दोनों की?'

मुझे हथियार डालने ही पड़े। रत्ना मुझे भा गई थी। इसे मैंने छुपाने का कोई प्रयत्न किया ही कब था? अब वही रत्ना उर्फ छाया उर्फ शोभा सामने थी। मेरी आँखों में उसके प्रति आकर्षण फिर अवश्य छलक रहा होगा। लगा मेरी यात्रा का अंत आ गया था। बहुत सुखद अंत। इस बार फिर अवसर चूकने की गलती नहीं करूँगा, निश्चय कर लिया। तभी अशोक ने वह सवाल पूछ ही डाला, जिसकी मुझे प्रतीक्षा थी—'तो अरुणजी, अब आप बताइए, फिर कब मिलवा दूँ आप दोनों को? क्या जीवन की उड़ान के लिए सही वी.आई.पी. यात्री मिल गया है आपको?'

मुझे फ़ौज ने नजरें नीची करके बात करना नहीं सिखाया था। एन.डी.ए. के ड्रिल प्रशिक्षक से लेकर मेरे सीनियर्स तक ने हमेशा कहा था कि कीप योर चिन अप—आँखों से आँखें मिलाकर बात करो। पर उस क्षण मुझे वह सारी शिक्षा भूल गई। थोड़ा झिझकते हुए, कुछ सकुचाते हुए नजरें स्वत: नीची हो गईं। मेरे मुँह से सिर्फ इतना निकल सका कि—'**कबिरा खड़ा बजार में, लिये लुआठी हाथ, जो घर फूँके आपना'''**।'

□□□